Rafael Sánchez Ferlosio

El Jarama

Rafael Sánchez Ferlosio

El Jarama

Premio Eugenio Nadal 1955

Ediciones Destino
Colección
Destinolibro
Volumen 16

© Rafael Sánchez Ferlosio
© Ediciones Destino, S.A.
Consejo de Ciento, 425. Barcelona-9
Primera edición: febrero 1956
Primera edición en Destinolibro: diciembre 1975
Segunda edición en Destinolibro: noviembre 1977
Tercera edición en Destinolibro: febrero 1979
Cuarta edición en Destinolibro: agosto 1980
Quinta edición en Destinolibro: febrero 1982
Sexta edición en Destinolibro: septiembre 1983
ISBN: 84-233-0915-0
Depósito legal: B. 27787-1983
Impreso y encuadernado por
Printer, industria gráfica sa   Provenza, 388   Barcelona-25
Sant Vicenç dels Horts   1983
Impreso en España - Printed in Spain

El agua que tocamos en los
ríos es la postrera de las que
se fueron y la primera de las
que vendrán; así el día presente.

LEONARDO DA VINCI.

NOTA A LA SEXTA EDICIÓN

Como quiera que a lo largo de los nueve años que la presente novela lleva a merced del público han sido no pocas las personas que, creyendo hacer un cumplido a mi propia obra, me han dicho «lo que más me gusta es la descripción geográfica del río con que se abre y se cierra la narración» y visto que las comillas que acompañan a esta descripción no surten —a falta de otra indicación, cuya omisión hoy me resulta del todo imperdonable— los efectos de atribución —o de no atribución— deseados, es mi deber consignar aquí de una vez para siempre su verdadera procedencia, devolviendo así al extraordinario escritor a quien tan injusta como atolondradamente ha sido usurpada, la que yo también, sin sombra de reticencia ni modestia, coincido en considerar con mucho la mejor página de prosa de toda la novela. Puede leerse, con leves modificaciones, en: Casiano de Prado, Descripción física y geográfica de la Provincia de Madrid, *Imprenta Nacional, Madrid, 1864,* páginas 10 y 11. Aunque sólo me pueda servir como atenuante, he de añadir en mi descargo que fueron precisamente las pequeñas alteraciones por medio de las cuales ajusté el texto original de don Casiano a mis propias conveniencias prosódicas —toda vez que el comienzo y el final de un libro son lugares prosódicamente muy condicionados— las que pesaron en mi ánimo para resolverme a omitir la procedencia. Pero conservar el equívoco sería hoy, por mi parte, amén de la violación de las más elementales normas de cortesía literaria que en todo caso supondría, y a la vista de cómo han ido las cosas, la más escandalosa ingratitud.

RAFAEL SÁNCHEZ FERLOSIO

Describiré brevemente y por su orden estos ríos, empezando por Jarama: sus primeras fuentes se encuentran en el gneis de la vertiente Sur de Somosierra, entre el Cerro de la Cebollera y el de Excomunión. Corre tocando la Provincia de Madrid, por La Hiruela y por los molinos de Montejo de la Sierra y de Prádena del Rincón. Entra luego en Guadalajara, atravesando pizarras silurianas, hasta el Convento que fue de Bonaval. Penetra por grandes estrechuras en la faja caliza del cretáceo — prolongación de la del Pontón de la Oliva, que se dirige por Tamajón a Congostrina hacia Sigüenza. Se une al Lozoya un poco más abajo del Pontón de la Oliva. Tuerce después al Sur y hace la vega de Torrelaguna, dejando Uceda a la izquierda, ochenta metros más alta, donde hay un puente de madera. Desde su unión con el Lozoya sirve de límite a las dos provincias. Se interna en la de Madrid, pocos kilómetros arriba del Espartal, ya en la faja de arenas diluviales del tiempo cuaternario, y sus aguas divagan por un cauce indeciso, sin dejar provecho a la agricultura. En Talamanca, tan sólo, se pudo hacer con ellas una acequia muy corta, para dar movimiento a un molino de dos piedras. Tiene un puente en el mismo Talamanca, hoy ya inútil, porque el río lo rehusó hace largos años y se abrió otro camino. De Talamanca a Paracuellos se pasa el río por diferentes barcas, hasta el Puente Viveros, por donde cruza la carretera de Aragón-Cataluña, en el kilómetro diez y seis desde Madrid...»

*

—¿Me dejas que descorra la cortina?
Siempre estaba sentado de la misma manera: su espalda contra lo oscuro de la pared del fondo; su cara contra la puerta, hacia la luz. El mostrador corría a su izquierda, para-

lelo a su mirada. Colocaba la silla de lado, de modo que el respaldo de ésta le sostribase el brazo derecho, mientras ponía el izquierdo sobre el mostrador. Así que se encajaba como en una hornacina, parapetando su cuerpo por tres lados; y por el cuarto quería tener luz. Por el frente quería tener abierto el camino de la cara y no soportaba que la cortina le cortase la vista hacia afuera de la puerta.

—¿Me dejas que descorra la cortina?

El ventero asentía con la cabeza. Era un lienzo pesado, de tela de costales.

Pronto le conocieron la manía y en cuanto se hubo sentado una mañana, como siempre, en su rincón, fue el mismo ventero quien apartó la cortina, sin que él se lo hubiese pedido. Lo hizo ceremonioso, con un gesto alusivo, y el otro se ofendió:

—Si te molesta que abra la cortina, podías haberlo dicho, y me largo a beber en otra parte. Pero ese retintín que te manejas, no es manera de decirme las cosas.

—Pero hombre, Lucio, ¿ni una broma tan chica se te puede gastar? No me molesta, hombre; no es más que por las moscas, ahora en el verano; pero me da lo mismo, si estás a gusto así. Sólo que me hace gracia el capricho que tienes con mirar para afuera. ¿No estás harto de verlo? Siempre ese mismo árbol y ese cacho camino y esa tapia.

—No es cuestión de lo que se vea o se deje de ver. Yo no sé ni siquiera si lo veo; pero me gusta que esté abierto, capricho o lo que sea. De la otra forma es un agobio, que no sabes qué hacer con los ojos, ni dónde colocarlos. Y además, me gusta ver quién pasa.

—Ver quién no pasa, me querrás decir.

Callaban. El ventero tenía los antebrazos peludos contra el mostrador, y todo el peso del torso sobre ellos. Una tira de sol se recostaba en el cemento del piso. Cuando el pito del tren llegó hasta sus oídos, habló el ventero:

—Las nueve menos cuarto.

Ambos cambiaron imperceptiblemente de postura. Vino de dentro una voz de mujer:

—¡A ver si le dices a ése, cuando venga, que se quede esta tarde, para servir en el jardín; que Justina no puede. Viene el novio a las cuatro a buscarla!

El ventero respondió hacia el pasillo de donde había venido la voz:

—Ése también podía escoger un día entre semana, para

salir con ella. Ya lo sabe que los domingos Justina me hace falta aquí.

Entró la mujer, con la cabeza ladeada, y peleando con el peine contra un nudo de su pelo grisáceo, dijo:

—La niña no tiene por qué estarse aquí sacrificada todos los domingos; también tiene derecho de ir al cine.

—Nadie la quita de que vaya al cine. Yo sólo digo que se les ocurra otro día.

—¿Y cómo quieres que le dé al otro tiempo, en día de diario, venir desde Madrid y volverse con ella, si sale a las siete y media de trabajar, o más tarde?

—Pues bueno, mujer, no he dicho nada. Que hagan lo que quieran.

La mujer ya se había desenredado el pelo y ahora, más libre, se dirigió a su marido en otro tono:

—Y además, se la lleva los domingos, precisamente porque no le gusta que la chica despache en el jardín y tenga que aguantar las miradas y groserías de los clientes. Y en eso le doy toda la razón.

—Ah, ¿conque no le gusta? ¿Y quién es él para decir lo que ha de hacer mi hija y lo que no? Buenos estamos. Ahora me va a enseñar a mí cómo la tengo que educar.

—¡Falta te hacía! Eso es. Que entendieras lo que es una muchacha, para que no la tuvieras por ahí, de mesa en mesa, como un mozo de taberna. Falta te hacía enterarte de una vez que una chica es asunto delicado —discutía con su marido a través del mostrador y le agitaba el gran peine negro delante de la cara—. Parece hasta mentira, Mauricio, que abuses de esa manera con tu hija. Me alegro que se la lleve; en eso le alabo el gusto, ya ves tú.

—Vamos, que ahora ése nos va a meter a todos a señores.

Lucio miraba a uno y a otro alternativamente.

—Ni señores ni nada. La chica sale hoy, se ha concluido.

Se metió para adentro a terminarse de peinar. Mauricio miró al otro y se encogió de hombros. Luego miraban hacia la puerta. Dijo Mauricio, suspirando:

—Aquí cada día nos inventamos algo nuevo.

Callaron. Aquel rectángulo de sol se había ensanchado levemente; daba el reflejo contra el techo. Zumbaban moscas en la ráfaga de polvo y de luz. Lucio cambiaba de postura, dijo:

—Hoy vendrá gente al río.

—Sí, más que el domingo pasado, si cabe. Con el calor que ha hecho esta semana...

—Hoy tiene que venir mucha gente, lo digo yo.

—Es en el campo, y no se para de calor, conque ¿qué no será en la Capital?

—De bote en bote se va a poner el río.

—Tienen que haber tenido lo menos treinta y treinta y cinco a la sombra, ayer y antes de ayer.

—Sí, hoy vendrán; hoy tiene que venir la mar de gente, a bañarse en el río.

Los almanaques enseñaban sus estridentes colores. El reverbero que venía del suelo, de la mancha de sol, se difundía por la sombra y la volvía brillante e iluminada, como la claridad de las cantinas. Refulgió en los estantes el vidrio vanidoso de las blancas botellas de cazalla y de anís, que ponían en exhibición sus cuadraditos, como piedras preciosas, sus cuerpos de tortugas transparentes. Macas, muescas, nudos, asperezas, huellas de vasos, se dibujaban en el fregado y refregado mostrador de madera. Mauricio se entretenía en arrancar una amarilla hebra de estropajo, que había quedado prendida en uno de los clavos. En las rendijas entre tabla y tabla había jabón y mugre. Las vetas más resistentes al desgaste sobresalían de la madera, cuya superficie ondulada se quedaba grabada en los antebrazos de Mauricio. Luego él se divertía mirándose el dibujo y se rascaba con fruición sobre la piel enrojecida. Lucio se andaba en la nariz. Veía, en el cuadro de la puerta, tierra viva y olivar, y las casas del pueblo a un kilómetro; la ruina sobresaliente de la fábrica vieja. Y al otro lado, las tierras onduladas hasta el mismo horizonte, velado de una franja sucia y baja, como de bruma, o polvo y tamo de las eras. De ahí para arriba, el cielo liso, impávido, como un acero de coraza, sin una sola perturbación.

Aquel hombrón cubría toda la puerta con sus hombros. Había mirado a un lado y a otro en el momento en que iba a entrar. Se oscureció el local, mientras cruzaba el quicio.

—¿Dónde le dejo esto? Buenos días.

Traía contra un lado del cuello una barra de hielo, liada en arpillera.

—Hola, Demetrio. Pues déjalo aquí de momento; primero hay que partirlo. Ve trayendo las otras, no se las coma el sol.

Mauricio le ayudó a desliar la arpillera. El otro volvió a

salir. Mauricio buscaba su martillo por todos los cajones. Entró Demetrio otra vez, con la segunda barra.

—¿Dónde dejaste el carro, que no lo hemos oído?

—Pues a la sombra. ¿Dónde quería que lo dejase?

—Ya. Me extrañaba. ¿Las cajas las traes también?

—Sí, dos; la una de cerveza, y de gaseosas la otra; ¿no era eso?

—Eso era, sí. Vete a por la otra barra, que se va a deshacer. ¡Este martillo del demonio! ¡Faustina! Aquí te cogen las cosas de los sitios y luego no se molestan volverlas a poner donde uno las tiene. ¡Faustina!

Levantó la cabeza y se la vio delante.

—¿Qué quieres? aquí estoy. Con una vez que me llames ya basta; tampoco soy sorda.

—Ah, ¡dónde echáis el martillo, quisiera yo saber!

—Si es un perro te muerde —señaló a los estantes—. Míralo.

—¡Me lo vais a poner en unos sitios! ¿Para qué sirven los cajones?

—¿Algo más?

—¡Nooo!

Ya saliendo, Faustina tocó a Lucio en el hombro y señaló a su marido con el pulgar hacia atrás; murmuró:

—Ya lo sabes.

Lucio hizo un guiño y encogió las espaldas. El carrero depositó la última barra de hielo junto a las anteriores.

—No te traigas las cajas todavía. Ayúdame a partir el hielo, haz favor.

Demetrio sujetaba la barra, y Mauricio la iba cuarteando a golpes de martillo. Saltó hasta Lucio alguna esquirla de hielo; la miró deshacerse rápidamente sobre la manga de su chaqueta, hasta volverse una gotita.

—Enteras entran muy mal y así me queda el frío más repartido. Ya puedes traerme las cajas.

Demetrio salió de nuevo. Lucio habló, señalando a la puerta:

—Buen chico éste.

—Un poco blanco, pero bueno. A carta cabal.

—No se parece a su padre. Aquel...

—Suerte que lo dejó huérfano a tiempo.

—Suerte.

—Lo que tiene de grande lo tiene de infeliz.

—Incapaz de nada malo. Un buen muchacho, sí señor.

—Y el poco orgullo que tiene, que le dices cualquier cosa y escapado te la hace, como si fuera suya. Otros, a sus años, se te ponen gallitos y se creen que los quieres avasallar...

La sombra anunció de nuevo la presencia de Demetrio.

—¿Me quiere usted ayudar, señor Mauricio?

—Trae.

El ventero salió del mostrador y le ayudó a depositar las cajas. Después los botellines estuvieron sonando un buen rato, como ocas, al ir pasando uno a uno desde sus cajas a la caja de hielo. Mauricio puso el último y le echaba a Demetrio una copita de cazalla.

—A ver si esta tarde te dejas caer un rato por aquí, para echarme una mano.

—Tenía pensamiento ir al baile esta tarde, señor Mauricio; si puede usted llamar a otro, mejor sería.

—Tras de alguna andas tú, cuando te dejas unos duros por el baile. Déjalo, qué le vamos a hacer. Mi hija se va al cine; no sé a quién llamaría.

—Pues que lo ayude a usted el señor Lucio, que no hace nunca nada.

—Ya hice bastante cuando era como tú.

—¿Qué hizo?, a ver.

—Muchas cosas; más que tú hice.

—Dígame alguna...

—Más que tú.

—No me lo creo.

—Mira, muchacho, no sabes nada todavía. Te queda mucho que aprender.

—Anda, toma lo tuyo y no te metas con el señor Lucio.

Puso tres duros sobre el mostrador. Los había sacado del cajón con la mano mojada. Se la secó en el paño. Demetrio recogió los billetes.

—Bueno, otro día será. Que te diviertas en el baile. Ya me defenderé como sea yo solo.

—Pues voy a dejar el carro, que se me hace tarde. Hasta mañana.

—Adiós.

Demetrio volvió al sol de fuera. Mauricio dijo:

—No lo vas a obligar. Ya está haciendo siempre por uno bastante más de lo que tiene obligación. Ésta se cree que puede uno disponer de quien quiere y cuando quiere. Si la niña se le antoja ir al cine, el mismo derecho tiene éste, hoy que es domingo para todos. No se puede abusar de la gente; y el que se gane una propina no quita que sea un favor lo que me hace con quedárseme aquí todo el santo domingo a despachar.

—Naturalmente. Las mujeres disponen de todo como suyo. Hasta de las personas.

—Sí, pero en cambio su hija que no se la miren. ¡Ya lo acabas de oír!

—Eso es que son ellas así; que no hay quien las mude.

—Pues esta tarde me voy a ver negro para poder atender.

—Desde luego. Ya verás hoy el público que afluye. No son las diez todavía, y ya se siente calor.

—¡Es un verano! No hay quien lo resista.

—Pues mejor para ti; a más calor, más se te llena el Establecimiento.

—Desde luego. Como que no siendo por días como éste, no valía ni casi la pena perder tiempo detrás del mostrador. Por más que ahora ya no es como antes, cá, ni muchísimo menos; va habiendo ya demasiado merendero pegando al río y la General. Antes estaba yo casi solo. Tú esto no lo has llegado a conocer en sus tiempos mejores.

—Pero lo bueno que tiene es que está más aislado.

—No lo creas. No sé yo si la gente no prefiere mejor en aquellos, así sea en mitad del barullo, con tal de tener a mano el río o la Carretera General. Especie el que tenga su coche; por no tenerse que andar este cachito de carretera mala.

—¿Cuándo la arreglarán definitivo?

—Nunca.

En el rastrojo se formó un remolino de polvo de las eras, al soplo de un airecillo débil que arrancaba rastrero entre el camino y la tapia; un remolino que bailó un momento, como un embudo gigante, en el marco de la puerta, y se abatió allí mismo, dejando dibujada en el polvo su espiral.

—Se ha levantado aire —dijo Lucio.

Entró Justina desde el pasillo:

—Buenos días señor Lucio. ¿Ya está usted ahí?

—¡Ya salió el sol! —contestaba mirándola—. Hola, preciosa.

—Padre, que me dé usted treinta pesetas.

Mauricio la miró un momento; abrió el cajón y sacó las pesetas. Con ellas en la mano, miró a su hija de nuevo; empezaba a decir:

—Mira hija mía; vas a decirle de mi parte a tu...

Del interior de la casa vino una voz. Contestaba Justina:

—¡Voy, madre!

Acudía hacia adentro, dejando al padre con la palabra en la boca y las pesetas en la mano. Volvió casi en seguida.

—Que dice que en vez de treinta, que me dé usted cincuenta.

De nuevo abrió Mauricio el cajón y añadió cuatro duros a los seis que tenía.

—Gracias, padre. ¿Qué es lo que me decía hace un momento?

—Nada.

Justina los miró a los dos, hizo con la barbilla y con los ojos un gesto de extrañeza, y se volvió a meter.

Un motor retumbó de improviso, aceleró un par de veces, y el ruido se detuvo ante la puerta. Se oyeron unas voces bajo el sol:

—Trae que te ayude.

—No, no; yo sola, Sebas.

Mauricio se asomó. De una moto con sidecar se apeaba una chica en pantalones. Reconoció la cara del muchacho. Ambos vinieron hacia él.

—¿Qué hay, mozo? ¿Otra vez por aquí?

—Mira, Paulina; se acuerda todavía de nosotros. ¿Cómo está usted?

—¿No me voy a acordar? Bien y vosotros.

—Ya lo ve usted; pues a pasar el día.

La chica traía unos pantalones de hombre que le venían muy grandes. Se los había remangado por abajo. En la cabeza, un pañuelito azul y rojo, atado como una cinta en torno de las sienes; le caían a un lado los picos.

—A disfrutar del campo, ¿no es así?

—Sí señor; a pegarnos un bañito.

—En Madrid no habrá quien pare estos días. ¿Qué tomáis?

—No sé. ¿Tú qué tomas, Pauli?

—Yo me desayuné antes de salir. No quiero nada.

—Eso no hace; yo también desayuné —se dirigió a Mauricio—. ¿Café no tiene?

—Creo que lo hay hecho en la cocina. Voy a mirar.

Se metió hacia el pasillo. La chica le sacudía la camisa, a su compañero:

—¡Cómo te has puesto!

—Chica, es una delicia andar en moto; no se nota el calor.
Y en cuanto paras, en cambio, te asas. Esos tardan un rato
todavía.

—Tenían que haber salido más temprano.

Mauricio entró con el puchero:

—Hay café. Te lo pongo ahora mismo. ¿Habéis venido los
dos solos?

Ponía un vaso.

—Huy, no, venimos muchos; es que los otros han salido
en bicicleta.

—Ya. Échate tú el azúcar que quieras. Esa moto no la traías
el verano pasado. ¿La compraste?

—No es mía. ¿Cómo quiere? Es del garaje donde yo trabajo. Mi jefe nos la deja llevar algún domingo.

—Así que no ponéis más que la gasolina.

—Eso es.

—Vaya; pues ya lo estaba yo diciendo: aquellos del año
pasado no han vuelto este verano por aquí. ¿Venís los mismos?

—Algunos, sí señor. A otros no los conoce. Once somos,
¿no, tú?

—Once en total —confirmaba la chica a Mauricio—. Y
veníamos doce, ¿sabe usted?, pero a uno le falló a última hora
la pareja. No la dejó venir su madre.

—Ya. ¿Y aquel alto, que cantaba tan bien? ¿Viene ése?

—Ah, Miguel —dijo Sebas—. Pues sí que viene, sí. ¡Cómo
se acuerda!

—¡Qué bien cantaba ese muchacho!

—Y canta. Los hemos adelantado ahí detrás, en la autopista
Barajas. Cerca de media hora tardarán todavía, digo yo. ¿Pues
no son dieciséis kilómetros al puente?

—Dieciséis siguen siendo —asentía Mauricio—; en moto,
ya se puede. Dará gusto venir.

—Sí, en la moto se viene demasiado de bien. Luego en cuanto que paras, notas de golpe el calor. Pero en marcha, te viene
dando el fresquito en toda la cara. Oiga, le iba a decir..., usted
no tendrá inconveniente, ¿verdad?, que dejemos las bicis aquí,
como el año pasado.

—Pueden hacer lo que quieran; faltaría más.

—Muchas gracias. ¿Y de vino qué tal? ¿Es el mismo,
también?

—No es el mismo, pero es casi mejor. Un gusto por el
estilo.

—Bien; pues entonces convenía que nos fuese usted llenando... cuatro botellas, eso es; para por la mañana.

—Yo, las que ustedes digan.

—¿Pero cuatro botellas, Sebas? Tú estás loco. ¿A dónde vamos con tantísimo? En seguida queréis exagerar.

—No digas cosas raras; cuatro botellas se marchan sin darnos ni cuenta.

—Bueno; pues lo que es tú, ya te puedes andar con cuidado de no emborracharte, ¿estamos? Luego empezáis a meter la pata y se fastidia la fiesta con el vino dichoso; que maldita la falta que hace para pasarlo bien.

—Por eso no se apure, joven —terciaba Lucio—. Usted déjele, ahora. Que se aproveche. El vino que beba hoy, ya lo tiene bebido para cuando se casen. Y siempre serán unos cuantos cántaros de menos para entonces. ¿No cree?

—Cuando nos casemos será otro día. Lo de hoy vale por hoy.

—No le hagan caso —dijo Mauricio—. Es un ser peligroso. Lo conozco. No se asesoren con él.

—Aquí lo conocen a uno demasiado —decía Lucio, riendo—. Y eso es lo malo. Que lo calen a uno en algún sitio.

—Pues intenta irte a otro. A ver si te reciben como aquí.

Lucio le hizo un aparte a la chica y le decía bajito, escondiendo la voz en el dorso de la mano: «Eso lo dice porque me fía; por eso, ¿sabe usted?»

Paulina sonrió.

—¿Qué andas diciéndola secretos a la joven? ¿No ves que el novio se molesta?

Sebastián sonreía también:

—Es cierto —dijo—. Mire que soy bastante celoso... Conque tenga cuidado.

—¡Huy, que es celoso, se pone! ¡Qué más quisiera yo! Sebastián la miraba y la atrajo hacia sí por los hombros.

—Ven acá, ven acá, tú, golondrina. Oye: ¿salimos ahí afuera, a ver si vienen ésos?

—Como tú quieras. ¿Y qué hora es?

—Las diez menos veinticinco; ya no pueden tardar. Pues hasta ahora, señores.

—Hasta luego.

Salieron. Caminaban hacia el paso a nivel. Paulina dijo:

—¡Qué tío más raro! Cuidado que hace cosas difíciles con la cara.

—¿Qué fué lo que te dijo?

—Nada; no sé qué de que si el otro le fía. ¡Chico, qué calor hace!

—Sí, tengo ya ganas de que lleguen éstos, para meterme en el agua cuanto antes.

—No se te ocurra cometer la tontería de bañarte antes de las once y media; se te puede cortar la digestión.

—Vaya; cómo me cuidas, Pauli. ¿Me vas a cuidar igual cuando nos casemos?

—¿Y a ti qué más te da? Total, para el caso maldito que me haces. No sé ni de qué me sirve.

—Lo que tú dices sirve siempre, Lucero. Me agrada a mí el que lo digas.

—Anda, ¿y qué gano yo con que te agrade?, si luego no lo llevas a la práctica.

—Pues que te quiero más: eso ganas. ¿Te parece poco?

—Anda con Dios; no eres tú poco fatuo, muchacho; qué barbaridad.

—Te quiero; eres un sol.

—Pues de soles ya tenemos bastante con uno, hijo mío. Lo que es hoy, desde luego, no hacen falta más. Mira: ahí viene el tren.

—¿Contamos los vagones?

—¡Qué tontería!; ¿para qué?

—Así, por gusto.

*

—Una pareja simpática —dijo Lucio—; ahí los tienes.

Mauricio estaba enjuagando las botellas, dijo:

—Ya venían el año pasado. Pero se me hace a mí que no eran novios todavía. Se tienen que haber hecho posterior.

—Lo único, lástima de pantalones los de ella. ¡Cosa más fea! ¿Por qué se vestirán así?

—Para la moto, hombre; con pantalones va mejor. Y más decente.

—Cá. No me gustan a mí las muchachas vestidas de esa manera. Si parece un recluta.

—Que le vienen un poco grandes; serán de algún hermano.

—Pues donde esté una chica de ese tiempo con una bonita

falda, lo demás es estropearse la figura. Pierden el gusto en ese Madrid; no saben ya qué ponerse.

—Bueno, en Madrid, te digo yo que te ves a las mujeres vestidas con un gusto como en tu vida lo has visto por los pueblos. ¡Vaya telas y vaya hechuras y vaya todo!

—Eso no quita. También se contempla cada espectáculo que es la monda. Al fin y al cabo es el centro, la Capital de España; vaya, que todo va a dar a ella; por fuerza tiene que estar allí lo mejor y lo peor.

—Pues hay más cosas buenas que no malas, en Madrid.

—Para nosotros, a lo mejor, los que venimos del campo. Pero anda y vete a preguntárselo a ellos. Y si no, la muestra. Aquí mismo la tienes; míralos cómo se vienen a pasar los domingos. ¿Eh? Será porque ya se aburren de tanta Capital; si estuvieran a gusto no saldrían. Y que no es uno ni dos... ¡es que son miles!, los que salen cada domingo, huyendo de la quema. Por eso nadie puede decir en dónde está lo bueno; de todo se acaba cansando la gente, hasta en las capitales.

Mauricio había terminado de llenar las botellas y les pasaba un paño. Callaban. Lucio miraba el rectángulo de campo, enmarcado en la puerta vacía.

—¡Qué tierra ésta! —dijo.

—¿Por qué dices esto?

—¿El qué?

—Eso que acabas de decir.

—¿Qué tierra ésta? Pues será porque estoy mirando el campo.

—Ya.

—No, no te rías. ¿De qué te ríes?

—De ti. Que estás un poco mocho esta mañana.

—¿Te diviertes?

—La mar.

—No sabes cuánto me alegro.

Tenía el campo el color ardiente de los rastrojos. Un ocre inhóspito, sin sombra, bajo el borroso, impalpable sopor de aquella manta de tamo polvoriento. Sucesivas laderas se iban apoyando, ondulantes, las unas con las otras, como lomos y lomos de animales cansados. Oculto, hundido entre los rebaños, discurría el Jarama. Y aún al otro lado, los eriales incultos repetían otra vez aquel mismo color de los rastrojos, como si el cáustico sol de verano uniformase, en un solo ocre sucio, todas las variaciones de la tierra.

—¿Quieres fumar? —dijo Lucio.

—Aún no; más tarde. Gracias.

—Pues yo tampoco lío el primero, entonces, hasta tanto no fumes tú también. Cuanto más tarde empiece, mejor para la tos. Ah, y ¿van a ir la Faustina o tu hija a San Fernando?

—Dentro de un rato, supongo. ¿Por?

—¿No te importa que las encargue una cajetilla?

—Eso ellas. Díselo a ver, cuando salgan. ¿No vas a ir tú luego, a la hora de comer?

—No creo. Mi hermano y su mujer pasan el día en Madrid, con los parientes de ella. A estas horas ya están en el tren.

—¿Y tú no piensas almorzar, entonces?

—Pues ahí está. Si también se me acercan a recogerme la comida... Allí en la mesa la cocina me lo debe tener la cuñada, todo ya preparado. Así, pues me evitarían tener que ir.

—¿Y luego qué más, señor marqués? ¿No ves que van a venir cargadas, para encima tener que ponerte a ti la merienda a domicilio?

—Ah, pues déjalo, entonces, mira. Si me entra gana, me acerco. Y si no a la noche, es lo mismo.

*

Terminó de pasar el mercancías y apareció todo el grupo de bicicletas, al otro lado del paso a nivel. Paulina, al verlos, se puso a gritarles, agitando la mano:

—¡Miguel!, ¡Alicia!, ¡que estamos aquí!

—¡Hola, niños! —contestaban de la otra parte—. ¿Nos habéis esperado mucho rato?

Ya las barras del paso a nivel se levantaban lentamente. Los ciclistas entraron en la vía, con las bicis cogidas del manillar.

—¡Y qué bien presumimos de moto! —dijo Miguel, acercándose a Sebas y su novia.

Venían sudorosos. Las chicas traían pañuelos de colorines, como Paulina, con los picos colgando. Ellos, camisas blancas casi todos. Uno tenía camiseta de rayas horizontales, blanco y azul, como los marineros. Se había cubierto la cabeza con un pañuelo de bolsillo, hecho cuatro nuditos en sus cuatro esquinas. Venía con los pantalones metidos en los calcetines. Otros en cambio traían pinzas de andar en bicicleta. Una alta, la última, se hacía toda remilgos por los accidentes del suelo, al pasar las vías, maldiciendo la bici.

—¡Ay hijo, qué trasto más difícil!

Tenía unas gafas azules, historiadas, que levantaban dos puntas hacia los lados, como si prolongasen las cejas, y le hacían un rostro mítico y japonés. Ella también traía pantalones, y llegando a Paulina le decía:

—Cumplí lo prometido, como ves.

Paulina se los miraba:

—Hija, qué bien te caen a ti; te vienen que ni pintados. Los míos son una facha al lado tuyo. ¿De quién son ésos?

—De mi hermano Luis.

—Qué bien te están. Vuélvete, a ver.

La otra giró sus caderas, sin soltar la bici, con un movimiento estudiado.

—¡Valías para modelo! —se reía el de la camiseta marinera—. ¡Eso son curvas!

—Galanterías luego, que aquí nos coge el tren —le contestaba la chica, saliendo de las vías.

—¿Habéis tenido algún pinchazo? —preguntó Sebastián.

—¡Qué va! Fué Mely, que se paraba cada veinte metros, diciendo que no está para esos trotes, y que nadie la obliga a fatigarse.

—¿Y para qué trotes está Mely?

—Ah, eso...

—Pues lo que es, nadie os mandaba esperarme; yo solita sabía llegar igual.

—Tú sola, con esos pantalones, no irías muy lejos, te lo digo.

—¿Ah no? ¿Y por qué?

—Pues porque a más de uno se le iba antojar acompañarte.

—Ay, pues con mucho gusto; con tal de que no fuese como tú...

—Bueno, ¿qué hacemos aquí al sol? ¡Venga ya!

—Aquí dilucidando el porvenir de Mely.

—Pues lo podíais dejar para luego, donde haya un poquito sombra.

Ya varios se encaminaban.

—¿Tú no podías haberme encontrado una bici un poco peor?

—Hijo mío, la primera que me dieron. ¿Querías quedarte a patita?

—Venga, nosotros nos montamos, que no hay razón para ir a pie.

—Es el cacharro peor que he montado en mi vida; te lo juro, igual que esas de la mili que las pintan de color avellana; que ya es decir.

—¿Qué tal vino la comida?

—No sabemos —contestó Sebastián—; en la moto está todavía. Ahora veremos si hay desperfectos. No creo.

Miguel y otra chica, con las bicis de la mano, acompañaban a los que habían salido a recibirlos; los otros habían vuelto a montar en bicicleta y ya se iban por delante. Paulina dijo:

—Desde luego saltaba todo mucho; las tarteras venían haciendo una música de mil diablos.

—Con tal de que no se hayan abierto...

—Pues el dueño se acuerda de nosotros, ¿no sabes?; me conoció en seguida.

—¿Ah sí?

—De ti también se acuerda; ha preguntado; ¿verdad, Pauli?; «aquel que cantaba», dice.

Los otros iban llegando a la venta. El de la camiseta a rayas iba el primero y tomaba el camino a la derecha. Una chica se había pasado.

—¡Por aquí, Luci! —le gritaba—. ¡Dónde yo estoy! ¡Aquello, mira, allí es!

La chica giró la bici y se metió al camino, con los otros.

—¿Dónde tiene el jardín?

—Esa tapia de atrás, ¿no lo ves?, que asoman un poquito los árboles por cima.

Llegaba todo el grupo; se detenían ante la puerta.

—¡Ah; está bien esto!

—Mely siempre la última, ¿te fijas?

Uno miró la fachada y leía:

—¡Se admiten meriendas!

—¡Y qué vasazo de agua me voy a meter ahora mismo! Como una catedral.

—Yo de vino.

—¿A estas horas? ¡Temprano!

Entraban.

—Cuidado niña, el escalón.

—Ya, gracias.

—¿Dónde dejamos las bicis?

—Ahí fuera de momento; ahora nos lo dirán.

—No había venido nunca a este sitio.

—Pues yo sí, varias veces.

—Buenos días.

—Ole buenos días.

—Fernando, ayúdame, haz el favor, que se me engancha la falda.

—Aquí hace ya más fresquito.

—Sí, se respira por lo menos.

—De su cara sí que me acuerdo.

—¿Qué tal, cómo está usted?

—Pues ya lo ven; esperándolos. Ya me extrañaba a mí no verles el pelo este verano.

—¿Me pone usted un vaso de agua, si hace el favor?

—Cómo no. ¿Pues y el alto; el que cantaba? ¿No dice que venía también?

—Ah, sí; pues ahí atrás viene andando, con la novia y con los de la moto. Se ve que les gusta el sol.

—Pues no está hoy para gustarle a nadie. Por cierto, esas botellas de vino son para ustedes.

Estaban alineadas, brillando en el mostrador, las cuatro iguales, de a litro; el vino rojo.

—Las pidieron los otros nada más llegar.

—Bueno, pues vamos a empezarlas. ¿Quién quiere beber, muchachos?

—¡Quieto, loco!

—¿Por qué?

—Deja las botellitas para el río; ahora, si es caso, unos vasos aparte.

—Bueno, pues lo que sea. ¿Tú quieres vino, Santos?

—Si me lo dais...

—Yo bebo agua.

—Pues no bebas mucha, que estás encalmado.

—Estos tíos no han sacado todavía las meriendas; no sé qué han estado haciendo en todo este rato.

—Tito, ¿quieres un vaso tú?

—De momento prefiero agua. Después ya hablaremos.

—¿Vosotras, qué?, agua, vino, gaseosa, orange, coca-cola, la piña tropical?

—Pues pareces tú el que lo vende; hacías un barman de primera, chico.

—Lo único que tengo es gaseosa para las jóvenes, en no queriendo vino.

—Yo, chicos, me voy a sentar, ¿sabéis lo que os digo? Y no bebo nada hasta que no se me pase el sofocón.

—Haces bien. ¿Quieres gaseosa, Lucita?

—Gaseosa sí.

—Está mejor que el agua, desde luego, porque la tengo a refrescar —decía Mauricio, agachándose sobre la caja del hielo—; mientras que el agua está del tiempo.

—Pues será un caldo, entonces.

—Está buena —dijo Tito—; quita la sed.

—Estando sofocados —añadió Mely, relajada en su asiento—, no conviene tomar las cosas demás de frías.

Tenía un cuerpo muy largo, caderas anchas, se adivinaban unas carnes fuertes bajo la tela de los pantalones. Estiraba sobre lo fresco del mármol de la mesa los dos brazos desnudos. Dijo Santos al dueño:

—¿Qué le parece si metemos las bicicletas al jardín, como el año pasado?

—Sí, sí; cuando gusten.

—Vamos allá, pues; que cada cual coja la suya.

—Ya saben por dónde es; aquí, al fondo de este pasillo.

—Sí, muchas gracias; ya me acuerdo.

Salieron por las bicis y ya llegaban los otros cuatro a la venta. Santos dijo:

—Sebas, podrías sacar los bártulos del sidecar en lo que nosotros vamos metiendo las bicicletas al jardín.

Miguel entraba y se dirigió al dueño con una sonrisa:

—¿Cómo está usted? Yo sé que ha preguntado.

—Muy bien, muchas gracias; me alegro mucho verlos. Ya le estaba diciendo antes aquí que me extrañaba este año no se diesen ustedes una vuelta.

—Pues ya nos tiene aquí.

Pasaban los otros con las bicis por delante del mostrador y se metían al pasillo, hacia el jardín al fondo. Eran tres tapias de ladrillos viejos, cerradas contra el muro trasero de la casa; había zonas cubiertas de madreselva y vid americana, que avanzaban por los alambres horizontales. Y tres pequeños árboles; acacias.

—Mira; qué curiosito lo tienen —dijo Mely.

Las mesas estaban a lo largo de las tapias, bajo los emparrados; mesitas de tijera, descoloridas, y dos mucho más grandes, de madera de pino. En torno, sillas plegables o bancos rústicos de medio tronco, fijos al suelo, junto a la pared. En la trasera de la casa, se veía a la mujer en la cocina, por la ventana abierta, y otra ventana simétrica, al otro lado de la puerta del pasillo, donde brillaba el cromado de una cama, y una colcha amarilla.

—Apoyarlas aquí.

Dejaban las bicicletas contra el cajón numerado de un juego de rana; Santos metió los dedos en la boca del bronce.

—Ten cuidado, que muerde.

—Luego jugamos, ¿eh?

—A la tarde. A la tarde formamos una buena.

—¿Ya estamos? ¡Pues sí! Ya nos aburriréis a todas con el hallazgo, ¡cómo no!

—También digo; como se líen a la rana, sí que nos ha caído el gordo.

Volvían por el pasillo; quedaba atrás el de la camiseta marinera y gritaba:

—¡Mira, tú! ¡Mira un momento!

Santos volvió la vista, y lo veía por el marco de la puerta, desde la sombra del pasillo, haciendo la bandera en el tronco delgado de uno de los árboles, en la luz del jardín.

—Vamos, Daniel; no te enredes; ya sé que eres un tío atleta.

Vino diciendo:

—Eso tú no lo haces.

Entró tras ellos al local. Habían traído las tarteras; las guardaba Mauricio en algún recoveco del mostrador.

—Podíamos ir bajando —dijo Miguel—. ¿Qué hora tenéis?

—Las diez van a ser —le respondía Santos—. Por mí, cuando queráis. —Apuró el vaso de vino.

—Pues venga, vámonos ya. Coger alguno las botellas.

—A mediodía vendremos a por eso; no sé si comeremos en el río o a lo mejor aquí arriba; según se vea.

—Eso ustedes; por lo demás, ya saben que aquí está bien guardado.

—Hasta más tarde, entonces.

—Nada; a disfrutar se ha dicho; pasarlo bien.

—Muchas gracias; adiós.

Lucio los vió perfilarse uno a uno a contraluz en el umbral y torcer a la izquierda hacia el camino. Luego quedó otra vez vacío el marco de la puerta; era un rectángulo amarillo y cegador. Se alejaron las voces.

—¡La juventud, a divertirse! —dijo Lucio—; están en la edad. Pero qué fina era esta otra de pantalones; ésa sí que tiene sombra y buen tipo, para saber llevarlos.

Modelaba su forma en el aire, con ambas manos, hacia la puerta iluminada.

—¿Lo ves, hombre, lo ves, como todo es cuestión de quién los lleve? Sácate ya ese cigarrito, anda.

Lucio se buscó dificilmente por todos los bolsillos la petaca y el papel de fumar, levantando los hombros para alcanzarlos en alguna parte muy honda, de donde al fin los sacaba. Mauricio lo recogió del mostrador y liando el cigarro decía:

—No conviene fumar desde temprano; cuanto más tiempo te resistes, más lo agradece la salud.

—¿Y qué hora es, a todo esto?

—Hombre; me choca un rato el que tú lo preguntes. ¿Y qué te importa a ti de la hora, ni te ha importado nunca?

Lucio hacía una mueca con todo un lado de la cara:

—¿Ah, sí? ¿Tanto te extraña? pues ya lo ves; será que marcho para viejo.

—Tú no estás viejo. Lo que no te meneas en todo el día. Estás entumecido de no hacer ejercicio ninguno, lo que tú estás...

—¿Ejercicios? Ni falta. Bastantes tengo hechos...

—¿Pues cuándo?

—¿Cómo que cuándo? ¡Antes!

—¿Antes de qué?

—Antes de aquello. Y allí. Pues si te crees que no hacíamos ejercicio. Se figura la gente que allí nada más estar sentado y aguardar que te traigan la comida. —Mauricio lo miraba atentamente, dejándolo hablar, esperando más cosas—. Anda que no bregábamos allí; total en la celda, no parabas más que a la noche. Peor que fuera. Y sin provecho —alzó los ojos del cigarro, hacia la cara de Mauricio—. Bueno, ¿qué miras?

Volvió Mauricio a lo que había interrumpido, y terminaba de liar.

—No, nada, que voy a... —se retiró hacia el centro del mostrador—, voy a llenar un par de frascas, que va a venir público en seguida. ¡Justina! ¡Justina!

Respondía desde dentro la voz:

—¡Voy, padre!

Apareció en la puerta.

—Dígame, ¿qué quería?

—A tu madre, que si os vais yendo para San Fernando, que luego se hace tarde y me hacen falta las cosas para mediodía. Y mira: el señor Lucio te quería un recado. Tú, dile lo que pasa.

—No, hija; no es más que si no os sirve de molestia, os acerquéis por el Exprés y me traigáis un bote picadura. De esos verdes.

—¿Por qué no?

—Espera; te doy los cuartos.

—A la vuelta; ¡qué más da! —dijo la chica, y se metió hacia el pasillo.

Y aún Lucio le gritaba, volviéndose:

—¡Y un librito de Bambú...!

—¿Pues no querías que te trajeran también la comida?

—Calla; es lo mismo. No se te ocurra decirlas ni media palabra.

*

Iban aprisa, con ganas de ver el río. Cruzaron la carretera y continuaban por un camino perpendicular. Dijo Mely:

—¿Está lejos?

—Aquellos árboles, ¿no ves?

Asomaban enfrente las puntas de las copas. Debía de haber un brusco desnivel, cortado sobre el cauce y la arboleda.

—¿Es grande?

—Ya lo verás.

No llegaron a verlo hasta que no alcanzaban el borde del ribazo. Apareció de pronto. Casi no parecía que había río; el agua era también de aquel color, que continuaba de una parte a otra, sin alterarse por el curso, como si aquella misma tierra corriese líquida en el río.

—Pues vaya un río... —dijo Mely—. ¿Y eso también es un río?

—Será que está revuelto —le replicaba Luci.

Se habían detenido a mirarlo en el borde del terraplén, que levantaba de diez a quince metros sobre el nivel de la ribera.

—Me llevé un chasco, hija mía. Ni río ni nada. Vaya un desengaño.

—¿Pues qué querías que fuese? ¿El Amazonas?

—¿Nunca habíais visto vosotras el Jarama? —dijo Daniel—. El Jarama es siempre así, de ese mismo color.

—Pues a mí no me gusta. Parece que está sucio.

—Eso no es sucio, mujer; es la arcilla que trae. Parece sucio, pero no. Verás qué agua tan rica.

—Ah, no la pienso beber. Ni por soñación.

—Si no es beberla, Mely —se reía Daniel—. Rica para bañarse.

Tito les señalaba a la izquierda, hacia aguas arriba:

—Mirar: por allí encima pasa el tren.

Había un puente de seis grandes ojos de ladrillo, y aún más atrás, el de Viveros, junto a las casas de la General. La arboleda, a los pies del ribazo, era una larga isla en forma de de huso, que partía la corriente en dos ramas desiguales. La de acá, muy estrecha y ceñida al terraplén, se había dejado secar por el verano y ahora no corría. De modo que la isla estaba unida a la tierra por este costado y se podía pasar a ella en casi toda su longitud, sin más que atravesar el breve lecho de limo rojo y resbaladizo. Tan sólo a la derecha tenía un poco de agua todavía: un brazo muerto, que separaba de tierra el puntal de la isla, formando una península puntiaguda. Frente al vértice de aquella península, donde se unía el brazo muerto con el otro ramal, el agua estaba remansada en un espacioso embalse, contra el dique de cemento de una aceña molinera o regadía. Para bajar a la arboleda, se trocaba el camino en una accidentada escalerilla labrada en la misma tierra del ribazo.

—Vámonos ya, que pica el sol.

Los peldaños estaban romos, casi arrasados. Abajo fué una gran risa cuando una de las chicas patinó sobre el limo y se quedó sentada en las dos estrías que habían dejado sus talones y se le vieron las piernas. Le supo mal a lo primero, sorprendida de verse así, pero en seguida levantó la cabeza riendo, al oír que los otros se reían.

—¡Vaya pato, hija mía!, ¡qué pato soy! —les decía desde el suelo.

La cogió Santos por las manos y tiraba hacia arriba, pero ella no conseguía levantarse, de tanta risa que le daba.

—¡Qué pato soy! —repetía feliz.

—¿Te lastimaste?

—¡Qué va! Si está mullido.

—Pues nos has dado la función, Carmela —le decía Mely—;
se te ha visto hasta la vacuna.

—¡Bueno! Vaya una cosa más terrible; si no habéis visto
más que eso.

—Nos ha retratado a todos, eso sí.

—Venga, niña; levanta de una vez.

—Despacio, hombre, despacio... —y volvía a reírse.

—Luego enjuagas la falda en el río, cuando nos bañemos
—aconsejaba Alicia—. Se te seca en un dos por tres.

—También fué de los que hacen época el guarrazo que
se pegó Fernando el día que fuimos a Navacerrada. ¿Os
acordáis?

—Ya lo creo. Cada vez le toca a uno.

—El que se acuerda soy yo; el daño que me hice con los
cantos aquellos del demonio.

—Te sentó mal que nos riésemos y todo.

—Pues a ver. Me iba a hacer gracia.

—¿Por qué será que todos se ríen cuando alguno se cae?
Basta que uno se caiga para escacharse de risa los demás.

—Porque caerse recuerda los payasos del circo —dijo
Mely.

Había ya varios grupos en los árboles, corros sentados a
la sombra sobre periódicos y colchas extendidas. No había casi
hierba; sólo un suelo rapado y polvoriento. Apenas si per-
sistía algún mechón de grama retorcida y rebozada con el polvo. Sobre el polvo, botijos y sandías y capachos de cuero. Un
perro quería morder una pelota. Corrían descalzos en la mancha de sol, entre dos porterías improvisadas. Los troncos estaban atormentados de incisiones, y las letras más viejas ya subían
cicatrizando, connaturándose en las cortezas; emes, erres,
jotas, iban pasando lentamente a formar parte de los árboles
mismos; tomaban el aspecto de signos naturales y se sumían
en la vida vegetal. Corría el agua rojiza, anaranjada, trenzando y destrenzando las hebras de corrientes, como los largos
músculos del río. En la orilla había juncos, grupos de tallos
verticales que salían del agua y detenían la fusca en oscuros
pelotones. Sobresalía algún banco de barro, al ras del agua,
como una roja y oblonga panza al sol.

—Aquí entre estos cuatro troncos nos sentábamos el año
pasado.

—De hierba no es que haya mucha, la verdad.

—El ganado se la come.

—Y los zapatos de la gente.

Allí mismo extendieron el albornoz de Santos, de color negro, entre dos árboles, y Mely se instalaba la primera, sin esperar a nadie.

—Pareces un gato, Mely —le decían—; ¡qué bien te sabes coger el mejor sitio! Lo mismo que los gatos.

—A las demás que nos parta un rayo. Deja un huequito siquiera.

—Bueno, hija; si queréis me levanto, ya está.

Se incorporó de nuevo y se marchaba.

—Tampoco es para picarse, mujer. Ven acá, vuelve a sentarte como estabas, no seas chinche.

No hacía caso y se fue entre los troncos.

—¿Has visto? ¿Qué le habrán dicho para ponerse así?

—Dejarla ella. La que se pica, ajos come.

Daniel se había alejado y estaba inspeccionando la corteza de un tronco. Mely llegó junto a él.

—¿Qué es lo que buscas?

Levantó la cabeza sorprendido:

—¿Eh? Nada.

Amelia sonreía:

—Hijo, no te pongas violento. ¿No lo puedo ver yo?

—Déjame, anda; cosas mías.

Tapaba el tronco con la espalda.

—¡Ay qué antipático, chico! —reía Mely—. Conque secreto, ¿eh? Pues te fastidias, porque me tengo que enterar.

—No seas pesada.

Mely buscaba entre las letras, por ambos lados de Daniel.

—¿Te apuestas algo a que lo encuentro?

—Pero ¡cuidado que eres meticona!

—¡Cómo estáis todos, hoy, qué barbaridad!

Se aburría y se dió media vuelta, hacia los otros. Rayas, manchas de sol, partían la sombra. Carmen se había tendido sobre el albornoz de Santos y miraba a las copas de los árboles. Apareció encima de ella la cabeza de Mely, contra las altas hojas.

—Échate, Mely; hay sitio para las dos. Vas a ver tú qué bien.

Amelia la miró sin contestar y luego recorría con los ojos la orilla y la arboleda y los grupos de gente; dijo:

—¿Dónde andarán los otros?

—¿Qué otros?

—El Zacarías y la pandilla.

—¡Ah, ésos; a saber! ¿Seguro que venían?

—Claro que sí. En el tren. En eso fué lo que quedaron anoche con Fernando. ¿No, tú?

—Me lo dieron por cierto. Y que luego a la tarde coincidirían con nosotros en el merendero para formar un poquito de expansión.

Mely seguía mirando.

—Pues no se los ve el pelo por ninguna parte.

—Hablaron de que iban a no sé qué sitio que conocen ellos —decía Tito, escarbando en el polvo—. Y además no los precisamos para nada...

Amelia se volvió bruscamente hacia él y luego desistía de mirar y se tendió en el albornoz, junto a Carmen.

—Ni siquiera a la sombra se está a gusto —dijo.

—Yo digo que nos bañemos.

—Aún es pronto.

Santos miraba un partido de fútbol, que proseguía encarnizadamente en un claro del soto, entre unos cuantos chavales en traje de baño y una pelota encarnada. «Tuya, tuya, chico...», murmuraba Santos. Corrían moviendo polvo bajo el sol. Todos los del grupo estaban sentados ahora o tumbados o recostados con los codos en tierra, dando cara hacia el río. Fernando quedaba en pie, junto a Tito, y éste le rodeaba la alpargata con un palitroque, dibujando la horma en el polvo. Fernando se volvió:

—¿Qué me haces? —contempló todo el grupo—. ¡Pues vaya un espectáculo! Chico, me parecéis el pelotón de la modorra. ¡Qué tíos!

Se rascaba la nuca; sacó el pecho, estirándose.

—Trae que me tumbe yo también, si no. Y echamos el completo.

Daba vueltas en torno de los otros, buscando un acomodo.

—Das más rodeos que los galgos cuando quieren echarse. Aparta ya por ahí en donde sea.

—Toma, hijo; te cedemos el pico ese, si es que eres tan escogido. Con tal que dejes de marearnos a todas, tanto ir y venir.

—Sin traspaso, por ser para usted.

Le hacían un hueco junto a sus piernas, en el albornoz.

—Gracias, Mely, preciosa; no esperaba yo menos de ti.

Se sentó. Andaba un viejo fotógrafo por los árboles, tiran-

do de un caballo de cartón. Llevaba un guardapolvo amarillo
sobre la camiseta de verano, y la cámara al hombro, cogida
por el trípode.

—Lástima de no habernos traído una máquina de retratar.

—Mira, es verdad. Mi hermano tiene la Boy que se trajo
de Marruecos.

—Se te podía haber ocurrido el pedírsela.

—También digo.

—No me acordé. Si es que sacó un par de carretes, mucho
entusiasmo con ella los primeros diez días, y luego la ha metido en un cajón y ya ni sabe que la tiene.

—Pues para eso...

—Estos del minuto es tirar el dinero. Te sacan fatal.

—Éstos ni hablar, por supuesto. Pero llevarse unas foti-
tos de los días así que se sale de jira, es una cosa que está bien.
Luego al cabo del tiempo gusta verlas; mira fulano la cara
tonto que tenía, y te ríes un rato...

—Claro que sí. Pues todavía no nos hemos sacado una
foto en la que salgamos toda la panda, Samuel y Zacarías,
inclusive, y los demás —dijo Fernando.

—¿Éstos qué tienen que ver? Ésos no son pandilla con
nosotros.

—Bueno. No lo serán para ti. Para mí, si lo son. A Samuel
lo conozco siendo chavales.

El fotógrafo no decía nada; se limitaba a detenerse delante de los grupos, con una mirada interrogativa, señalando
con el pulgar al cajón de la cámara, detrás de su nuca. A veces, si los veía vacilar y no le contestaban en seguida que no,
meneando la cabeza, añadía: «Al minuto», como algo ya ar-
chisabido; y después se alejaba encogiendo los hombros, con
su caballo, y volviendo a chupar de la pipa que le colgaba de
los dientes. A la pipa se le iba el humo por todas partes, como
a una vieja locomotora.

—Yo creo que ya podíamos bañarnos —decía Sebastián.

—Espérate, hombre, ahora. No seas impaciente. ¿Queréis
un trago, mejor dicho?

—Venga, es verdad. Trae la botella.

—¿Y el Dani?, ¿dónde anda?

—¿A qué ninguno nos hemos acordado tampoco de traernos un vaso?

—Yo traigo uno de pasta —dijo Alicia—, el de lavarme
la boca, ¿sabes? Pero lo tengo arriba con la merienda.

—Si no hace falta vaso, ¿no ves que nos han puesto una cañita en uno de los corchos?

—Allí está el Dani. Mirarlo.

Merodeaba entre los árboles y los corros de gente. Ahora se había parado a mirar el partido.

—¡Daniel! ¡Dani! —le gritó Sebastián.

Se volvía Daniel y levantaba la barbilla, como si preguntase.

—Ya veréis como viene corriendo... ¡Mira, Daniel! —agitaba en el aire la botella, para que el otro la viese—. ¡Ven acá, hijo, que te repongas!

Daniel titubeaba y al fin se encaminó nuevamente hacia el grupo.

—¿No lo veis cómo acude? —se reía Sebastián—. Si no falla. A éste no tienes más que enseñarle la botella del vino y te obedece como un corderito.

Llegó sin decir nada y pasó por detrás de todo el corro, a ocupar un extremo al lado de Miguel.

—¿Qué andabas tú solo por ahí?

—Nada. Dando un garbeo.

—¿Estabas inspeccionando las chavalas? Toma, bebe.

—El pobre, como se viene sin pareja...

—Ni falta.

Empinó la botella de vino y se dejó caer en la garganta un chorro largo y profundo. Después tomaba aliento y se limpiaba la barbilla con la mano.

—A poco te la liquidas, hijo mío. Dame. ¿Qué tal está?

—Caliente.

—Pues si llega a estar frío, no sé entonces...

—Oye, ¿y por qué no metemos estas otras en el agua a refrescar?

—Una ocurrencia; se podría.

—Anda, Santitos, que te veamos un detalle, tú que te pilla más cerca y que no estás haciendo nada de momento.

—Quítate, quítate. A mí allá vea que esté caliente. Me sabe igual de bien.

—Estás galbanizado, muchacho. ¿Tanto trabajo te cuesta levantarte?

—Mucho; no puedes darte una idea.

—Éste nació cansado.

—No, hijo; no nací cansado; me cansé después. Me canso durante toda la semana, trajinando.

—Pues a ver si te crees que los demás nos la pasamos hurgándonos con la uña en el ombligo.

—Lo que sea. Yo por mi parte he venido a descansar. De domingos no trae más que uno esta semana, y hay que aprovecharse. Así que anda, pasarme el biberón.

—Bueno, hijo, bueno; pues iré yo —dijo Sebas.

Se levantó y se llevaba las otras botellas hacia el río.

—Niñas, ¿vosotras no bebéis?

—Por ahí teníais que haber empezado.

—Perdona, chica.

—Pues no señor; con el vino, primero son los hombres; las mujeres al poso, ¿no lo sabéis?

—¿Ah, sí? Pues una mala educación como otra cualquiera.

Apretaba el calor. Carmen jugaba con los brazos en alto, trenzando los dedos. Santos miró hacia el río; entornaba los ojos, por la fuerza del sol.

—Pues ahora sí que ha llegado la hora de bañarse —dijo—. Yo por lo menos me voy a desnudar.

—Lleva razón, ¿qué hacemos aquí vestidos todavía? Aunque no vayamos a meternos en seguida, siempre estaremos mejor en taparrabos, creo yo.

Mely se incorporó y miró a todas partes, estirándose, dijo:

—Samuel y ésos sin aparecer.

—Mucho preguntas tú por ellos.

—Anda que no hay poca gente por todo el río, como para echarles a éstos la vista encima.

—Más valía que se hubiese llevado nada más dos botellas; ésta está dando lo que se dice las boqueadas.

—Cómo se marcha, chico. Una cosa de espanto.

—También que somos muchos.

Mely volvió a tenderse. Ya regresaba Sebastián.

—¿Qué pasa? ¿Ya os habéis liquidado la botella?

—Así anda.

—¿Tú no traías Bisontes, Mely?

—Sí; ahí en la bolsa los tengo. Pásamela.

—Bien —dijo Fernando—; que nos dé Mely uno de rubio.

—Lo siento, hijo, pero éstos son para nosotras. Vosotros igual fumáis de eso negro.

—¿Por dónde se desnuda uno? —decía Santos al levantarse.

—Allí, tras aquellas matas. Yo voy contigo.

—Bueno, guapinas, ¿queréis dejarme el albornoz?

—¡Ni pensar! De aquí no nos movemos. Con lo a gusto que estamos en él. No te hace falta, además.

—Vaya una gandulitis que nos traemos todos esta mañana.

—Aguda.

—Tira, Alberto; vámonos ya.

Santos y Tito se alejaron hacia unos matorrales, al pie del ribazo. Dijo Santos:

—¿Qué le pasa a Daniel?

—Ah, yo no sé. ¿Qué le pasa?

—¿Pues no le notas que está como cabreado? No dice una palabra.

—Tiene ese humor, ya lo conoces. Tan pronto es el que mete más escándalo, como igual se te queda de un aire.

—Pues se ha puesto a soplar que da gusto.

—Déjalo que se anime.

Andaban allí pelando patatas y cebollas una madre y su hija; la chica, en bañador, como de quince años, muy delgadas las piernas, con una pelusilla dorada. Había peladuras cerca de la botella del aceite, junto a una toalla rosa y una jabonera de aluminio. Alguien estaba ya en el río y llamaba, medio cuerpo escondido bajo el agua naranja, y agitaba la mano: «¡Madre! ¡Madre, míreme usted!...»; resonaba muy límpida la voz. «¡Ya te veo, hijo mío, ten cuidado...!» Los cuerpos tenían casi el color de las aguas.

—En estas matas —dijo Tito.

Había un par de zarzales; detenían mucho polvo en sus hojas oscuras y ásperas. Cerca, los restos de otro zarzal quemado, los muñones de los tallos hechos casi carbón, en una mancha negra. Tito miraba el torso asténico de Santos, cuando éste se hubo sacado la camisa:

—¡Qué blanquito!

—Claro, vosotros vais a las piscinas. Yo nunca tengo tiempo. Va a ser la primera vez que me chapuzo este verano.

—Pues yo tampoco no te creas que habré ido más de un par de veces o tres. Lo que pasa es que tengo la piel morena de por mí. Tú te vas a poner como un cangrejo, ya lo verás.

—Ya, si por eso quería yo el albornoz. Mucho sol no me conviene el primer día.

Alberto se pasaba las manos por los hombros. Se miró en derredor.

—Lo que es las chicas —dijo—, dudo mucho de que se

quieran desnudar en este sitio. Te ven desde todas partes.

—Ellas lo traen ya seguramente debajo de la ropa. Luego se trapichean detrás del primer tronco, y listo.

—Son ganas de pasar calor. Oye: la Mely es la que está un poco repipi esta mañana.

—¿Por qué lo dices?

—No sé... ¿no la oyes que no hace más que preguntar por Zacarías y los otros?

—¿Y qué con eso?

—Hombre, pues qué sé yo; lo mismo que decir que ha venido a disgusto. Pues haberse agregado a la otra panda, ¿no te parece?

Santos se encogía de hombros.

—Allá ella —dijo—. Por mí... Bien de más está.

*

Desde Coslada, el camino más derecho era venir toda la vía adelante, hasta el paso a nivel. No le importaban los zapatos. Cuando nuevos, le habían importado. Ahora sólo recién limpios le volvían a importar un poquito por los cantos agudos de la vía. A veces, cuando nadie lo miraba, venía haciendo equilibrios por cima de un rail. La niña de la caseta tenía un vestido rojo y oxeó a las gallinas que se habían metido a pisarle la ropa tendida sobre el suelo. La parra, encima de la puerta, tenía las hojas con humo de los trenes. La niña lo vió venir y se paró a mirarlo. No se reía de verlo subido en el riel, pero de pronto le gritó:

—¡Que viene el tren!

El hombre de los zapatos blancos se volvió bruscamente hacia atrás: era un chasco. Y la niña corría a meterse en su casa como un gato pequeño. En el paso a nivel dejó el hombre la vía y torció a la derecha. También aquí ponía los pies con cuidado, para que el polvo de la carretera no le ensuciase lo blanco de los empeines.

—Buenas.

—Buenos días.

Se cruzó con Justina y su madre que salían con capachos. La chica lo miró de arriba abajo y se alejaba cubriéndose del sol con un pañuelo de colores.

—¿Qué hay?

—Nada. Ya lo ve usted.

—¿Le pongo un vaso?

—Sí.

Miró hacia fuera. Veía en el camino a las dos mujeres. Puso las uñas sobre el mostrador. Cuando el vaso sonó en la madera, se volvió hacia Mauricio.

—¿Estuvo Julio, anoche?

—¿Cuál de los dos?

—El capataz.

—No; el capataz no vino. El otro, sí.

—¿Vendrá esta noche?

—¿El capataz? Supongo.

El hombre de los zapatos blancos puso los labios en el vino y miró hacia la puerta de nuevo.

—Menudo calor.

—Sí que lo hace, sí. No parece sino que espera los domingos para apretar más todavía.

—Ya; ése no guarda fiestas —dijo Lucio—. Pues habrá que ver el río a estas horas; cómo estará ya de gente.

—Lo creo —repuso el otro, y se volvía a Mauricio—. ¿Estás seguro de que viene?

—Supongo yo que sí, ya le digo. Hoy, día de fiesta, casi cierto.

Observó al hombre de los zapatos blancos y se apartaba hacia el fregadero. El otro ya no decía nada. Se quedaron los tres como esperando.

—Pero cuidado que hemos hecho el ridículo a lo largo de toda nuestra vida —decía, después, el hombre de los zapatos blancos—. Póngame otro vasito, Mauricio, haga el favor.

Mauricio cogió la frasca y lo miraba con curiosidad. Con voz prudente preguntó:

—Usted sabrá lo que quiere decir.

—¿Por qué lo digo? Por todo. ¿A qué me vine yo a Coslada? ¿Pero a santo de qué?

Se callaba de nuevo.

—Usted dirá.

—Yo lo único que digo es que en mi tierra es en donde tenía que haberme quedado. Mejor me valdría. Es que las cosas se saben siempre tarde.

Lucio y Mauricio lo observaban. Éste volvió a preguntar:

—¿Tan mal le va? ¿Pues y qué le ha ocurrido, si es que puede saberse?

Levantó el otro la cabeza del vaso; miró a Mauricio con las cejas, muy calculadamente. Resopló:

—Tonterías. Tonterías de pueblo y que le cuestan a uno los disgustos. Pero el tonto soy yo, que le hago caso.

Tragó saliva; una pausa; miró hacia el campo y hablaba nuevamente:

—Y todo no es más que política. Política chica, se entiende. De ratones. Pero siempre política. Los unos por una cosa, otros por otra. Y en una barbería se habla mucho; más de lo que hace falta. Y como tienes que aguantar que anden diciendo esto y lo otro y lo de más allá; si no se lo aguantas, se te marchan; si te lo aguantas, te comprometen. Parece que no te vienen más que a soltar todo lo malo, todos los venenillos y las reservas que se tienen ellas y ellos. Así que con bañarlos y pasarles la navaja, nada más que por eso, pues ya te ves metido en algún lío. Te pillan de todas todas —gesticulaba hablando; miraba de vez en vez hacia la puerta, sin sosiego; detenía, agolpaba sus palabras—. Conque me viene esta mañana el Abelardo, ya saben —los otros asintieron—; bueno, pues ése, y me viene y me dice que hablaban tres o cuatro si me van a formar el boicot, para que ya nunca nadie no venga jamás a arreglarse a mi casa, pues resulta que según ellos ahora por lo visto es mi casa la que le forma el mal ambiente a muchas personas en el pueblo —clavó la pausa y los miró sin respirar; se rehizo—. Y ya ven ustedes si a mí me va a interesar, desde el punto de vista del negocio, que a nadie se la vaya a formar el ambiente de nocivo... ¡Si eso esta silla lo entiende! ¿Qué querrán que uno haga? ¿Levantarlos del sillón y echarlos a la calle, a media jeta enjabonada? ¿O qué? O meterles el paño por la boca...

—No hay peor chisme que los de barbería —dijo Lucio—. Son los que hacen más daño.

Parecía que hablaba de algún bicho; de un chinche o de un piojo... Y Mauricio insistió:

—Y esta vez ¿qué fué ello?

—El Julio este... Pues nada, que Guillermo Sánchez me le tiene en arriendo el almacén y ya no quiere desalojárselo, y éste anda con rumores poniéndolo en ridículo y quitándole el crédito por todas partes; y el otro día se me va de la lengua mientras le afeito, el viernes fué, conque lo puso verde, y a todo esto sin darse cuenta de que estaba otro señor, en el sillón de atrás, que al parecer es uña y carne de Guillermo.

Y el tío, claro, la inmediata; al otro con el cuento en seguida.
Conque ya se figuran ustedes...

*

Daniel levantó en el aire la botella y se iba tumbando conforme bebía. Se atragantó a lo último y se incorporaba, congestionado por la tos. Dijo Alicia:

—Te está muy bien. Por ansioso.

Miguel lo palmeaba en las espaldas.

—Deja, Miguel, no te preocupes, ya pasó. Se me fué por
mal sitio.

—No, si lo que no había tampoco necesidad, era beber
vino ahora —dijo Paulina—. Con que hubieseis bebido en
la comida, de sobra ya con eso. Parece que no podéis pasaros
sin beber.

Daniel se volvió a ella:

—A Sebastián se lo dices eso, si quieres. A mí me dejas
vivir.

—Pues, hijo, yo lo decía por tu bien. Y para que no se nos
agüe la fiesta. Pero descuida chico, que no vuelvo a decirte
ni media palabra. Allá tú.

Sebastián intervino:

—Tampoco te había dicho la chica ninguna cosa del otro
jueves, para que tú vayas y la contestes así.

—Es que yo no te aguo a nadie la fiesta, Sebastián. Si
tengo que aguar alguna fiesta, me la aguaré yo solito, ya lo
sabéis.

Miguel cortó riendo:

—Tú no te apures, Daniel —le decía—; que aquí si acaso
la única cosa que tendríamos que aguar es el vino.

Todos rieron.

—¡Pues también es verdad! No que no sería eso ningún
disparate.

—Eso sí que es hablar como el Código, Miguel. Ahí, ya
ves, has estado.

—Sabe dar la salida como nadie. ¡Pico de oro...!

—Ya vienen ésos ahí. Tengo ganas de meterme en el agua.

Venían ya desnudos, por los árboles.

—Esperaros un poco, que la prueben primero ellos. Cuanto más tiempo pase, más se caldea.

—¡No vale! ¡Tiene que ser todos juntos! Si no, no tiene gracia.

—Pues claro —dijo Sebas—; eso es lo bueno. Todos a la vez.

—¿Ya estáis? —les decía Miguel a los otros, que llegaban en ese momento.

—Sí. Pero oye: yo lo que digo es que si nos metemos en el agua, alguien se tiene que quedar aquí con todo esto. No lo podemos dejar solo.

—Nos vendremos un rato cada uno. Ahí no es problema.

—No tengas cuidado —dijo Daniel—. Yo mismo me quedo. No tengo ganas de bañarme todavía.

—Venga, pues entonces nosotros a desnudarnos; hala, tú, Sebastián.

Se marcharon Fernando, Sebas y Miguel. Aún crecía el calor y tenían que moverse a menudo, porque el sol traspasaba la entrerrama y se iban corriendo las sombras en el suelo. Alguien dijo:

—¿Y adónde va este río?, ¿sabéis alguno adónde va?

—A la mar, como todos —le contestaba Santos.

—¡Qué gracioso! Hasta ahí ya llegamos. Quiero decir que por dónde pasa.

—Pues tengo entendido que coge el Henares, ahí por bajo de San Fernando; luego sé que va a dar al Tajo, muy lejos ya; por Aranjuez y por Illescas debe ser.

—Di, tú, ¿no es este mismo el que viene de Torrelaguna?

—No lo sé; creo que sí. Sé que nace en la sierra.

Al otro lado no había árboles. Veían, desde lo tibio de la sombra, unos pocos arbustos en la misma ribera, y atrás el llano ciego, como una piel de liebre, calveándose al sol. El agua corría ya tan sólo por los ojos centrales del puente. Había dejado en seco los dos primeros tajamares, en la parte de allá. La sombra de aquellos arcos cobijaba otros grupos de gente, acampada en la arena, debajo de las bóvedas altísimas.

—Pues en guerra creo que hubo muchos muertos en este mismo río.

—Sí, hombre; ahí más arriba, en Paracuellos del Jarama, allí fué lo más gordo; pero el frente era toda la línea del río, hasta el mismo Titulcia.

—¿Titulcia?

—¿No has oído nombrar el pueblo ese? Un tío mío, un hermano de mi madre, cayó en esa ofensiva, justamente en

Titulcia, por eso lo sé yo. Lo supimos cenando, no se me olvida.

—Pensar que esto era el frente —dijo Mely—, y que hubo tantos muertos.

—Digo. Y nosotros que nos bañamos tan tranquilos.

—Como si nada; y a lo mejor donde te metes ha habido ya un cadáver.

Lucita interrumpió:

—Ya vale. También son ganas de andar sacando cosas, ahora.

Volvían los otros tres; Miguel dijo:

—¿Qué es lo que habláis?

—Nada; Lucita que no la gustan las historias de muertos.

—¿Y qué muertos son ésos?

—Los de cuando la guerra. Que estaba yo diciéndoles a éstos que aquí también hubo unos pocos y entre ellos un tío mío.

—Ya... Bueno, y a todo esto, ¿que hora es?

—Las doce menos cinco.

—¿Entonces, qué? Vosotras, las mujeres, ya podíais ir pensando también en desnudaros. Y tú, Daniel, ¿qué decides por fin?, ¿te quedas aquí al cuidado?

El Dani se volvió:

—¿Eh? Sí, sí; de momento me quedo; me bañaré luego más tarde.

Sebastián se había puesto a dar brincos y hacer cabriolas; ponía contra el suelo las palmas de sus manos e intentaba girar todo el cuerpo, con los pies hacia arriba; dió un grito como Tarzán.

—¿Qué hace ese loco? —dijo Carmen.

—Nada; se siente indígena.

—Unos cuantos tornillos le faltan.

Ahora se había ido rodando y dando brincos hasta el agua y la había probado con un pie; volvía muy contento.

—¡Chico, cómo está el agua!

—¿Qué cómo está de qué?

—De buena. Está fenómeno.

—¿Caliente?

—Caliente, no; lo justo, lo ideal. No sé qué hacéis vosotras que no estáis ya con el traje de baño. ¡Venga ya! Yo no puedo esperarme ni cinco minutos siquiera. No aguanto más.

Empezaron las chicas a moverse; se levantaban con pereza. Sebas corría otra vez; tuvo un lío con un perro, al que había tropezado. Le acosaba a ladridos. Sebastián retiraba las piernas, como con miedo de que le fuese a hincar los dientes en la carne desnuda. Se reían los otros desde el grupo y Fernando azuzaba: «¡Anda con él!» Un señor gordo, con la tripa de Buda, un ombligo profundo y velloso, acudía hacia Sebas, cubriéndose la espalda con una toalla de colores al salir de la sombra. Llamó a su perro:

—¡Oro!, ¡ven acá, Oro!, ¡obedece, Oro!, ¡Oro bonito! No se preocupe, no le hace nada. No ha mordido jamás. ¡Oro! ¿Qué te he dicho? ¡Estáte quieto, Oro!...

Le movía la correa muy cerca, sin quererlo pegar, y el animal acabó cediendo. El hombre sonrió a Sebastián y se alejaba de nuevo hacia su grupo.

—Debía de haberte mordido, eso es. Me hubiera alegrado, fíjate.

—¿Por qué, mujer?

—Para que aprendas a no hacer el ganso.

—Hija, no creo que eso moleste a nadie. Fue el perrito, además, el que empezó.

—A mí es a la que me molesta. Me molesta el que tengas que ser las miradas de toda la gente.

—¡Qué tontería! Anda, anda, vete con ellas, que acabéis cuanto antes, a ver si nos bañamos de una vez.

Sebas volvió a sentarse, jadeando, mientras su novia se alejaba hacia las otras chicas. Miguel dobló muy bien sus pantalones y ordenaba sus cosas, al pie de un árbol.

—Tú, Daniel; aquí te queda lo mío todo junto, ¿me oyes? El otro volvió la cara con desgana.

—Bueno.

Ahora Santos y Tito ensayaban boxeo entre los árboles. Miguel miraba todo el corro deshecho, la ropa y los zapatos de los otros, sin orden.

—Mira, Sebas, si quieres puedes poner aquí tus cosas, al lado de lo mío.

Le señalaba el sitio, junto al tronco.

—¿Y qué más da?

—Ah, no; por si querías; mejor quedaba ahí... Vamos, a mí me lo parece.

—Es igual, hombre; ahora no tengo ganas de levantarme.

Hizo Miguel un gesto resignado y seguía mirando las cosas

dispersas por el suelo; vacilaba. Luego, de pronto, sin decir nada, se puso a recoger los montones de ropa de los otros y a trasladarlos junto al tronco y colocar cosa por cosa, hasta que todo quedó como lo suyo.

—¿No está mejor así?

Sebastián se volvía distraído.

—¿Eh? Ah, sí; de esta manera está mejor —cambió de tono—. Oye: y Santos, ¿qué tal anda?

Señaló con la mano hacia los árboles, donde Santos, que estaba con Fernando y con Tito, casi había ido a caerse, boxeando, encima de las cosas de una familia. «¡Me rompen el botijo, ¿y luego qué?!», les decía la señora.

—¡Qué morena estás tú! ¿Qué has hecho para ponerte tan morena?

Dos de ellas sostenían el albornoz de Santos, como una cortina, mientras las otras se desnudaban detrás.

—No te creas que he tomado casi el sol.

—Pues hija, se te pega en seguida. Yo, en cambio, para cuando quiera estar morena, ya se marchó el verano.

Las que tenían el albornoz miraban dentro los cuerpos y los trajes de baño de las otras, que iban apareciendo tras los vestidos caídos.

—Está muy bien, oye; ¿y dónde lo compraste?

—En Sepu; ¿cuánto dirás?

—No sé, ¿doscientas?

—Menos, ciento sesenta y cinco.

—Barato; si hasta parece de lana. Agarra de aquí tu ahora. A mí me va a dar vergüenza, porque estoy muy blanquita.

Mely y Paulina estaban ya fuera, con los trajes de baño, y se miraban mutuamente.

—Daros prisa vosotras.

Querían ir todas juntas hacia los chicos. Luci tenía un traje de baño de lana negra. Las otras dos estaban más morenas y tenían bañadores de cretona estampada, todos fruncidos con elásticos. El de Mely era verde. Después no sabían qué hacer y se miraban unas a otras, dubitantes, recogiendo las ropas. Se comparaban entre sí con las miradas; reían y alborotaban y se ajustaban los bañadores una y otra vez.

—¡Chicas, esperar; no os vayáis por delante!

Ya se iban riendo a pequeños gritos y Alicia y Mely se decían algo al oído y las demás querían saber de qué se reían así. Luego Carmen y Luci se venían escondiendo entre las otras

y Alicia se dió cuenta y retirándose a un lado cogió a Lucita
por un pulso y la echaba adelante. Entonces Luci pegó una
espantada y se ocultaba detrás de un tronco.

—Qué boba eres; ven acá.

—¿Qué le pasa a Lucita? —preguntaba Fernando.

—La da vergüenza porque está muy blanca.

—¡Qué tontería!

Pero ahora le daba todavía más vergüenza tener que aparecer ella sola a la mirada de todos. Se reía, toda colorada,
asomando la cara tras el chopo.

—Iros, iros vosotras; yo saldré detrás.

Tito gritó de repente:

—¡A por ella!

Fernando, Santos y Sebas arrancaron corriendo tras de Tito
y gritando hacia el árbol donde estaba Luci; ella huyó un poco,
regateó hacia el agua, pero al fin entre los cuatro la alcanzaron y la derribaron y luego la cogían por las cuatro extremi-
dades, mientras ella gritaba y se debatía. La llevaban al agua.
Miguel y las otras chicas lo veían desde la sombra de los árboles. Gritaba Luci:

—¡Soltarme, soltarme! ¡No me mojéis de pronto! ¡No,
noo, socorro...!

No se entendía si reía o si lloraba. Se contentaron con mo-
jarla un poquito y la depositaron en la orilla.

—¡Qué brutos sois! ¡A poco me dislocáis una muñeca!

Tito volvió a acercarse.

—¡Pobrecita hija mía! —dijo en tono chunga—. Trae a ver.
Yo te curo, bonita. ¿No quieres que te cure?

Ella se retiraba bruscamente.

—¡Déjame! ¡Tú has tenido la culpa! Sois unos salvajes,
ya está.

Tito imitó la voz de niña que Lucita ponía:

—Son muy brutos, ¿verdad, cariño? ¿Los pego? Ahora
mismo los pego... ¡Toma, toma! ¡Por malos!

Se reía.

—Sí, encima la guasa.

—Anda, Luci, guapita; fuera bromas ahora; no te enfades tú. ¿Te pedimos perdón...? ¡A pedirle perdón a Lucita
todo el mundo! ¡De rodillas!

—Venga, sí.

Se arrodillaban riendo los cuatro, delante de Luci, y ella
los evitaba. Pero los otros la siguieron, andando de rodillas,

las manos juntas, fingiendo una burlona compunción. Ella miraba en torno, a la gente, para ver si los estaban observando.

—Cuidado que sois gansos —sonreía azorada—. No deis el espectáculo, ahora.

Luego metió un pie en el río y salpicó hacia ellos.

—¡Mirar que os salpico...!

Se levantaron gritando y se retiraban. Miguel y las otras chicas se habían acercado.

—Esas bromas, entre vosotros —dijo Mely—. Es muy fácil hacérselo a Lucita. Ya podréis, bárbaros.

Fue Sebas quien dió la voz, volviéndose hacia el agua bruscamente:

—¡Lo del último! ¡Ya sabéis...!

Todos se zambulleron: Miguel, Tito, Alicia, Fernando, Santos, Carmen, Paulina y Sebastián. Sólo Mely y Lucita quedaron en la orilla, viendo el estruendo de cuerpos, de gritos y de espuma.

—A mí es que me da como un poco de grima el cieno este en los pies —dijo Mely—; me parece que va a haber algún bicho escondido.

*

Vagaba el humo por los campamentos. Se deshacía hacia las copas de los árboles, con un olor de guisos y de arbustos quemados. Hervía densamente una paella en el corro vecino y la mujer de negro se apartaba de las llamas y el humo que querían subirle a la cara. La veía Daniel afanarse, recogerse las puntas del pelo chamuscado. Le enseñaba las corvas, muy blancas bajo la tela negra igual que la sartén, cada vez que volvía a doblarse para hundir la cuchara en el espeso burbujeo. Llegó la niña, chorreando, con su traje de baño celeste. Le pasaba a la madre por el cuello aquel brazo delgado y brillante de agua y la besó el carrillo afogonado. «¡Ay, quita, hija mía; que me mojas...!» Y saltaron sus piernas desnudas por cerca del fuego. Recogió la correa del perro y escapaba hacia el agua. Los ojos de la madre la siguieron, sorteando los troncos, hasta que el flaco cuerpecillo se encendía, dorado, bajo el sol.

Allí, en la luz tostada y cegadora que quemaba los ojos, multitud de cabezas y de torsos en el agua rojiza, y miembros instantáneos que batían la corriente. Hervía toda una dislocada agitación de cuerpos a lo largo del río, con la estridencia de las voces y el eco, más arriba, de los gritos agigantados y metálicos bajo las bóvedas del puente. Un sol blanco y altísimo refulgía en la cima, como un espejito oscilante. Pero abajo la luz era roja y densa y ofuscada. Aplastaba la tierra como un pie gigantesco, espachurrando contra el suelo relieves y figuras. Ya Daniel se había puesto bocabajo y escondía la cara. Luego un estruendo nuevo, un rumor imprevisto y asordante, llegaba a sus oídos. Levantó de repente su cuerpo entumecido, y en la luz que cegaba sus ojos entrevió a las personas del río agitando los brazos. Saludaban al tren. Retumbaba en lo alto del puente, por encima de todo, con un largo fragor redoblante, con un innumerable, ajetreado tableteo, que cubrió toda voz. Y pasaba de largo, dejándose atrás los adioses no oídos, los brazos levantados a los fugaces, incógnitos perfiles de sus cien ventanillas. El puente se quedó como temblando, tras el vagón de cola, recorrido por un escalofrío. Un silencio aturdido se poblaba de nuevo con las voces de antes. Veía Daniel a una mujer, en la orilla, las faldas remangadas por mitad de los muslos, enjabonando a un niño desnudo. Se iba desbaratando lentamente el ancho brazo de humo que el tren había dejado sobre el río.

*

Entraban dos; uno vestido de alguacil y el otro un tipo fuerte, en mangas de camisa, los sobacos teñidos de sudor. Dió una palmada en la espalda del hombre de los zapatos blancos.

—¿Qué es lo que pasa, barbero? ¿Qué muela le duele hoy?

—La del juicio —le respondía, afectando una sonrisa, y miró de soslayo al ventero—. Estábamos hablando de la vida.

—Pues me interesa, eso interesa siempre. Pero de eso, Mauricio sabe más que nosotros. Así está cada día más duro, ¿verdad que sí?

—¿Duro? ¿Duro de qué?

—Duro de perras. Demasiado lo sabes.

—Vaya por Dios; lo que es eso... ¿Qué tomáis?

—Cazalla del Clavel —se volvió el alguacil—. ¿Tú?

—De claveles ya es tarde. Mejor me tomo vino.

Tenía una voz tonta; había dejado quieta la última palabra, como un ruido, el sonido de algo. Sobrevino un silencio. Mauricio detuvo sus manos en el aire, como si hubiese olvidado lo que hacía. Se sentía el techo encima; parecía que se oían las tejas, crujiendo en lo alto, bajo el sol. Todo el campo se había aplastado, como la cara de una hogaza reciente, contra el recuadro de la puerta. No venían voces del río, ni del páso a nivel, ni de Coslada y San Fernando. Brillaban las botellas en las estanterías. En momentos así se pregunta: «¿Qué hora es?»

—He matado una cabra esta mañana.

—Las mismas doce en punto.

—Lo digo por si quieres una pata; te la mando a traer.

—¿Esta mañana? ¿Y cómo, si no era día de mate?

—Se desgració esta noche. Me mandaron razón a ver si la quería, y me quedé con ella. No iba a tenerlo al animalito sufriendo hasta mañana. ¿Qué? ¿Te interesa?

—Déjalo; no la iba a vender. Aquí todo el que viene se trae su merienda. Si algo piden son latas y aceitunas, aparte la bebida. Pero la cosa de guisado es extraño. Ya sabes que si hace falta no se lo cojo a otro.

—Ya, ya lo sé. Pues una carne bien buena; una cabrita de dos años, en todas sus gorduras. No es más que anoche se lo dejó el animalito atado en el corral y se conoce que se enredaría y se perniquebró.

—¿Pues de quién era?

—De Luis el de la Fonda. Tiene otras seis, pero no sabe, cá. No entiende una palabra de tener animales.

—Ah, eso ya lo sabemos. ¿Es que entiende de algo? Ése, sólo caprichos y ganas de enredar. Que si hoy me compro esto, que si mañana lo vuelvo a vender. Quiere hacer el dinero en dos días y por ahí va equivocado; ése no es el camino. Las cosas, tenerlas quietas y cuidarlas, para que te lleguen a producir. Ahí no vale de ser impacientes, buena gana. Los bienes no basta con tenerlos; también hay que saberlos explotar.

Asentía el alguacil con la cabeza, señalando a Mauricio como a palabras acertadas; corroboró:

—No que no basta, no. Además de eso, hay queee...

Hizo un gesto ampuloso con la mano. Mauricio se volvió a él:

—¡Anda éste! —le dijo—. ¡Pero que sabrás tú! ¿Acaso has tenido algo alguna vez en tu vida...?

Lucio movió la cara a un lado para ver algo fuera, por entre las cabezas de los otros; señaló al cuadro de la puerta y dijo:

—Mirar: ésos también tienen carne, hoy domingo.

Todos miraron: no lejos, sobre las lomas amarillas, se veía una rueda de buitres en el cielo; un cono en espirales, con el vértice abajo, indicando en la tierra un punto fijo.

Mauricio habló:

—Vaya unas cosas que señala éste; no quiero ni mirarlo; sólo de imaginármelos se me revuelven las tripas.

—Son bichos asquerosos.

—Cada cual vive de lo que puede —dijo Lucio—. El mismo asco les debe dar a ellos lo que comemos nosotros. Eso según a lo que cada uno se acostumbra. Nosotros estamos enseñados a que son malas ciertas cosas y de ahí que las aborrecemos y nos da asco de ellas; pero igual podíamos estar enseñados de otra forma.

Mauricio se impacientaba:

—¡Vamos, quita de ahí! Por lo que más quieras. No vengas con disparates y cochinadas ahora; me vas a hacer que me ponga malo.

El carnicero se reía sonoramente.

El hombre de los zapatos blancos seguía mirando afuera, con ojos reflexivos.

Lucio insistió:

—Al fin y al cabo la diferencia no es tanta: nosotros la comemos dos días antes y ellos la comen dos días después.

El carnicero volvió a reír.

—¡Mira; si no te callas...! —amagaba Mauricio.

—Somos de carne, ¿no? ¿O es que tú estás compuesto de otra cosa? Y si no, que lo diga aquí. ¿Verdad usted? Dígaselo, ande; usted que es carnicero lo tiene que saber eso mejor que nadie.

Se reían. Entró a hablar el alguacil, tímido, con los ojos en chispas:

—Pues este invierno se comieron un gato; ¡ahí!, en esa misma mesa.

Señaló con el dedo; estaba como agitado por lo que decía:

—¡Ahí!...

Mauricio se encaraba con él:

—¿Qué dices tú?, ¿qué tiene que ver ahora?, ¿qué historia es la que inventas?

—¡Ahí! —repitió el otro—. A ti que era una liebre; pero era un gato, lo sé yo.

El hombre de los zapatos blancos se volvió hacia adentro y dijo sin reír:

—Que soltaran ahora en este cuarto todos los gatos y perros que nos comimos en la guerra. Me sabían entonces mejor que me sabe hoy la carne de vaca, y hoy sólo con que me los pusieran delante estoy seguro de que arrojaría.

Lucio dijo:

—¿Lo ves, Mauricio? Eso abunda en lo mío; todo es cuestión de costumbre; cuando hay necesidad, de golpe te acostumbras a otra cosa.

El hombre de los zapatos blancos estaba otra vez mirando hacia los buitres. Las ruedas descendían del cielo limpio a sumergirse en aquel bajo estrato de aire polvoriento, hacia algo hediondo que freía en la tierra, como en el fondo de una inmensa sartén.

—Mira el barbero cómo te lo dice —seguía diciendo Lucio—. Ponnos un vaso, anda; no te disgustes hoy, que va a venir no sé cuánto personal. Con esa cara los espantas.

—¿Usted también quiere?

El hombre de los zapatos blancos se volvió:

—Dígame... Sí, ponga, ponga.

Y de nuevo miraba hacia afuera. El carnicero decía:

—A mí, cazalla, otra vez.

Mauricio puso las copas y el alguacil dió un sorbo, mirando hacia las chicas de los almanaques de colores. Mauricio se volvió, siguiendo la línea de sus ojos; dijo:

—¿Qué? ¿Te gustan?

—Sí —contestó el alguacil—; sí, me gustan, sí.

Se ponía nervioso al hablar, como si le recorriera un calambre; sonreía con los ojos menudos.

—Vaya, hombre —dijo Mauricio—, pues si tanto te gustan en pintura, qué no será con las de carne y hueso.

El carnicero replicó:

—¿A éste? Éste es de los que las prefieren pintadas. Capaz. ¿Verdad, tú? Ésas no pueden hacer daño.

—Pues hace bien —dijo Lucio—; así se quita de complicaciones.

El aludido los miraba sin saber qué decir. Insistió el carnicero, con malicia:

—Será porque alguna vez habrá salido escaldado.

—¿Yo...?

Bebió el vaso y forzó una enigmática sonrisa, arreglándose la gorra, como dando a entender que se equivocaban. Mauricio y el carnicero se reían, igual que de un niño. El hombre de los zapatos blancos apartaba de nuevo la vista de los buitres y se volvió a beber de su vaso; dijo:

—Ya podían enterrar esas carroñas.

El carnicero:

—¿Y quién se pone en este tiempo a excavar hoyos bajo el sol, con lo durísimo que está el terreno? ¿Quién quiere usted que se tome el trabajo, para una res que ya no sirve para nada? Bastante guerra dan los vivos, para que se ande nadie atareando con los muertos.

—Sería una medida de higiene, aunque no fuese otra cosa.

—¿Higiene? En el campo no existe la higiene. Eso está bien para las barberías. Pero en el campo la única higiene que puede haber, ya la ve usted: la hacen esos bichos.

—Sí, pues vaya una higiene que será.

—¿Cómo que? Mañana mismo ya verá usted cómo está aquello completamente limpio. Se les puede tener todo el asco que se quiera, pero no son ningún bicho dañino. Al contrario: un beneficio es lo que hacen. Si no fuera por ellos ya teníamos carroña para un mes.

El hombre de los zapatos blancos se limitó a torcer la boca, dudoso, y se volvía de nuevo hacia la puerta. El alguacil asentía con la cabeza y señalaba al carnicero, en gesto de aprobación.

*

Mely nadaba muy patosa, salpicando. Se había puesto un gorrito de plástico en el pelo. Antes, Luci, en la orilla, le había dicho:

—¡Qué bien te está ese gorro! ¿Y dónde dices que lo compraste?

—Me lo trajo mi hermano de Marruecos.

—Es muy bueno; será americano.

—Creo que sí...

Luego se habían metido poco a poco las dos y se iban riendo, conforme el agua les subía por las piernas al vientre y la cintura. Se detenían, mirándose, y las risas les crecían y se les contagiaban, como en un cosquilleo nervioso. Se salpicaron y se agarraron, dando gritos, hasta que ambas estuvieron del todo mojadas, jadeantes de risa. Ahora se habían reunido con los otros, en un punto en que el agua les cubría poco más de la cintura. Sólo Alicia y Miguel, que nadaban mejor que los demás, se habían alejado corriente abajo, hacia la presa, donde estaba más hondo.

Todos hablaban y se llamaban a gritos, en el agua poblada y revuelta de gente, como si toda aquella creciente algarabía no fuese algo que ellos mismos formaban y aumentaban, sino el estrépito vivo del propio río, que les hacía gritar cada vez más, para entenderse unos a otros.

Lucí estaba con Santos y Carmen y Paulina; los cuatro se habían cogido en corro, por los brazos, y subían y bajaban al compás, metiendo la cabeza y saltando después hacia arriba, entre espumas. Mely se había retirado un poco y estaba por su cuenta, haciendo esfuerzos para mejorarse en su manera de nadar. Tito y Fernando se reían de su empeño.

—¿Qué pasa? —les dijo ella—. ¡Si que vosotros lo hacéis bien! Venga, marcharos ya de aquí, merluzos, no me déis la tabarra. No puede una...

Tito se burlaba:

—¡Quiere ser Esther Williams...! ¡Se lo ha creído...!

—¡¡Idiota!!

Tito se acercó a ella y la cogió por un tobillo y tiraba, riéndose.

—¡¡Suelta, asqueroso, suéltame...!! —gritaba Mely, agitando los brazos, para no hundir la cabeza.

Vino Fernando por detrás y saltó a las espaldas de Tito, hasta sumergirlo del todo. Mely, ya libre, miraba el forcejeo inestable de Fernando y adivinaba al otro debatiéndose por debajo del agua.

—¡Eso es! ¡Tenlo un rato! ¡Por idiota!

En seguida Fernando salió disparado hacia arriba, y apareció la cabeza de Tito, entre espuma.

—¡Me alegro! ¡Te está bien empleado! —le dijo Mely, mientras él respiraba recobrando todo el aire perdido.

Se volvió de repente.

—¡Fernando, Fernando, que te va por detrás...!

Se amasaron en una lucha alborotada y violenta; un remolino de sordos salpicones, donde se revolvían ambos cuerpos y aparecían y desaparecían los miembros resbaladizos, los músculos crispados y las cabezas que querían ansiosamente respirar. Mely al fin se asustó al ver la boca angustiosa de Fernando asomarse un momento en el borbollón, para volverse a sumergir.

—¡Santos! —gritó—. ¡Sebastián! ¡Que se van a hacer daño! ¡Venir!

Acudieron los otros y en seguida la lucha se deshizo. Ahora Tito y Fernando se miraban agotados, jadeantes y tosiendo, sin poder hablar; se frotaban el cuello y el pecho con las manos.

—¡Joroba! —les dijo Santos—. ¡Os las gastáis de aúpa!

Fernando lo miró de reojo y levantaba el dedo, señalando a Tito, pero aún no podía decir nada.

—A pique de haberse ahogado alguno de los dos —comentaba Paulina—. Parece que no sabéis lo que es el agua.

—Venían metiéndose conmigo —dijo Mely—; pero les ha salido el tiro por la culata.

Por fin Fernando pudo hablar:

—Ése... las gasta siempre así... No sabe la medida de las bromas...

—¡Fuíste tú el que empezaste! ¿Me iba yo a quedar quieto?

—Yo no te tuve casi nada. ¡Tú sí que eres un chulo piscina, que querías hacérselo a Mely!

—¿No vais a regañar ahora por esto? —terciaba Sebastián.

—Si es que este tío es una bestia —protestó Fernando—. No tiene ni noción. ¿Pues no se me pone a pelearse en el agua? Así claro que las pasamos moradas los dos y ya no hay forma de separarse, por la congoja que te entra de que quieres sacar la boca a toda costa y respirar... ¡El tío atontao...!

—Mira, Fernando, vamos a dejarlo, si tú quieres —dijo Tito—. Más vale que te calles.

—¡Pues no! ¡No me callo!

Se acercó a Tito y le gesticulaba contra el pecho.

—Tiene razón Fernando —dijo Mely.

Sebas se interponía entre los dos:

—Venga ya —les decía—. Si estáis en paz. Dejarlo y no riñáis.

Tito miró hacia Mely, resentido.

—¡Sí, señor! —reforzaba Fernando—. Además, no me vuelvas a dirigir la palabra en todo el día.

—Descuida, hijo, ni tampoco en un mes —dijo Tito.

Y ponía una cara triste y se dió medio vuelta y se alejaba hacia la orilla, ayudándose por el agua con las manos.

—¡Naturalmente! —dijo Fernando hacia los otros.

Paulina miraba a Tito alejarse y decía con pena:

—¡Mira tú que bobada!... No sé por qué teníais que reñir esta mañana, tan a gusto que veníamos todos... Meter la pata y nada más.

—Eso él. A mí no me lo digas.

—Claro que sí —dijo Mely—; fué el imbécil de Tito el que...

Santos la interrumpía:

—Pues tú tampoco no malmetas a nadie. Siempre te gusta meter cizaña; parece que la gozas.

—Yo no meto cizaña, ¿sabes? Tito me vino a molestar. Y a mí ni ese ni nadie me pone las manitas encima, ¿te enteras?

—Bueno, hija, bueno —cortaba Santos—; a mí no me grites. Yo no entro ni salgo. Allá vosotros.

—Pues por eso.

Fernando y ella se apartaron.

—Ésta está cada día más tonta —le decía Santos a Carmen—; se lo tiene creído.

—Ya te lo he dicho yo. No es la primera vez. Siempre se cree que andan todos a vueltas con ella. Y además es lo que la gusta; lo está deseando.

—Es una escandalosa. Y una repipi como la copa un pino. No la aguanto, palabra.

—Ni yo.

Se reunieron con Luci, Paulina y Sebastián.

—¡Venga, a formar el corro como antes!

—Llamar a Tito, oye —dijo Luci.

—Dejarlo; ése ya no viene. Se ha cabreado.

—Pero con nosotros.

—Con todos, más o menos.

—¡Pobre chico! —decía Lucita—. No lo debíamos de haber dejado marcharse así.

Y lo buscaba con los ojos por toda la orilla. Ahora el Buda aquel gordo estaba allí con su hija y enjabonaban al perro Oro, que se debatía entre sus manos.

Fernando y Mely se habían alejado aguas abajo, hacia Miguel y su novia. Pero ya el agua les tocaba por los hombros y Mely no se atrevía a pasar más allá.

—¡Ali! —gritaba—. ¡Alicia!

Contestó Alicia con un grito jovial, agitando la mano.

—¡¿Cubre ahí, donde estáis?!

—¡Sí, cubre un poco! —contestaba Alicia—. ¡No vengas si te da miedo!

—¡Di que no, Mely! —dijo Miguel—. ¡No os dé reparo de venir; así os soltáis!

Mely denegó con la cabeza y le decía a Fernando:

—Yo no voy, tú; tengo miedo cansarme.

Luego gritó de nuevo hacia Alicia y Miguel:

—¡Oye, venir vosotros! ¡Os tenemos que contar una cosa!

—Cotilla —dijo Fernando—. ¿Ya se lo vas a soltar todo entero? Pues vaya cosa importante que van a oír.

—Tonto, si es nada más para que vengan.

Fernando se sonreía:

—Sí, sí, para que vengan... Eres, hija mía, de lo que no hay. En cuanto se te antoja eres capaz de poner en movimiento a media humanidad. Pero, hija, luego tienes ese don, que le caes en gracia a la gente, y uno no puede por menos de aguantarte las cosas.

—¿Ah, sí? —decía ella afectando un tono reticente—. ¿Tantas cosas me tenéis que aguantar?

—¡Cómo te gusta que te lo digan!, ¿eh? Lo que te halaga a ti que te cuente estas cosas...

—¿A mí?

—No disimules, ahora, vamos; que ya te has puesto en evidencia.

—¡Huy qué odioso! —decía medio picada y delatando una sonrisa—. ¡Qué odioso te sabes poner, hijo mío, cuando te ríes con esa risa de conejo que te sale! ¡Hiii! ¡Me da una rabia que es que te mataba, fíjate! —le sacudía la cara delante, apretando los dientes y guiñando los ojos—. ¡Hiii, qué risa de conejo! —y se reía ella misma, divirtiéndose con su propia rabia—. ¡Tonto, odioso! Ya vienen estos...

Ahora Santos se divertía con el miedo de Carmen, porque la había arrastrado hasta un punto en el que apenas los hombros le sobresalían.

—¡Mirar ésta, el canguelo que tiene! —les gritaba riendo a los otros.

La chica se le agarraba con ambas manos y estiraba el cuello, como queriendo apartarse del agua cuanto podía.

—¡Chulo, eres un chulo, ya está! ¡Ay, aquí cubre, Santos; ay, no me sueltes, me cubre!

Se retrepaba toda hacia Santos, abrazaba a sus hombros.

—Si encoges las rodillas, claro. Pon los pies en el suelo, mujer, verás cómo no te cubre. ¡Me estás clavando las uñas! No hay que tener tanto miedo.

—Eres un chulo, te diviertes conmigo, y llamas a los demás para que se rían —protestaba con un tono caprichoso—. ¡Yo me quiero salir!

Los otros tres estaban detrás de ellos, y Sebastián nadaba en círculos, torpemente, formando mucho alboroto de espuma y tropezando de continuo con las gentes que llenaban el río. Había un niño, en los brazos de su padre, que lloraba y pataleaba con alaridos de terror, al sentirse tan cerca del agua, y el padre se limitaba a rociarle la cabeza y decirle constantemente: «Ya, ya, hijo mío, ya...» Paulina y Luci lo miraban.

—¡Qué críos! No sé qué empeño de bañarlos.

—A mí me está dando frío —dijo Luci—. Llevamos mucho rato; ¿nos salimos?

—Espera a ver qué hace Sebas.

Lo buscó con la vista, entre toda la gente.

—Allí va —dijo Luci—; míralo. Se marcha donde aquéllos.

Se alejaba nadando hacia Miguel y los otros.

—Sólo por el escándalo que mete ya sabes por dónde va —comentaba Paulina—. No hay una sola persona en todo el río que forme la cuarta parte de espuma que va formando él. Ni el Cuin Mery, hija mía. Vámonos.

Se encontraron a Tito, tendido al sol en un claro de árboles. Se acercaron.

—¿Qué haces?

—Al sol. ¿Ya os salís?

—Nosotras sí —dijo Luci—. ¿Te molestamos tomar el sol aquí contigo?

—Qué tonterías se te ocurren, Lucita.

—No lo sé... A lo mejor te gustaba estar solo.

Se había puesto colorada.

—¡Qué ideas!

Paulina y Luci se tendieron a su lado.

—Ahora sí que gusta el sol —dijo Paulina.

—Poco dura. Yo ya empiezo a sentirlo. Es sólo al pronto de salir.

—¿Y qué hace el Dani? ¿Has ido adonde él?

—Allí sigue. Me acerco a por el tabaco, y fritito; ni se movió.

Paulina dijo:

—¡Venir al río para eso!...

*

Un perrito amarillo entró de pronto, rozando los pantalones del hombre de los zapatos blancos, y empezó a hacerles fiestas a todos, alegre y cimbreante, como queriendo saludar. Luego se puso en el quicio y miraba hacia afuera y estaba inquieto; hacía sonar la cola contra la última tabla del mostrador.

—Cuidado el perrito éste —dijo Mauricio—, lo revoltoso que es.

—Se parece a su amo —observó el carnicero—; tiene las mismas maneras que el Chamarís.

—Todos los perros acaban pareciéndose a los amos —terciaba Lucio—; en todavía tengo yo la señal del muerdo que me atizó uno negro que tuvo mi cuñada.

El carnicero se echó a reír sonoramente.

—¡Tiene un golpe! decía.

El perrito volvió a alborotar; entraban dos hombres; puso el hocico contra los pantalones del hombre de los zapatos blancos y husmeaba.

—Muy buenos días tengan ustedes.

El hombre de los zapatos blancos se había vuelto al notar el hocico en su pierna.

—¡Azufre, quieto! —gritaba el amo.

Y el perro se compuso.

—¿Qué hay? —dijo Mauricio.

—Mucho calor. ¿Habrá traído usted cerveza?

—Está en el hielo desde la mañana.

—Así me gusta.

—Hay que esperar a que sea domingo, para tomar aquí cerveza.

—Ah, eso si ustedes quieren la traigo a diario; con tal que se comprometan a consumirme una caja en el día. Pero de la otra forma, nada; luego pierden presión y ya no me las toman.

—¿De quién es esa moto de ahí afuera? —pregunto el que había entrado con el amo del perro.

—De unos muchachos de Madrid que han venido a pasar el domingo.

—Me parecía la del médico de Torrejón. Es de la misma marca.

—Yo no distingo —dijo Mauricio—; me parecen todas iguales. Es un cacharro que a mí...

—Pues una moto esta bien —le replicaba el carnicero—. Para el que tenga que desplazarse por carretera, le va estupendamente. Vas rápido y vas cómodo. Como pudiera uno meterla a campo traviesa, verías qué pronto la cambiaba un servidor por el caballo; no lo pensaba más.

—Con bastante dinero encima tendría que ser.

Mauricio hizo un guiño y declaró:

—Éste lo tiene.

—Diga usted, Aniano, ¿a cómo vendrá costando una moto de esas?

—Pues... Una Dekauve de este modelo, con sus cinco caballos, transmisión sin cadena; desde luego cara...

—Eche usted un cálculo aproximado.

—De treinta y cinco a cuarenta billetes; depende el uso.

—Pues eso —comentó el carnicero—; cinco veces lo que viene a costar un caballo. Claro. ¿No dice usted que son cinco los que tiene?

—Sí, señor, cinco.

—Ahí está —dijo Lucio—; igual te cuestan los de carne que los de acero. Caballos son al fin y al cabo tanto los unos como los otros.

Aniano corrigió:

—Cuidado, usted; que no se trata de caballos de acero, sino caballos de vapor.

—Pues de vapor, lo que usted quiera; para el caso es lo mismo.

El alguacil comentaba agitado:

—Será como si la moto tuviera cinco caballos encerrados en el motor —se reía—; por eso mete ese escándalo al andar. Y cuantos más caballos tenga, más escándalo mete. Una que tenga ciento, fíjate —sacudía los dedos—, ¡la que armaría!

Aniano se aflojó la corbata; traía un trajecillo claro, rozado en las bocamangas, y un lapicero amarillo con capucha

le asomaba en el bolsillo superior; la piel del cuello le suda-
ba y se pasó los dedos. El Chamarís venía con una especie de
sahariana gris claro, con cremallera por el pecho; la cremallera estaba abierta hasta abajo y la camisa desabrochada al
tercer botón; enseñaba una muñequera de cuero en el pulso
de la mano derecha y la alianza en el dedo anular. De pronto dijo:

—Ahí va tabaco, señores.

Ofreció a Lucio una petaca oscura. Aniano, más bien bajito, se apoyaba de espaldas, con ambos codos, en el mostrador;
miraba al fondo, la alacena de pino y un cromo tras la cabeza
del alguacil; eran conejos, melones, y una paloma muerta, sobre
un tapete. El alguacil se creía que Aniano lo miraba, vaciló,
se echó a un lado; luego él también miró hacia el fondo, al ver
que Aniano seguía con los ojos allí. Acaso fue a decir algo
de los cromos, pero Aniano cambió de postura y cogió el vaso
de cerveza del mostrador.

Ahora entraron las dos mujeres, que ya volvían de San
Fernando, cargadas. Justina se acercó a Lucio y le entregaba
el tabaco; le dijo:

—La cajetilla.

—¿No le dará a usted calor la cazalla? —le preguntaba
Aniano al carnicero.

—Ca; la cerveza es lo que da más calor, contrariamente a
lo que se piensa. Cuanta más tomas, más te pide el cuerpo, y
acaba uno aguachinado —le pasó la petaca—. Tenga.

—También puede ser cierto —comentó el Chamarís—. Es
como el baño: hay veces que a mí me da por echarme a bañar en el río, más por aseo que por otra cosa, y lo que digo,
en el pronto parece que refresca, pero después acabas sudando
todavía más.

El alguacil seguía con los ojos la petaca de mano en mano.
Ahora Aniano se la daba a Mauricio.

—Gracias, lo acabo de tirar —señaló al suelo con la barbilla—. Dele a Carmelo.

Y el alguacil recogió la petaca con un diminuto alborozo,
igual que un niño al que le dan un dulce.

—Bueno, echaremos un pito... —decía chasqueando la
lengua.

—Las cosas se combaten con ellas mismas —dijo Lucio—; el frío con frío y el calor con calor. No hay más que
ver que en el invierno te restriegas la cara con nieve y se te

pone en seguida igual que una amapola, de puro colorada y abrasando. No hay nada como eso para entrar en reacción. Lo mismo le pasa a él con la cazalla; se ve que lo inmuniza de calores.

—¿Y usted entonces, por qué no la toma, imitando el ejemplo de aquí?

Lucio se tocó el vientre, señalando:

—Ay, amigo, yo no tengo esa salud. La gata no le gusta la cazalla; dice que no. Buena se pone de rabiosa; se me lía a arañar y a morder, ni que la pisaran el rabo.

El Chamarís sonreía:

—¿Usted también? —le dijo—. ¿Usted también con úlcera?

Lucio asintió.

—Choque esos cinco —proseguía el Chamarís, y se estrecharon la mano—. Pues mire, la otra tarde en Coslada, salió esta misma conversación, y estuvimos echando la cuenta, por curiosidad, a ver cuántos eran los que conocíamos en el pueblo ulcerados de estómago. Pues bueno, dese cuenta que estábamos sólo cuatro, ¿y cuántos dirá usted que nos salieron? Eche un cálculo a ver; diga usted un número a voleo.

Ya se iba a guardar, distraído, la petaca que Carmelo le había devuelto, pero éste le dió en la manga y señalaba levantando las cejas hacia el hombre de los zapatos blancos que seguía de espaldas en el quicio, mirando hacia los buitres. El Chamarís se le acercó; le tocaba en el hombro con la petaca.

—Fume usted...

El hombre de los zapatos blancos se volvía.

—Ande, que no sé qué le pasa hoy. Parece que lo veo con pocas ganas de alternar. Déjese ya de mirar para afuera y atienda usted aquí a nosotros; estese al tanto y se distrae con la charla.

El otro se limitó a torcer la boca en una turbia sonrisa y recogió la petaca diciendo:

—Gracias, no crea que estamos hoy... Le cogeré un cigarro, vaya.

El Chamarís volvió al centro del corro.

—Bueno, a ver, señor Lucio —le dijo—; ¿cuántas úlceras le echa usted por fin, que contamos nosotros en Coslada el otro día?

—Pues yo no sé... ¿Quizás una docena?

El Chamarís le dió en el hombro y recalcando sus palabras, deletreó:

—¡Diez y siete! Nada menos que diez y siete úlceras de estómago. ¿Qué le parece?, ¿eh?

Casi agresivo se ponía.

—No está mal, no señor. No es mal promedio. Pues no crea usted que en San Fernando no habrá otras tantas, si es que no hay más.

El carnicero rompió a reír:

—¡Eso! Ahora echar un concurso entre los dos pueblos, a ver en cuál hay más úlceras de los dos. ¡La ocurrencia! Miren, si además está aquí hasta el Aniano, para que les redacte el reglamento, como cuando las fiestas. ¿Eh?, ¿qué tal?

—Usted se ríe —le decía el Chamarís—. ¡Qué bien se ven los toros desde la barrera! Como tuviera usted una úlcera, o una gata, como muy propio lo dice aquí el señor Lucio, mordiéndole por dentro, entonces ya me lo diría usted. No se reiría tanto. Y aborrecía usted la cazalla, pero rápido.

—Ca; si con eso se viven muchos años. Otras cosas hay peores.

—Vas aguantando mientras te cuidas —dijo Lucio—; pero el día que menos te lo piensas, te sobreviene una perforación que te manda a las habas. Con la gata poquitas bromas. Es un bichito que no juega.

—Y que se priva uno de mucho. Y dolores y latas y el mal humor que se cría.

—Muchas molestías, desde luego, muchas molestías —confirmaba Lucio.

—Vamos Lucio, no me venga usted ahora... Como que usted se priva de algo. Si bebe al cabo del día más que ninguno de nosotros. Ahora hacerse la víctima aquí.

—Ah, eso yo, porque me da ya lo mismo vivir diez años más que cinco menos. Para lo que hemos quedado, a estas alturas. Cuanto antes le quite el estorbo a mi cuñada —se reía entre dientes—. Ahí tienen ustedes una que no se la pasa por la imaginación el decirme siquiera un día y aunque nada más fuese de cumplido: «Cuídate, Lucio». No se le ocurre a ella tal cosa, ¡se le iba a ocurrir!

—Ya salió aquello —dijo Mauricio—. Hacía ya un rato que no sacabas a la cuñada. Ya le tocaba darle otra pasadita. No la podías dejar quieta tanto tiempo seguido. Me extrañaba.

Los otros se reían.

*

Sonaban zambullidas en la presa. Se veían los cuerpos un momento sobre el borde de la azuda y luego los salpicones que formaban al romper la superficie. Las voces tenían un timbre nítido en el agua, como un eco de níquel. Miguel y Alicia estaban con Fernando y con Mely; ahora los cuatro se reían de Sebas, que venía nadando hacia ellos.

—Chico, parece cualquier cosa; total para lo que avanza.

—Ya, es más el ruido que las nueces. Con la mano no forma ni la mitad.

Llegaba Sebas, jadeante:

—¿Qué os pasa?

—Nada. Tú, que confundes el nadar con una lucha libre; parece que te vas peleando con el agua.

—Ah, cada cual tiene su estilo —contestaba riendo Sebastián.

—Eso sí, desde luego.

—¿Y qué hacéis?

—Nos han estado éstos contando el altercado.

—Me lo supuse. Pero, oye, ¿y Daniel, no se baña?

—Cualquiera sabe ése lo que hará.

—Sí, tú, mirarlo —dijo Fernando con el índice hacia los árboles—; ¡vaya un sueño que tiene el gachó! Para baños está ése.

—Vamos a darle una voz.

—Venga, todos al tiempo; cuando yo diga tres. Preparados. A la una; a las dos; ¡y a las tres...!

—¡¡Danieeel!!

—¡Más fuerte!

—¡¡Daanieeel!!

—Ni por esas. Tú, Mely, ¿por qué no llamabas?

—Bah, dejarlo que se duerma. Allá él con lo suyo.

—Pues capaz de haberse trincado él solito la otra botella.

—No te creas que me extrañaría.

—¿Entonces, qué?, ¿nos salimos?

Ya volvía mucha gente hacia la orilla; se tumbaban al sol. Los claros de la arboleda se cuajaban de personas en traje de baño, sobre toallas y albornoces, en el polvo. Asomaba una fila de cabezas en la arista del dique, a todo lo largo; los

cuerpos no se veían, tendidos a la parte de allá, tostándose
sobre el plano inclinado de cemento; desde aquí solamente
las cabezas o los brazos colgantes, que alcanzaban el agua con
las puntas de los dedos y jugaban rozándola.

—Debíamos de acercarnos callandito —sugería Fernando—,
y agarrarlo de sorpresa entre todos y darle las culadas o ba-
ñarlo vestido, tal cual

—Quita, que igual se nos cabrea.

—Pues peor para él; dos trabajos tendría.

—Dejarlo —dijo Miguel—. Más vale no gastar bromas, que
luego se termina siempre mal; ya has visto lo de antes.

Tocaron en la orilla y de pronto echaron todos a correr,
dando voces. Sólo Mely se quedó rezagada, caminando despacio. Llegaron a Daniel y se pusieron a dar vueltas en torno,
y le gritaban:

—¡Daniel! ¡Danielito! ¡Que son las ocho, despierta! ¡Despierta, chico, que llegas tarde, que ya han abierto la zapatería!
¡Daniel, el desayuno! ¡Se te enfría el café...!

Entreabría los ojos, encandilado por la luz, y sonreía sin
ganas, y daba manotazos en el aire, para espantarlos, como
si fuesen avispas.

—¡Remanece, muchacho!

—Que me dejéis. Venga ya. Que estáis salpicando. Largaos
todos de una vez a dar la murga por ahí...

—¿Ya no piensas bañarte? —le decía Miguel.

—No. Estoy a gusto como estoy. Marcharos ya a tomar el
fresco.

—Pues estás bueno, hijo mío.

Miguel sintió unos golpecitos en la espalda; se volvió.

—Mira. Lo que te dije —le decía Fernando enseñándole
una botella vacía—; ¿no lo ves?

Ya Daniel había vuelto a esconderse con la cara en los
brazos.

—Sí, pues mejor que lo dejemos.

Sacaron las toallas y se secaban. Había ya menos gente en
el río. De algún sitio llegaban olores de comida, y en otro
campamento no lejano golpeaban con cucharas sobre las tapa-
deras y platos de aluminio y estaban dando la lata a todo el
mundo.

Ahora Carmen le decía a su novio:

—Mira; mira tú cómo tengo ya los dedos. Parecen
pasas.

Le enseñaba las yemas arrugadas por el baño tan largo. El otro le cogía las manos y se las apretaba; le decía:

—¡Pobrecitas manitas! ¡Pero, hija, si tú estás tiritando como un perrito chico!

—Pues claro... —le contestaba con un tono mimoso.

—Vámonos fuera. Pocas migas me parece que hacéis el agua y tú. No tienes que tenerle tanto miedo, mujer.

Venían cogidos de la cintura, hacia la ribera, y empujaban pesadamente el agua con sus rodillas.

—Eres tú el que lo haces adrede de asustarme y te diviertes con eso.

—Para que te acostumbres, Carmela, y le pierdas al agua el respeto que la tienes y se te quite la aprensión.

Acompasaban, jugando, los pasos, y miraban al agua, de la que iban emergiendo sus piernas, conforme se acercaban a la orilla.

—¡Qué suavecito es el cieno este! —dijo Carmen—; ¿no te da gusto pisarlo, lo mullido que está?

—Parece como si fuera gelatina.

Se inclinó Santos a hundir una mano en el agua y sacaba un puñado de limo rojizo, que se escurría entre sus dedos. Luego lo hizo chorrear sobre la espalda de la chica.

—Vaya una gracia. Ahora me haces enjuagarme.

Se detuvo a limpiarse la espalda; luego dijo:

—Oye, Santos, ¿es cierto eso que los nadadores de verdad se dan de grasa por todo el cuerpo para no pasar frío?

—Sí, cuando tienen que batir alguna marca de resistencia; como en la travesía del Canal de la Mancha, un ejemplo.

—Pues vaya unas complicaciones.

Volvieron a cogerse por la cintura. Santos miraba en derredor:

—No veo a ésos.

—¿Y para qué los quieres? Ya bastante engorrosos están esta mañana.

—Sí, desde luego. Como mejor, es tú y yo solos, ¿verdad, cariño? Y no nos hace falta nadie más.

Se detuvieron en la orilla, y Carmen lo miraba en los ojos y asintió sonriendo; luego le dijo:

—Guapo.

—Ahora enjuagas esa falda y la pones al sol, que se te seque.

Los llamaron los otros que si querían saltar a pídola,

Santos se fué con ellos, mientras Carmen se ponía a lavar su falda manchada de barro, de cuando se cayó por la mañana. También Paulina se había agregado a los del juego. Tito y Lucita se quedaron al sol. Sebastián se agachaba el primero, voluntario, y luego se fue formando la cadena a continuación, a lo largo del río. El que acababa de saltar se colocaba unos pasos delante del primero y así sucesivamente, hasta que se quedaba el último y de nuevo le tocaba saltar. A Mely había siempre alguno que le decía «¡Hop!» y levantaba la grupa en el momento del salto, para hacerla caer. Pero fue ella la que logró derribar a Fernando, en venganza, y los demás se rieron.

—¡Anda, niño! Eso para que aprendas a meterte con la Mely.

Después se aliaron todos en contra de Miguel.

—¡A ver si tiramos al patas largas! —decían.

La cadena se iba alejando ribera abajo y Miguel era duro de tirar y las chicas tuvieron que salirse, protestando que se ponían a lo bruto y que así no valía. Al fin cayó Miguel, rebujado con Sebas, y en seguida los otros se les echaron encima. Querían arrastrar a Miguel hacia el agua, pero no conseguían dominarlo y acabaron los cuatro en el río. Salían chorreando y riéndose.

—¡Vaya un Miguel! ¡Qué pedazo de bicho!

—No hay quien pueda con él, fuertote que está.

Las chicas los miraban: Paulina dijo:

—Siempre tiene que ser a estilo cafre. Si no es así, no les gusta.

—Miguel es el más fuerte —dijo Mely—; entre tres contra uno y no han podido con él.

Paulina la miraba de reojo.

Ahora Carmen se había puesto la blusa por encima del traje de baño, recogiéndola con un nudo a la cintura; estaba tendiendo la falda a secar. Oyó a Daniel que la llamaba. Tenía una pinta divertida, el otro, rascándose la nuca y con la cara toda roja de sueño y las marcas de la tierra que se le habían grabado, como una viruela, en la mejilla. Sacó una voz como asustada:

—¿Dónde se han ido todos?

Carmen se sonreía de verlo así.

—Allí están, hombre —le dijo—, allí están, ¿no los ves?

El Dani no se rehacía de su embotamiento.

—Pues hijo, pues vaya un despiste que te marcas.

Él se llevó las manos a los ojos y se los restregaba. Luego miraba turbiamente hacia la claridad cegadora del río. Ya pocos se bañaban. Aquí en los árboles vió dos niños desnudos, barrigones, con sombreritos de tela blanca; más abajo vió a Mely, en el sol. Se volvía de nuevo hacia Carmen, pero ella ya no estaba. Se tendió bocarriba.

Lucita dijo:

—Fernando no se ha portado bien contigo...

—No lo sé —dijo Tito—. No me hables ahora de Fernando.

—Es que la culpable de todo ha sido Mely, ¿verdad?

Los dos estaban tendidos bocabajo, de codos sobre la tierra. Tito hizo un gesto con los hombros:

—O quien sea. Igual da.

—Oye, ¿a ti qué te parece de la Mely?

—¿La Mely?, ¿en qué sentido?

—Si te resulta simpática y esas cosas; no sé.

—A ratos.

—Tiene buen tipo.

—Seguramente.

—De todas formas presume demasiado, ¿no lo crees tú también?

—Y yo qué sé, hija mía. ¿Por qué me haces hablar de la Mely, ahora? Vaya preocupación.

—De algo hay que hablar...

Había puesto una voz compungida, como replegándose. Tito se volvió a ella y la miró con una sonrisa de disculpa:

—Perdóname, monina. Es que ahora me daba rabia que hablásemos de Mely. Haces tanta pregunta...

—A las chicas nos gusta saber lo que opináis los chicos de nosotras; si os parecemos presumidas y demás.

—Pues tú no lo eres.

—¿No?

Se detuvo como esperando a que Tito continuase; luego añadió:

—Pues sí; sí que lo soy algunas veces, aunque tú no lo creas.

Pasaron unos momentos de silencio; después Luci volvía a preguntar:

—Tito, ¿y a ti, qué te parece que una chica se ponga pantalones? Como Mely.

—¿Qué me va a parecer? Pues nada; una prenda como otra cualquiera.

—¿Pero te gusta que los lleve una chica?

—No lo sé. Eso según le caigan, me figuro.

—Yo, fíjate; anduve una vez con ideas de ponérmelos y luego no me atreví. Un Corpus, que nos íbamos de jira al Escorial. Estuve en un tris si me los compro, y no tuve valor.

—Pues son reparos tontos. Después de todo, ¿qué te puede pasar?

—Ah, pues hacer el ridi; ¿te parece poco?

—Se hace el ridículo de tantas maneras. No sé por qué, además, ibas a hacerlo tú precisamente.

—Es que no tengo mucha estatura para ponerme pantalones.

—Chica, un retaco no eres. La talla ya la das. Tampoco es necesario ser tan alta, para tener un tipito agradable.

—¿Te parece que tengo yo buen tipo?

—Pues claro que lo tienes. Eres una chica que puede gustar, ya lo creo.

Lucita reflexionaba unos instantes; luego dijo:

—Sí; total, ya sé que aunque te pareciera lo contrario, no me lo ibas a decir.

—Ah, bueno, pero no me lo parece —la miró sonriendo—. Y vámonos ya del sol, que nos estamos asando vivos.

Se levantaban.

*

El carnicero habló de nuevo, con un tono prudente:

—Pues tampoco sé yo por qué dice usted eso de los años. Usted todavía podría colocarse si se pusiera en ello.

Lucio encogió los hombros:

—¿Y dónde? ¿Ahora que ya no sé casi hacer nada...? ¿Y con lo que hay detrás?

Aniano dijo:

—¿Qué profesión era la que usted tenía antes?

—Panadero. Yo tenía una tahona en Colmenar. Mi socio la vendió y se guardó los cuartos. Se conoce que contaba con que no iba a salir yo nunca del otro sitio. Luego dijeron que si estaba en La Coruña con negocios o no sé qué mandangas. Se marchó el tío con todo; y aquí paz y después gloria. Vaya pues allí a buscarlo...

—¡Pero eso no puede ser! ¿No había papeles?, ¿un registro en alguna parte, una matrícula con el nombre de usted?, cualquier cosa.

Ahora el hombre de los zapatos blancos se interesaba.

—¡Papeles! ¿Qué papeles? —dijo Lucio—. Anda que no hubo lío en aquellos años, como para encontrar papeles, ni andar probando ninguna cosa. Cada cual arreó con lo que pudo y después adivina quién te dió. Como para que a mí me queden ganas de establecerme otra vez.

—Así es —asintió el hombre de los z. b.—. Diga usted que no hay más que disgustos. Mejor así; quedarse uno en la postura en que uno ha caído cuando lo han tirado. Usted sabe la vida.

—Si le parece que no me ha costado el saberla. Tanto valía, para eso, el haber seguido ignorándola. La experiencia, cuando a lo último la tienes, ves que tan cara te ha salido, tan cara, que igual como no tenerla; lo mismo te da.

—No estoy de acuerdo —dijo Aniano—; no estoy conforme con usted. Lo peor que hay en este mundo es darse uno por vencido. Eso nunca. Es necesario recuperarse. Adelante siempre.

—¿Usted cree? —le decía ahora Lucio, clavándole los ojos; adoptó un tono nuevo, paciente—. Vamos a ver, ¿y tú cuántos años tienes, muchacho? Me parece que van a ser muy pocos para saber nada de aquello. Andaríais a lo sumo jugando a los bolindres...

Aniano se puso rojo; oscurecía el entrecejo. Lucio seguía:

—¿De modo que no hay que darse por vencidos? Pues ya sabrás alguna vez, si alcanzas a saberlo, que no es uno mismo el que se da por vencido ni deja de darse... Ya te enterarás. Con que ahora mejor que no hubieras abierto la boca, ya lo sabes.

—¡Y usted me parece a mí que quiere saber mucho! ¡Además nadie le ha dado confianza para que me tutee! ¡Pues vaya ahora con el viejales sabihondo!

El Chamarís lo agarraba por un brazo para que se aplacase. Lucio le dijo fríamente:

—Yo no soy viejo, ¿entiendes? Es que tú eres un niño. Un chaval ignorante y atrevido. Eso pasa. Ni más ni menos.

Aniano estaba muy excitado. Mauricio le decía:

—Venga ya, Aniano; no se exalte usted.

—Yo no me exalto. Este señor de aquí, que se cree que sabe más que nadie, y que se pone a faltar. Y yo no soy ninguna criatura ni ningún ignorante. Yo por lo menos he estudiado, cosa que no ha hecho él. Porque uno tiene su bachillerato completo, para que nadie me tutee ni se dirija a mí de esa manera.

El Chamarís se impacientaba. El carnicero guiñaba un ojo y decía por lo bajo, divirtiéndose:

—Ya, ya... Ya sacó la cultura a relucir.

Aniano seguía, todo encendido de irritación:

—¡Y a cuentas, y gramática, y geografía, y a todo, me pongo yo con este señor en cuanto quiera! ¡A ver si es verdad que sabe tanto como quiere saber! ¡Uno no ha estado siete años rompiéndose los codos, para que luego te venga un panadero retirado a llamarte ignorante ni a darte lecciones de nada!

—De la vida, hijo mío, de la vida —dijo alguien.

Mauricio le hacía a Aniano ademanes de calma con las dos manos en el aire y le siseaba para que se aplacase:

—Chsss..., cálmese —le decía—; tranquilícese, hombre; que aquí nadie pretende quitarle méritos. Nadie le niega el mérito a sus estudios y a su instrucción. No se le menosprecia en ese sentido. Todo el mundo sabemos lo que esas cosas valen y lo que cuesta el ganarlas. Aquí nadie le ha puesto en duda ni ha querido faltarle a la cultura de usted.

—¿Pues quién se ha creído él que es, para darme de tú así de buenas a primeras? ¡Vamos! Yo me he ganado un puesto y tengo mi trabajo gracias a mis estudios, y tengo derecho a que se me trate debidamente y con arreglo a lo que soy... ¿lo sabe?

Casi las lágrimas se le saltaban, en medio de la ira, pero todos se le reían entre dientes.

—Que sí, hombre, que sí —le decía Mauricio—; si todo eso es digno de respeto; si nadie lo niega.

—¿Quiere decirme lo que le debo?

Ya tenía el dinero en la mano.

—Once pesetas.

Puso el dinero sobre la mesa, y se dejaba una caña sólo empezada.

—¿No apura eso?

—No. Para aquel señor. Adiós muy buenas.

Salía tan violento que por poco atropella al hombre de

los z. b., el cual se hizo a un lado con los brazos abiertos, como cuando pasa un toro, y dijo: «Ahí va eso», mientras el otro ya se había esfumado en la puerta.

—¡Valiente monigote! —dijo Mauricio—. Estos chavales en cuanto tienen dos letras, ya se creen con el derecho de subírsele a la parra a todo el mundo.

—Pues es buen chico —replicó el Chamarís—. Me da pena que pasen estas cosas. Yo sé que él luego sufre un rato, con esto que le acaba de ocurrir. A él le gusta tratar con todo el mundo y sentir que lo aprecian. Si se da cuenta de que cae mal en alguna parte, eso le duele más que la vida.

—Pues que le duela —replicaba Mauricio—. ¿A qué se mete en donde no lo llaman? En Madrid quisiera yo verlo, al tío, con esos humos.

—Que no es malo, le digo. Que es un muchacho que conociéndolo y sabiéndolo tomar en su sentido, se hace hasta querer. Yo lo aprecio, se lo digo de verdad. Vas con él y es un chico noble, incapaz de malicia.

—Pues lo que es aquí esta mañana, ha metido la pata, pero bien —afirmó el carnicero.

—Lo que ustedes quieran decir; pero también tuvo su culpa el señor Lucio, que lo quiso mortificar ya demasiado.

—Yo quise ver adónde íbamos a parar con las enmiendas y los consejitos. Yo era por verlo a ver cómo le caía el que le hablasen a él de la forma en que él acostumbra dirigirse a las personas. Ahí, que si no dices caballos de vapor, en seguida está el niño a enseñarte cómo lo tienes que decir. ¡Hay que oír cada cosa!

—Pero usted no debió tampoco de tutearlo, señor Lucio. Eso fué lo que le hirió en su amor propio.

—¿Que no? ¡Pues si podía ser su padre! Antes a los muchachos de la edad de éste nos tuteaba todo el mundo. Ahora ya no sé cómo han puesto la vida que aquí en seguida se hace uno un personaje. Di que porque trabaja en el Ayuntamiento y con eso ya parece que tiene como algo más de representación, que si no, a buenas horas le iba a dar yo de usted normalmente a un muchacho de esa edad. Se me puso pesado y le di el tratamiento que le pertenece, nada más.

—Eso es; en seguida se les sube la máquina de escribir a la cabeza, a estos mirlos de las ventanillas. Eso es lo que les pasa. Dime tú si no te tratan como si fueran los amos del mundo, cuando tienes la desgracia de tener que ir a solicitar cualquier papel o cualquier requisito. ¿Y a ver qué hacen de provecho, más que enredar la vida cada vez más? ¿Producen acaso algo bueno? ¡Ya está bien tanto orgullo ni tanta tontería nada más que porque te andan con cuatro papelorios! Y gracias a que hay quien se encarga de complicar la vida y de inventar cada día más papeles, para que la gente así pueda comer. Que si no, ya veríamos. La partida de inútiles sueltos y de muertos de hambre que andarían por el mundo.

—Vaya, señor Mauricio, ya que se quiere usted ensañar con el muchacho. Que le digo yo que no tiene el pobrecillo malicia ninguna.

—Ya se sabe que no tiene malicia —repuso el carnicero—. No es más que el orgullito que se gasta, que no está bien en un mozo de su edad. ¿Qué tendrá Aniano? No tendrá más de veintitrés o veinticuatro...

El hombre de los z. b. escuchaba en silencio y Carmelo limpiaba con la manga el polvo de su gorra y le sacaba brillo al anagrama del Ayuntamiento. Y Lucio dijo:

—El orgullo es una cosa que hay que saberla tener. Si tienes poco, malo; te avasallan y te toman por cabeza de turco. Si en cambio tienes mucho, peor; entonces eres tú mismo el que te pegas el tortazo. Lo que hay que tener es aplomo, en esta vida, para no ser la irrisión de nadie ni tampoco romperte la cabeza en tu propia arrogancia.

—Igual que el otro fantasma de la tienda —dijo Mauricio—. Ya ve a aquél lo que le pasó. Todo por el orgullo que tenía. ¿Y de qué estaba orgulloso ese fulano? ¿De que tenía un letrero muy grande, con su nombre, en lo alto la puerta? Pues mira cómo le fué. Tanto orgullo, para arruinarse, y encima quedar como un payaso a los ojos de todos.

Ahora intervino el hombre de los z. b.:

—Y no era malo aquel hombre. Trataba bien a la gente que tenía. Ahora, eso sí, con distancia, como era él; pero también generosamente. Yo lo tengo afeitado la mar de veces, y sabía ser un tío cordial cuando quería. Tenía su gracia hablando. Me acuerdo que cada vez que decía una broma o un chascarrillo cualquiera, en seguida me levantaba la cabeza de la almohadilla y se volvía a todas partes, con la cara enjabonada, para ver cómo había caído el chiste y si se lo reían los presentes. Siempre lo hacía, me acuerdo.

—¿Y ha vuelto usted a saber algo de él? —le preguntó Mauricio.

—Casi nada. Creo que luego marcharon al pueblo de su señora, que era éste dee... Éste que está por la parte de Cáceres; sí, hombre, ¿cómo se llama el pueblo ése...? Navalmoral, esto es. Navalmoral de la Mata. Un pueblo grande, por cierto.

*

Venía una rama de árbol con el agua del río.

—Mira; parece un animal; ¡cómo se mueve! —dijo Fernando—; un caimán.

Era una rama verde, recién tronchada. Se iba atascando, de vez en vez, en los bajos de arena, giraba sobre sí misma y navegaba de nuevo, lentamente, aflorando en las aguas rojas. Les gustaba mirarla.

—Yo tengo hambre —dijo Alicia—; creo que debíamos de ir pensando en comer.

Ahora unos chicos que ya salían del baño se volvieron al ver la rama y la cogieron por una punta y la sacaron. La venían arrastrando tierra adentro y corrían como las mulillas que se llevan al toro muerto, afuera de la plaza. Ya todos se encaminaron hacia el hato donde estaba Daniel, y les salía Carmen al encuentro. Santos le preguntó:

—¿Y ése qué hace? ¿Durmiendo todavía?

—Se espabiló un poquito, antes. Me hizo una gracia... Tiene un despiste que no quieras saber. Está modorro del todo.

Tito y Lucita estaban ya donde Daniel. A Tito se le vió desperezarse con los brazos abiertos, sacando el pecho contra el sol.

—Bueno —dijo Miguel cuando llegaban—, ¿cómo queréis que organicemos esto? ¿Os parece comer aquí, o preferís que nos subamos?

Fernando dijo:

—Pues arriba creo yo que comeríamos más a gusto.

—De ninguna manera —protestaba Mely—; tener que irnos ahora hasta ahí arriba, con el calor tan espantoso que hace. Imposible. Vaya una idea.

—Aquí, naturalmente. ¿Quién es el guapo que se mueve ahora? ¡No es nada!, ¿sabes? Y tener que vestirnos y toda la pesca.

—Yo lo decía porque allí en el jardín teníamos nuestra mesita, y sillas para sentarnos y hasta mantel si queríamos.

—Que no compensa, hombre. Además, vaya gracia, digo yo; para comer de esa manera, mejor en casa. ¿A qué se viene al campo? Hemos venido a pasar un día de jira y hay que comer como se come. De lo contrario no interesa. Lo otro lo tenemos ya muy visto.

—Pues claro. El gusto está en la variación. El refrán te lo dice.

—Nada, hombre, aquí. Ni dudarlo. Que no se piense más.

—Pues entonces, a ver quién sube a por las tarteras.

—Eso hay que echarlo a suertes.

—Pues a los chinos, ¿vale?

—Tú estás loco, muchacho —dijo Alicia—. A los chinos os tiráis una hora, y mientras tanto aquí las demás nos desmayamos de gazuza.

—A los chinos tenía más emoción.

—Bueno, pues dejaros ahora de emociones y venga lo que sea. Rápido.

—Hala, pues va a ser rápido como el cemento —dijo Miguel—; vais a ver. Se echa a los papelitos. ¿Quién tiene un lápiz? ¿No tenéis nadie un lapicero?

—¿Y a quién se le va ocurrir traerse un lápiz al campo? ¿Qué querías que hiciésemos con él?

—¿Te es igual una barra de labios? —dijo Mely—. Si te sirve, la saco.

—Tráetela para acá; sí que me vale.

—Tú, pásame la bolsa, haz el favor.

—Ahí te va.

Mely la recogió en el aire. Mientras buscaba allí dentro la barra, decía:

—Pero no me la fastidiéis, ¿eh?, que me cuestan muy caras.

—No te preocupes. Oye; y ahora hay que encontrar los papelitos.

—Toma, tú —decía Mely, entregándole la barra de labios a Miguel—. No hace falta apretar casi nada; con tocar el papel, ya lo deja marcado.

—Aquí hay papeles, mira.

Tito cogió un periódico del suelo y le sacó una tira de los márgenes. Mely había sacado de su bolsa la cajetilla de Bisonte.

—¿Tú quieres, Ali?

—Bueno, sí, pues dame.

—Yo digo que tendrán que subir dos, porque uno solo no va a poder con todo.

Ahora, Miguel partía los papelitos.

—Sí, dos; claro está.

—Y el Dani que no se escurra del sorteo —dijo Fernando—. Echa también para él. Porque esté así, no se nos va a librar de extranjis. Sería una marranada.

—Está en el séptimo cielo, ahora mismo, el infeliz.

—Pues que se apee.

—Van cuatro en blanco y dos llevan la cruz. Al que le toque la cruz, ése se viste y sube arriba a buscar la comida, ¿entendido?

—De acuerdo.

Mely y Alicia habían encendido los pitillos y Santos las miraba y decía riendo:

—A mí esto de que fumen las mujeres, me le quita todo el gusto al tabaco.

—Pues ¡qué barbaridad!; todo lo queréis para vosotros solos. Ya bastantes ventajas son las que tenéis.

—¿Por ejemplo?

Ya habían terminado de doblar los papelitos y Fernando gritaba hacia las chicas.

—¡A ver, una mano inocente! ¡A escape! ¡Una mano inocente para sacar bola!

Se miraban las chicas unas a otras, riéndose.

—Aquí mano inocente no hay ninguna, ¿que os habéis creído?

—Pues a ver —preguntó Sebastián—; ¿cuál es la más inocente de vosotras?

Mely puso una cara maliciosa y dijo:

—¡Lucita! Lucita es la más inocente de todas.

—Pues claro, Luci —insistían entre risas—. ¡Que salga ella!

—Anda, Lucita; te han calado —le decía Fernando—; te ha tocado sacar los papelitos. Sal para acá.

Lucita preguntó:

—¿Y qué es lo que tengo que hacer?

Se había puesto colorada.

—Ahora mismo te lo explicamos; es muy fácil. Tú, Mely, guapa, déjame otra cosa; mira: el gorrito ese que tienes nos vendría de primera para meter los papelillos.

—Hijo, todo lo tengo que poner yo. Toma el gorrito, anda.

Sebas cogía el gorro y luego le metía los papeles y revolvía, diciendo:

—Tres de vermut, dos de ginebra, unas gotas de menta, un trocito de hielo, agítese y sírvase en el acto. Toma, Luci, bonita.

—Mira, te pones ahí de espaldas y vas sacando las papeletas una a una, y a cada papeleta que sacas me preguntas: «¿Y ésa, para quién?», y yo te diré un nombre, y ése le toca lo que diga en el papel que tú hayas sacado, ¿estamos de acuerdo?

Luci asentía.

—Pues venga.

—¡Dentro de breves momentos procederemos al sorteo! —decía Sebas con voz de charlatán—. ¡Oído a la carta premiada!

Ya Lucita se había colocado.

—¿Y quién se lleva el mono?

—¡Va bola, señores! —dijo Miguel—. ¡Tira, Lucita; saca ya el primero!

—Ya está. ¿Para quién es?

Miguel miraba todo el corro, sonriendo:

—Paraaa... ¡para Santos!

—Y ahora, ¿qué hago? ¿Lo tengo que abrir?

—Pues claro; a ver lo que pone.

Hubo un silencio mientras Luci desdoblaba el papel.

—Aquí no pone nada. Está en blanco.

Pues se libró.

—¡Vaya potra que tienes, hijo mío!

—¡Eh!, ¡que lo enseñe, que lo enseñe!

—¿Desconfías de Lucita, desgraciado? ¡Si serás!

—¡Venga! ¡Otro tira y se divierte!

—¿Lo saco ya?

—Sí, sí, que corre prisa.

—Ya. ¿Para quién?

Pues, para Tito mismo.

Tito también se libró. No dijo nada; estaba en pie y se limitó a sentarse.

—¡Choca! —le dijo Santos—. Nosotros ya no subimos.

La papeleta siguiente fué de Fernando; tenía una cruz.

—¡Los quince millones en Argüelles! —gritaba Sebastián.

—Me alegro —dijo Mely—; ¿no querías tú subir? Pues ya te puedes ir vistiendo.

—Espérate, mujer, que salga el otro. Veamos quién me toca de pareja. ¡Sigue, tú!

—¿Y ahora de quién? —dijo Luci.

—¡Para mí! —contestaba Miguel.

Estaba en blanco. Sebastián protestó:

—¡Vaya listo que eres! No es zorro ni nada, el tío. Como sabe que es muy difícil que salgan dos seguidas, se esperó a que saliera la primera, y en seguida, detrás, va y se nombra a sí mismo. Eso es jugar con ventaja.

—Pues pide el librito de reclamaciones. ¡Otra, Luci!

Esta vez le tocó a Daniel y tenía una cruz. Lo jalearon.

—¡Ha habido suertecilla, Daniel!

—¡Toma ya, hijo! ¡Y eso para que te vayas espabilando!

Levantó la cabeza Daniel y ponía mala cara a las bromas. Fernando se acercó a él y le daba unos golpecitos en la espalda.

—¡Ya lo sabes, bonito! ¡Te ha tocado!

Daniel le apartó la mano bruscamente.

—Pues yo no voy.

—¿Cómo que no?

—¡Como que no! Pues comiendo; que no voy.

—¿Que tú no vas? ¿Qué es eso de que no vas? —se dirigió a los otros—; Oye, tú, ¿habéis oído lo que dice? ¡Que él no sube, se pone! ¡Tú subes igual que yo! ¡Vaya si subes! Si te molesta, te fastidias. ¿Crees que a mí me hace gracia? Pues gracia ninguna no me hace, y sin embargo, subo.

Sebastián conciliaba:

—Hombre, Daniel, no me mates, ahora. Tú eres el único aquí que estás vestido; el que menos trabajo te cuesta. No nos hagas ahora la faena a todos los demás; las chicas tienen hambre que se mueren.

—Pues yo no. Yo no tengo hambre, ya ves. No pienso probar bocado; así que tampoco tengo por qué subir.

—¡Pues eso haberlo dicho antes! ¡Ahora ya te ha tocado ir, y vas! ¡Vaya que si vas!, ¡aunque luego no comas si no quieres! —le gritaba Fernando.

Al ver que el otro no se movía, lo agarró por la camiseta.

—¿Me has entendido? ¡Que te levantes! ¡Te digo que te levantes!

Daniel se desasía violentamente y se encaraba con Fernando.

—¡Suéltame, tú! ¡Ya he dicho que no voy! ¡No me da la realísima!, ¿más claro?

—Es tontería; si no lo vais a convencer...

—¡Eres tú muy bonito! No tienes ni vergüenza. ¿Pero por qué regla de tres vas a ser tú distinto de los demás? ¿Quién te has creído aquí que eres?

—Venga, Fernando; déjalo ya —le decía Miguel—; más vale que lo dejes. ¿Qué vas a hacer? Tampoco vamos a subirlo a rastras. Subo yo mismo en su lugar y asunto terminado. Vamos tú y yo. Y su tartera la dejamos arriba, ya que pone el pretexto de que no tiene hambre; ya está.

—¡Pero es que no hay derecho, Miguel! ¡Le ha tocado una cruz!, ¿por qué no sube? ¿Cómo lo vamos a dejar que se salga con la suya y nada más que porque sí? ¡Va a ser aquí el niño bonito!

—¿Y yo qué quieres que le haga? ¿No lo vas a llevar a la fuerza?

—Pues si Daniel no sube, yo tampoco. Ya está. Que suba Rita.

—¡Cómo sois; hay que fastidiarse! —dijo Paulina—. ¡La hora que es ya!

—Yo, allá penas. Yo me he librado en el sorteo. Que se respete.

—Pues yo que Fernando, tampoco iba —dijo Mely—. Tonto sería si fuese.

—¡El egoísmo de Daniel!

—Carece de compañerismo —le reforzaba Alicia—. Y haces el primo, tú, si vas.

—Y tú te callas.

—¿Por qué voy a callarme? Tras que saco la cara por ti. Y además no me hablas tú de esa manera.

—Bueno —cortó Miguel—. Yo me voy para arriba. Si hay algún voluntario, que se venga. Si no, me subo solo.

Tito se levantó.

—Yo voy contigo, aguarda.

Sebas había reclinado la cabeza sobre el regazo de Paulina, dijo:

—Pues mira, ya que vais, llevaros esas tres botellas, para volverlas a llenar.

Cogieron en silencio sus ropas y las botellas y se alejaban hacia las zarzas. Se vistieron.

—Pues vaya un día —dijo Tito—. ¿Te han dicho ya lo mío con Fernando?

—Mely nos lo contó.

—La Mely es una lianta. Toda la culpa la tuvo ella. Y luego va y lo cuenta por ahí. Y ahora, Daniel; que no sube. Total, que hoy no levantamos cabeza, está visto. Vamos de una, en otra peor.

—Eso tú no te apures. Roces, los tiene que haber siempre. Tampoco hay que concederle demasiada importancia.

—Sí, pero ¿hemos venido a pasarlo bien o regañar los unos con los otros? A mí me aburre. Es un latazo andar así a cada momento. Menudo plan.

—Nada, hombre; pues hay que tomárselo como lo que es. Insignificancias.

—Pues mira: antes, fuera bromas, te juro que anduve hasta tentado de coger la bici y largarme, por buenas composturas, y volverme a Madrid. Como lo oyes. Y, desde luego, si no lo he hecho ha sido por vosotros: por ti y por Alicia y por dos o tres más.

—Hubieras hecho una tontería muy grande. No es para tanto la cosa.

—Y Fernando es un buen amigo, pero ya ves las cosas que tiene. Di tú que porque era él; que si llega a tratarse de otro cualquiera, en seguida lo aguanto yo, conforme se puso allí en el agua conmigo. Y todo eso por la Mely, que la culpable fué sólo ella.

—¿Qué?, ¿es que te gusta Mely a ti también?

—¿A mí? ¡Bueno! Me tiene absolutamente sin cuidado. Y desde hoy más, fíjate. Lo que es desde hoy ya, cruz y raya. Se ha terminado la Mely para mí: «Hola qué tal» «Adiós buenas tardes», eso va a ser toda la Mely para mí, de aquí en adelante. Textual.

—Chico, pues vaya unas determinaciones que tomas tú también. Te pones tajante.

—Pues así. Tiempo tendrás de verlo. Hombre, es que ya es mucha tontería la que tiene. Donde ella esté, no hay más que líos a diestro y siniestro. Una lianta y una escandalosa, lo único que es.

Sonreía Miguel mientras se ataba el cinturón.

—Chico, vaya un encono que has cogido. Yo ya estoy; cuando quieras.

—Vamos.

Echaban a andar.

—¿Y a quién decías que le gustaba Mely? —decía Tito.

—¿Yo? A nadie. No sé nada.

—Hace un momento no sé qué decías.

—Pues no, no dije nada. Ni lo sé. Es una chica, desde luego, que está la mar de buena. Supongo yo que a más de uno le tiene que gustar.

Subían ahora el terraplén por la tortuosa escalerilla excavada en la tierra.

—Pero de nadie en concreto lo sé.

Callaron en la fatiga de subir, y llegando a lo alto se detuvieron, jadeantes, y se volvían a mirar. Aún rebasaban, por cima de sus cabezas, las copas de los árboles. Se veía la azuda y el ensanche que formaban las aguas detenidas contra el dique. En la otra orilla, sólo grandes matas de mimbres y de acebos, y aun allí algunos grupos acampados, apurando la sombra. Más atrás, un rebaño de ovejas pululaba en el llano, como un pequeño mar errante, y el pastor con su gorra blanquecina se había acercado curioso a la ribera, y miraba, enigmático, a la gente, apuntalado el cuerpo sobre la garrota.

—¿Y tú qué crees?, ¿que Fernando va detrás de Mely? —preguntaba Tito.

—Pudiera.

La vía del tren corría elevada, cortando en línea recta todo el llano, sobre un terraplén artificial. Los matorrales ascendían los taludes, hasta arañar las mismas ruedas de los trenes; y al fondo, donde las lomas comenzaban, tampoco se interrumpía la recta del ferrocarril; se adentraba partiendo la tierra en un angosto socavón. Desde aquí descubrían la caída del dique a la parte de abajo. Ahora centenares de personas en traje de baño se tostaban al sol sobre el plano inclinado de cemento. Hacinadas, hirvientes, sobre la plancha recalentada, las pequeñas figuras componían una multicolor y descompuesta aglomeración de piezas humanas, brazos, piernas, cabezas, torsos, bañadores, en una inextricable y relajada anarquía.

—Vámonos, Tito; nos están esperando. Si saben que todavía estamos aquí...

El agua recobraba su prisa a la parte de abajo del embalse, adonde las compuertas desaguaban. Allí en los rápidos discurría somera entre cantos rodados y vetas de tierra roja con verdes mechones de grama. Aquí cerca había varios merenderos, uno tras otro, sobre la línea del agua; casetas de un solo piso. Elevadas, las más cercanas, en el ribazo que había formado la erosión, y a nivel con el agua las de junto al dique, de modo que se veían los techos desde lo alto y se entreveía a la gente almorzando y bullendo en los emparrados. Llegaban netas las voces y las carcajadas y el golpear de los puños y de las lozas sobre las mesas de madera y el humo y el olor de las fritangas, con el ir y venir de las bandejas en manos de las mozas o de algún camarero improvisado, con lazo y chaqueta blanca, por entremedias de las ramas y de las hojas de una inmensa morera. Los dos merenderos de arriba, junto a los cuales pasaban ahora Tito y Miguel, estaban llenos de gente más pacífica que comía entre discretas conversaciones. Volvían por el camino hacia la carretera, flanqueados a la derecha por una tela metálica que guardaba una viña. Pero la viña de la izquierda estaba al descubierto, asaltada incesante y públicamente por oleadas de chiquillos que le entraban por sus cuatro costados. El guarda viejo se desesperaba, impotente, lanzando piedras y blasfemias.

—Ése sí que se tira un dominguito de aúpa —dijo Tito.

Llegando a la carretera había otras fincas cerradas sobre la misma por tapias coronadas con cristalitos de botella.

—¡Cuidado que lo veo yo eso mal! —dijo Miguel, señalando a las tapias—; se necesita tener mala sangre para discurrir semejante cosa.

—Los hay que le temen más al robo que a la muerte chiquita.

—A nadie le hace gracia, ya se sabe. Pero ésas no son maneras de evitarlo. No es tanto por lo que pueda ser en sí, como por lo que eso representa. ¿Qué se creerán que tienen ahí metido? No te revelan más que el egoísmo y el ansia que tienen por lo suyo.

—Desde luego. Una cosa bien fea.

—¡Hombre! Se tuvo que quedar bien descansado quienquiera que fuese el que discurrió el invento este de los cristalitos. Tuvo que ser el hombre de más malas entrañas y más avaricioso de este mundo. El perfecto hijoputa.

—Pues tú dirás.

Llegaban a la venta de Mauricio.

—Buenas.

—¿Qué hay, muchachos? ¿Qué tal ese bañito?

—Vaya.

—¿Van a comer aquí por fin?

—No; comeremos abajo. Venimos a por los bártulos.

—Me parece muy bien. Quieren más vino, ¿eh? Ya veo que han andado listos con el que se les puso esta mañana.

Mauricio recogía las botellas de encima del mostrador. Lucio dijo:

—Anda, ponles un vaso por mi cuenta y llénanos aquí a los demás.

Miguel se volvió.

—Muchas gracias.

—No las merece.

Ahora se adelantaba el alguacil y le dijo a Mauricio, señalando a Miguel:

—¿Este señor es el que tú decías que cantaba?

Mauricio le puso cara de reproche.

—Sí, ¿qué le quieres? —se dirigió a los otros—. Verás ahora; verás tú como tiene que no dejar a nadie quieto.

El alguacil no atendió a lo que el otro le decía; se había dirigido a Miguel, con entusiasmo:

—Perdone, me va usted a permitir que lo salude. Carmelo Gil García me llamo yo; soy acérrimo del cante.

Le hablaba como a una celebridad de la canción.

—Mucho gusto.

—El mío. Y sobre todo y en particular de lo que es el flamenco —continuó el alguacil—. Mire, este invierno pasado no, el otro invierno anterior, tuve que hacer el sacrificio: me compré el aparato. O sea que me eché los Reyes, eso es. Y todo por el cante; no se crea usted que no me tuve que privar de poco. Y por bien empleado lo doy. Sí, hombre, y Pepe Pinto y Juanito Valderrama, los ases de la canción, todos esos nombres me los conozco, ya lo creo, ya lo creo...

Le seguía estrechando la mano, y Miguel lo miraba sonriente.

—Eh, pero a mí no vaya usted a tomarme por ningún profesional —le decía—. Canto un poquito, nada más. Para los amigos.

—Pues no lo dudo que lo hará usted a base bien. A ver si tengo el gusto de escucharle algún ratillo. Saborearemos lo fino verdad.

Mauricio se impacientó:

—¡Pero suéltale ya la mano, calamidad! ¡Pues sí que no se suda ya bastante de por suyo, en el día que tenemos, como para andarse encima cogiéndose las manos!

Carmelo obedecía.

—Déjelo usted —dijo Miguel—; es muy amable por su parte...

—No, hombre; si es que en cuanto que tiene un par de vasos, se pone así de pesado con todo aquel que te pilla por banda. Y seguro que lo que anda es detrás de que se arranque usted aquí ahora por bulerías, pero así, en frío y sin comerlo ni beberlo.

El alguacil protestaba:

—¡Mentira! Demasiado que ya me lo sé yo de cómo tiene que salir el cante. ¿Te crees que no lo sé? A nadie va a pedírsele que se desenrede ahí a cantar de buenas a primeras. Es necesario estar metidos en ambiente y que la cosa se vaya caldeando poco a poco, ¿verdad usted?, para que el cante salga fino. ¿A que sí?

—Venga ya. ¿Pero quieres dejarlo ya tranquilo al muchacho, de una vez? ¿Qué le puede importar de ese rollo que tú le estás metiendo? ¿No ves que aburres a la gente?

—¿Qué va a pasar, hombre? Tenía yo mucho gusto en poder saludarlo aquí al joven y cambiar impresiones de lo que somos devotos conjuntamente. ¿Verdad usted que no ha habido molestia?

—De ninguna manera; todo lo contrario...

El carnicero y Chamarís se mondaban de risa.

—¡Ay qué Carmelo este! ¡Es tronchante, qué tío!

Tito dejó de reprimirse las ganas de reír y luego también Carmelo se sumaba a las risas generales, con una cara atónita y feliz, como sintiéndose halagado de ser el causante de ellas. Tan sólo el hombre de los z. b. no se reía. Apareció en la puerta una niña vestida de rojo; dijo desde el umbral:

—Padre... —y se cortaba de pronto al descubrir la presencia del hombre de los z. b.

Mauricio dijo:

—Pasa, bonita. No te estés ahí al sol.

La niña recelaba. Insistió el Chamarís:

—Pero, entra, Marita; no seas boba. Nadie te va a comer.

Ahora entró de golpe y cruzó como un rayo y ya estaba abrazada a los pantalones del Chamarís. El Chamarís la besaba en el pelo, y le decía:

—Pero hija, ¿qué vergüencillas son esas que te traes hoy? Con lo desenvuelta que es la niña esta. Di, ¿qué querías?

La niña contestaba por lo bajo:

—Mamá, que se venga usted a comer.

—Bueno, pues ahora mismo vamos.

La niña se apretujaba cada vez más contra la pierna de su

padre, volviéndoles las espaldas a todos los presentes. Ahora
el hombre de los z. b. se acercó y se ponía en cuclillas junto
a ella; sonriendo le dijo:

—Si ya lo sé que eres tú la de esta mañana. No te creas que
no te conozco, lagartija.

Ella escondía la cara entre las piernas del Chamarís. El
hombre de los z. b. le insistía de nuevo:

—Vuélvete, mujer; mira un momento para acá. ¿Crees que
me enfado yo por eso?

Apareció media cara de la niña y ya empezaba a sonreírse;
se volvía a esconder. El otro continuaba:

—¿No quieres ser mi novia?

Ahora la niña se reía más y de pronto mostró toda la cara.
Le dijo el padre:

—¿Qué secretos te traes tú con el barbero?

—Cosas nuestras —decía el hombre de los z. b.—; ¿verdad que sí, bonita? ¿Cómo te llamas?

—Mari.

El Chamarís apuraba el vaso; dijo:

—Alguna picardía os traéis entre los dos. Vámonos, hija,
para casa.

—Tiene usted una chiquilla muy salada —le decía, levan-
tándose, el hombre de los z. b.—. Bueno, Mari, preciosa, que
nos veamos. Ya sabes.

—Anda, hija mía, por lo menos contéstale al barbero, ya
que sois tan amigos.

—Adiós señor barbero.

—¿No me das un besito?

Inclinaba la cara hacia la niña, y ella lo besó maquinal-
mente, rozándole apenas.

—Así. Hasta la vista, guapa.

—Taluego, señores. ¡Toma, Azufre...!

El perro se levantó de un salto y salió por la puerta, delante de los suyos.

—Hasta la tarde.

El hombre de los z. b. comentaba:

—Tiene una chica muy crecidita, para ser él tan joven.
¿Qué años podrá tener la niña esta?

—Pues seis o siete debe tener.

Miguel dijo a Mauricio:

—Oiga: ¿y usted no podría dejarnos una jarra y unos ca-
chos de hielo, para poner una sangría?

—De hielo no crean ustedes que ando muy bien. Lo tengo que durar hasta la noche. Ya veremos a ver. La jarra sí. ¡Faustina! También llevarán gaseosa, en ese caso.

—Sí. Y un limón —dijo Tito—, a ser posible.

—Un limón me parece que sí.

Entró Faustina.

—¿Qué?

—Mira a ver una jarra por ahí, para estos jóvenes. Y un limón.

La mujer asintió con la cabeza y se volvió a meter.

—Eso está bien pensado —dijo Lucio—; una buena sangría se agradece, con estos calores. Y yo que ustedes, ¿saben lo que le echaba? Pues tres o cuatro copitas de ginebra. Así el alcol que se pierde al ponerle gaseosa, se recobra, es decir, se compensa con el alcol de la ginebra, ¿eh? ¿Qué les parece la receta?

—Está bien; pero es que eso es mucha mezcla ya, y después a las chicas se les sube a la cabeza por menos de nada.

—Ah, bueno, en ese caso... Si ustedes quieren tener consideraciones con las faldas, ahí ya no entro yo. Pero le advierto que en mis tiempos no andábamos con esos respetos; se hacía lo que se podía. Se conoce que ahora...

Entró Faustina; dejó la jarra sobre el mostrador. Ya volvía a meterse de nuevo y se detuvo en la puerta, dirigiéndose a Tito y señalaba la jarra con el índice:

—Y no me la rompan ustedes. ¿Eh? Que es la única jarra que tengo. Así que cuidadito.

—Descuide, señora; más que si fuera nuestra.

Faustina volvió a meterse hacia el pasillo.

—¡Y el limón! —le gritaba Mauricio detrás, levantando la cara de la caja del hielo.

Ya sacaba unos cuantos pedazos y los metió en la jarra.

—Con este poco tienen que arreglarse. No les puedo dar más.

—Ya es bastante. Muchísimas gracias.

—¿Cuántas gaseosas quieren?

—¿Qué te parece a ti, Miguel?, ¿cuántas nos llevaríamos?

Miguel estaba ocupado en preparar los macutos con las botellas de vino y las tarteras.

—Pues... Que nos ponga ocho, por ejemplo. Yo creo que con ocho habrá bastante. Y otra grande de vino. La que tienen abajo debe de estarse ya finiquitando, a estas alturas.

—Ocho, entonces.

Faustina entraba; dijo:

—El limón.

Lo puso junto a la jarra, con un toque rotundo, y salió. Miguel y Tito aparejaban los cachivaches. El carnicero comentaba:

—Pues se han venido ustedes unos cuantos.

—Once venimos en total —se dirigió a Mauricio—. Oiga, póngales usted aquí unos vasitos por nuestra cuenta, haga el favor.

—Se le agradece, joven.

—De nada, figúrese usted.

—Pues mala cosa es esa de ser impares, viniendo de jira —dijo Lucio—. Hay siempre uno que es el que está de más.

—No se preocupe; el que venía de más ya se cogió la tranca por su cuenta y se durmió como un pedrusco. Ni se bañó siquiera —dijo Miguel.

Tito le preguntó:

—Oye, es verdad; y la tartera del Dani, ¿qué hacemos con ella?, ¿la bajamos por fin?

—Naturalmente. ¿Cómo querías que le hiciésemos una guarrada semejante?

—Pues él nos la hizo a nosotros el primero.

—¿Y te vas a tomar el desquite por esa tontería?

—No, ¡qué va! Yo no tengo ningún interés. Vosotros lo dijisteis. Si es por mí, se la bajamos, desde luego, y no hay más que hablar.

Miguel había terminado y saludaba:

—Bueno, pues hasta luego, entonces.

—Vaya; que sigan ustedes pasándolo bien.

—Adiós, jóvenes. Tengan cuidado ahí, no tropezar, que van ustedes muy cargados.

—Ya; gracias. Adiós.

Salieron ambos, con los macutos colgados de los hombros y del cuello. Miguel llevaba tres botellas en las manos y Tito la otra botella y la jarra azul que Faustina les había dejado. El carnicero preguntó:

—¿Qué hora va siendo?

—La de comer. Las dos y media ya pasadas.

El alguacil había vuelto a quitarse la gorra y se rascaba la cabeza. El carnicero le dijo:

—¿Te pica?

—De puro talento, le pica —comentaba Mauricio.

El carnicero bostezaba y se asomó al umbral; se oía la música lejana; dijo:

—Desde aquí mismo se oye la que hay formada en el río.

—Tiene que haber mucho público, sí.

—Antes éramos los de los pueblos —decía el hombre de los z. b.— los que íbamos a pasarnos las fiestas a las capitales. Ahora, en cambio, son los de las capitales los que se vienen al campo.

—Ninguno está conforme con lo que tiene —dijo Lucio—. Siempre se echa de menos lo contrario.

—Sí, lo que es —replicaba Carmelo—; como estuviera yo en los Madriles, escapado iba a echar yo de menos todo esto de aquí. Mejor campando por tus respetos en un Madrid, aunque sea no siendo uno nadie, que alcalde en Torrejón, con toda la importancia de ese pueblo. Si ya lo dice la gente: «De Madrid al cielo», ahí está; con eso ya queda dicho.

El carnicero se volvió, sonriendo, hacia él.

—Bueno, ¿y tú qué harías en un Madrid?, vamos a ver. Cuéntanoslo.

—¿Yo...? ¿Que qué haría...? —se le encendía la cara—. ¿Qué es lo que haría yo en Madrid? —chasqueó con la lengua, como el que va a empezar a relatar alguna cosa alucinante—. Pues, lo primero... Me iba a un sastre. A que me hiciese un traje pero bien. Por todo lo alto alto. Un terno de quinientas pesetas...

Se pasaba las manos por la raída chaquetilla, como si la transfigurase. Mauricio le interrumpió:

—¿De quinientas pesetas? ¿Pero tú qué te crees que te cuestan los trajes a la medida en Madrid? Con quinientas pesetas ni el chaleco, hijo mío.

—Pues las que hiciesen falta —dijo el otro—. Quien dice quinientas, dice setecientas...

—Bueno, hombre, sigue. Pongamos que con setecientas te alcanzaba para ponerte siquiera medio decente. ¿Luego qué hacías?, a ver. Continúa.

—Pues luego, me salía yo a la calle, con mi trajecito encima, bien maqueado, pañuelo de seda aquí, en el bolsillo este de arriba, ¿eh?, mi corbata, un reloj de pulsera de estos cronométricos, y me iba a darme un paseo por la Gran Vía. Poquito; ida y vuelta nada más, y descansado, para sentarme a renglón seguido en la terraza de un café, ¿cómo se llama ése?,

Zahara, en la terraza del Zahara. Allí ya, bien repantigado, daba unas palmaditas —hizo el gesto de darlas—; y en esto, el camarero: un doble de cerveza así de alto con... con una buena ración de patatas fritas, eso es. Ah, y el limpia. Que me mandase en seguida al limpiabotas para sacarme brillo a los zapatos...

El hombre de los z. b. se miró a los empeines. Lucio dijo:

—¡Ay, amigo!, eso ya lo sabía yo, fíjese. Lo estaba viendo venir.

—¿El qué?

—Que lo primero que iba a llamar es al limpiabotas. Estaba seguro.

—¿Y usted por qué estaba seguro de eso?

—Pues porque sí. No podía faltar. ¿No ve que tengo ya muchos años? No falla; es lo primero que se les ocurre a todos los que hablan de la buena vida: que venga un tío a limpiarles los zapatos.

*

—Pues a esta cuarta botella ya la podíamos ir metiendo mano.

—¿A palo seco? —replicaba Alicia—. Ahora como sentaba bien es con algún aperitivo.

—Pues mira —dijo Fernando—; en el río hay cangrejos. Métete a ver si atrapas alguno.

—¡Qué gracioso!

Sebastián sugería:

—¿No andaba por ahí hace un momento el de los cacahueses? Le podíamos coger un par de pesetillas. Con eso ya teníamos tapa.

—No es mala idea. ¿Por dónde lo habéis visto?

—Pasó hace un rato para abajo. Un tío con chaqueta blanca y con un gorro de papel de periódico, como el de Pipo y Pipa.

—Mirar a ver si lo veis.

—Hija, a ti todo lo que sea comer... —le dijo Mely.

—Si es que es verdad; si es que ya son... ¡Mirarlo! ¡Allí está el hombre! ¿No es aquél?

Lo señalaba, entre los árboles, parado en otro grupo; una mancha de sol le lucía en lo blanco de la tela. Fernando se introdujo los dos meñiques en la boca y emitió un silbido largo hacia el vendedor. Estaba recogiendo unas pesetas y les hizo señal con la otra mano de que esperasen, que en seguida venía.

—¡Qué pronto te lo guipaste! —dijo Fernando.

—La que a ésta se le vaya..., en tratándose de comer.

Alicia protestó:

—Tampoco me pongáis mal, ahora. Como si fuera una tragona de miedo.

—Eso no es malo. Señal de que hay salud.

Sebas se había incorporado un momento para mirar por detrás de Paulina, hacia el corro cercano, dijo:

—Y a propósito de comidas, vaya un olor que viene de la paella esa, ¿no lo notáis?

—Ya llevo un rato sintiéndolo, hijo —le contestaba Santos—. No os quería decir nada para que no padecierais. De buena gana me acercaba yo ahora mismo, a ver si me hacían un sitio.

Ahí, en la familia del Buda, todos metían y sacaban las cucharas, comiéndose la paella en la misma sartén. «Aquí el que sopla pierde viaje», había dicho el Buda, riéndose a mares de sus propias palabras y atragantándose en su risa y tosiendo, todo ruidoso y congestionado. Ahora había un murmullo sosegado por toda la arboleda y llegaba la música desde las radios de los merenderos. «¡Ay, Portugal, por qué te quiero tanto!...» Apuntaban al norte las sombras de los árboles, a Somosierra. No había nadie en el río.

—A ver esa botella —dijo Santos.

Ya llegaba el pipero:

—Muy buenos días tengan ustedes —les bajaba la cesta para mostrar la mercancía—. ¿Qué les pongo?

—Pues cacahués.

—Son a peseta la medida —enseñaba en la mano un cubilete de madera con arillos de hierro—. ¿Cuántas quieren?

—Un duro.

—¡Quieto, Fernando! —dijo Alicia—; esto es mío. Lo paga Miguel.

El otro se buscaba el dinero.

—¡Qué tontería! —contestó—. Estás tú buena.

—He sido yo la que los ha pedido. Tengo el portamonedas de Miguel aquí.

—Que te estés quieta, Alicia; ¡tendrá que ver! Nos los vamos a comer entre todos, ¿no? ¡Pues entonces!

—Vaya. Llegó la hora de los cumplidos —dijo Mely—. A ver si que a ti no te va a poder convidar más que tu novio.

—Si no es eso, mujer. Si es que fuí yo la que pedí los cacahueses.

—¿Y qué más da?

Fernando recogía el cartucho de manos del hombre y le entregaba las cinco pesetas.

—Cuidado no se caigan... —dijo el hombre—. Ustedes lo pasen bien.

Ya se alejaba por los árboles; «¡Qué rricos! ¡Tostaaos!» Sebas se daba media vuelta en el regazo de Paulina; le dijo:

—Anda, Pauli, lucero, ráscame la espalda un poquito.

—¡Míralo él!

—Si es que pica mucho, mujer.

—No haberte puesto al sol. Además, es peor si te rasco. Lo que te puedo hacer es untarte de nivea; eso sí.

—No quiero pringues; luego se pega todo el polvo.

—Entonces nada, hijo mío; lo siento. De rascarte, ni hablar.

Ya todos estaban a vueltas con el cartucho de los cacahueses. El crujir de las cáscaras hizo volverse a Paulina.

—Aquí hay que andar listos —dijo Mely—. El que no corre, vuela.

—Más hambre que vergüenza es lo que tenemos.

Sonaba el crujir continuo, como una pequeña trituradora. El cartucho estaba en el suelo, en medio de todos. Caían las cascarillas sobre los muslos desnudos. Fernando decía:

—Pues el año cuarenta y el cuarenta y uno hacían el café con cositas de estas.

—¿Quién te lo ha dicho?

—Yo que lo sé. Y con algarrobas y cosas peores. Así era el café de asqueroso.

—Eso no era café ni era nada —le dijo Santos.

—Llámalo hache. El caso es que lo hacían con cáscaras de estas y en la tienda lo llamaban café.

Paulina se volvía hacia el cartucho y cogió un buen puñado de cacahueses.

—¡Eh, tú! —dijo Alicia—. ¿Adónde vas con eso?

—¡Uno a uno, niña! Cucharada y paso atrás.

—Son para Sebastián y para mí; como éste no quiere moverse. No pienso coger más —dijo Paulina.

Luego precipitaba la rapiña sobre el cartucho de los cacahueses y todos se tiraron de bruces encima de él, forcejeando y disputándose la presa, entre risas y voces. Quedó en el suelo el trozo de periódico hecho jirones y algunos cacahueses aplastados, revueltos con la tierra.

—A esto no hay derecho —dijo Mely—; sólo he podido coger dos.

Los mostraba en la mano.

—Espabilarse —le dijo Fernando.

Mely se dirigió a Alicia:

—Tú, Ali, ¿cuántos has cogido?

—Un buen puñado. Come de aquí si quieres tú también.

Daniel los miraba a todos de reojo, con la mejilla contra el suelo. Al verlo con los ojos abiertos, Lucita le ofreció cacahueses.

—¿Quieres, tú?

El Dani denegó con la cabeza; cruzó las manos debajo de la nuca y miraba a las cimas de los árboles.

—Estas cosas acaban siempre así —dijo Carmen.

—¿Así, cómo?

—Pues así, a la rebolina. El más bruto de todos es el que coge más. Parece como en las bodas de los pueblos, que tiran perras a la puerta de la iglesia, para ver la revolcadera que forman los chavales.

—¿Y tú has estado de boda en algún pueblo?

—El año antepasado.

—Será una cosa divertida.

—Divertida si tienes con quién reírte. Pero si, en cambio, te toca, como a mí me tocó, empotrada en la mesa entre dos paletitos que no hacían más que hacerme preguntas si yo iba a bailar a Casablanca y a Pasapoga, lo que te mueres es de asco, te lo digo yo. Te agarras un aburrimiento, hija mía, que no se te quita en un par de semanas.

—¿Pues qué tiene de malo que te pregunten esas cosas? No veo yo ahí...

—Si es lo pesados que se ponían, y la manera tan ignorante y tan sin gracia de hablar con una chica. Te sientes como gallina en corral ajeno. Deseando marcharte cuanto antes. Ves que quieren hacerte reír y que no lo consiguen, que lo único que te pones es más violenta cada vez. Y estás violenta por ellos, además. Por el poquísimo humor que ves que tienen los pobrecitos y los esfuerzos que hacen por divertirte. En mi vida pasé rato más malo en una fiesta, ni lo pienso pasar.

—Pues en un caso como ese —dijo Mely—, lo que hace una es meterles el lío y tomarles el pelo por todo lo alto.

—Eso es lo que harías tú, seguramente. Pero yo no sirvo para tomarle el pelo a ninguna persona; ni quiero. Tú sí, no me cabe duda; a ti eso te divierte, ya lo sé.

—¿Y a qué me hablas ahora de esa forma? No lo comprendo, Carmen, la verdad.

Alicia se interpuso sin dar tiempo a que Carmen contestara de nuevo.

—Pues yo, mira tú, a mí los pueblos no me disgustan. Una vida tranquila... —se detuvo, pensando—. Y luego, todo el mundo se conoce.

—A mí me aburre lo tranquilo —dijo Mely—, me crispa; la tranquilidad es lo que más intranquila me pone. Y eso de conocerse todo el mundo, ¡vaya una gracia!; ¿pues qué aliciente va a tener la vida si conoces a todos? No me convence la vida de los pueblos, lo siento; debe ser el tostón número uno.

—Estoy contigo, Mely —decía Fernando—; no puede hacerte ilusión ninguna cosa, si sabes que mañana y pasado y el otro y el otro y todo el año vas a hacer lo mismo, las mismas caras, los mismos sitios, todo igual. Es una vida que no tiene chiste. Parecido al trabajo de uno, que tienes que asistir todos los días y hacer las mismas cosas, que lo único es estar deseando marcharse. Pues igual en un pueblo; lo mismo.

—Pero en cambio no tienes complicaciones ni quebraderos de cabeza. Todo lo tienes a mano.

—A mí me sabe muy simple —dijo Mely—, ¿qué quieres que te diga? No puede saberte a nada una vida así. ¿De qué ibas a tener ganas?

—Pues de nada. ¿Es que hace falta tener ganas de algo? Estás tranquila y a gusto con lo que tienes y se acabó.

—Sí, sentadita en una silla y mirando al cielo raso. Ideal.

—Tampoco es eso, mujer. No exageres, ahora. También hay sus distracciones. Tú no conoces las fiestas de los pueblos; la gente se divierte en todas partes.

—Pues mira, si es así, vaya suerte que tienen, porque lo que es yo, por mi parte, suelo aburrirme muchas veces, con todo y que vivo en Madrid. Conque lo otro, date cuenta lo que sería.

—Cuestión de caracteres y lo que esté acostumbrado cada uno.

—A mí lo que me está aburriendo ahora es que ésos no bajen de una vez y comamos. Todo el mundo por ahí comiendo y nosotros aquí todavía, muertos de risa.

—Pues van a ser las tres —dijo Fernando.

Miraba por entremedias de los árboles hacia la escalerilla del ribazo, al fondo, donde esperaban verlos aparecer.

—¿Pero qué harán, digo yo, para tardar de esta manera?

—Bastante han hecho ya con ir, los pobres —dijo Paulina—. Y sin ninguna obligación. No hay derecho a quejarse, tampoco; eso es lo cierto.

—No, si quejarse, aquí nadie se queja —dijo Santos—; el que protesta es el estómago.

—Pues, claro; a ése sí que no hay quién lo calle. Siempre te dice la verdad.

—Y a la hora en punto; va con Sol.

Sebastián levantó la cabeza y se volvió a los otros:

—A mí lo que más me gusta de los pueblos son los higos chumbos.

Se rieron.

*

Miguel decía:

—Vamos muy retrasados. Nos deben de estar echando maldiciones.

—La culpa es tuya —dijo Tito—, con esos admiradores que te salen.

—Esa es la fama, chico —se reía—. ¿Qué quieres que yo le haga? Uno se debe a su público.

—¿Quién te habrá hecho esa propaganda?

—Seguro que ha sido el dueño, ¿no ves que me conoce de otros veranos?

—Y ese otro se debió de creer que tú eras un Fleta, o poco menos.

—Algo así pensaría.

Venían ya por el trecho de camino entre viñas, paralelo a la tela metálica. Al guarda de la viña no cercada le habían traído la comida y masticaba mirando hacia las cepas. No andaba nadie ahora por los alrededores. Vino el ronquido jadeante de un motor, y un viejo taxi urbano apareció por el camino de los merenderos, avanzando de frente hacia Tito y Miguel. Se echaban a una parte, dejando paso al coche que se desballestaba, repleto de personas, levantando una cola de polvo, hacia la carretera. El guarda viejo de la viña maldijo el taxi, el nubarrón de polvo que llegó a su cuchara, el domingo. Rápidamente recogió la tartera del suelo para taparla y proteger la comida. Alzó los ojos hacia Tito y Miguel; no los había visto llegar.

—¡Ni comer! —les gritó—. ¡No lo dejan a uno ni comer! ¡La mierda!

Se recrecía de nuevo al ver que alguien le estaba escuchando:

—¡¡Domingos de la gran puta!!

Y aún blandía en el aire la tartera y la estrellaba contra el suelo. Salsa y judías se derramaron por los terrones, salpicando las cepas. Luego volvió a sentarse y sacó torpemente la petaca, el librito de papel, y le temblaban con violencia los dedos liando el cigarro. Tito y Miguel caminaban de nuevo.

—Está chalado —dijo Tito—; tirar de esa manera la comida...

—¡Se debe de pasar cada berrinche, el viejo!

—Con cabrearse no adelanta nada. Lo único que saca con eso es perjudicarse a sí mismo.

—Ya. Pero ninguno somos capaces de echarnos esas cuentas cuando nos vemos renegados. Uno se evitaría muchos disgustos, sujetándose a tiempo.

Ya llegaban al borde del ribazo. Las voces que subían de la arboleda y de los merenderos crecieron súbitamente al asomar. Resonaban aplausos en alguna parte. Tito miró en la jarra; dijo:

—El hielo no va a llegar. Está ya casi derretido.

Comenzaban a descender con cuidado la escalerilla de tierra.

—¡Mirarlos! ¡Allí vienen por fin!

Se revolvía todo el grupo. Decían: «¡Miguel, Miguel!», y Miguel se reía de tanto sentirse jaleado. Los ayudaron a soltar todas las cosas.

—¿Y en esa jarra, qué traéis?

—¿No os habréis olvidado de algo?

—Que no, mujer, que no.

Andaban revolviendo entre los macutos, buscando cada uno su tartera.

—Esa roja es la mía.

—¡Si viene hielo aquí metido! ¿Para qué es este hielo?
—¿Habéis traído más vino?
—Ahí está, ¿no lo ves?
—¡Huy, mucho vino me parece que es éste!
—¿Y en dónde habéis mangado los limones?
—Como sigas tirando de esa cinta te cargas el macuto.
—¡Un poquitito de organización!
—Di, ¿este limón para quién es?
—Para don Federico Caramico.
—Simpático, él...
—Oye, y hielo y toda la pesca.
—A ver, a ver... ¡Pero si viene ya medio deshecho!
—Pues tú verás: con lo que han tardado, se les derrite hasta una llave inglesa.
—¡A comer!
—Aquí, cada oveja con su pareja.
—¿Y mi oveja, quién es?
—Yo, tu ovejita soy yo —dijo Mely a Fernando.
—¡...nita tú! Siéntate aquí, mi reina.
—Si llegáis a tardar un poco más, asamos a Daniel —dijo Santos.
—Ése tiene que estar muy correoso.
—Y lo mismo te coges una garza de no te menees. El noventa por cien de la carne del Dani debe ser puro alcol.
—Y el otro diez por ciento, mala leche —añadía Fernando.
Alicia le replicó:
—Tú no hables. Que gracias a él te has librado de subir tú a por la comida.
—Tiran con bala —dijo Carmen.
Daniel levantó la cara y miró a Fernando.
—A ti, Fernando, te gusta mucho incordiar esta mañana por lo visto. Yo no te recomiendo que sigas por ahí. Conque ya sabes.
Fernando le contestó:
—¡Ah, vamos! Ahora te da por espabilarte, ya era hora. ¿No habréis traído la tartera de Dani?
—Ahí está. Ésa que queda debe ser la suya.
—Anda, pues si dijimos que no se bajara.
Miguel levantó la voz:
—¡Qué dijimos ni qué narices! Haberte subido tú, y entonces no la bajabas si no querías.
—Bueno, Miguel, bueno; no te pongas así.

—Tiene razón Miguel —interrumpía Carmen—. ¿No te han traído a ti la tuya? Pues da las gracias y a callar.

—A eso le llamo yo compañerismo.

Terciaba Mely:

—Pues ya está bien, digo yo. ¿Se come o no se come? Siéntate, Fernando.

—Aquí lo que hay es mucho mar de fondo.

—Otra que viene a malmeter. Me vais a hacer que cante —dijo Miguel—; a ver si así os calláis. Tú, Tito, ¿qué haces ahí de pie, que pareces el sacristán de la parroquia?

—¡Vamos allá! que se enfría —apremiaba Santos.

Dijo Mely:

—Canta, Miguel, anda. Anda, alégranos la comida.

Tito se despojó de la camisa y se sentó junto a Miguel.

—¿No te desnudas tú? Te sentirás más fresco.

El otro denegó con la cabeza. Estaba destapando una cacerola roja que había venido atada con cordeles, curioseaba el contenido.

—Oye tú —dijo Tito, de pronto—; ¿y la sangría?

—¡Calla, se me olvidó! ¡Pues rápido, que se va el hielo!

—¡El limón! ¿Dónde está?

—¿Habéis visto alguno el limón?

—En la fresquera a refrescar.

—Chístale a ver si acude.

—Menos bromas, que os quedáis sin sangría. El hielo está para pocas.

—¿No se lo habrá guardado Mely por dentro del bañador? —dijo Fernando—. A ver, Mely...

—Anda, búscalo, chato —le contestaba Mely—; a ver si te quemas. Pero va a ser del guantazo que te arreo.

—¡Pues si está aquí! ¿O es que no tenéis ojos en la cara? Se ha espachurrado un poquito, pero le queda sustancia todavía.

—Dámelo acá.

Miguel puso las manos en rejilla sobre la boca de la jarra y escurrió todo el agua del hielo en el polvo. Tito partía el limón en rodajas.

—¿Cómo destaparíamos las gaseosas?

—Pues Sebas tiene una navaja de esas que sirven para todo.

Sebastián limpió la hoja en la servilleta y le pasaba a Miguel la navaja. Carmen dijo:

—Dejar un par de botellines para el que no quiera sangría.

—Aquí quiere sangría todo el mundo.

Paulina replicó:

—A mí dejarme una gaseosa. Yo sangría no tomo.

—Echa el limón —dijo Miguel con la jarra en la mano.

Tito volcó las rodajas en el hielo del fondo. Luego cogió la jarra y Miguel destapó las gaseosas y las mezcló también.

—A ver el vino.

Tito estaba mirando hacia Daniel, mientras sostenía la jarra donde Miguel echaba el vino.

—Listos —dijo Miguel—. Una sangría como el Mapamundi.

Se llevaba la jarra. Tito se sentó junto a Daniel.

—¿Qué haces, Dani? ¿No comes? Aquí tienes un sitio.

—No quiero molestaros.

—Venga ya de bobadas. Toma tu tartera. Y ahora mismo te pones a comer.

Ahora Santos se había vuelto a mirar la comida de Sebas:

—A ver qué te han puesto a ti.

—Nada. Pochitos con porotos.

Cubría lo suyo con la tapadera de aluminio.

—Te la cambio sin verla.

—Vamos, pira.

—Salías ganando, fíjate.

Tito insistía con Daniel:

—Para mí que te quieres hacer de rogar. Venga ya, galápago; no seas.

Sebastián y Santos intervinieron:

—Como sigas en ese plan, nos repartimos tu comida. Tú verás lo que haces.

Se levantó Daniel y recogía su tartera; se miraba con Mely un momento. Ella le dijo a Alicia, mirando hacia el suelo y ajustándose un tirante del bañador:

—Tampoco tiene por qué estar así...

Daniel se había sentado.

Sebastián lo veía un poco serio y lo cogió por el cogote, sacudiendo:

—¡Aúpa, Daniel!, ¡que a ti lo que te priva es el etílico!

—También es bueno comer de vez en cuando —le decía Santos a Daniel, con tono consejero—; tomar de estas cositas, ¿no ves tú? Ya sabemos que el vino es la base de la existencia, pero esto tampoco no hace daño a nadie. Si no se abusa, claro está. A ti no te dé asco, prueba un poquito. Ya verás como te acostumbras poco a poco...

Se sonreía mientras hablaba, separando muy ordenadamente, en su tartera, con dos dedos, las patatas fritas de todo lo demás. Levantó la mirada hacia Daniel, y Daniel lo miró sonriendo; le dijo:

—¡No eres tú guasón...!

Santos le hizo un guiño brusco y le dió un manotazo en la rodilla:

—¡Ay, Daniel! —le gritaba—. ¡Precioso tú! ¡Si no fuera por tu tato, que te atiende y te da buenos consejos sobre la vida!

Sebas había sacado chuletas de su tartera; la manteca se había congelado. Se miraba los dedos pringosos y luego se los chupaba.

—Parece que te relames —dijo Santos.

—¡Cómo lo sabes! —contestó Sebastián—. Yo ya te dije que salías perdiendo. Qué, ¿quieres una?

Sacaba una chuleta de la tartera y se la ofrecía. Cogía Santos la chuleta y levantándola en el aire, sujeta por el palo, se la dejaba caer hacia la boca, como el trapo de una banderita. Luci apenas comía. Miraba a unos y a otros y quería ofrecer algo a alguien:

—Yo he traído empanadas. Probarlas; son de pimientos y bonito.

—No me gusta el pimiento —le dijo Paulina.

—¿Tú, Carmen?

Enfrente de ellos estaban Alicia y Mely y Fernando. Alicia había dejado de comer y se frotaba con un pañuelo, mojado en gaseosa, una mancha de grasa que le había caído en la tela del bañador. Luci comía su empanada y la tenía cogida con una servilleta de papel. «ILSA» ponía en la servilleta. Le había dicho el Dani:

—Estas servilletas se las mangamos a la casa, ¿no?

—Alguna ventajilla hay que tener. Traigo muchas. Coge si quieres.

—Gracias. Pues yo, yo paso por allí bastante a menudo y nunca tengo la suerte de pillarte despachando. ¿A qué horas te toca?

—Por la mañana, siempre.

—¿Pero qué puesto es? ¿No es el que está de espaldas a la boca del metro?

—El mismo. Allí estoy yo como un clavo a partir de las diez.

—Pues es raro...

Se encogía de hombros.

—¡Ahí va la sangría! ¿Quién quiere beber?

Surgían los brazos morenos de Mely hacia la jarra, por encima de las cabezas:

—Dame.

Apresó el recipiente, sacudía la melena para atrás y se llevaba la sangría a los labios. Un hilo le corrió por la barbilla y le escurría hacia el escote.

—¡Qué fresquita! Ali, ¿quieres beber?

Pasó la jarra de unos brazos a otros. Lucita decía:

—¿Te gusta?

Carmen había mordido la empanada:

—Mucho.

Luci ofreció a Daniel su tartera:

—¿Y tú, Daniel? ¿No me quieres probar las empanadas? —dijo.

*

El hombre de los z. b. decía desde la puerta:

—¡Qué raro se hace ver un taxi de Madrid por estas latitudes; un trasto de esos en mitad del campo!

—¿Viene hacia aquí? —dijo Mauricio desde dentro.

—Así parece.

—Ése es Ocaña. Seguro. Me dijo que vendría cualquier domingo.

El coche había atravesado la carretera y ya venía por el camino de la venta, dejando detrás de sí una larga y voluminosa columna de polvo. Mauricio se había salido a la puerta para verlo venir. Se desplazaba lentamente la masa de polvo a deshacerse entre las copas de un olivar.

—¿Cuándo piensas cambiar este cangrejo por un cacharro decente? —le gritaba Mauricio en la ventanilla, mientras el otro reculaba para poner el coche a la sombra.

Mauricio lo seguía con ambas manos sobre el reborde del cristal. Ocaña se reía sin responder. Echó el freno de mano y contestó:

—Cuando tenga los cuartos que tú tienes.

Mauricio abrió la portezuela y se abrazaron con grandes golpes, al pie del coche. Salió una señora gorda y una muchacha y muchos niños y el hermano de Ocaña y su mujer. La gorda dijo a Mauricio:

—Usted, metiéndose con mi marido, como siempre. ¿Y Faustina? ¿Está bien? ¿Y la chica?

—Todos muy bien. Ustedes ya lo veo.

Mauricio puso la mano en alguna de aquellas cabecitas rubias. Luego miró a la joven:

—Vaya. Ésta es ya una mujer. Ya pronto empezará a darles disgustos.

—Ya los da —contestaba la gorda—. ¿Conoce usted a mi cuñado y a su exposa?

Decía exposa, con equis, como si ya no lo fuera.

—Pues mucho gusto. ¿Cómo están ustedes?

Eran flacos los dos. Ocaña, el chófer, se limpiaba el sudor con un pañuelo. Dijo.

—Aquí tenéis a Mauricio; el gran Mauricio.

Y la gorda decía:

—Ya lo conocen a usted. Nos han oído hablar cientos de veces. A Felipe no se le cae su nombre de la boca. Antes se olvida de sus hijos que olvidarse de usted. ¡Vosotros! ¡Hala! ¿Qué hacéis ahí como pasmados? ¡Venga, ayudar a papá a sacar los trastos de la maleta!

Se volvió a la muchacha:

—Tú, Felisita, te encargas de las botellas, no me las vayan a romper.

A Mauricio de nuevo:

—¡Son más adanes!; le tienen declarada la guerra a todo lo que sea loza y cristal.

Sacudía la cabeza.

—La edad que tienen... —dijo Mauricio—. Vamos pasando, si ustedes gustan, que pica mucho el sol.

El hombre de los z. b. los veía venir desde la puerta.

—Vaya río hermoso que tienen ustedes. No se quejarán —seguía diciendo ella.

El hombre de los z. b. le cedió el paso y la miraba el busto de reojo.

—Cuidado el escalón —advertía Mauricio.

La mujer saludó brevemente:

—Muy buenas.

El matrimonio entraba detrás de ella. El alguacil se retiró

del mostrador y se cogía las manos por detrás. Mauricio ofreció unas sillas.

—Y la gente que viene —decía ella sentándose—; cada año viene más. Y nosotros, en cambio, vaya facha de río. Vaya un Manzanares más ridículo, que parece una palangana, con ese agua tan marrana que trae, que es la vergüenza de un Madrid.

—Pues creo que ahora lo van a poner mejor.

—Ca. Ese río no lo arregla ni el mismísimo Churchill que lo pusieran de alcalde de Madrid, con todo el talento que le dan en la Prensa a ese señor.

—Todo sería cuestión de perras.

—Como no trasladasen Madrid entero... Pues también vaya un sitio que fueron a escoger para constituir la Capital de España. Cuando fuera, que yo no lo sé, en los tiempos antiguos; allá... —señalaba hacia lejos con la mano—; tenía que ser una gente ignorante. Ya podían haber escogido un río un poco más río. Con tanto sitio hermoso como hay.

Felipe Ocaña tenía la cabeza zambullida en el interior del coche. Había bajado el respaldo del asiento trasero e iba sacando cosas de allí y pasándolas a las manos de los hijos, que se las recogían en la portezuela. A veces no había ninguna mano preparada y venía su voz desde lo profundo:

—¡Venga! ¡No me tengáis así!

Al fin sacó el cuerpo y dijo:

—Iros llevando las cosas, hala.

Se repartieron todo entre los cuatro. Felisa iba diciendo:

—Mamá ha dicho que las botellas las lleve yo.

Felipe giraba las manivelas de los cristales. Los cuatro hijos se iban hacia la casa de Mauricio con todos los envoltorios. Los dos varones, muy rubitos, tenían unas sandalias de goma y estaban todavía en taparrabos. Miraban a todas partes. Sonaron las portezuelas del taxi, por detrás. Felipe cerró con llave y ya viniendo se volvió de soslayo y echó una rápida mirada a los neumáticos. Silbaba mientras venía. Sus hijos entraban ya.

—Ponerlo todo aquí encima, de momento —dijo la madre—; con cuidado, Juanito —se dirigió al ventero:

—¿Qué tal está el jardín? ¿Tiene sombra, como el año pasado?

—Más. Este invierno le puse otras diez enredaderas y ya me han cubierto un buen cacho más. Allí están ustedes mejor.

Faustina venía por el pasillo, secándose una mano en el mandil. Al ver la espalda de la recién llegada se volvió para atrás desde la misma puerta. El hermano de Ocaña decía:

—Pues está esto muy bien; con su jardín y todo, a la parte de atrás. Ahora en verano ha de tener buena explotación.

—No lo crea —le contestó Mauricio—. Los que hacen el negocio son los que están sobre el río y la carretera. Aquí no llegan muchos. La situación es mala.

Felisa arrimó una silla y se sentaba muy cerca de su madre, con un ademán compuesto. Uno de los dos niños miraba a Lucio; lo exploraba de pies a cabeza.

—Pues eso tiene fácil arreglo. Con colocar unas cuantas flechas y letreros en la carretera, según se viene para acá, se traía usted a la gente.

Mauricio se metía en el mostrador:

—No me dejan ponerlos. Todo eso paga impuestos al Estado.

—Ya se sabe; sin impuestos ni el sueño. Pero trae cuenta.

Había aparecido Felipe en el umbral, con el dedo metido en el anillo del llavero, que giraba sonando.

—Ya estamos todos —dijo.

Al tiempo entró Faustina por la puerta interior. Se había quitado el mandil y aún venía ajustándose una horquilla.

—¡Dichosos los ojos!

La mujer de Felipe se volvió. Carmelo y el carnicero miraban a los estantes de botellas. Faustina dio la mano a la señora de Ocaña y se echó para atrás, como si la admirase:

—¡Si cada año viene usted más buena!

La otra entornó los párpados y columpiaba la cabeza, afectando una sonrisa modesta y quejumbrosa.

—Ca, no lo crea, Faustina, no lo crea; las apariencias engañan, el tiempo pasa por una, como por todos los demás mortales. Por desgracia no es como usted dice...

Lucio miraba a todos sin recato.

—Me he pasado un invierno muy malita. Si viera usted... No soy aquélla, no.

El carnicero escupía y pisaba una colilla encendida, aprovechando para mirar de soslayo hacia atrás.

—Las cosas dejan su huella —cambió de gesto—. ¿Conoce usted a mi cuñado y a su esposa?

Faustina les dió la mano a través de la mesa. La otra dijo:

—Encantada.

Se le notaba un deje catalán.

—Pues han tomado ustedes posesión de su casa; siendo familia de aquí, como de siempre.

Fue la mujer de Felipe la que se adelantó a dar las gracias en nombre del cuñado. Faustina saludaba a Felipe, mientras Carmelo y el carnicero iban pagando a Mauricio. El hombre de los z. b. subía y bajaba sobre las puntas de los pies, mirando al techo.

—¡Estate quieto, Juanito! —le decía Felisita a su hermano.

El chico daba vueltas y vueltas a una mesa, paseando una mano por el mármol y haciendo con la boca un zumbido de buque de vapor. La mano se hizo avión entonces y despegó de la mesa hasta pasar rozando el pelo de Felisa. Ella no consiguió derribarlo de un manotazo, fallido en el aire.

—¡Mamá, mira Juanito!

—Ustedes lo pasen bien —decía, saliendo, el carnicero.

El alguacil se tocó la gorra con el índice en señal de saludo. El hombre de los z. b. los despedía con un gesto del mentón.

—¿Se queda? —le dijo el carnicero.

—Un rato —y señalaba, sin haberlo mirado, a su reloj de pulsera.

Carmelo y su compañero salieron hacia el sol y tomaban la ruta de San Fernando. Ahora había entrado Justi, endomingada.

—¡Vaya moza que tienen ustedes! —decía, dirigiéndose a Mauricio, la mujer de Felipe.

La chica se reía sin timidez, de pie junto a la gorda, que le tenía una mano en la cadera como si comprobase lo sólida que estaba.

—¿Tendrá ya novio? —dijo, levantando los ojos hacia Justi.

—Sí que lo tiene, sí —contestaba la madre, y sonreía con las manos cogidas.

Felisita miraba a Justi con interés. El hombre de los z. b. se había acercado a Lucio, pero no hablaban. Ocaña dijo a su mujer:

—Petra, las tres y media dadas, hija. Yo creo que ya va siendo hora de que pasemos al jardín.

—Vamos, vamos —decía movilizándose—; por mí, cuando queráis.

Se levantaron todos. Justi empezó a coger cosas.

—Huy, deja, chica, no te molestes; lo que es manos aquí no nos faltan, a Dios gracias, para llevar todo esto y mucho más. Tú no hagas nada. Deja que los chicos lo lleven, ya que no sirven para cosa buena.

—No es molestia ninguna —dijo Justina.

Y desapareció hacia el pasillo con una cesta. Mauricio se salió del mostrador y fué por delante de todos, como abriendo camino, y para aconsejarles en el jardín una mesa a propósito.

—No dejéis nada —dijo Petra.

Careaba a sus hijos por delante, hacia el corredor. Luego entró ella, y los cuñados, y Felipe el último. Lucio decía al hombre de los z. b., señalando con la cabeza hacia la puerta por donde todos habían salido:

—Éste ya puede agarrarse al volante de firme, con esos cuatro lobeznos en casa pidiendo pan.

—Y destrozando calzado... —añadía el otro.

*

Escurrían por el cuello de Sebas regueros de sudor ensuciados de polvo, a esconderse en el vello de su pecho. Tenía los hombros bien redondeados, los antebrazos fuertes. Sus manos duras como herramientas se dejaban caer pedacitos de tortilla encima de los muslos. Santos, blanco y lampiño junto a él, alargaba su brazo a la tartera de Lucita:

—¿Me permites?

—Coge, por Dios.

—¡Cómo te llamas al arrimo!

—Sí, la vais a dejar a la chica sin una empanada.

—Para eso están. Traigo de sobra; tú cógela, Santos.

El sol arriba se embebía en las copas de los árboles, trasluciendo el follaje multiverde. Guiñaba de ultrametálicos destellos en las rendijas de las hojas y hería diagonalmente el ámbito del soto, en saetas de polvo encendido, que tocaban el suelo y entrelucían en la sombra, como escamas de luz. Moteaba de redondos lunares, monedas de oro, las espaldas de Alici y de Mely, la camisa de Miguel, y andaba rebrillando por el centro del corro en los vidrios, los cubiertos de alpaca, el aluminio de las tarteras, la cacerola roja, la jarra de sangría, todo allí encima de blancas, cuadrazules servilletas, extendidas sobre el polvo.

—¡El Santos, cómo le da! ¡Vaya un saque que tiene el sujeto! Qué forma de meter.

—Hay que hacer por la vida, chico. Pues tú tampoco te portas malamente.

—Ni la mitad que tú. Tú es que no paras, te empleas a fondo.

—Se disfruta de verlo comer —dijo Carmen.

—¿Ah, sí? Mira ésta, ¿te has dado cuenta el detalle? Y que disfruta viéndolo comer. Eso se llama una novia, ¿ves tú?

—Ya lo creo. Luego éste igual no la sabe apreciar. Eso seguro.

—Pues no se encuentra todos los días una muchacha así. Desde luego es un choyo. Tiene más suerte de la que se merece.

—Pues se merece eso y mucho más, ya está —protestó Carmen—. Tampoco me lo hagáis ahora de menos, por ensalzarme a mí. Pobrecito mío.

—¡Huyuyuy!, ¡cómo está la cosa! —se reía Sebastián—. ¿No te lo digo?

Todos miraban riendo hacia Santos y Carmen. Dijo Santos:

—¡Bueno, hombre!, ¿qué os pasa ahora? ¿Me la vais a quitar? —Echaba el brazo por los hombros de Carmen y la apretaba contra su costado, afectando codicia, mientras con la otra mano cogía un tenedor y amenazaba, sonriendo:

—¡El que se arrime...!

—Sí, sí, mucho teatro ahora —dijo Sebas—; luego la das cada plantón, que le desgasta los vivos a las esquinas, la pobre muchacha, esperando.

—¡Si será infundios! Eso es incierto.

—Pues que lo diga ella misma, a ver si no.

—¡Te tiro...! —amagaba Santos levantando en la mano una lata de sardinas.

—¡Menos!

—Chss, chss, a ver eso un segundo... —cortó Miguel—. Esa latita.

—¿Ésta?

—Sí, ésa; ¡verás tú...!

—Ahí te va.

Santos lanzó la lata y Miguel la blocó en el aire y la miraba:

—¡Pero no me mates! —exclamó—. Lo que me suponía. ¡Sardinas! ¡Tiene sardinas el tío y se calla como un zorro! ¡No te creas que no tiene delito! —miraba cabeceando hacia los lados.

—¡Sardinas tiene! —dijo Fernando—. ¡Qué tío ladrón! ¿Para qué las guardabas? ¿Para postre?

—Hombre, yo qué sabía. Yo las dejaba con vistas a la merienda.

—¡Amos, calla! Que traías una lata de sardinas y te has hecho el loco. Con lo bárbaras que están de aperitivo. Y además en aceite, que vienen. ¡Eso tiene penalty, chico, callarse en un caso así! ¡Penalty!

—Pues yo no las perdono —dijo Fernando—. Nunca es tarde para meterle el abrelatas. Échame esa navaja, Sebas. Tiene abrelatas, ¿no?

—¿La navaja de Sebas? ¡Qué preguntas! Ese trae más instrumental que el maletín de un cirujano.

—Verás qué pronto abrimos esto —dijo Fernando cogiendo la navaja.

—A mí no me manches, ¿eh? —le advertía Mely—. Ojito con salpicarme de aceite.

Se retiraba. Miguel miraba a Fernando que hacía torpes esfuerzos por clavar el abrelatas.

—Dame a mí. Yo lo hago, verás.

—No, déjame —se escudaba con el hombro—. Es que será lo que sea, pero no vale dos gordas el navajómetro éste.

—Vete ya por ahí —protestó Sebastián—. Los inútiles siempre le echáis la culpa a la herramienta.

—Pues a hacerlo vosotros, entonces.

Miguel se lo quitaba de las manos:

—Trae, hijo, trae.

Pasaba un hombre muy negro bajo el sol, con un cilindro de corcho a la espalda. «¡Mantecao helao!», pregonaba. Tenía una voz de caña seca, muy penetrante. «¡Mantecao helao!» Su cara oscura se destacaba bajo el gorrito blanco. Las sardinas salían a pedazos. Sebas untó con una el pan y la extendía con la navaja, como si fuera mantequilla. Limpió la hoja en sus labios.

—¡Cochino! —le reñía Paulina.

—Aquí no se pierde nada.

—Oye; luego tomamos mantecado —dijo Carmen.

El heladero se había detenido en una sombra y despachaba a una chica en bañador. Otros chavales de los grupos convergían hacia él.

—Hay que decirle que se pase por aquí dentro de cinco minutos.

—¡Para ti va a volver!

—Ah, pues se encarga ahora —dijo Carmen—. Sin helado no me quedo. ¿Quién quiere?

Fernando se había acercado a Tito, con la lata de sardinas:

—¿Quieres una sardina, Alberto?

Levantó Tito la cara y lo miró; Fernando le sonreía.

—Pues sí.

Sostuvo Fernando la lata, mientras el otro sacaba trozos de sardina hacia una rebanada de pan que tenía adosada junto al borde. Luego Fernando inclinó un poco el bote y le dejaba caer unas gotas de aceite sobre la rebanada.

—Gracias, Fernando.

—¡No hay que darlas, hombre, no hay que darlas! —le respondió Fernando y le daba un cachete en la mejilla.

Tito alzó la mirada y ambos se sonrieron mutuamente. Un pedacito de sardina le cayó a Tito sobre los pantalones; dijo en seguida:

—No importa. No tiene importancia.

—Habéis hecho las paces, menos mal.

—Yo también quiero helado.

—Y yo.

—Y el tuerto.

—Por esta banda, todos.

Santos y Sebastián se levantaban para ir a buscar el helado. Lucita quería darle a Sebas una peseta en calderilla:

—Toma tú, Sebas, me traes a mí también.

—No me seas cursi, Lucita, guárdate ese dinero.

—Que no...

Pero ya Sebas se marchaba sin contestar, camino del heladero. Santos hacía aspavientos con los pies descalzos, porque la tierra le quemaba en las plantas, pisando por el sol.

—Está muy flaco Santos —dijo Paulina—. A ver si lo cuidas más.

—Está en su ser —le contestaba Carmen—. No da más peso del que tiene ahora.

Fernando estaba todavía en el centro del corro, de pie, tenía la lata de sardinas en la mano. Miró hacia Santos y Sebastián, que ya llegaban junto al heladero; dijo:

—¿Y qué tal estaría el mantecado, con el aceite éste de las sardinas en conserva?

—¡Hijo, qué chistes se te ocurren! —protestaba Mely—. La espantas a una el gusto de comer, ¡qué barbaridad!

Fernando se divertía. Tiró la lata, lejos.

El hombre del mantecado tenía el cilindro de corcho sobre el suelo y fabricaba helados incesantemente, con su pequeña máquina ya desniquelada. Andaba un perro husmeando junto a la heladera; había encontrado una galleta rota. «¡Bicho de aquí!» El perro se retiraba dos pasos y volvía a la galleta inmediatamente.

—¡A la cola, a la cola! —decían los chicos.

Se apretaban en fila uno tras otro.

—¡Estás en orsay, tú! Yo vine antes.

—¡Ñe! ¡Pero si hace diez días que estoy aquí, gusano!

—No acelerarse. Hay para todos —apaciguaba el heladero.

Santos y Sebastián se destacaban, más altos, en la fila de chavales. Paulina desde el corro se reía:

—¡Chica, qué par de zánganos!

Sebastián le decía al heladero:

—Si se viene usted allí será más fácil.

—¿Y cómo hago?, ¿no ven ustedes la parroquia que tengo? No siendo que se quieran quedar para lo último...

—No, entonces despáchenos. Ya nos apañaremos.

—¿Cuántos son?

Sebastián se volvía hacia Santos:

—¿Dijo Daniel si quería?

—Pues no lo sé.

—Pregúntaselo, a ver.

Los de la cola protestaban. «¡Venga ya, que se derrite! ¡Menos cuento!» Santos gritó:

—¡Daniel!

El aludido se incorporó, allí en el corro, y hacía un gesto interrogante.

—¡Que si quieres helado!

Todos los de la cola estaban pendientes de Daniel; hizo señal de que sí con la cabeza.

—Venga, que sí —dijo uno de los chavales de la cola.

El heladero había puesto ya tres helados, que estaban en las manos de Sebastián.

—Hasta once —le dijo Santos.

Un muchacho moreno levantaba los ojos hacia él y sacudía los dedos, diciendo:

—¡Halá! ¡Once!

Luego asomó la cara al pocito de la heladera, como queriendo ver cuánto quedaba. Ya Sebas tenía las manos ocupadas con cinco helados; dijo.

—Yo me voy yendo ya con esto, no se deshaga. Cógeme las perras.

Se señaló con la barbilla a la cintura del bañador, donde traía prendidos tres billetes de a duro, y Santos se los cogía. Se estaban peleando dos chavales. Se habían desmandado de la cola y cayeron rodando en el sol. Todos los otros miraban la pelea desde sus puestos. Santos iba cogiendo los helados y se volvía de vez en vez hacia los luchadores. El más pequeño atenazaba al otro por el labio y el carrillo, clavándole las uñas. Voces de estímulo venían de la cola. Se rebozaban en el polvo, haciéndose daño, sin una palabra; sólo un jadeo entrecortado y sudor. Ambos estaban en taparrabos. «¡Hala, macho, que es tuyo!» Ahora uno de ellos tenía la mejilla contra el suelo y el otro lo clavaba allí con los brazos; pero en las piernas tenía el más chico ventaja, y apresaba al mayor por la cintura. Santos había pagado y se quedaba mirando la pelea, mientras del corro lo llamaban a voces sus amigos: «¡Eh, que se marcha eso!»

—¡Qué vergüenza! —gritaba una mujer hacia los de la cola—. ¡Y los dejan, tan frescos, que se maltraten así! ¡Lo mismo que animales! ¡Consentir semejante espectáculo!

Se aproximaba a la pelea y tiraba del brazo de uno, intentando separarlos:

—¡Venga, salvaje, suelta! ¡Pelearos así...!

No le hacían caso. El heladero le decía:

—¡Pues déjelos señora! Que se peleen. Eso es sano. Así crían coraje.

—¡Y usted es igual que ellos! ¡Otro animal!

El heladero no se enfadaba; seguía fabricando mantecados:

—Animales lo somos todos, señora, como serlo. ¿Ahora se entera usted?

Santos anduvo unos metros y se volvía de nuevo a mirar, mientras del corro lo seguían llamando. Los luchadores, rebozados de polvo, tenían los lomos rayados de arañazos y de huellas de dedos. El hombre de los helados sonreía, a las espaldas de la mujer que ya se alejaba.

Santos llegó a los suyos.

—¡Vaya una calma, hijo mío! ¡Buenos vendrán los mantecados!

Bajó sus manos cargadas en el centro del corro.

—¿Te creías que estabas en Fiesta Alegre, o qué?

Por los dedos de Santos escurrían amarillas goteras de mantecado líquido. Paulina chupaba su helado y se reía. Los otros libraban a Santos de su carga.

—Se han reducido a la mitad —protestaba Fernando—. ¡Si está toda la galleta amollecida, canalla!

Santos dijo:

—Es que estaba la mar de emocionante —lamía el helado—. Se sacudían de lo lindo. Menudo genio que se gasta el pequeñajo.

—¿No te lo estoy diciendo? En una cancha se ha creído éste que estaba.

Luego de pronto Sebastián se cogía la mandíbula, con un gesto doloroso:

—¡¡La muela...!!

Arrojó el mantecado y se retorcía, sin soltarse la boca.

—No hay cosa peor que el helado, para la dentadura —le decía Lucita—. ¿Te duele mucho?

Sebas movió la cabeza. Una ráfaga de viento insólito levantó en la arboleda polvo y papeles, y les hizo cerrar los ojos a todos y proteger los mantecados entre las manos.

—¿Esto qué es? —dijo alguien.

El heladero tapaba de prisa su cilindro de corcho. Medio minuto escaso soplaría aquel aire y ya se le veía alejarse por el llano de enfrente, con su avanzada de polvo rastrero, rebasando los ojos inmóviles del pastor.

—Será el otoño —dijo Fernando.

Todo había vuelto como antes y el hombre de los helados despachaba otra vez.

—Sí, el otoño —dijo Mely—. ¡Qué más quisiéramos! Ojalá fuese el otoño fetén.

Y miró hacia lo alto de los árboles, que habían sonado con el viento. Miguel estaba tendido junto a Alicia y le enredaba en los pies.

—No, no en la planta; me haces cosquillas.

Alguien hablaba con otro a largas voces, de parte a parte del río. Fernando preguntó:

—¿Qué tienes tú con el otoño, Mely? ¿Por qué tienes tanta prisa de que venga?

Sólo Luci chupaba todavía el último resto de mantecado.

—Yo siempre tengo prisa de que se pase el tiempo —dijo Mely—. Lo que gusta es variar. Me aburro cuando una cosa viene durando demasiado —se echaba, con las manos por detrás de la nuca.

Tenía las axilas depiladas.

*

—Lo que es a usted y a mí, a cada uno en su concepto, nos ha tocado el seis doble en esta vida —le decía a Lucio el hombre de los z. b.—. Pero anda, que eso también tiene lo suyo. Eso de tener cuatro hijos, debe de ser un quebradero bueno.

Lucio asentía:

—Por lo menos nosotros —dijo—, si nos morimos, sabemos que no le hacemos a nadie la pascua. Lo que hacemos si acaso, es quitar un estorbo.

—Yo, por mi parte, a los míos ya se lo tengo bien quitado. Hace más de quince años que ni asomarme por allí. Ni pienso. Una postal por Navidades, a nombre de mi hermana, y eso los años que me acuerdo de ponerla, y ahí se nos acabó la relación; el único estorbo que les doy, si es que siquiera la llegan a leer.

—¿Qué tiene usted? ¿Los padres?

—Madre y hermanos. El padre ya murió. Mi madre se casó de segundas.

—Hará ya mucho tiempo, entonces, que perdió usted a su padre.

—Mucho. En el treinta y cinco. Yo tenía diecisiete y soy el mayor. A los diecinueve me tocó de incorporarme. Cuando volví del frente, me encuentro con que la casa ya tenía otro amo.

Lucio bebió un sorbo de vino; dijo:

—Eso no puede hacerle gracia a nadie.

—Ni chispa. Me recibieron con mucho remilgo, para ver

si tragaba la píldora. Pero yo no tragué. ¿Le parece? Una mujer de treinta y nueve años, con tres hijos en casa, ya mayores, sin estrecheces de dinero ni nada. Y que ande pensando en casarse otra vez.

Lucio asentía con un gesto de comprensión.

—Ni a salir a la calle me atrevía; ni a alternar por el pueblo, fíjese usted, de la pura vergüenza que me daba. Escapado me lo conocieron todos. Y ninguno, ni el más amigo se atrevía a mentarme la cencerrada que los habían dado. Fué mi hermana pequeña la que me lo contó, al cabo quince días de mi regreso. Se me cayó la cara de vergüenza. ¿Pues sabe usted lo que hice entonces? Me levanté al día siguiente bien temprano; me hago la maleta, y una vez que lo tengo todo listo, voy a la cuadra y le quito el cencerro a uno de los bueyes que teníamos —respiraba profundo, con una cara amarga; miró a la puerta, pasándose la mano por la boca—. Aún estaban acostados. Conque me planto en la misma puerta de la alcoba, con la maleta en la mano ya, y en la otra el cencerro, y me lío a sonar y a sonar y allí se las soné todas juntas a la pareja feliz. Mi despedida. Buena la que se armó. Se despertaron. Mis hermanos no se metían porque yo era el mayor. A fin de cuentas debían de estar conmigo, aunque no lo quisieran decir. Sale y quiere pegarme, el tío. Me decía: «¡A tu madre le haces esto!», «No que no se lo hago a mi madre», le contesto. «Va por usted, más que por ella». Se me puso como un animal. Pero no lo dejé que me tocase. Y le sigo sonando el cencerro en todas las narices. Mi madre me chillaba desde la alcoba y me decía ciento y pico de barbaridades y cosas de mi padre muerto y comparándome con él. No llegó a levantarse de la cama. Y entonces cojo y le tiro el cencerro adentro de la alcoba y me marcho. Sólo mi hermana salió llorando al coche, la pobrecita. Ya casi lo sabían todos en el pueblo. Calcule usted el mal rato que ella pasaría, con solos quince años cumplidos, por entonces.

Lucio miraba al suelo, escarbando en el piso con un pie.

—Son cosas tristes las de las familias. ¿Luego qué tal se apañó?

—Pues ya con lo corrido que estaba de la guerra y la edad que tenía, no me podía asustar el mundo. Había aprendido en el frente el oficio de barbero; conque si un día afeitas a éste y el otro día al de más allá y acabas siendo el barbero de tu compañía. Y tal que me fuí hasta Burgos, donde tenía un brigada, el cual se había portado muy bien conmigo en el frente. Y ése me colocó. Allí aprendí a cortar el pelo; pero acabé encontrándome a disgusto y me marché también. Y dando vueltas hasta hoy, de una parte a la otra. Soy culo de mal asiento. Aquí en Coslada es el primer sitio donde me he establecido por mi cuenta. Y ya ve usted, ni aun así deja uno de luchar ni de tener disgustos. Por eso es por lo que digo que me ha tocado el seis doble en esta vida. ¿Qué le parece? ¿Es así o no es así?

—Desde luego. Así es. Cuando uno sale torcido de su casa, con culpa o sin ella, torcido andará ya siempre por el mundo. Ya nada puede enderezarte. Basta que salgas con mal pie, que ya no rectificas en la vida. Si se portaron mal los tuyos, o fuiste tú el que te portaste mal con ellos, eso es igual. La cosa es que lo llevas adentro y no hay quien te lo saque, por muchos años y por mucha tierra que se pongan por medio.

—Sí que puede que sea como usted dice...

—Pues no le quepa duda. ¿Cuál es la condición de uno, sino el trato y el roce que has tenido en tu casa? Pues así como eres, arreglado a los disgustos o a los remordimientos que te lleves a rastras, así te rodarán todas las cosas en la vida. Y eso no se desmiente, ni por mucho emperrarse y romperse los cuernos por triunfar. Lo que sacas de casa, sea lo que sea, eso es lo tuyo para siempre.

—El seis doble o la blanca doble, como yo digo.

—O la ficha que sea; de las veintiocho, la que te toque. Pero ésa no te la quitas de encima. Es un juego donde no caben trampas. Eso bien lo sé yo; la mía también, si no es el seis doble es otra tirando a negra, desde luego.

—Sí; antes le oí referir lo de la tahona.

—Y como ésa, todas. Todas en el mismo carrillo me las han propinado. Ahora, yo, a diferencia de usted, tengo que confesar que tengo menos derechos de quejarme. No fueron ellos, no, sino más bien fuí yo mismo el que se portó mal con los míos. A lo menos, así me lo parece. Conque a callar se ha dicho y apechugar con lo que sea. Con todo lo que ha venido y lo que falte por venir.

El hombre de los z. b., se pasaba las manos por la cara. Hubo un silencio. Luego dijo:

—Así es que a uno ni de casarse le queda humor. Hace dos años estuve a punto. A tiempo me volví para atrás. Eso me creo que he salido ganando y eso me creo que ganaron ella y los que hubiesen venido. ¿No le parece a usted?

*

Petra apartaba con la mano ramas de madreselva y de vid americana que se descolgaban de arriba.

—¡De primera! —dijo Ocaña, sentándose.

Justi regaba el suelo a mano de cubo. Hacia la izquierda de la mesa donde se habían sentado, se veía un gallinero con su pequeño corral, limitado por tela metálica. Un conejo muy gordo miraba, con las orejas enhiestas, a los recién venidos. Los tres pequeños pegaron cara y manos a los hexágonos de alambre, para mirar al conejo.

—¡Qué blanco es! —dijo la niña.

El conejo se acercaba una cuarta y movía, olfateando, la nariz. Comentaba Juanito:

—No le hace ningún caso a las gallinas.

—¡Claro! Es que no se entienden; ¿no ves que son de otra raza?

—¡Mirarlo cómo mueve las narices!

—¡Vaya una cosa! —dijo el mayor—. Conozco a un chico en el barrio que te las mueve igual.

—¡Tiene los ojos rojos! —exclamaba la niña con excitada admiración.

Amadeo, el mayor, se retiraba un poco.

—No os recostéis, que se hunde la alambrada —advirtió a sus hermanos.

Sonó una voz detrás de ellos. Sólo Amadeo se movió.

—Vamos, está llamando mamá.

El conejo se había asustado al ver moverse a Amadeo. Juanito dijo:

—A que se mete allí.

La madre llamó de nuevo. El conejo se había parado a la puerta de su madriguera. Amadeo insistía:

—¡Venga!

—Espera. A ver lo que hace ahora.

Justina se ponía trás ellos, sin que la hubiesen sentido venir.

—Os llama tu mamá.

Se volvieron sorprendidos de oír una voz. Justina sonreía.

—¿Qué? ¿Os ha gustado la coneja? Es bonita, ¿verdad? ¿Sabéis cómo se llama?

—¿Tiene nombre?

—Claro que tiene nombre. Se llama Gilda.

La niña puso una cara defraudada.

—¿Gilda? Pues no me gusta. Es un nombre muy feo.

Justina se echó a reír.

Petra decía:

—Escuche usted, Mauricio. Seguramente usted sabrá informarnos qué finca es una que hay así sobre la carretera, a mano izquierda, según se viene para acá. Una que tiene un jardín precioso. ¿No sabe?

—Ya sé cuál dice, sí. Pues eso fue una quinta que se hizo Cocherito de Bilbao, el torero aquel antiguo, ya habrán oído hablar de él.

—Pero ése ya murió —dijo Felipe.

—Siíí, hace un porrón de años que murió. Cuando él compró esa tierra no existía nada de todo esto. No debía haber entonces ni cuatro casas junto al río.

Petra explicó:

—Pues es que nos llamó la atención, esta mañana, ¿verdad, tú?, el paseo que tiene hasta el mismo chalet, y el arbolado. Debe ser una pura maravilla, a juzgar por lo que se ve desde la verja.

—Sí que lo es, sí. Ahora ya pertenece a otra gente.

—¡Y grande! Es una finca que tiene que valer muchas pesetas —dijo Ocaña—. Entonces sabían vivir; no ahora estas casitas ridículas que se hace la gente.

Mauricio estaba de pie junto a la mesa de ellos. Se veía a Faustina guisando, al fondo, en el marco de la ventana.

—Pero ¿qué hacen esos niños? ¡Amadeo! ¡Venir inmediatamente! —gritaba Petra.

—En Barcelona, en la Bonanova —decía la cuñada de Ocaña—, allí sí que hay torres bonitas; y hechas con gusto, ¿eh? Jardines de lujo, con surtidores y azulejos, que valen una millonada. Es toda gente que tiene, ¿sabe? —hacía un signo de dinero con el pulgar y el índice.

—Sí, allí —dijo Mauricio—, mucho industrial.

Petra llamó de nuevo:

—¡Pero, chicos! ¡Petrita! ¡Veniros para acá inmediatamente! —bajó la voz—. ¡Qué niños! ¡Casi las cuatro que son ya!

Vinieron.

—¡Venga; sentaros a comer! ¿No oíais que os estaba llamando? ¡Hacer esperar así a las personas mayores!

Felisa, junto a su madre, la miraba, como haciéndose solidaria del reproche. Justina los disculpó sonriendo:

—Estaban mirando la coneja. No los regañe usted. Eso en Madrid no tienen ocasión de verlo.

—Es blanca —dijo Petrita, animándose—; tiene los ojos rojos, ¿sabes, mamá?

—Calla y ponte a comer —le contestó su madre.

Comían con ansia y con alegría. Alargaban por la mesa sus brazos en todas direcciones, para atrapar esto y aquello, no siendo las veces que se llevaban un manotazo de parte de su madre.

—¡Pedir las cosas! ¿Para qué tenéis lengua? Va a ser esto una merienda de negros.

Felipe Ocaña decía:

—Como don Juan Belmonte no ha vuelto a haber ningún torero. Ni Manolete ni nadie. ¡Qué va!

Asentía Mauricio:

—Sí; aquél, sí. Te producía la impresión de que todo lo hacía con la barbilla; lo mismo cuando daba una verónica, que cuando entraba a matar, que al recibir las ovaciones. Yo creo que los dejaba secos con el mentón, en vez que con la espada.

—Y aquella forma que tenía de trastear con los toros, despacio, con cuidadito, sin descomponerse, que lo veías trabajando, lo mismo que cualquier carpintero que trabaja en su taller, lo mismo que un barbero en la barbería, o un relojero; igual.

Habló su hermano:

—Pues yo tuve el gusto de verlo en Cáceres, todavía, un festival, hará unos ocho años, rejonear un toro y matarlo pie a tierra. ¡Menuda jaca traía! Un animal soberbio.

—Mauricio —dijo Petra—, no le hemos dicho si gusta. ¿Quiere tomar un dulce?

—Gracias, señora. No hemos comido todavía.

—¿De verdad?

—No es desprecio. Se lo acepto después —se volvía hacia Ocaña—. ¿Quiénes torean en Las Ventas esta tarde? ¿Te has enterado, tú?

—Rafael Ortega; él solito los seis toros. La corrida del Montepío.

—Pues también tiene arrestos. Pocos hay hoy en día que hagan eso. Y menos aún de balde, como es esa corrida.

—Ese Ortega es de los de casta antigua. Sabe hacerlo pasar al toro, conforme se lo lleva en el capote. Te da la sensación de todo el peso y el poder de ese molde de carne. Aprecio yo más el fondo y la verdad que tiene ese torero, que todas las pinturerías de los otros, que andan cobrando el doble por ahí.

Mauricio estaba en pie; tenía el cuerpo inclinado hacia la mesa, con cada mano apoyada en el respaldo de una de las sillas, donde comían Petrita y Amadeo. Dijo:

—No lo conozco. Tan sólo de leerlo en la Prensa. Hace lo menos cuatro años que no veo una corrida.

Desde la ventana de la cocina lo llamó su mujer. Se oyó un golpe, y un gato salió disparado al jardín; y de nuevo la voz en la ventana.

—¡Zape! ¡Bichos que no los quiero ni ver por la cocina!

El gato se echó en una cama de hojas secas, bajo la enramada.

—¿Qué querías? —preguntaba en voz alta Mauricio.

—Que os vengáis a comer.

Justina estaba en el gallinero. Luego salió con un huevo en la mano. Entrando hacia la casa, le preguntó su padre:

—¿De quién es?

—De la pinta. Llevaba ya, con hoy, cuatro días sin poner.

La cuñada de Ocaña le decía a su marido:

—No te llenes de pisto, Sergio; sabes que estás medio malo. Te va a hacer mal.

Petra intervino:

—Pues déjalo que coma, tú también. Un día es un día. No va a estar siempre pensando en la salud.

—Mira; si no se cuida, va a ser peor para él.

Felisita miraba alternativamente a su tía y a su madre, como buscando quién tenía la razón. Juanito llamaba al gato con los dedos; le siseaba.

—Dale esto —le dijo Petrita.

Era un trocito de carne. Pero el gato no vino. Ocaña dijo a su mujer:

—A éste tenemos que decirle por lo menos que nos ponga unas copas y el café. Hacerle el gasto, siquiera, ya que nos hemos venido a comer aquí.

—Lo que a ti te parezca. Es tan amable que a lo mejor no te lo cobra.

—Claro que cobra. ¿Por qué no iba a cobrar?

—¡Le has hecho tantos favores!...

—También me los hace él a mí, ¡mira qué gracia! Si se resiste, le meto el dinero por la boca. Si es que me da vergüenza que nos hayamos traído hasta el vino, en lugar de consumírselo a él.

—Ah, como no dijiste nada... —contestó la mujer—. Ahora me sales con ésas.

El conejo blanco se había llegado hasta la tela metálica, y se erguía con sus dos manos contra el alambre, enseñando la barriga.

—¡Mira, mira! ¡Cómo se tiene de pie! —gritó Juanito.

Todos miraron.

—¡Qué precioso! —dijo la niña—. ¡Qué precioso!

—En pepitoria están mejor —decía el hermano de Ocaña, riéndose.

Su cuñada lo regañó:

—¡Tú también! ¡Qué cosas le dices a la criatura, que está embelesada con el animal! Di tú que no, hija mía. Tu tío tiene malas entrañas. Di que nadie lo va a matar. El año que viene, cuando vengamos, le traeremos lechuga y tú solita se la darás para que coma. ¿Verdad hija mía?

—Sí, mama —contestaba Petrita, sin apartar la vista del conejo.

*

—Mañana sacamos la comida ahí afuera —dijo Mauricio—. Aquí se asa uno comiendo, con el calor de la lumbre.

Faustina no contestó. Revolvía en las cacerolas.

—¡Qué Ocaña! ¡Cómo entiende la vida! —siguió Mauricio, señalando con la cuchara a la ventana, desde la cual se veía la mesa de los forasteros—. Ese no guarda nada. Y el día que aparta un par de billetes, no es más que para venirse, tal como hoy, a pasar un domingo en el campo con la familia —sorbía la sopa en la cuchara—. Ya ves tú, los domingos, que los taxis no paran de cargar en todo el santo día y te llevan un duro de plus por cada viaje que echan al fútbol o a los toros. Todo eso se lo pierde, y tan contento.

—¿Y por qué no se viene un día de entre semana? —repuso Justi—. No se perjudicara tanto.

—Por el hermano será. Se ve que ése libra los domingos. Desprendido y alegre, lo es un rato largo. Así es cómo hay que vivir. Lo otro es como aquel que dicen que adelgazó veinte kilos buscando una farmacia para poderse pesar.

Faustina le replicaba:

—Pues si tanto te gusta este sistema, ¿por qué no haces lo mismo tú también, a partir de mañana? Mira, mañana coges y cierras el establecimiento y te dedicas a la buena vida. ¿Eh? ¿Por qué no lo haces?

Vino una voz por el pasillo, desde el local.

—¿Pues qué te crees? ¿Que no me dan ganas algunas veces? Por no estarte escuchando... Anda, asómate a ver qué es lo que quieren. Les dices que estoy comiendo.

Salió Faustina. Mauricio detenía la cuchara en el aire y miraba a su hija. Luego bajó los ojos a la sopa y decía:

—¿A qué hora viene tu novio?

—Sobre las cuatro y media o las cinco supongo yo que vendrá. Depende si se viene con el coche de línea o si por el contrario coge el tren.

—¿Os vais al cine?

—Me figuro.

Mauricio hizo una pausa; miró al jardín por la ventana abierta; la cuñada de Ocaña se reía...

—Pon el principio, anda.

Justina se levantó. Seguía el padre.

—¿No sabes a qué función es la que vais?

—¡Ay, padre! ¿Qué me pregunta tanto? A cualquier cine iremos, ¿qué más dará? ¿Cómo quiere que lo sepa desde ahora? —cambió el tono—. No, si de algo me viene usted como queriendo enterarse, con tanto pregunteo. A mí no me venga.

—¿Yo, hija? Nada. Lo que haces tú.

De nuevo vino risa desde fuera.

—Lo que hacéis los domingos.

—¿Y no lo sabe ya? ¿Qué quiere usted que hagamos? No, por ahí no va la cosa.

—Bien, pues entonces, ¡a ver qué novedad resulta esa de que ya te parece mal el ayudar aquí a tu padre a despachar en el jardín! ¿De dónde sale eso?

—¡Cómo! ¿Y quién le ha dicho semejante cosa?

—Tu madre, esta mañana. Y conque por lo visto al Manolo no le hace gracia que sirvas en las mesas. Que le parece poco fino, o chorraditas. Y ella también se pone de su parte.

—¡Ay madre! ¡Ahora! Pues en este momento me desayuno yo de semejante historia. ¡Estamos apañados!

—¿Qué tú no sabes? ¿Y entonces...? Di la verdad.

—La verdad, padre.

—Pues vaya, no me digas más, hija mía, ¿Tú lo consientes?

—¿Yo? Déjelo usted que venga. Esta tarde se va a divertir.

Asomaba la cabeza el perro Azufre, husmeaba. Justina le gritó:

—¡Chucho! ¡Dichoso perro este! Pues sí, lo que más rabia me puede dar en este mundo es eso justamente: las componendas por detrás. Y ya sé yo el día que ha sido, claro, ¿cuándo fué?; un día, la semana pasada, sí, la pilló a madre sola. Ese día fué, seguro. Se pondrían de acuerdo. ¿Y usted por qué daba tantos rodeos para decírmelo a mí?

—¡Ah, yo qué sé! Como a menudo no hay quien os entienda...

Se encogía de hombros.

*

Faustina guardaba el dinero que le había dado el hombre de los z. b. Arrugó la nariz mirando a Lucio y dijo, señalando con la sien hacia la puerta, por donde el otro acababa de marcharse.

—¿Y éste...?

—Un buen tío. De lo mejor.

—No sé qué vida es la que conduce. Será un buen hombre, no lo pongo en cuarentena, pero yo no lo entiendo, no lo veo claro...

Luego entró el Chamarís con Azufre, su perro amarillo. Y el alguacil detrás y el carnicero de antes, con otro carnicero de San Fernando, y Azufre gemía y meneaba la cola.

—Buenas.

—Faustiná —la saludaba el nuevo carnicero, cargándole un acento de confianza en la última A.

El perro se fué oliendo a forastero el pasillo adelante, y cuando se iba a hacerle fiestas a la familia de los Ocaña, se le cruzaba el gato en mitad del jardín y hubo un amago de gresca, pero el gato hizo cara y Azufre se volvía con la voz de Justina detrás, que le gritaba «¡Chucho...!» al asomar en la cocina.

—¿Nos pone usted café?

—Se está calentando.

El otro carnicero era más alto y flaco, pero tenía el mismo aire saludable de su colega. Enarcaba la espalda como un gato o como un ciclista, e inclinaba hacia abajo la cabeza para hablar con los otros. Leyó en la estantería:

—«Ojén Morales». Una bebida antigua. Ésa es para ti, que te gusta la cazalla —le daba con el codo.

—El ojén no es bebida para diario.

Salió Faustina a ver lo del café.

—Ya me enteré que le puso las peras a cuarto, esta mañana, a ese fantoche del Ayuntamiento. Anda que no es redicho.

Lucio miró a los otros; les dijo:

—Pero cuidado que hablan ustedes.

Mauricio entraba.

—Buenas tardes.

—¿Qué? ¿Tenemos visita?

Asintió:

—El dueño de ese taxi que habrán visto al entrar. Es un amigo de años.

—Pues como sea más antiguo que el coche que se gasta, ya será buen amigo, ya.

—¡Qué va! No puede haber amistad en este mundo que dure lo que ha durado ese popó —se reía el Chamarís.

—Más viejos que ése los hay rodando.

—Pues a éste si le ponen unas gafas y le echan una sábana por cima, Gandhi clavao.

—Dejar ya de meterse con el coche. Bastante tiene —atajaba Mauricio.

Los otros se reían. Entró Justina con la cafetera.

—Tenga usted, padre —se volvió al alto—. ¿Qué, señor Claudio? ¿Hoy no hemos ido de pesca?

—No, hijita; hoy no hay pesca que valga, con la gente que hay. Esos son peces demasiado gordos para la caña.

Vino la voz de Faustina desde el pasillo. Mauricio dijo:

—Anda, hija mía, ponles tú el café. Voy un momento —y salió.

—Tu padre, hoy, no para en su pellejo, con estos madrileños que han venido. A los demás ya no nos mira ni la cara.

—Está contento el hombre. Disfruta. ¿No ve usted que no se veían desde el verano pasado?

Puso los vasos y les echaba el café.

—¿Y de qué se conocen?

—De cuando estuvo en el Provincial con la pierna quebrada. El otro estaba en la cama de allí junto, por un accidente que había tenido con el coche. Nosotras, madre y yo, también lo conocimos allí mismo, y a la familia de él, cuando íbamos jueves y domingos a la visita. Mire, tenían establecido que el primero que le diesen el alta se comprometía a hacer una fiesta a su cargo y convidar al otro, con las familias de los dos. Ese pacto tenían.

—¿Y quién fue el que primero salió?

—Ocaña fue. Conque nos desplazamos un domingo a Madrid, mi padre con la escayola todavía, para asistir a la celebración.

—Sí, ya me acuerdo cuando tu padre anduvo escayolado, lo menos hará seis años de todo eso.

—Fue por abril; así que seis y pico. Mamaba todavía la nena de ellos, por entonces...

—Pues a tu padre no le quedó ni asomo de cojera de resultas de aquella fractura —decía el carnicero alto.

—Cuando va a hacer mal tiempo se pone y que le duele.

—Pero no da ni una —cortó Lucio—. La vez que acierta es por carambola. Como no hubiera más aparato para regirnos que la pata de tu padre, estaba aviada la meteorología.

Los otros se rieron. Claudio dijo:

—Pues esa clase de conocimientos, cuando agarran, son amistades para toda la vida. Pero se dan pocas veces, porque lo que es yo, por lo menos, cuando estuve en el Hospital a operarme, los que allí me tocaron no vean ustedes las ganas que tenía de perderlos de vista.

—Pues estos dos, en cambio, el Ocaña y mi padre, parecían como hermanos; que hasta nos daba risa. Todo se lo tenían que regalar; se pasaban el día ofreciéndose esto y lo otro. Tanto es así que mi madre decía en chunga que le pusiéramos a Ocaña lo que llevábamos para padre y que la familia de él, viceversa, le diese a padre lo suyo y así se ahorraban ellos el trabajo de andárselo pasando todo.

—Tu padre es generoso. Todos hacen buenas migas con él. Conque si el otro es también de su madera, te lo explicas perfectamente —comentó el Chamarís.

Justina estaba con los brazos cruzados sobre el mostrador y columpiaba una pierna. El carnicero alto se acercó a ella y le habló, con la cabeza ladeada:

—Bueno, niña, supongo que hoy querrás hacernos el honor.

Justina levantó la cabeza.

—¿De qué me habla?

—¿De qué va a ser, hija mía? —contestó el carnicero, y señalaba con el pulgar y la sien hacia el jardín.

Justina dijo riendo:

—Vaya; usted siempre igual. ¿Es que no saben prescindir de mí?

—No, hija; tú eres la campeona. ¿Quién le echa al juego el salero y la emoción? La rana sin ti es como un guiso sin carne. Y además, ¿qué enemigo iba yo a tener, si no estás tú?

—Eh, sin marcarse faroles —protestó el Chamarís.

—Les advierto que mi novio viene a las cinco a recogerme.

—Pues hala, entonces; para luego es tarde. Cuanto antes mejor. Tenemos el tiempo justo para un par de partidas.

El Chamarís dijo:

—Venga, Justina; pues tú y y yo contra el ramo de la carne. Los vamos a meter una paliza, vas a ver.

Justina dudó un momento.

—Es que... —se cortó con firmeza—. Vamos.

*

«Aquí ya no hacemos nada. Vámonos.» El heladero se había colgado a la espalda el cilindro de corcho y se había alejado hacia el puntal. Había sonado en el río un chapuzón solitario, porque echaron un perro; y después se formó la gritera en alguna familia, por causa de que el perro había ido a sacudirse las aguas encima de la gente; se volvió todo el mundo a ver qué gritos eran aquellos. «... jan a uno rmir la siesta...», rezongaba Daniel. Ahora el sol ya se había pasado a la margen derecha del Jarama. A lo lejos, la fábrica de cementos de Vicálvaro trazaba una veta alargada de humo, hacia el cielo de Madrid. En un silencio se había escuchado en el grupo un burbujeo de intestinos, y uno comentó: «Alguien le cantan las tripas...»

—Es a mí —contestaba riendo Sebastián—. Son las sardinas. Ya están rezando el rosario.

Alicia se había tendido bocabajo, apoyándose con los codos en el suelo, y mantenía en alto la cabeza, encima de la cara de Miguel. Ahora Mely los estaba mirando, por detrás de sus gafas de sol. Miguel le hacía caricias a la otra y le soplaba contra el cuello. Mely los observaba.

—Di, Ali, ¿no quieres que te peine un poquito? —dijo de pronto.

—¿Eh? No, gracias, Mely; ahora no. Luego, más tarde, ¿te parece?

—Ahora es cuando convenía. Antes que se te acabe de secar del todo. Va a quedársete todo pachucho, y si no ya lo verás...

—¡Huy, secarse; si es por eso, hace dos horas que lo tengo más que seco ya!

—Bueno, pues haz como quieras.

Mely miró hacia el otro lado. Se ponía a escarbar en el polvo con un palitroque; hacía letras y las desbarataba; luego rayas y cruces, muy aprisa. Al fin rompió el palito contra el suelo y se volvió hacia Fernando. No le podía ver los ojos, porque tenía el antebrazo cruzado sobre la cara, para taparse de la luz.

—Vaya; éste se durmió.

El agua inmóvil de la presa repercutía hacia los árboles el eco de la voz del espíquier, que venía de las radios de los merenderos. Mely miró de nuevo hacia Alicia y Miguel.

—Buena te vas a poner esa camisa —dijo ahora.

—¿Quién?, ¿yo?

—Sí, tú, claro. Perdido de tierra te vas a poner. ¡Estáis ahí tumbados a la bartola...!

Miguel se encogía de hombros; le dijo:

—Da igual. Ya la iba a echar de todas formas a lo sucio, en cuanto que llegue a mi casa esta noche.

Mely no contestó. Se tendió bocarriba, con las manos cruzadas por detrás de la nuca.

—¡Qué asquito de calor!... —suspiraba.

Desde la sombra de los árboles, cegaba los ojos el fulgor exasperante de la otra ribera, batida por el sol; una losa de luz aplastaba el erial desamparado, borrando las ovejas del pequeño rebaño contra los llanos blanquecinos. Lucita decía:

—¡Cómo tengo la espalda de escocida!; no puedo ni ponerla contra el suelo.

Había levantado el torso hasta quedar sentada; añadió:

—¿Me untáis alguno una poquita de nivea? —miraba a Tito.

Tito estaba tendido a su lado; volvió los ojos hacia ella. Y Luci:

—¿Eh?, ¿serías tú mismo tan amable, Tito, hacerme ese favor?

—Sí, mujer; yo te unto.

—Gracias. Es que me escuece bastante, ¿sabes?, no te creas.

Mely había ladeado la cabeza hacia el hombro, y otra vez observaba, tras de sus gafas negras, los cariños de Alicia y Miguel. Ahora les decía:

—Oye; ¿queréis fumar un rubio, Miguel? Os convido.

—¿Mmm? Ah, un pitillo, eso sí.

—Pues los voy a sacar.

Lucita dijo:

—Alcánzame la bolsa, haz el favor, que tengo ahí la crema.

Tendía la mano para que Tito se la diese.

—Yo te la busco —dijo él.

—No; no me curiosees —lo cogía por un brazo—. Dame esa bolsa, Tito.

El otro la apartaba de su alcance.

—Me divierte fisgar. ¿Tienes secretos, Luci?

—Tengo mis cosas. No me gusta que me fisguen. Luego decís que nosotras que si somos cotillas. Anda, dámela ya.

Tito se la entregaba.

—Bueno, hija; toma la bolsa. Respetaremos tus secretos.

—No; de secretos nada. No te preocupes, que no tengo ninguno. Valiente desilusión te llevarías. Ahora mismo, si quieres, te lo puedo enseñar todo lo que hay, vaya una cosa. Yo soy muy poco interesante, hijo mío; qué le vamos a hacer.

Revolvía con la mano en la bolsa, buscando la latita de nivea.

—¿Entonces, por qué no querías que lo viese?

—Pues me gusta que sea en mis manos; ser yo la que lo enseñe, únicamente. Y no que me lo mangoneen los demás, a la fuerza. Ten la lata.

Se tendió bocabajo.

—Sobre todo en los hombros —advertía.

Ahora alguien gritaba, río arriba, con un cóncavo eco, bajo las bóvedas del puente. Paulina se volvió. A la entrada del puente, en lo alto, pegaba el sol en los colores, azul y amarillo, de un disco de señales ferroviarias. Sebas tenía la cabeza sobre las piernas de Paulina; alargaba la mano hasta tocar con los dedos una pequeña marca en el tobillo de Santos: ——————

—¿Qué es esta matadura que tienes? —le decía.

El otro encogía la pierna.

—No me aprietes, que duele. Del partido.
—¿Cuándo?
—El domingo pasado en el campo la Elipa. Contra los de la F.E.R.S.A.
—¿Ah, sí? ¿Cómo quedasteis?
—Se terminó a tortazos a la mitad del primer tiempo.
Sebastián se reía:
—¿Y eso?
—Pues ya ves, lo de siempre. Eran algo animales. A bofetadas les pudimos; hubo un reparto bastante regular —movía la mano derecha en el aire, en signo de paliza.
—Se acaba siempre así. No siendo que haya una pareja, para imponer respeto.
—Ya; aquí la fuerza es lo único que se hace de respetar.
—Y eso, cuando se la respeta; que no es siempre, tampoco. También hay sus desmandos, a las veces. ¿De modo que os disolvisteis a curritos?
—A ver. Luego jugamos un amistoso nosotros y nosotros. Sacamos dos equipos, metiendo a unos cuantos de los que habían venido a ver. Los de la F.E.R.S.A. se marcharon con viento fresco —dijo Santos.
Tenía sobre los ojos el dorso de la mano, para cubrirse de la claridad. Ahora, Paulina rascaba la espalda de Sebas; ella dijo:
—Oye, en esa fábrica tuya, también trabajan chicas, ¿no, Santos?
—Sólo empaquetadoras. Están en otro reparto que nosotros. Nosotros no las vemos siquiera.
—Ni falta que te hace —dijo Carmen.
—Ninguna, cariño —le contestaba riendo.
Y quería alcanzarle la barbilla con el brazo extendido.
—Prenda.
—Bueno, sin tanta coba.
—¿Eres celosa tú de este individuo? —preguntaba Paulina.
Carmen le contestaba encogiéndose de hombros.
—Lo normal.
—¡Huy, lo normal; Dios nos libre! —dijo Santos—. ¡Si esto es Juana la Loca!
Discutían en el grupo cercano de partos y de abortos, y sobre cuál era el más guapo de dos que habían nacido; eran mujeres. El hombre que estaba con ellas no decía nada y las miraba, fumando. Era el Buda de antes, pero se había vestido.

Daniel dormía. Dieron una espantada las ovejas en el llano de enfrente, porque algunos corrían desnudos a lagartos. Habían sonado los opacos cantazos contra el suelo, como sobre una manta. Ahora el ladrar de los careas y los silbidos del pastor. Lucita hizo un extraño.

—Ahí no, Tito, que me haces cosquillas.

Se sentía el olor ambarino de la crema nivea. Ya volvía a pasar el heladero; lo llamaron de un grupo cercano. «Voy de vacío», contestaba. Daniel había levantado la cabeza y lo miró un momento.

—¡Qué tío tan feo...! —se decía, volviendo a esconder la cara hacia la tierra.

—¿Qué daño te habrá hecho? —dijo Luci.

Mely se estaba mirando en el hombro una raya más clara, que le había dejado el tirante del bañador. Fernando había abierto los ojos y señaló hacia el cielo en un claro de las copas.

—¡Mirar qué pájaros!

Pasaban altos, recortados, con un rumbo indeciso, planeando con las alas inmóviles, por cima de los árboles. Chillaban ajenos.

—¿Cómo se llaman? —dijo Mely.

—Abejarucos.

—Vaya color que tienen tan bonito.

—Son muy vistosos, Sí. Yo he tenido uno vivo en la mano —decía Miguel—. ¿No te acuerdas, Alicia? Se había partido un ala contra los cables del telégrafo. En Los Molinos fué, otro día de jira. Estaba inútil el animalito.

—De cerca tienen que ser divinos —dijo Mely.

—Y tanto. Como que ésta se empeñaba en traérnoslo a casa y que lo criásemos. Pero esa marca de pájaros, en jaula, se te mueren de todas todas. Y más, inválido de un ala, como aquél.

—¿Qué hora vamos teniendo, tú?

—Las seis menos cuarto.

—¿Tan pronto todavía? —dijo Mely.

Allí, en el sol, contra el color de herrumbe de las aguas, estaba una señora, en combinación de seda negra, fregando con arena cacerolas de esmalte y platos de aluminio, a la orilla del río. Los platos emitían instantáneos destellos, como disparos de flash, cuando cogían el ángulo del sol.

—¡Bailar, a éste tampoco lo dejo yo que baile! —decía Paulina.

Apartó a Sebastián de su regazo.

—Bueno, tú; ya está bien.

—Chico, me gustaría tener diez espaldas para que me las estuviesen rascando de continuo. No te creas que es de broma. Y cuando terminaran con la que hace diez, pues ya me estaría picando nuevamente la número uno...

—Es decir —continuaba Paulina—, no lo´ dejo que baile, pero entiéndeme, si veo que va a hacer el ridículo en una boda que yo no vaya, pongo el caso, o en algún compromiso, el que sea, pues antes que tenga que quedar en mal lugar por causa mía, le consiento que se eche un par de bailes o tres, ¿no me entiendes?

—Ah, pues ahí yo no veo que nadie haga el ridículo por quedarse sentado en una silla —le contestaba Carmen—. A eso no le encuentro yo ningún motivo de vergüenza, por donde quiera que se mire.

—Hija, en un hombre —dijo Paulina—, tendrás que reconocer que es un plan un poquito desairado. Comprenderás que vaya un papel, que mientras todos se divierten, tú te tengas que estar sentadito en una triste silla. Dirán que la novia, que es que será tonta, o algo por el estilo.

—Pues mira, sobre eso, ya ves, somos distintos pareceres. El que tenga una novia formal, pues que se sujete a hacer lo mismo que la ha exigido a ella. Y ya no es por ellos ni por nada; es porque creo que hay derecho de establecerlo de esa forma. Eso que vayan a tener más libertades que nosotras es una cosa que tampoco no le veo la explicación.

—Mira ellas, cómo hacen y deshacen —dijo Sebas—. Vámonos, Santos, que aquí estamos de más. Vamos a darnos un garbeo, mientras tanto, a ver si hay suerte y nos sale algún apaño por ahí.

Se reía. Santos puso una voz relajada:

—Mira, por no moverme yo ahora, según estoy, ni aunque pasara Marilyn Monroe; como lo oyes.

Se volcaba de espaldas y estiraba los brazos contra el cielo.

—Bueno. Eso quisiera verlo yo. Como pasara esa rubiala, ya me lo ibas a decir, si pasara de veras por aquí delante. Te espabilabas relámpago; ¡el bote que pegabas!

—Vaya, muy bien, está eso muy bonito —dijo Paulina—; hacernos aquí de menos a las demás.

—Eh, bueno, eso sí; mejorando lo presente, chatina —se reía Sebastián—, mejorando lo presente. Ya se sabe.

Le hacía una carantoña y ella se retiraba.

—¡Quita, antipático! Con la boca chica.

—Ah, oye, y por cierto —dijo Sebas—; una cosa divertida. A propósito ahora de la Marilyn Monroe. ¿A qué no sabéis lo que ha dicho en los periódicos?

—No. A ver. ¿El qué?

—Pues salta ella en una de esas interviús que le hacen a los artistas, se pone: «Me gustaría ser rubia por todas partes». No está mal, ¿eh?

—Yo no le veo la chispa, la verdad —dijo Paulina.

—Que no, hombre —protestaba Santos—; eso no lo ha dicho, no me fastidies.

—En América, bobo. Que sí. ¿Entonces es que yo me lo he inventado?

—No sé, no sé; puede ser que lo haya dicho...

—Gracia no tiene mucha, desde luego —insistía Paulina. Levantaron los ojos. Venía muy bajo un avión. Pasaba justamente por encima y parecía que iba a podar con sus alas las puntas de los árboles. El ruido había cubierto el murmullo de toda la arboleda.

—¡Qué cerca pasan —dijo Mely.

—Es un cuatrimotor.

—Es que ahora aterriza asimismo, según viene —explicaba Fernando—. Cogen ahí en seguida la pista de Barajas, nada más que pasar la carretera.

—¡Quién fuera en él!

—En éste no, mujer; en uno que despegue.

—¿Te gustaría ir a Río de Janeiro?

—Creo que arman unos Carnavales...

—Los Carnavales de Río.

—Las Fallas valencianas, como encender una cerilla.

—Allí no queman nada.

—Bueno, pero hay follón.

—¿Y aquí por qué no te dejarán ponerte una careta?

—Pues por la cosa de los carteristas, hombre. ¿No comprendes que es darles la gran oportunidad?

—¿Y en Río no los hay?

—¡Allí hay mucho dinero! Figúrate, Brasil, con el café que vende a todas las naciones.

—Ya ves, y un vicio.

—Cuba con el tabaco. Pues igual. Los vicios dan dinero siempre.

—En cambio produces trigo, y lo de aquí.

—Pues vamos a sembrar café nosotros y a ver si de aquí a un par de años nos dejan ya que saquemos las caretas.

—¡Las carotas!

—Ésas ya las sacamos a diario por la calle —dijo Sebas.

—Luego dicen de Río. ¿Más carnaval?

—Perpetuo. Ya lo sabes, Mely, Río de Janeiro, nada.

—¿Nada, verdad? Ya guardarías hasta cola para ir.

—¿Yo? Sí; la curiosidad...

—Pues todo. Ver Río de Janeiro y ver los Carnavales de Río de Janeiro.

—Hombre, yo creo que con alguna cosita más ya escaparíamos. No iba a ser sola y exclusivamente a base de ración de vista.

—Sí, algún pito de madera que nos tocase en una tómbola.

—¡Qué menos!, ¿verdad?

—¿Y a Bahía?

—También... También a Bahía... Tampoco debe ser manco Bahía.

—Lo mejor, Astorga.

—¡Me troncho de risa, hermano!

—Pues no era un chiste.

—¿No?

—No.

—¿Qué era?

—El billete más largo que yo puedo sacar.

—Ah, bueno. Y en tercera.

—Eso es. Así que chiste, es Río de Janeiro. Y Bahía otro chiste. Y... ¿Cuál vais a sacar ahora?

—Despacio, Santos; yo tengo un décimo en casa. A lo mejor no es tan chiste para mí.

—Para el que más.

—¿Por qué?

—¡A ver! Más fantasía, pues más chiste. Yo Astorga, Astorga; me dé un billete para Astorga, ¿cuánto vale? Tanto. Pues ahí va. Ése es el sitio más bonito para mí. Más allá de Astorga, yo todavía no tengo nada. Ahí ya empieza el chiste. El billetito mío, en Astorga venció.

—La fantasía no paga billete.

—Sí, eso es lo que tiene —dijo Santos—. No paga. Es un momio, una cosa estupenda —hizo una pausa—. Como el hambre. Que te sale de balde también.

No andaba casi nadie bajo el sol, por fuera de los árboles. Al ras del agua bailaba, menudo y transparente, el tiritar de la evaporación. Mely miraba en torno. Otra vez planeaban los abejarucos por cima de la arboleda. Se oían sus chillidos.

—¿Qué hacemos?

Alicia dijo:

—¿A qué hora se quedó con Samuel y Zacarías y los otros?

—En que irían a dar casi seguro al merendero sobre las siete o siete y media.

—¿Y si nos vamos a bailar a Torrejón? —proponía Fernando.

Sebastián asintió:

—¡Sí, señor; una idea genial, una idea monstruo!

—Ah, ¿todavía más pedales? Para pedales está una.

—No es nada; si está ahí.

—Quita, ¡qué Torrejón ni que ocho cuartos! Que se te quite esa idea de la cabeza.

Sebas cantaba:

—«¡Tiene treinta años —se llama Adelaida—, cuando va bailando —levanta las faldas —levanta las faldas —levanta las faldas...!»

—¡Anda éste, ahora!

—Al que le da le dió.

Sebastián se había levantado y bailaba haciendo grotescos, con las manos hacia arriba.

—«Tiene treinta años —se llama Adelaida...!»

—El chaparrón seguro.

—¡Levantas polvo, calamidad!

Sebas volvió a tumbarse de golpe y se reía a carcajadas.

—¡Como una chota, estoy! ¡Es verdad!

—Pues menos mal que lo reconoces.

—¡Nada, a bailar a Torrejón! El que se venga que levante el dedo.

—¡Echarlo al agua a ése! ¡Qué cargante se pone!

—¡Callarse! ¿Nos ponemos de acuerdo, sí o no?

—No hay nada que ponerse de acuerdo. Si a Torrejón no vamos a ir nadie. Os disparáis aquí por las buenas, y no hay de qué.

—«¡Tiene treinta años —se llama Adelaida...!»

—¡Fuera! Ya vale, hombre, Sebastián, por favor...

—Nos íbamos a Torrejón y armábamos el cisco padre. Con lo bien que podíamos...

—La que se marcha soy yo, como sigáis en ese plan. Te lo digo.

—No te incomodes, Mely; no le hagas caso a ese tío perturbado.

—Si es que es verdad, hombre... Le dan venadas.

—¿No te das cuenta que aburres a la gente? —le reñía Paulina a Sebastián—. ¿No lo ves? ¿O te gusta dar la lata?

—Esto está muerto. Hay que animarlo de alguna manera.

—Sí, pero no de ésa. Aburrirnos a todas es lo que vas a conseguir.

—A mí ya me tiene —dijo Mely—. Más que una mona.

—Tú sólo quieres que se haga lo que a ti te apetece.

—No señor; yo no quiero que nadie haga nada. Lo único que digo es que a Torrejón yo no voy. Cada uno es libre.

—Ah, muchas gracias por la aclaración.

—Qué antipático eres, hijo mío.

—Así lo que no hacemos es nada. Lo que yo propongo...

—¿Dónde tenéis el vino? —interrumpía Fernando—. Lo primero, aclararse la voz.

—Voy a ponerlo en marcha.

—Tú, Tito, ¿qué es lo que ibas a decir? —preguntaba Miguel.

—No, nada.

Volvió a tenderse de nuevo. Santos había cogido la botella; dijo:

—¿Quién quiere del frasco? —

—Yo mismo. Echa.

Fernando dió una palmada e hizo el gesto de que el otro le lanzase la botella, de un extremo a otro del corro. La blocó contra el pecho, imitando una parada con el balón. Algunas gotas de vino le saltaron al pecho desnudo:

—Qué porterazo, ¿eh?

—No juguéis con las cosas serias.

Fernando se echaba el vino a la garganta, con un reflejo de sol en el cristal y en los brazos alzados. Sonaba el vino en su boca.

—¡Tú, que mañana es lunes! —le apresuraba Miguel.

Fernando bajó la botella y jadeó:

—¡Está fenómeno! Toma.

—¿Tú no bebes, Alberto? —dijo Miguel.

—Bebe tú, hombre, ya que lo tienes en la mano. Qué más dará.

—No seas tan fino, chico, que está feo.

Luci estaba sentada entre Tito y Daniel, en silencio; tenía todo el cuerpo recogido sobre sí, abrazándose las piernas con ambos brazos, y el mentón apoyado en las rodillas. Se mecía levemente a un lado y a otro. Miguel bebió.

—¿Tienen ustedes la bondad de un fósforo? —decía un hombre que se había acercado.

Tenía una camiseta azul oscuro; enseñaba un pitillo.

—¿Cómo no?

Mientras Miguel buscaba las cerillas, el otro miraba mucho a las muchachas, recorriéndolas una por una.

—¡Qué tío más cara! —dijo Alicia, cuando el hombre se hubo marchado—. Los hay que no se recatan para mirar.

—¿Qué ha hecho?

—Pues mirarnos a todas de arriba abajo, el tío, pero sin el menor disimulo.

—Eso no duele —dijo Fernando.

Mely le replicó:

—Pero molesta.

—Anda, no seáis comediantas; que bien que os gusta que os miren.

—¡Uh!, ¡nos chifla!, no te digo más. Engordamos con ello. ¡Cuidado las pretensiones!

—Que sí, mujer, que bueno.

Mely hizo un gesto de impaciencia y miró aguas arriba, más allá de la sombra de los árboles. Había unos mulos en el arenal, al pie del puente. Un hombrecillo de ropas oscuras había bajado con ellos a la aguada y esperaba allí al sol, mientras los mulos bebían. El que acabó primero se tiraba en la tierra, hostigado de moscas; se revolcaba violentamente, sobre el espinazo, agitando las patas hacia el aire y restregando contra el suelo los escozos de sus llagas, en una gran polvareda. Sebastián había vuelto a tenderse. Ahora él y Paulina se estaban aparte, de espaldas a los otros. Daniel pegó un respingo cuando Lucita le tocó en el brazo con el vidrio mojado de la botella:

—¡¿Qué?!

—¡Te has asustado! ¿Qué te parecía?

—No sé, una bicha; una boa, lo menos...

Lucita se reía; le enseñó la botella:

—Bueno, hombre. ¿Quieres?

—Trae, ¡qué remedio! Y cómo te diviertes tú.

Carmen estaba sentada contra un tronco, y Santos tenía la cabeza apoyada en su pecho. Ella le respiraba contra el pelo y le peinaba las sienes con las uñas:

—Ya tienes que cortarte el pelo, mi vida.

Le tiraba de los mechones para afuera, como para que él se los viese, lo largos que estaban.

—Yo quiero darme un paseo —dijo Mely—. ¿Me acompañas, Fernando?

—Por mí, encantado.

—Pues hala, entonces. ¿Os venís? —añadía, volviéndose hacia Alicia y Miguel.

—Hija, hace mucho calor. ¿Adónde vais a estas horas?

—Adonde sea. Y no estoy más aquí, no puedo. No puedo con este plan de no hacer nada, te digo la verdad. ¿Os importa?

—Por Dios, mujer. Dar un paseo, si tenéis ganas —dijo Alicia—. Pero volvéis aquí, ¿no es eso?

—Sí, claro; si no es más que dar un garbeíto.

Fernando y Mely se habían puesto de pie.

—¿Según estamos? —preguntó Fernando.

Amelia se pasaba las manos por el cuerpo, para quitarse el polvo, y se ajustaba el bañador:

—¿Cómo dices? —miró a Fernando—. Ah, no; yo me voy a poner los pantalones y las alpargatas. Tú, vente como quieras. Pásame eso, Ali, haz el favor.

—Me vestiré yo también, entonces. Aún pega el sol lo suyo, para andar con la espalda descubierta.

Lucita miraba a Mely que se ponía los pantalones por encima del traje de baño. Llegó el fragor de un mercancías que atravesaba el puente. Paulina miraba los vagones de carga, color sangre seca, que saliendo uno a uno del puente, se perfilaban al sol, sobre los llanos, en lo alto del talud.

—¿Ya estás contando los vagones? —le decía Sebastián.

—Qué va. Allí, aquel monte, es lo que miraba.

Señaló al fondo: blanco y oscuro, en aquel aire ofuscado de canícula, el Cerro del Viso, de Alcalá de Henares. Hacia él corría ahora el mercancías, ya todo salido del puente, y se perdía, por el llano adelante; resuello y tableteo. Mely se ataba las alpargatas; Alicia le decía:

—Procurar volver antes de las siete, para que nos subamos todos juntos.

—Pierde cuidado. ¿Os bañáis otra vez, vosotros?

—Pues no creo. ¿Eh, Miguel?

—Difícil.

—Casi mejor; que luego hay que juntarse con los otros, y todo. ¿La blusa no te la pones?

—No. Por arriba, con el traje de baño va que chuta.

Volvía Fernando, ya vestido, de los zarzales.

—Tú, cuando quieras —le dijo a Mely, que se estaba observando la cara en un espejito.

—¿Ya estás? —preguntó ella, ladeando la polvera, para ver a Fernando en el espejo.

Fernando sonrió:

—¡Qué cosas aprendéis en las películas!

—¿El qué?

—El detallito ese de hablarle a uno por medio del espejo. Se lo habrás aprendido a Hedy Lamar.

—¡Hijo, no sé por qué! ¡Todo lo que haga una tiene que ser sacado de alguien! ¡Pues yo no tengo necesidad de copiarle nada a nadie, ya lo sabes!

—Ya está, ya se picó, ¿no lo ves? —dijo Fernando—. Vamos, Mely, que no quería molestar. Ya sabemos que tú tal como eres de por tuyo, te bastas y te sobras. Si estamos de acuerdo.

Mely se puso las gafas:

—Pues por eso. Y se agradece la rectificación. Vámonos cuando quieras.

Fernando sonreía y le ofreció el brazo, con un gesto caballeroso, guiñando. Mely se cogió a él y anduvieron un par de metros, siguiendo la pantomima. Luego Mely volvió la cabeza riendo hacia Alicia y Miguel y preguntaba:

—¿Qué tal?

Miguel también se reía:

—Muy bien, hija; lo hacéis divinamente. Os podían contratar para el teatro. Andar y no tardéis.

—Pues hasta luego —dijo Mely—. Y ahora suéltame, rico, que hace mucho calor.

Se alejaban. Daniel, desde atrás, miró los hombros tostados de Mely, la espalda descubierta en el arco del traje de baño. Fernando le llevaba muy poca estatura. Ella se había metido las manos en los bolsillos de los pantalones. Iban hablando los dos.

Luego Santos se acercaba a cuatro patas hacia Alicia y Miguel:

—La voy a mangar a ésa un cigarrito de los que tiene —les decía.

—Sí, tú ándate con bromas —dijo Alicia—; se entera ella que le andan en la bolsa y le sabe a cuerno. Tú verás lo que haces.

—No se enterará. ¿Quieres tú otro, Miguel?

—¡Qué fino, míralo! Encima quiere enredar a los demás. No, a mí no me metas en líos, muchas gracias.

Santos sacó el pitillo de la bolsa y regresaba junto a Carmen.

Ahora venía un olor acre, de humo ligero, como de alguien que estuviese quemando las hojas y fusca en las proximidades. El humo no se veía; sólo sentían el olor.

—¿Y a ti quién te manda quitarle cigarrillos a ésa? —dijo Carmen—, sabiendo cómo es. Se da ella cuenta, y ¡para qué queremos más! No veas la que te arma, si se entera.

—Mujer, si no lo echa de menos. No va a tenerlos contados.

—Capaz sería.

—Vamos, ahora tampoco hay que exagerar. Tú ya es que la tienes cogida con la pobre chica. ¿Cómo comprendes que va a ponerse a contar los cigarrillos? Eso ya es mala fe, pensar semejante cosa. ¿No será que ahora te entran celos de la Mely, también?

Ella cogía la cabeza de Santos por las sienes y se la sacudía a un lado y a otro, le murmuraba contra el pelo:

—Siempre piensas que tengo celos de todo el mundo; ¿pues y quién te has creído tú que eres?, bobo.

Le rozaba la sien con los labios y le echaba el aliento por detrás de la oreja. Se oían largos silbidos en el río. Miguel y Alicia se habían levantado y se trasladaron junto a Paulina y Sebastián.

—¿No os molesta que nos vengamos aquí junto a vosotros? Es que allí en nuestro sitio pega ya el sol. No estorbamos, ¿verdad?

—Pero hombre, de ninguna manera. Todo lo contrario. Se os agradece la visita —les dijo Sebastián levantando un momento la cabeza.

Ellos se acomodaron. Daniel había mirado hacia las tres parejas y se volvió hacia Tito y Lucita:

—Chicos, aquí hay que divertirse —les decía—. Se va la tarde como agua, y hay que enredar un poco. No tenemos más alternativa, hijos míos, está bien visto. Conque venga ese vino, ya le estáis dando para acá.

Alberto lo miraba con desgana; le pasó la botella.

—Di tú que sí, Daniel —dijo Lucita—; animación es lo que hace falta.

—¿Y qué clase de trío es el que vamos a formar ahora? Digo si no seremos el trío de los colistas de liga, con descenso automático a segunda división. No sé qué otro iba a ser.

—Mira, Tito; no las píes, ahora. Lo primero eso. ¿Eh, Luci?, como se ponga burro lo expulsamos, ¿qué te parece?

Lucita los miró a ambos a la cara; dijo:

—Pues yo creo que estamos muy a gusto aquí los tres... Podemos pasárnoslo soberbio.

Sostenía los ojos en el rostro de Tito, como esperando verlo animarse, y añadía:

—Tito, levanta esa cara, Tito.

—Que no se diga, hombre; ¿no estás oyendo cómo te lo dicen? Que no tengamos que repetírselo otra vez.

—Pero que sí, chico. Si a mí no me pasa nada. ¿Qué estáis ahora tan pendientes de mí? Si yo me encuentro estupendamente.

—Pues a ver si es verdad —dijo Daniel—. Aquí piantes no los queremos, ya lo sabes.

Después se volvió a Lucita:

—Vamos a ver, Lucita, ¿cómo andamos de vino? Eso en primer lugar.

Luci echó una mirada en torno suyo y luego respondía:

—Ese poquito y otras dos enteras —agitaba en el aire la botella casi vacía, sacudiendo el fondillo de vino que quedaba.

—¡Somos ricos! —dijo Daniel—; ¡millonarios casi! Con eso se puede llegar bastante lejos. Bastante lejos. Trae.

—Sí, ya veremos a ver —dijo Tito.

Daniel había cogido la botella, y después de quitarle el corcho, se la ofrecía a Lucita:

—¡Bebe!

—Tú primero.

—No, tú. Inaugura la tarde.

Lucita pegó los labios a la botella, y Daniel la tocaba en el brazo:

—Eh, niña, pero sin chupar.

—No lo sé hacer de otra manera. Se me cae...

Al terminar, limpiaba con los dedos una mancha de colorete en el borde del vidrio y le pasaba la botella a Daniel:

—Toma, aprensivo; que no estoy T. P.

*

—Los beneficios del campo —dijo Ocaña—; ahí lo tienes. Del gallinero a la sartén.

Su mujer asentía:

—Así es como te salen bien las cosas.

—Pues claro. Sin tantos intermediarios, que no hacen más que liar el asunto y encarecerlo todo, sin reportarte provecho alguno.

—Que para cuando llega a tus manos un huevo —continuaba Petra—, las dos terceras partes de la substancia se las ha ido dejando por el camino.

—Bueno, está bien —protestó sonriendo el cuñado—, está bien; así que los demás, los pobrecillos que tenemos que vivir del cambalache, no tenemos derecho a la vida, ¿no es eso?

—Ésa es la cosa. Vosotros, vosotros sois los que infestáis los precios; la madre de todos los arrechuchos que nos cogemos las infelices mujeres que tenemos la condena de bajar a la plaza todos los días del año. Vosotros.

—Pero una esquinita siquiera, mujer. Deja que todos vivamos.

—Sí, bien dejados estáis. ¿Ya qué vamos a hacerle? En viendo esto de aquí, es como únicamente se percata una, y lo echa de menos.

—Si llevas razón, mujer —admitía el cuñado—, si nadie te quita la razón. Lo que pasa. Si yo lo reconozco. Esto es hermoso. Ya lo creo que a cualquiera le hace avío una gallina ponedora, según y conforme se ha puesto el artículo huevos hoy en día. Vale tanto dinero como pesa.

—Ah, ¿ves? En vez de criar canarios —intervenía su mujer—, más valía que tuvieras en casa nuestra nueve o diez aves de corral.

Decía unas uves muy marcadas.

—¡En casa! ¿Encima del armario? ¡Qué entenderás de lo difícil y lo costoso que es tener gallinas y que te pongan!

—Bien, si es por esto que lo dices, las jaulas bien de trabajo que te dedican... ¿Y nos dan algo estos pájaros tan monos? ¿Qué cosa nos dan estos canarios?

—Cantar.

Petra distribuía los pasteles a sus hijos, por orden de edad, de menor a mayor. La pequeñita había cogido el suyo y ahora miraba a los que recibían sus hermanos.

—¿A ver? —le decía Juanito—. Te lo cambio.

—No quiero —denegaba la niña sacudiendo la melena y se apartaba celosamente, con su pastel entre las manos.

Luego tardó mucho tiempo en empezárselo a comer.

—Gusta tener animalitos en casa —decía Felipe—. De la clase que sean. Dan buena compañía y siempre son una cosa que uno se encariña y se entretiene con ellos.

—Sí, pues lo que es nosotros —dijo Petra—, con estos cuatro, no sé yo para qué íbamos a querer más. Creo que entretenimiento tenemos ya para regalarle un par de sacos a todo el que lo desee. Es lo que estaba haciendo falta, ¿sabes?

—Ah, mira; esto no quiere decir nada. Tengo una amiga casada en Barcelona, la cual tiene tres hijos, y no obstante le gusta tener gatos, y tiene cinco en la casa.

—Pues qué asquito. ¡Y cinco nada más!

—Bien; es el punto de vista de cada cual. Mira, si tú no los amas, harías mal en tenerlos, esto sí.

—¡Toma, y tan mal! —dijo Petra—. ¡Virgen Santísima, con lo que huelen! Y que no das abasto a limpiar, que corren ellos más con lo que empuercan que tú con lo que recoges; un calvario, detrás de ellos de la mañana a la noche, con la bayeta y el cogedor. ¡Quíiiate para allá!, ¡dejarme a mí de bichos! ¡Gatos ni perros ni pelo de esas trazas! ¿A qué tó?

La cuñada de Ocaña prorrumpió en carcajadas:

—¡Petra, perdona, me haces reír, ¿eh?! No has de tomarlo a mal. ¡Me haces reír con estas cosas tan humorísticas que dices! —golpeaba riendo el brazo de Petra—. ¡Ah, tú siempre tan divertida y original!

Petra la había mirado recelosa, a lo primero, pero ahora rompía también a reír y se miraban, uniendo sus risas, y ya no las sabían desenredar.

—Como tontas estáis —dijo el marido de la catalana— ¡A perder!

Nadie más se reía en la mesa, y todos estaban pendientes de ellas dos.

—¿De qué se ríen, papá? —preguntaba Petrita excitada; le tiraba a su padre de la manga, para que hiciese caso—. Dilo, ¿de qué se ríen?

—De nada, hija mía, de nada —contestaba Felipe con un tono festivo—; tu madre, que está un poco chaveta.

—¡Ay, Señor... qué malita me pongo...! —decía Petra, agotada por la risa—. ¡Yo me quería morir...!

—Menos mal que tenéis buen humor. ¡Eso es sano!

—¡Oh, ésta es célebre, ¿sabes?! —exclamaba la cuñada—. ¡Es célebre!

Se apaciguaron las risas. Los niños miraban a las caras de los mayores, sin saber qué decir.

Felipe le dijo a su hermano:

—Sergio, ¿qué te parece el purito, ahora? ¿Le damos ya de arder?

—Équili, vamos allá —le contestaba el otro, haciendo un gesto con los brazos, como el que se dispone para una faena importante.

Se sacudió las migas del regazo. Felipe le entregó un farias:

—Toma. Salen buenillos, éstos, ya lo verás.

Felipe Ocaña se pasaba el puro por la nariz y se tocaba los pantalones y la chaqueta, colgada en el respaldo, esperando que las cerillas sonasen en alguna parte.

—El fuego corre de mi cuenta —dijo su hermano.

—¿Papá, te gusta mucho fumarte ese puro? —preguntaba Petrita.

—Sí, hija mía, como a ti el pastelito que te acabas de zampar.

—¿A ti también te gusta, tío?

Sergio estaba encendiendo; la mujer respondía por él:

—A tu tío, veréis que siempre le gusta todo aquello que le hace más mal.

Sergio le echó una mirada, levantando los ojos del puro y la cerilla; luego aspiró profundamente y Petrita seguía con los ojos la trayectoria y la cometa de humo de la cerilla, que cayó apagada en la tierra del jardín.

—¿Cómo vamos con ese estomaguete? —preguntaba Felipe.

—Como las propias.

—Si lo bueno no hace nunca daño, desengáñate, Nineta. A tu marido no le va a pasar nada por estos pequeños excesos de hoy. La buena vida no le sienta mal a nadie. De eso no he oído yo que ninguno se haya muerto.

—Esto que dices no es exacto, Felipe. Hay la comida sana y la comida indigestante. Sergio está siempre con el estómago medio malo. Pero mira, yo lo voy a dejar, ¿eh?; él ya lo sabe, y allá él...

Juanito se levantaba de la silla.

—Eh, niño, ¿adónde vas tú? —le dijo Petra.

Juanito volvió a sentarse, sin decir nada. Amadeo preguntó:

—¿Podemos irnos a la coneja, mamá?

—¿Habéis terminado? A ver qué caras...

Los tres niños ponían automáticamente cara de buenos, bajo los ojos de la madre.

—Bueno. Pero muchísimo cuidado con moverse de donde habéis dicho. Que yo os vea, ¿eh? Y a ser formalitos. Andar.

Se levantaron de un salto y corrían hacia el gallinero.

—¿No quieres ir tú con ellos, Felisita?

Felisa se sonrojó.

—No me interesa —dijo reticente.

Se oyeron los llantos de Petrita que se había caído de plano en el medio del jardín. Lloraba con la boca contra el suelo, sin levantarse. Sergio fue a incorporarse para acudir a recogerla, pero la madre lo detuvo:

—Déjala, Sergio. No vayas. ¡Oye, niña, levántate ahora mismo, si no quieres que vaya a hacerlo yo!

Petrita redoblaba su llanto.

—¡Todavía estoy viendo que te ganas un azote! ¿Qué te he dicho?

—A lo mejor se ha hecho daño de verdad —insinuaba el cuñado.

—¡Qué!, si a ésta la conozco yo como si la hubiera parido. Bueno, y además la he parido, mira tú. Tiene más mañas que periquete, lo que tiene.

Petrita se había levantado y seguía llorando contra la tapia y la enramada. Amadeo se acercaba a ella y la tiraba de un brazo para despegarla de allí, pero la niña se resistía, obstinada en llorar entre las hojas de vid americana.

—¿No querías ver la coneja, hermani? —le decía Amadeo—. Ahivá qué llorona...

Felisita, sentada junto a su madre, tenía los brazos cruzados sobre el pecho, unos ojos caídos, inmóviles, que no miraban a ninguna parte; enigmática, ausente, como en una actitud de extrema soledad. Felipe le daba al farias una gran bocanada:

—¿Qué tal?

Su hermano, con el humo en la boca, asentía. Nineta lo miró. Sergio contemplaba la ceniza en la punta del puro; tenía el sobaco derecho en el pirulo de la silla, con el brazo colgando hacia atrás. Sus dedos distraídos jugueteaban con las hojitas de la madreselva. Petra sacó un suspiro, «¡Ay, Señor...!», y el busto exuberante se levantaba en el suspiro y se volvía a desinflar. Miró a sus hijos. Petrita, ya consolada, había ido a reunirse con sus hermanos. Se apretaban los tres contra la tela metálica, de espaldas al resto del mundo. La Gran Coneja Blanca mordisqueaba una hoja de lechuga con sus cortantes incisivos, y después levantaba la cara y miraba a los niños, masticando, moviendo muy de prisa la naricilla y el bigote y los blancos y redondos carrillos de pelo. Juanito dijo:

—Ella come primero que nadie. ¡Ay si se acerca una gallina! Le da un mordisco en la cresta y le hace sangre.

—¡Mentira; que no hace eso! —protestaba Petrita.

Ahora decía Felipe Ocaña:

—Debíamos ya de ir pidiendo las copas y el café, ahora que estamos con los cigarros. Los gustos conviene todos juntos.

—¿Habrá terminado ya tu amigo de comer?

Felipe miró hacia la casa, a la ventana de la cocina. Ya no estaban Mauricio ni Justi y se veía tan sólo a la mujer que comía de pie, con el plato sopero en la izquierda y se apartaba con la derecha el pelo de la frente, sin soltar la cuchara.

—En la cocina no lo veo.

Faustina le había visto mirar; se asomó a la ventana:

—¿Buscaban a mi marido? —preguntó en alta voz—. Ahora mismo lo llamo.

—No lo moleste, no lo moleste. En cuanto buenamente pueda.

Pero ella ya había desaparecido hacia el interior.

—Pues la suerte que me traigo otro puro. Así podré ofrecérselo. Sé que le gustan.

—Yo ya les tengo aquí estos tres pasteles apartados —dijo Petra—. Siquiera que sea por lo menos cumplir con el detalle, ¡qué vamos a hacer!

Luego Mauricio apareció en la puerta:

—¿Sentó bien la comida?

—Muchas gracias, Mauricio —contestaba Petra—. ¿Cómo no iba a sentar bien, aquí con este sitio tan estupendísimo y esta sombra tan buena que tienen ustedes aquí preparada?

—La gana de comer que traerían ustedes del bañito que se han dado. Eso es lo que habrá sido, más bien.

—Calle, que se está aquí maravillosamente. Mire, Mauricio, le hemos reservado unos pastelitos para ustedes. Cójalos.

Le ofrecía la caja de cartón.

—¿Y para qué se molestan? Se van a privar los chicos de comer pasteles, que le sacan el doble de gusto a estas cosas, que podamos sacarle nosotros...

—Ustedes háganme el favor de cogerlos y por los chicos ni media palabra, que ellos con más de uno luego vienen los dolores de tripa y las diarreas y no tengo ganas yo de cuentos. Además, tengo yo el gusto de invitarlos a ustedes, siquiera esta cosilla insignificante, y usted los coge y se ha terminado. Si no los toman, asimismo se van a volver a Madrid, según están; así es que no tiene objeto el andarse con remilgos.

—Vaya, porque no se figuren que es desprecio...

Cogió la caja de cartón que Petra le tendía a través de la mesa, y en cuyo fondo campeaban los tres pasteles pegotosos; se dirigió hacia la ventana de la cocina y le dejó a Faustina la caja en el umbral. La mujer se asomaba y le gritó a Felipe:

—¡Muchas gracias!

Petra le contestó, sonriendo, con un gesto de la mano. Ya volvía Mauricio hacia la mesa, comiéndose su pastel.

—Éstos sí que son dulces finos —asentía—. Por aquí, de esto, nada. No saben, no tienen ni idea de lo que es. Aquí solamente cositas ordinarias y mazacotes de harina, que se te plantan aquí —se señaló al estómago—. De cosa así de repostería más fina, de eso nada, ni lo conocen.

—Ay, pues tampoco estoy yo con eso —dijo Petra—. En los pueblos también tienen ustedes sus cosas. Lo típico de cada sitio, vaya. Bien buenas golosinas que se hacen, cada una en su especialidad, pues ya lo creo. Está por lo pronto la Mantecada de Astorga; están los Mazapanes de Toledo y las Tortas de Alcázar de San Juan... —iba contando con los dedos y hablaba como atribuyéndole a Mauricio, por ser de pueblo, lo de todos los pueblos de España—. La Mantequilla de Soria y el Turrón de Cádiz, y mil especialidades a cuál más rica, no diga usted.

—Ya, ya lo conozco yo todo eso. Pero por esta parte no tenemos más que la Almendra Garrapiñada, en Alcalá de Henares.

—¡Claro, por Dios! ¡Las Almendras! ¡Anda y que no son famosas!, ya lo creo. Ésas tienen Usía. Las Almendras de Alcalá. Una cosa típica cien por cien.

—Y el bizcocho borracho de Guadalajara —añadía Felipe.

—Eso ya pilla más lejos —le contestó Mauricio—. Es Alcarria.

Dijo Alcarria, excluyendo con la mano, como si la quisiese apartar.

—Nosaltres tenemos la Butifarra y los Embutidos de Vic.

—Sí, pero habla castellano, Nineta —la reprendía su marido—. Di «nosotros», como Dios manda. Estás en Castilla, ¿no?, pues habla el castellano.

—Perdona, hombre, perdona. Me escapó. Es igual.

Felipe aspiraba del puro y se reía. Luego sacó el tercer farias:

—Toma, Mauricio. Éste lo traje para ti.

—Ah, mira, éste ya te lo cojo sin cumplidos, lo siento —dijo Mauricio, doblando a un lado la cabeza—. Me gusta mucho el puro. Gracias, amigo.

—No hay de qué. Oye, ¿puedes traernos un poco de café y unas copitas?

Mauricio palpaba el puro; levantó la cabeza:

—Pues verás, el café no es muy bueno. No te lo garantizo.

—Qué más da. Tú no te preocupes. No somos escogidos. Basta que sea una cosa negra.

—Ah, eso, tú verás. Yo cumplo con desengañarte de antemano.

—Tráelo, tráelo. No será peor que en muchos bares de Madrid, donde te dicen que si Un Especial y te clavan tres pesetas, por un zumo de sotanas de Canónigo.

—Bueno. Las copas, ¿de qué van a ser?

Felipe se volvió hacia los suyos; alzó las cejas en gesto interrogante.

—Yo, coñac —dijo Nineta.

Su marido:

—Idem.

—Servidora, anís dulce.

—Entonces, tres de coñac y una de anís —resumía Felipe.

—De acuerdo. Y cuatro cafés. Ahora mismo vengo con todo —se marchaba.

Entrando hacia el pasillo se tropezó con Justina que venía con Carmelo y el Chamarís y los dos carniceros. Se ceñía a la pared cediéndoles el paso.

—¡Nos vamos a echar una rana con tu hija! —le decía a voces el carnicero Claudio—. ¿La dejas?

Mauricio se encogía de hombros:

—Por mí.

Ya entraba en la taberna y añadía, dirigiéndose a Lucio:

—Como si quieren jugar a las tabas. ¡Bastante tengo yo que ver...!

Justi se había detenido junto a la cocina:

—Voy a coger los tejos.

Y los tejos estaban en el cajón de una mesa de pino, entre los cuchillos y los tenedores y el abrelatas.

—Carmelo se queda fuera —decía el Chamarís, y se volvió hacia la mesa de los Ocañas:

—Que siente bien. Buenas tardes.

—Gracias; buenas tengan ustedes.

—Yo miro y me gusta igual —dijo Carmelo.

Ya volvía Justina:

—Vamos a ver quién sale.

—Tú misma —dijo Claudio—. Pues no faltaría más. Las señoritas primero.

—¡Qué listo! —le contestaba ella—. Pues vaya con las ventajas que da usted.

—Ah, nada. Pues si quieres salimos nosotros, ¿qué más tiene?

Justina le pasó los tejos. El Chamarís contaba cinco pasos desde el cajón de la rana, y trazaba una raya en el polvo con la puntera del zapato. Claudio se colocó junto a la raya, con el torso inclinado hacia adelante, y ya se disponía a tirar, pero se detuvo, diciendo:

—Aguarda, que voy a apartar estas bicicletas que me estorban el tino.

—¡Qué cuento tiene!

Carmelo ayudó a retirar las bicicletas. El Chamarís le decía a Justina:

—Mira: yo tiro delante, ¿sabes?, que soy el más flojito

de los dos. Así te quedas tú la última, como punto fuerte de la partida, y afinas lo que haga falta para superarlos, ¿te parece? —le guiñaba el ojo.

Justina dijo:

—De acuerdo.

—¿Ya os estáis conchabando?

—Pues sí —respondía Justina.

Carmelo y el otro habían quitado de en medio las bicicletas.

—Venga, el Carniceros F. C. sale al campo.

Claudio, junto a la raya, echaba el pie izquierdo hacia atrás y se inclinaba mucho con el torso adelante. Balanceó varias veces el brazo, con el tejo en los dedos, describiendo en el aire unos arcos, que le iban de la rodilla a la frente, con cuidadosa precisión. Luego salió el primer tejo; saltó contra el labio de la rana, hacia el polvo. Y seguidos, los otros nueve, fueron chocando y saltando en el hierro o la madera, metiéndose en los triunfos. El séptimo fue rana, y el noveno, molinillo. En el suelo había dos.

—Mal empezamos —le dijo el otro carnicero.

—Es la primera, hombre; hasta que coja el pulso. Ya me calentaré.

El Chamarís contó los puntos y recogió las placas.

—Tres mil cuatrocientos cincuenta habéis hecho. Ahora voy yo.

—A ver cómo te portas —recomendó Justina.

—Va por ti —dijo el otro levantando la mano.

Éste ponía el brazo casi extendido hacia adelante, con el tejo a la altura de su ojo derecho, y lo enfilaba con la boca de la rana, guiñando el otro ojo. Luego bajaba lentamente el brazo, recogiéndolo hacia sí, hasta el bajo vientre en un punto preciso, de donde brazo y tejo salían disparados. Metió una rana de la primera y se volvió hacia Justi:

—La primera en la frente.

Bajando el brazo por segunda vez, decía despacio:

—Y ésta... para empatar.

Pero ya no volvió a meter nada de importancia y se le fueron los otros nueve tejos sin pena ni gloria.

—Si no te volvieses a hablar, cuando tienes el tino cogido... —le reprendía Justina.

El otro carnicero le supo dar mucha alegría, con la forma tan viva de lanzar los tejos; hubo uno que saltó a sonar contra el timbre de una bicicleta. Tiraba irregularmente y se despistaba a menudo, pero metió dos ranas. Se las jaleaba: «¡Olé!». Así que le dejaron a Justina un punto difícil en la primera mano. Pero Carmelo dijo:

—Ahora veréis lo bueno.

Y miraba el escote de Justina, cuando ésta se inclinaba. Justi besó el primer tejo, con los ojos clavados en la rana. Luego metía la mano hasta la cintura y sacando la lengua sobre el labio superior, aceleraba el brazo hacia arriba y el tejo salía disparado y ella se quedaba con el pie izquierdo en el aire después de cada lanzamiento, como si fuese a perder el equilibrio. Metió dos ranas, pero no se igualaron con los otros, que aún así les llevaban cerca de 2.000 tantos de ventaja. Aún aumentaba Claudio esta ventaja en la mano siguiente, al colar cuatro ranas, y el Chamarís no logró mejorar su tanteo de antes. Pero tampoco el otro carnicero aprovechó su vez y apenas si metió por los pelos un par de molinillos.

—A ver ahora si tú levantas esto, Justina —le decía el Chamarís cuando ella fue a tirar.

Justi coló tres ranas e hizo un gesto contrariado, tras del último tejo, que había saltado al suelo desde los mismos labios de bronce de la rana.

—¡Qué cenizo! —exclamó.

Claudio mantuvo su media en la tercera mano, pero también Chamarís se mejoró bastante y metió dos ranas y dos molinillos.

—¡Todavía los cogemos! —dijo al meter la segunda rana.

El carnicero bajo estuvo un poco mejor que la otra vez, pero no descabaló demasiado el tanteo.

—Ya viene el tío Paco con la rebaja —dijo Carmelo cuando Justina fue a tirar.

Los hijos de Ocaña se habían acercado a mirar la partida.

—¡Ánimo, Justi! —le dijo el Chamarís—. En tus manos está.

Ella se miró en torno; escarbó con la zapatilla en el polvo, para afianzar el pie, y sonriendo se inclinó hacia la rana. El primer tejo le falló, pero el segundo y el tercero se colaron por la boca de bronce. Chamarís apretaba los puños.

—¡Hale, valiente! —susurró.

El cuarto tejo rodaba por la tierra; «Te perdiste». Tampoco entraron los dos siguientes. Chamarís meneaba la cabeza. Azufre, mirando a su amo, tenía las orejas erguidas. Después una tras otra, cuatro ranas limpias, rasantes, calaron hasta el fondo del cajón de madera.

*

—Buenas taardes —había dicho, alargando la A.

Traía un cestito redondo, colgado del antebrazo.

—¿Se puede ver la señora? —añadió sonriendo a Mauricio, ceremoniosamente.

Al quitarse el raído flexible de paja, mostró una pelambre blanca y rala, que le subía como un humo vago desde la calva enrojecida. El contenido de la cestita venía arropado con una servilleta.

—Pase usted, Esnáider; en la cocina debe de estar. Ya sabe usted el camino.

El otro hizo una leve reverencia y se dirigió adonde le decían. Lucio sacó la cabeza hacia la cesta que pasó junto a él, y fingió olfatear:

—Vaya cosas tan ricas que llevará usted ahí.

El viejo Schneider se detuvo junto a la puerta y contestó, levantando el antebrazo con su cestita colgante:

—Éste, fruta mejor que yo ha criado huerto mío. Esto obsequio yo lleva a la señora Faustita. Catecismo cristiano dice: «Dar diezmos y primicias a la Iglesia de Dios». Señora Faustita buena como la Iglesia para mi esposa y para mí; por esto que yo traigo a ella.

Soltó una breve carcajada.

—¿Puede pasaar? —preguntaba desde la puerta, con una nueva sonrisa.

Faustina se volvió junto al fregadero:

—Pase usted, Esnáider; no faltaría más.

Schneider entró con otra reverencia. Tenía el sombrero contra el vientre, cogido con las puntas de los dedos. Puso la cesta sobre el hule. Faustina se secaba las manos. Afuera, en el jardín, sonaban los tejos de la rana contra el bronce y la madera.

—¿Pero qué trae usted hoy? ¿Qué nueva tontería se le ha ocurrido? Me está usted avergonzando, se lo juro, con tantas atenciones.

Schneider reía.

—Higos —dijo, cargado de satisfacción—. Usted prueba los higos de Schneider.

—Ni nada —cortó Faustina—. No tenía usted que molestarse en esto. Esta vez, desde luego, no se los pienso aceptar. Se ponga como se ponga. Conque hágame usted el favor de recoger esa cesta. ¡Vamos!, ¿es que nos va usted a regalar la casa, ahora? ¿Todo lo que se cría en esos árboles se lo va usted a traer para acá?

—Usted, hace favor, prueba higos de Schneider. Mi mujer preparado cestita spezialmente para usted.

—No lo conseguirá, se lo aseguro.

Schneider volvía a reír:

—Ella pega a mí si yo vuelve para la casa con los higos. ¡Esposa terrible! —reía—. Y yo ofendo si usted no prueba los higos de mi huerto.

Pero Faustina cogió la cesta y se la quería colgar del antebrazo:

—Hágame usted el favor de quitar esto de aquí, Esnáider. Va a conseguir que me incomode.

Schneider soltaba siempre la misma carcajada medida. Recibió la cesta en las manos, pero en lugar de colgársela, le levantaba la servilleta y aparecieron los higos, todos iguales y muy bien ordenados en círculos concéntricos. Cogió con dos dedos el que estaba en el medio de todos y se lo ofrecía a Faustina, protocolariamente:

—Usted prueba, Faustita, este higo suculento que yo tengo mucho gusto de ofrecer a usted.

Hacía un gesto caballeresco, como quien lleva guantes, y movía el higo arriba y abajo, marcando sus palabras.

—Ni Faustita ni nada —dijo ella—. No tenía usted por qué haber hecho esto. Se lo voy a coger porque no crea que es desprecio; pero tiene que ser a condición de que no vuelva a molestarse ya más con regalos ningunos. ¿Entendido?

—Usted come higo y luego dice cómo es.

—No me hace falta probarlo para saber que estará muy riquísimo. De antemano ya lo sé yo que ha de ser cosa buena, puro almíbar, como todo lo que usted cría en ese huerto.

Miraba el higo mientras lo pelaba.

Añadió:

—Y además no hay más que verle la cara y cómo da la piel. Lo que no sé es de qué le sirve a usted tener ahí unos árboles tan hermosos y tan bien atendidos como los tiene, si luego va y no hace más que regalar todo lo que recoge.

—Sirve tener buenos amigos; personas buenas como el señor Mauricio y señora Faustita. Esto vale mucho más que fruta, que árboles, que huerto, que todo juntamente.

Y volvía a reír. Luego Faustina se llevaba el higo a la boca y él la miraba en suspenso.

*

—¡Cuidado que es atento este señor! —decía Lucio, señalando con la sien al pasillo.

—No me hables. La ha cogido con la perra de estarnos agradecido, desde aquello del pleito de la casa, y se presenta aquí con un regalito cada lunes y cada martes.

—Pues ¡vaya con el hombre!

—Gente que son así. Por lo que sea. La educación que les hayan dado en su país. Qué sé yo. Que se creen obligados a estarte eternamente agradecidos, por una nada que uno se ha molestado en su favor. Bien buena gente que son, pobrecillos, lo mismo él que la mujer. Después de la canallada que les hicieron con la única hija que tenían, que era como para estar amargados ya para siempre y aborrecer a una nación entera.

—Algo he oído. ¿Que fué concretamente?

—Un crimen que no se puede ni contar. Un sinvergüenza de Madrid que se fue con ella y le administró un abortivo y la mató. Algo horroroso. Con una hija única, ya ves.

—Me doy cuenta.

—Toma, pues igual que si se lo hicieran a mi Justi, Dios me libre. De lo que es eso, tan sólo puede darse cuenta el que tenga una hija, y tenga sólo ésa, como él y como yo. ¿No me comprendes? Por eso yo me hago la idea y me percato muy bien de lo que tiene que haber sufrido este pobre alemán. Y la resignación que se precisa para llevarlo como lo llevan los dos.

Lucio miró hacia el suelo y asentía. Hubo un silencio. Mauricio habló de nuevo:

—Ahora, eso sí, tiene un huerto que es un auténtico capricho. El tío debe de saber un rato largo de injertos y esas cosas. Bueno, tú ya lo has visto; si pasas en este tiempo, los árboles que tienen. Todos tan cuidaditos, todos con su papel untado de liga, para que no le suban las hormiguillas a comérsele la fruta, ¿eh?

—Desde luego madruga el tío más que nadie. Por muy

temprano que pases, te lo ves allí siempre, a vueltas con la fruta. Así ya puede estar aquello en condiciones. Eso, las plantas lo agradecen, el que uno se moleste por ellas. La gente esta, los alemanes quiero decir, tienen que ser muy trabajadores, todos ellos. Ya ves tú, con sesenta y cinco o cerca de setenta que debe de tener el hombre éste. Por eso se explica uno el que Alemania haya sido lo que ha sido y esté volviéndolo a ser, en el momento que le han dejado las manos un poco sueltas.

—Ya; ¡parecido a nosotros...!

—Desde luego; por la otra punta. Ejemplo debíamos de tomar en muchas cosas; sin que se quieran poner comparaciones. En eso mismo que tú dices, ya ves, del agradecimiento.

—Que nada, que son otras costumbres, no hay que darle vueltas; que es otra educación muy distinta la que tienen. Y la perseverancia para todo. Aquí todo lo hacemos por las buenas, a tenor del capricho momentáneo. Y mañana ya estamos cansados.

—Claro, es un tesón y una constancia que aquí no lo hay. Hay otras cualidades, tampoco vas a negar; pero de eso de un día y otro y pun pun y dale que te pego... de eso nada, fíjate, ni noción. Aquí no hay nada de eso; la ventolera y listo el bote.

—Bueno, y lo mismo que son para el trabajo, pues igual las amistades. La misma cosa tienen. Ya ves tú, que aquí hasta ridículo parece, este hombre que te viene con ofrendas y con regalos todos los días, y eso sólo porque nosotros declaramos a favor en el pleito que tuvo; como era de razón además y sin faltar a la justicia de los hechos para un lado ni para otro, no te vayas a creer, cuando querían quitarle la casa. Que el mejor día se va a pensar la gente por ahí que nos tiene comprados o poco menos.

—Di que eso no es más que el hombre, pues que se debió de creer, como es lógico, que porque está en un país extranjero, iba a tener a todo el mundo en contra suya y a favor de la parte del que es oriundo de aquí. Y al ver que no, que había quien a pesar de todo sacaba la cara por él, pues se ha visto movido al agradecimiento; y es natural que pase así.

—Pero tú no te vayas a creer que yo tenía de antes amistad ninguna con él. Lo conocía, eso sí, de verlo para acá y para allá, que ya son unos cuantos años los que lleva en San Fernando. Pero los buenos días por la mañana y sanseacabó.

Otro conocimiento no teníamos. Así que cuando tuve que declarar, lo hice por simple justicia, no creas que por amistad.

Lucio miró al ventero fijamente; le dijo:

—Pero tú ya sabías lo de la hija, cuando aquello del pleito. ¿A que ya te lo habían contado?

—¿Qué? Sí, hombre; si eso hace ya lo menos ocho años que pasó. ¿Por qué sacas eso ahora?

—Por nada. Porque sería lo que acabase de ponerte decididamente del lado del Esnáider, pese a que no te dieras cuenta; según te he oído que hablabas hace un momento.

Mauricio se cogía con los dedos el labio inferior. Reflexionaba; luego dijo:

—¿Eso es lo que tú piensas? Pues ni siquiera me acordé.

Miraba hacia la puerta y añadió:

—Pero tampoco quiero asegurarte una cosa ni la contraria. Vete tú a saber. Cualquiera sabe por qué hacemos las cosas.

Lucio habló lentamente:

—Yo jamás he creído en eso de obrar las personas con arreglo a la mera justicia. Al fin y al cabo no hay más justicia que la que uno lleva dentro —se señalaba el pecho con el índice—; y hasta los que proceden desinteresadamente, date cuenta, hasta ésos, tienen siempre, aunque parezca difícil, algún motivo escondido, de la clase que sea, para inclinarse a obrar de una manera, mejor que de la otra.

Mauricio lo miraba; contestó:

—Pero eso sí que no lo podemos saber, ni tú ni yo ni nadie.

—Pues más a mi favor, entonces.

*

Caminaban aguas abajo, entre los grupos de gente.

—No sé lo que los pasa hoy —dijo Mely—; están más empachosos...

Fernando devolvía de una patada una pelota que vino rodando hasta sus pies. Rebotó contra un árbol; un chaval protestaba: «¡Ahivá; si se descuida me la encuela!» Volvió Fernando junto a Mely.

—Estoy en forma —dijo—. ¿Me decías?

—Nada.

Mely llevaba las manos en los bolsillos de los pantalones. Inspeccionaba los grupos:

—¿Por dónde andarán esos otros?

—¿Qué otros?

—Samuel y compañía.

—Ya los verás, mujer. Después nos reunimos todos en el merendero. ¿Qué prisa tienes?

—Ah, no, ninguna.

—¿Pues entonces?

Llegaron al puntal de la arboleda. Atravesaban el estrecho puertecillo de tablas, salvando el brazo muerto. Era un entrante de agua sucia y quieta, que terminaba un poco más arriba, último resto del ramal que en el invierno corría separando de la tierra firme la isla donde estaba la arboleda. Ahora el ramal se hallaba seco en su mayor parte, de modo que la isla se unía con la tierra, salvo en este último trozo, donde formaba una península, comunicada a su vez por el puentecillo de madera.

—Está poco seguro —dijo Mely, mirando el agua oscura y verdinosa.

Ramas y ramas de arbustos crecían a la otra parte; sombras sucias, con colgajos de fusca y algas y ovas secas, como podridos festones, espuma de detritus vegetales, que habían dejado las crecidas, tiempo atrás. Lo cruzaban aprisa.

—Qué feo está por aquí...

Y de pronto una racha de música y estruendo les salía al camino. Vieron mesas, manteles a cuadros blancos y rojos, a la sombra del árbol inmenso, el rebullir de la gente sentada, el chocar de los vasos y los botellines, bajo la radio a toda voz. La explanada era un cuadrilátero, limitado cara al río por el malecón de las compuertas y encerrado por el ribazo y el ángulo que formaban las fachadas de las casetas de los merenderos, dispuestas en L, con sus paredes blancas, sus emparrados y sus letreros de añil. Había geranios. Mirando arriba, el árbol grande hacía como una cúpula verde, que todo lo amparaba. Se veían las ruedas dentadas de las compuertas, al extremo del malecón, y el agua honda, de color naranja, formaba remolinos, lamía y palpaba el zócalo de cemento que violentaba la corriente, encañonándola hacia el estrecho desagüe, donde rugía al liberarse de nuevo, saliendo de la presa. Pasaron a lo largo del malecón, bordeando las mesas, y algunos miraron a Mely y la seguían con los ojos. Mely se detenía en las compuertas y miró hacia las personas que todavía se tumbaban al sol sobre el plano inclinado de cemento, a la caída del dique.

—¿Lo ves? —preguntaba Fernando.

Mely no contestó; dejaba de mirar y reemprendió la marcha. El agua liberada se desparramaba de nuevo, pasada la compuerta, y el río volvía a sus islotes rojos, apenas salpicados de verde. Bordearon un trecho el canalillo que aprovechaba el agua del embalse y se desviaba hacia la derecha, y dejaban a sus espaldas el fragor de la compuerta, las voces y la música. Aquí la ribera era un llano, a nivel con el río, igual que la de enfrente.

—¡Qué emocionante! —dijo Mely—. Está bonito por aquí.

A la derecha, una hilera de chopos bordeaba el canalillo y se apartaba tierra adentro con él. Había menos gente; casi sólo unos grupos desperdigados de chavales, que andaban tirando piedras junto al agua, cazando o pescando quién sabe qué. Al fondo se divisaban los altos negrillos que ceñían las huertas; a la derecha, arriba, tapias y casas de San Fernando. Ahora vinieron claras por la pradera las notas de Siboney. Mely se puso a bailar en el medio del llano; cantaba:

—... aaal arrullo deeé la palma, pienso en ti...

—¡Qué loca estás!

Miró a Fernando:

—Chico, es que se le van a una los pies.

—¡Qué locaza! —le repitió.

Mely reía. Miraron hacia el lugar de donde venía la música. Era otro merendero, aislado en el centro de aquella explanada, como a unos cien metros del río. Enseñaba un letrero muy grande: GRAN MERENDERO NUEVA YORK, decía en letras negras que escurrían un poco su pintura. Parecía una caseta de pescadores o huertanos. Había muy poca gente en las mesas de fuera. Mely volvió a bailar:

—... Siboney, yooó te quiero, yooó me muero, por ·tu amooór...

Había un ventanuco de tablas viejas, con una mancha de humo encima, sobre lo blanco del lucido. Ya empezaban los chopos a estirar sus largas sombras hacia el Levante, pero aún el sol en lo alto giraba vertiginosamente sobre sí. Recalentaba la lana sucia de los eriales, las escurridas grupas de las lomas. Alguien lo hacía destellar un instante en el cinc de un cubo

nuevo y en una racha de agua que fue a desparramarse contra
el polvo; alguien lo hizo teñirse en lo rojo de un vaso levantado y apurado de pronto; alguien lo tuvo todavía en su pelo,
en su espalda, en sus pendientes, como una mano mágica.
Zumbaba sobre la tierra sordamente, como un enjambre legen-
dario, con un denso, cansado, innumerable bordoneo de per-
sistentes vibraciones de luz, sobre lo limpio y lo sucio, sobre
lo nuevo y lo viejo, opacamente. Vieron siete cipreses que rebasaban una tapia amarillenta.

—Aquello debe de ser el cementerio.

Estaba junto a una casa de labor, sobre un viejo camino
que descendía del pueblo al vado, perpendicular al Jarama.

—¡Qué divertido! —dijo Mely—; todos los pueblos tienen los cementerios en los altos, y aquí en cambio lo que está
en alto es la población, y el cementerio lo tienen junto al río.

—Originales que son ellos, ahí donde los tienes. Pues si
se descuidan, con un poquito suerte, les viene un año una
riada de las buenas y se les lleva a todos los muertos por delante.

—Chico, pues mejor que se lleve a los muertos que no a
los vivos.

—Pues también es verdad. Será la cuenta que se han echado ellos. A ver qué vida. Para que luego digan que en los pueblos son poco espabilados.

A través de la verja se veían las cruces de hierro; casi ninguna estaba derecha; despuntaban entre las altas hierbas bra-
vías que se iban comiendo las sendas por entre las hileras de
sepulcros. Colmenas de nichos, al fondo, y un blanco mate
de mármoles pobres que destacaba extraño en algunas partes,
entre hierro oxidado y ladrillos, malezas y abandono. Letreros, telas descoloridas, cintas, retratos, espigados floreros de
cristal con flores secas, se entreveían allí, indefinidamente, sobre las lápidas blancas, en la cuadrícula uniforme de los nichos. Aún llegaba la radio, la música hasta allí, Siboney, los
gritos de los muchachos en el río. Se paraban de pronto y
caían, amortiguados, como nieve, sobre las cruces y la tierra
de muertos. Pasó detrás de ellos un hombre con un borrico
cargado de cañas verdes de maíz, con sus hojas, que restre-
gándose hacían un ruido fresco sobre el trote menudo. El
arriero oscuro caminaba de prisa; miró a los brazos de Mely
fugazmente y arreó chicheando con la boca, volviendo de súbito la cara hacia el camino y apretando la marcha.

—«¡Qué solos se quedan los muertos!...» —recitaba Fernando con un tonillo enfático y burlón.

—Nos estamos poniendo románticos —dijo Mely riendo, al despegar sus mejillas del hierro de la verja—. Ya podíamos buscar otro sitio un poquito más alegre.

El canalillo que venía de la presa atravesaba el camino por debajo de un puente de viejos ladrillos y se metía en unos riegos muy cuidados, a la otra parte. Dos niños y una niña machacaban alguna cosa sobre el pretil. Miraron a Mely con descaro. Luego salían corriendo, bailones, hacia la casa y le zumbaban alguna burla indescifrable.

—Extrañan el que una lleve pantalones.

—Pues ya se acostumbrarán a verlos, de que vengan los yanquis a trabajar a Torrejón —dijo Fernando.

Ya regresaban lentamente.

—¿Qué yanquis?

—Los que traigan para construir el aeropuerto. Lo van a hacer por allí, por aquella parte —señalaba—. ¿No lo sabías?

—Pues, no. La política a mí... Yo sólo leo las carteleras de los cines.

—Pues hay que estar más al corriente, Mely.

—¿Más al corriente? ¡Anda éste! ¿Y para qué?

La música se había callado. Una voz clara y alta se disparaba hacia el campo abierto, anunciando el disco siguiente, con la lista de los tres o cuatro nombres de las personas a quienes iba dedicado, como si lo estuviesen escuchando desde allá lejos, escondidos o perdidos en alguna parte del río, agazapados tras de algún matorral de la llanura.

—A ver cuando tienes un detalle y me dedicas un disco por la radio —dijo Mely.

—En cuanto que me sobren seis duretes; prometido.

La música volvió a sonar y luego una voz lenta que cantaba.

—Pues entonces para el año que viene...

Alguién chistó detrás de ellos. Se volvieron.

—¿Es a mí? —preguntaba Fernando señalándose el pecho con el índice.

Eran dos guardias civiles; habían aparecido por detrás del cementerio y venían hacia ellos. El más alto asentía, haciendo un gesto con las manos como si dijese «¿A quién va a ser?». Fernando les fue al encuentro y Mely se quedó atrás, mirando. Pero el alto le hizo una seña con el dedo:

—Y usted también, señorita, tenga la bondad.

—¿Yo? —dijo ella con reticencia; pero no se movía.

Los guardias y Fernando llegaron hasta ella. Fernando preguntaba con una voz cortés:

—¿Qué ocurre?

Pero el guardia se dirigía a Mely:

—¿No sabe que no se puede andar por aquí de esa manera?

—¿De qué manera?

—Así como va usted.

Le señalaba el busto, cubierto solamente por el traje de baño.

—Ah, pues lo siento, pero yo no sabía, la verdad.

—¿No lo sabía? —intervino el otro guardia más viejo, moviendo la cabeza, con la sonrisa de quien se carga de razón—. Pero si les hemos visto a ustedes desde ahí arriba, pegados a la cancela del cementerio. Y eso no me dirán que no lo saben, que ese no es el respeto. No es el decoro que se debe de guardar en los sitios así. ¿Me va a decir que eso no lo sabe? Es de sentido común.

Siguió el guardia más alto:

—Son cosas que las sabe todo el mundo. Un cementerio se debe respetarse, lo mismo que una iglesia, qué más da. Hay que guardar las composturas. Y además, mismo aquí, donde estamos ahora, ya no puede ir usted de la forma esa que va.

Terció Fernando, con buenas maneras:

—No, si es que mire usted; lo que ha pasado, sencillamente, es que veníamos dando un paseo, buscando a unos amigos, y nos hemos metido por aquí sin darnos cuenta. Eso es lo que ha pasado.

Contestó el guardia viejo:

—Pues otra vez hay que andarse con más precaución. Hay que estar más atentos de por dónde va uno. Nosotros tenemos la orden de que nadie se nos aparte de la vera del río sin vestirse del todo, como es debido —se dirigió a Mely—. Conque tenga usted la bondad de ponerse algo encima, si lo trae. De lo contrario, vuélvanse adonde estaban. Vaya, que ya no es usted ninguna niña.

Mely asintió secamente:

—Sí; si ya nos volvíamos.

—Dispensen —dijo Fernando—; para otra vez ya lo sabemos.

—Pues hala; pueden retirarse —les decía el más viejo, sacando la barbilla.

—Bueno, pues buenas tardes —dijo Fernando.

Mely giró sobre sus talones sin decir nada.

—Con Dios —los despedía el guardia viejo, con una voz aburrida.

Mely y Fernando anduvieron en silencio algunos pasos. Luego, a distancia suficiente, Fernando dijo:

—Vaya un par de golipos. Ya creí que nos echaban el multazo. Pues mira tú los cuartos del disco dedicado en qué me los iba yo a gastar. A punto has estado, hija mía, de quedarte sin disco.

—Pues mira —dijo ella, irritada—; preferiría cien veces sacudirme las pesetas y quedarme sin él, a dirigirme a ellos en la forma en que tú les has hablado.

—¿Cómo dices? ¿De qué manera les he hablado yo?

—Pues de ésa; acoquinadito, dejándote avasallar...

—Ah, ¿y cómo tenía que hablarles, según tú? ¡Mira que tienes unas cosas! A lo mejor querías que me encarase con ellos.

—No es necesario encararse; basta saber estar uno en su sitio, sin rebajarse ni poner esa voz de almíbar, para darles jabón. Además, no tenías por qué preocuparte, porque de todos modos la multa no la ibas a pagar de tu bolsillo. Yo no me dejo pagar ninguna multa de nadie.

Mely volvió la cabeza; los dos guardias civiles estaban parados todavía, mirando algo, más atrás. Les sacó la lengua. Fernando sonrió ásperamente:

—Pues mira, Mely, ¿sabes lo que te digo? Que te frían un churro. Me parece que conoces tú muy poquito de la vida.

—Más que tú, fíjate.

Fernando denegó con la cabeza.

—No tienes ni idea de con quién te gastas los cuartos, hija mía. Éstos tratan a la gente de la misma manera que los tratan los jefes a ellos y no están más que deseando de que alguien se solivie o se les ponga flamenco para meterle el tubo, del mismo modo que se lo meten a ellos si se atreven a hacerlo con sus superiores. Todo el que está debajo anda buscando siempre alguien que esté más debajo todavía. ¿No lo has oído como han dicho «Ya pueden retirarse», lo mismo que si estuviéramos en un cuartel?

—Bueno, Fernando, pues yo no me dejo avasallar de nadie.

Primero apoquino una multa, si es necesario, antes que rebajarme ante ninguna persona. Ésa es mi forma de ser y estoy yo muy a gusto con ella.

—Sí; lo que es, como fueras un hombre, ya me lo dirías. Di que porque eres mujer; da gracias a eso. Si te volvieras un hombre de pronto, ya verías qué rápido cambiabas de forma de pensar. O te iban a dar más palos que a una estera. Orgullosos, bastante más que tú los he llegado a conocer; pero, amigo, en cuanto se llevaron un par de revolcones, escapado se les bajaron los humos. Date bien cuenta de lo que te digo.

—Que sí, hombre, que sí; que ya me doy por enterada. Para ti la perra gorda.

Fernando la miró y le decía, tocándose la frente:

—Ay qué cabecita más dura la que tienes. Lo que a ti te hace falta es un novio que te meta en cintura.

—¿En cintura? —dijo Mely—. ¡Mira qué rico! O yo a él.

*

La campanilla de latón dorado repicaba contra el ladrillo renegrido de la estación, bajo el largo letrero donde ponía: «San Fernando de Henares-Coslada». La tercera estación desde Madrid; Vallecas, Vicálvaro, San Fernando de Henares-Coslada. Después el tren que venía de Madrid entraba rechinando a los andenes. En el tercera casi vacío, un viejo y una muchacha con una blusa amarilla, que traían a los pies un capacho de rombos de cuero negros y marrones, le dijeron adiós al de la chaqueta blanca, que había venido sentado en el asiento de enfrente. «Buen viaje», dijo él. Permaneció en el balconcillo hasta que el tren se detuvo. Se apearon diez o doce y salían cada uno por su lado, de la estación abierta al campo y al caserío disperso. Detrás, el tren arrancaba de nuevo; el individuo se paró junto a la caseta de la lampistería y volvió la cabeza: desde el vagón en marcha lo miraban la chica y el viejo. Luego salía por entre los dos edificios; para pasar apartó unas sábanas tendidas a lo largo. Había tres camionetas alineadas detrás de la estación; las gallinas picoteaban en el polvo, junto a los neumáticos. El pozo. Por la parte de atrás era una casa como otra cualquiera, con las viviendas de los de la Renfe, sus gallineros, el perejil en la ventana, sus barreños y sus peanas de lavar. Le gritaron desde lejos:

—¿Qué, a por la chavala?

Era una voz conocida; se volvió.

—¡Qué remedio! ¡Adiós, Lucas!

—¡Adiós; divertirse!

Tomó la carretera. Pasaba junto a tres pequeños chalets de fin de semana, casi nuevos; los jardincitos estaban muy a la vista, cercados de tela metálica. A la puerta de uno de ellos había un Buick reluciente, de dos plazas, celeste y amarillo. Se detuvo un momento a mirar la tapicería y el cuadro de mandos. Tenía radio. Luego miró por encima del duco brillante a las persianas entornadas del chalet. El sol aplastaba. Echó de nuevo a andar y se separaba con dos dedos el cuello de la camisa adherido a la piel por el sudor; se aflojó la corbata. Miró al suelo, las piedras angulosas desprendidas del piso. Cercas de tela metálica, persianas verdes, almendros, «Se venden huevos», decía en una pared, y en otra «Mercería». Llegaba al puentecillo donde empezaba un poco de cuesta; a la izquierda vio un trozo rojizo del río y el comienzo de la arboleda, los colores de la gente. Luego la quinta grande de Cocherito de Bilbao, con sus frondosos árboles, le tapaba la vista del río. El sol cegaba rechazado por una tapia blanquísima.

Aparecía en el umbral.

—Muy buenas tardes.

—Buenas tardes, Manolo —dijo Lucio.

Mauricio lo había mirado apenas un instante.

—Hola, ¿qué hay? —murmuraba bajando los ojos hacia la pila del fregadero.

Se puso a enjuagar vasos. El otro se había detenido junto a Lucio; se pasaba la mano por la frente y resoplaba. Lucio lo miró.

—Claro, tanta corbata... —le decía—; se suda, es natural.

Manolo se sacó un pañuelo blanco del bolsillo superior de la americana; se lo pasaba por dentro del cuello de la camisa. Observaba a Mauricio.

—Me da fatiga de verlo —continuaba Lucio—. La prenda más inútil. Ni para ahorcarse vale, por ser corta.

—Costumbres —dijo Manolo.

—Exigencias que tiene la vida ciudadana; etiquetas que se debían de desterrar.

—Ya —se dirigió a Mauricio—. ¿Tiene usted la bondad de ponerme un buen vaso de agua fresquita?

Mauricio alzó los ojos.

—¿Fresquita? Será del tiempo.

—Bueno, sí; la que haya...

El otro llenó el vaso; «La que bebemos todos», murmuraba al dejarlo sobre el mostrador.

—¿Eh?, ¿cómo dice? No le he oído, señor Mauricio; ¿decía usted?

—Digo que el agua esta es la que aquí bebemos todo el mundo. O sea, del tiempo. Fresquita, como tú la pides, no la hay. Como no sea la que hace el botijo, y que tampoco es una gran diferencia. Aparte que el que hacía ya el de tres este verano, se cascó la semana pasada y yo todo el verano comprando botijos no me estoy, francamente; con tres me creo que ya está bien.

—Pero que sí, señor Mauricio; si aquí nadie se queja.

—No, es que como pedías agua fresquita, por eso te lo digo, para que sepas lo que hay sobre el particular. Así es que ya lo has oído, aquí conforme esté del tiempo, pues así la tomamos. Esa es la cosa. Agua fresca no hay.

Manolo sonreía forzadamente.

—Vaya, señor Mauricio, pero si el pedir yo agua fresquita no era más que por un decir. Como una frase hecha, ¿no me comprende?; que se viene a la boca el decirlo de esa manera, y nada más.

—Pues yo a lo que no es una cosa no lo llamo esa cosa. ¿Tiene sentido? Será una frase hecha o lo que quieras, pero yo cuando digo agua fresca es que la quiero fresca de verdad. Lo demás me parece como hablar un poquito a lo tontuno, la verdad sea dicha.

—Bueno, que quiere usted liarme, está visto.

—¿Yo? Dios me libre. ¿Cómo se te ocurre?

Manolo lo miró con una sonrisa apagada.

—Lo veo. No me diga que no.

—¡Qué locura! Humor tendría yo para eso.

—El que tiene esta tarde.

—¿Eh? Sabe Dios. No está eso tan claro.

—Ah, pues yo creo que...

—Déjalo, anda. No averigües.

—Como usted quiera. Pero le advierto que a mí, vamos, que no se preocupe, quiero decir, que ya no me afecta la broma en absoluto, y soy capaz de tolerar a todo aquel que se divierta a costa mía, sin que ello me incomode. O sea, que yo también sé divertirme cuando quiero, ¿no me entiende?

—Pues yo me alegro, mozo. Más vale así. Tener uno un poquito picardía, para saberle hacer frente a los trances escabrosos del trato con los demás. Así se sobrelleva uno mejor. Porque a veces cuidado que hace falta correa. ¿No es verdad? ¡Pero mucha! Un rato largo de correa hay que tener.

Manolo puso de súbito una cara prevenida; tardó un poquito en contestar:

—Pues mire, le diré; yo ni correa siquiera necesito, porque las situaciones escabrosas me da por ignorarlas; vamos, que me las paso por debajo de la pierna...

—¿Sí? Pues hay que tener cuidado con creerse uno estar por encima de las cosas, porque hay peligro de que se pueda dar el caso de encontrarse uno mismo de pronto debajo de los pies.

—Algún incauto. Cabe en lo posible.

—Y el que se cree no serlo. ¡Ése también! Porque los hay que se creen de una listura desmedida y ésos son los más tontos de todos y se llevan el sandiazo en toda la cara en el momento en que menos se lo podían...

—¡Eh! ¡Ayudar aquí! —había dicho una voz exigente, por fuera de la puerta, golpeando con algo contra el quicio.

—¿Qué pasa?

Miraron hacia el umbral. Era uno que venía montado en una sillita de ruedas y otro vestido de negro, que sujetaba por la barra del respaldo la sillita, parada ante la puerta de la casa.

—¿No sale nadie, o qué? —apremiaba el inválido con nuevos golpes contra la madera.

—Son Coca y don Marcial —dijo Lucio.

Ya salía Manolo a echarles una mano. Manipularon afuera con la silla de ruedas y luego entraba el de negro, con el tullido en brazos. Era pequeño y contrahecho.

—¿Dónde le dejo esto? —preguntaba Manolo desde fuera.

El tullido se volvía hacia la puerta desde los brazos de don Marcial; gritó:

—¡Pues arrímalo ahí mismo, en cualquier parte! En dondequiera que lo dejes está bien.

Se dirigió a los de dentro, mientras el otro lo sentaba:

—Bueno, ¿qué pasa? ¿No hay puntos esta tarde? Poca animación se ve aquí hoy, para ser un domingo. Oye, me pones una copita de anís. ¿Tú qué tomas, Marcial? ¿Así que no hay contrarios esta tarde?

Don Marcial arrimaba contra la mesa la silla en la que había sentado a su compañero; dijo:

—Coñac a mí. ¿Qué se cuentan ustedes?

—Calor.

Don Marcial hacía sonar unas monedas, con la mano metida en el bolsillo de la americana. El tullido le decía a Manolo:

—A ti no se te podrá decirte nada de que te sientes un poquito a jugar al dominó, supongo, porque tendrás tus compromisos inevitables. Y a usted, don Lucio, menos. ¿Eh?

—No te hacen falta —dijo Mauricio—. Ahí dentro tienes a tu amadísimo Carmelo y a Claudio y a los otros.

—¡Ah, bueno! ¿Y qué hacen que no vienen? ¡En seguida hay que llamarlos!

—Están jugando a la rana en el jardín.

—¿A la rana? ¿Y qué más rana quieren, que jugar conmigo? ¡Aquí la única rana verdadera soy yo! No hay más ranas. ¿Se puede ser más? Si parece que acabo de salirme del charco en este mismo instante —se reía.

—Lo que alborota este medio hombre —decía don Marcial, llevándole la copa que Mauricio acababa de servir—. ¿Has visto un caso parecido? Toma, anda, toma; a ver si con eso te callas un poco y dejas respirar.

—¡Sanguinario...! —le contestaba el tullido, tirándole un pellizco al pantalón.

—Eres más malo que arrancado, Coca-Coña. Y como no se te puede pegar... —hacía el gesto de amenazarle con la mano—. De eso te vales tú, del medio hombre que eres. ¿Quién va a tener el valor de pegarle a una rana, como tú mismo acabas de decir?

—Bueno, pues eso de Coca-Coña, vamos a dejarlo.

Don Marcial se reía, colocando su chaqueta en el respaldo de la silla.

—Ahí lo tienen ustedes: se pone un mote a sí mismo y después se cabrea si se lo dicen. ¿Has visto cosa igual?

Don Marcial se sentaba enfrente del inválido. Manolo preguntó:

—¿Ah, pero él mismo se inventó ese mote? ¿Pues cómo fué ocurrírsele?

—¿No lo sabe? Las cosas de éste. Nada, que un día, fué el verano pasado me parece, a principios, pues se ve el tío, ahí en la General, con el vehículo ese que se gasta para circular por el mundo, junto a otro carrito de esos de Coca-Cola, ¿saben cuál digo?, que son colorados y con letras grandes... bueno, pues uno de ésos, y en eso están los dos carricoches a la par, pegando el uno con el otro, y va éste y se me pone, a mí y a otro que lo veníamos acompañando, conque nos salta: «Pues si esto es la Coca-Cola, yo entonces lo menos soy la Coca-Coña». Mire usted, no le digo aquella tarde, la pechada de reír... Y es que él se llama Coca de apellido; la doble coincidencia. ¿Qué le parece?

—Es humor, es humor —asentía Manolo.

—Bueno, pues ahora, de unos días a esta parte, le ha dado porque no se lo llamemos, ya ve usted. Así que ya no sabes, con éste, a qué carta quedar.

—Está ya muy gastado. Me sacáis otro mote o me llamáis por el de pila. Venga, y ahora zumbando a llamar a Carmelo. Arrea. Que se persone aquí en esta mesa, pero inmediatamente. Anda ya, no me seas parado. Lo agarras por una oreja y te lo traes.

Empujaba la mesa contra don Marcial, para obligarlo a que se levantase.

—Que voy, hombre, que voy. Ya sabes que aquí estoy para lo que ordenes. Tú manda, y yo te obedeceré.

Se levantó y apuraba la copa y se iba hacia el jardín. Coca-Coña gritaba a sus espaldas:

—¡Y reclutas a todo el que te encuentres por ahí!

—Sí, pues también está el señor Esnáider, por cierto —dijo Mauricio—. Ése también es muy amigo de echarse una partida. A lo mejor se anima también.

—¿Ah, sí? ¡Huy, ése! ¡Buen vicioso que es! Me gusta a mí jugar con el señor Esnáider, pues ya lo creo. No hay más que hablar. Ya tenemos partida.

*

Los niños Ocaña miraban a los rostros de Justina y el carnicero alto.

—¡Ha ganado ésa! —decía Juanito.

Justina se volvió hacia Petrita y se agachaba para darle un beso.

—¿Y a ti también te gusta este juego, preciosa? ¿Querrías jugarlo tú?

—Tú ganas siempre, ¿verdad? —le decía la niña.

Justina le arreglaba el cuello del vestidito y le quitaba una hoja seca de madreselva de entre el pelo.

—No, mi vida —le dijo—; también pierdo, otras veces.

Juanito y Amadeo se peleaban, disputándose los tejos, por el suelo del jardín; restregaban en la enramada sus espaldas desnudas y enrojecidas por el sol. Azufre saltaba en torno, meneando la cola; quería jugar con ellos.

—Juega como los ángeles, la chica —dijo Petra en la mesa.

Sergio asentía:

—Primorosamente.

Mauricio había traído las copas y los cafés.

—Un juego que de siempre ha existido, ahí donde lo tienes —comentaba Felipe—. No se pasa de moda.

—Ya. No como el futbolín y estos enredos de hoy en día, que tan pronto hay la fiebre de ellos entre la juventud, como de golpe desaparecen el día menos pensado.

—Y son el perdetiempo más grande y el mal ejemplo de los chicos —dijo Petra—. Pervierten a la infancia.

—¿Pues no te acuerdas tú, Sergio, de los tiempos aquellos del yoyó, muy poco antes de empezar la guerra? —le decía Felipe a su hermano.

—Sí que me acuerdo, sí.

—Pues cuidado que era aquello también un invento ridículo del todo. Todo el mundo con el dichoso cacharrito y venga de darle para arriba y para abajo de la mañana a la noche.

Sergio dijo:

—Es que la Sociedad está desquiciada; se dejan contagiar de la primera cosita que sale, y hala, todos a hacer lo mismo, como grullas.

—Que el público de las ciudades está estragado ya de tanta cosa, y en cuanto surge la más pequeña novedad, allá van todos de cabeza, para luego aburrirse de eso también.

—Ya. ¿Pues sabes, tú, ahora que me acuerdo, quién le tenía mucha afición a esto mismo de la rana? —dijo Sergio—. ¿Tú no recuerdas aquel amiguete, un chico rubio, que solía andar conmigo, de soltero, cuando vivíais vosotros todavía en la calle el Águila?

—Sí, sé cuál dices. Uno que era también representante de otra cosa: espérate... de colonias o no sé qué.

—Perfumería. El mismo. Natalio se llamaba. Pues jugaba

pero una maravilla, el elemento aquel. Decía, yo no lo vi, que había llegado a meter los diez tejos por la boca de la rana. Serían faroles, pudiera; el caso es que él te lo afirmaba y yo lo vi jugar y si los diez no los metía, por lo menos no había quién le echase la pata, desde luego.

—Pues sí, hombre, si yo lo he vuelto a saludar no hace mucho a ese tu Natalio. Verás, me lo he topado últimamente un par de veces lo menos. Pues esta semana santa, la última vez, estando vosotros dos en Barcelona.

—Hombre, me gustaría saber su vida ahora y cómo le marcha. ¿Llegaste a hablar con él?

—No; sólo adiós y adiós. Lo único que te puedo decir es que el tío parecía un marqués, de lo pincho que iba.

—¿Bien vestido?

—Tirándolo. Pero a mí la impresión que me dió, si quieres te diga, es que ése debe de ser de los que pasan hambre en casa, con tal de ir bien vestidos por la calle. Nada más verlo, ésa fué la sensación.

—Nada, hombre, que habrá prosperado.

—No, señor, una cosa que se nota en seguida; a la primera se distingue el que va bien puesto porque hay un bienestar y un desahogo, ya me entiendes, del que tiene que hacer verdaderos sacrificios para poderse vestir mejor de lo que pertenece con arreglo a los ingresos que percibe.

—Vaya, en seguida lo quieres saber todo, tú también —dijo Sergio—. ¿Cómo vas tú a conocer ahora interioridades de la gente con sólo saludarlos por la calle?

—Hombre, ¿pero no ves que a fuerza de llevar el coche y venga de ver personas todo el día, acaba uno conociendo el paño y con bastante ojo clínico para saberme los puntos que calza cada cual? Figúrate si no voy a saber que ese Natalio tuyo no gana ni la cuarta parte de lo que quiere aparentar.

—Bueno, pues, aunque sea como tú dices, con su cuenta y razón, que lo hará, el pobre hombre. Y no anda descaminado ni muchísimo menos. No te creas que será por presunción ni por el gusto de fardar. Lo que pasa es que sabe que la representación es uno de los requisitos más indispensables para abrirse camino por la vida. Y más en nuestra profesión que no en otra ninguna.

—¿La representación...?

—Ah, pues que no te quepa duda. Parecerá una tontería, pero tú entras en un sitio cualquiera bien vestido y con buena producción, ¿eh?, un agrado, interesante, una conversación, una cosa, ya me entiendes, y te hacen mil veces más caso, y en el negocio vendes mucho más que no si te presentas desarreglado, ahí de cualquier manera y no vas más que derecho al asunto.

—Pues lo que es eso, tampoco lo veo yo bien, que sea como tú dices. Tendrá que ver una cosa con la otra.

—Pero así es el comercio, Felipe, hoy en día. ¿Qué le vamos a hacer? Ni tú ni yo podemos arreglarlo. Así es que uno no tiene más remedio que ajustarse a la realidad de la vida y someterse a hacer las cosas de la forma que te lo exigen las circunstancias.

—Pero eso no tiene justificación...

—Pero si ya lo sé, Felipe, si estoy de acuerdo contigo; lo sabemos que uno es el mismo y que vales igual con una una ropa o con la otra, y conformes en que el género es el mismo también y que si es bueno no lo mejoras con ir bien vestido, ni si es malo tampoco. Pero eso lo decimos tú y yo, aquí sentados, ahora mismo y fumándonos un puro, en una conversación particular. Pero anda y descuídate tú, al andar por ahí, y ya verás como te marchas a pique en tres días. Desengáñate, que la realidad no es más que ésa. La apariencia es lo que manda, hoy por hoy; y quien dice en el comercio, dice en todas las facetas de la vida humana.

—Bueno, ahí ya, no exageremos tampoco; que todavía en muchos sitios vale uno por lo que vale. En el comercio, sea, si tú te empeñas; eso tú lo sabrás mejor que yo. En lo demás, alto ahí; no me vengas ahora. Ya es demasiado querer cortarlo todo por el mismo patrón.

—Que sí, hombre, que sí, más o menos en todo. En todo. No sé qué idea tienes tú formulada. ¿A que si tú te abandonas un par de días y no le estás pasando a todas horas la gamuza a la pintura del coche, no cargas ni la cuarta parte de público? O, por ejemplo, vete tú a compararte con los que tienen ahora los coches esos nuevos. Ponte con uno de ellos, a ver cuál echa más viajes.

Petra intervino, asintiendo a su cuñado:

—¿Lo ves? ¡Pues claro! No, si es inútil, Sergio, es inútil; no sirve discutir. Si no lo vas a apear de su convencimiento. ¡Quizás que no se lo tengo yo dicho eso un montón de veces, pero grande! Lo menos cinco años que se lo vengo diciendo ya: «Vamos a hacer un esfuerzo, Felipe, unas economías, y solicitas otro coche, ahora que dan esos Renoles tan estupendos, y con tantas facilidades, para uno mismo irlo amortiguando sin apercibirse...», qué sé yo la montaña de veces que se lo tengo repetido hasta la saciedad. Pues nada, a tirar con el que tiene, hasta que se le caiga a cachitos por esa Gran Vía. Y luego, tú me dirás, querido Sergio, lo que hacemos luego; de qué van a vivir estas criaturas, el día en que el trasto ese diga que no, que de aquí ya no paso, y no dé un paso más. Pues todo eso por pura cabezonería, ya te digo. Vamos, es que hace falta... Sin un ahorro ni una nada para el porvenir...

—Bueno, hija, esto no tiene nada que ver con lo que estábamos hablando. No sé a qué viene sacar ahora todo eso, la verdad.

—¡Pues viene a lo que viene! Que parece mentira que con cuatro hijos y que tenga tan poquísima responsabilidad, ni echar una miradita hacia el día de mañana. Mira cómo no soy yo sola la que te lo dice, luego son cosas que yo me invento; mira cómo tu hermano me da también la razón.

—Pero bueno, mujer, ¿en qué te da mi hermano la razón, si es que puede saberse? Si Sergio no ha mencionado una palabra de este asunto. A ver si estás un poco a lo que se habla; que es que te metes en cuña, tú también, para arrimar el ascua a tu sardina. No estás más que esperando la palabra propicia para colarte con lo tuyo, y sacarnos de quicio las conversaciones.

—¡Tendrá valor...! ¿Serás capaz ahora de decirme en la cara, que tu hermano no habló de los Renoles nuevos? Pero ¡cómo eres, hay que ver! ¿Tú te das cuenta cómo eres? ¡Si eres tú el que no escuchas más que aquello que te interesa de escuchar! Y yo, porque te digo las verdades, ya por eso soy yo la que desvía las conversaciones. ¡Si además ya lo sé; si te conozco, hijo mío, te conozco!

—Pero no os exacerbéis ahora, por una tontería, mujer —terciaba Sergio.

—No es tontería, cuñado; por desgracia, no es ninguna tontería. ¡Pues tú dirás a ver! Sobre ascuas me tiene a mí ya, con este asunto. Ni descansar por la noche no me deja, cada vez que me pongo a acordarme del día en que la diligencia esa termine de descomponerse por completo. ¡No quiero ni pensarlo...! —se cubría los ojos con las manos, con gesto de sibila, como para ocultarse la siniestra visión del porvenir—. Que sólo de lo que se lleva en reparaciones, sólo de lo que se lleva en reparaciones, date cuenta, hoy por hoy, teníamos ya el Renol en propiedad. Como lo oyes.

—¿Pero entiendes tú algo de coches, mujer, para hablar tanto como hablas? ¿Entiendes algo? ¡Di! ¿Es que vas a enseñarme a mí la mecánica, ahora?

—La mecánica, no. Ni lo pretendo. Sino la responsabilidad y el cálculo de un padre de familia. ¡Eso sí! Que debías de tenerlos y no los tienes.

Felipe se volvía hacia su hermano:

—Doce años, ¿qué te parece?, que lleva uno bregando con ese mismo coche, para que ahora me vengan a decirme lo que he de hacer con él.

—¿Lo ves cómo eres tú el que desvía las conversaciones? ¿Te das cuenta, ahora? Mira cómo te llamas al otro lado y te echas afuera en seguida, en cuanto que te hablan de lo que no te gusta oír. Si es tontería, Sergio, ya lo ves tú; con este hombre no hay manera, no hay manera... No sacas nada en limpio. Vamos, que dime tú, Nineta, si hay derecho —movía la cabeza a un lado y a otro—, con cuatro hijos en casa... Yo es que...

Nineta dijo:

—Mira, es verdad esto que dice Petra, ¿eh, Felipe? Es necesaria una pequeña seguridad para el futuro. Debes tomar un nuevo automóvil. Verás que has de quedar contento y después no te sabrá mal el habert...

Se oyó la voz de Felisita:

—No llores, mamá, ¿por qué lloras?, anda...

Petra ya se limpiaba los ojos con un pañuelo; levantó la cabeza.

—No lloro, hija mía. ¡Yo qué voy a llorar! Tu padre el que me... Bueno, nada; qué más da.

Volvía hacia el jardín los ojos enrojecidos.

—Vaya por Dios —dijo Sergio en voz baja.

Ocaña se revolvía en su silla, con una actitud de fastidio. Nineta había cogido la mano de su cuñada, encima de la mesa, y la tuvo apretada entre las suyas.

Ahora aparecía don Marcial por la puerta del pasillo. Saludó hacia la mesa, con un brevísimo cabeceo. Los niños de Ocaña se revolcaban, recogiendo los tejos.

—Yo soy el ojo derecho de mi papá —le decía Petrita a Justina, abrazándola por las piernas—. ¿Sabes?

Justina se reía.

—¿Y a ti quién te lo ha dicho?

—Mi papá.

Don Marcial había agarrado a Carmelo por el cuello y ya se lo llevaba hacia la casa. Se detuvo un momento al pasar junto a Justina y le decía al lado de la oreja, con una media voz confidencial:

—Ahí adentro está tu prometido. No sé si lo sabes.

Justina echó una rápida mirada hacia la puerta del pasillo.

—Pues que se espere —contestó.

Felipe Ocaña jugaba con la copa vacía y la ponía del derecho y del revés. Apagó el puro contra la pata de la silla. Azufre hacía amagos, saltaba y tomaba actitudes de juego ante los niños de Ocaña, pero no le hacían caso. Al fin el perro puso las patas delanteras contra la espalda desnuda de Amadeo.

—¡Peeerrro...!

Salieron corriendo los dos hermanos tras el perro que huía. Petrita pateó sobre la tierra, agarrada al regazo de Justina, y le decía apresurada:

—Cógeme, cógeme...

Justina la cogió en brazos y Petrita miraba desde lo alto, a sus hermanos que corrían por todo el jardín. La niña se reía girando bruscamente la cabeza a un lado y a otro de la cara de Justina, para seguir las carreras, los quiebros y los brincos de Azufre, jugando con Juanito y Amadeo.

—Me vas a dar un cabezazo, criatura.

Dijo Sergio:

—Pues no quedó mal día. Y este emparrado, parece que no, pero quita bastante.

Nadie le contestó. Nineta tocaba el borde del vestido de su cuñada.

—¿Es ésta la falda que tú misma te cortaste?

—Sí, ésta es.

—Ah, pues mira qué mona te ha salido, ¿eh?

El carnicero Claudio lanzaba los tejos; se le cruzaban el perro y los niños y tuvo que interrumpir la tirada.

—Llama a ese bicho, tú. No nos hagáis sabotaje, ahora, valiéndote del perro.

—¡Azufre! ¡ven acá! ¡Quieto, Azufre! —le gritó el Chamarís.

—¿No veis que están jugando? —decía desde la mesa la mujer de Ocaña—. ¿Por qué molestáis? ¿Por qué tenéis que estar en medio siempre? ¡Aquí ahora mismo!

Amadeo y Juanito obedecieron a su madre; y Azufre a su dueño. Luego ellos miraban al perro, tendido junto a la enramada, al otro lado del jardín.

*

Faustina, en pie junto a la mesa, secaba los cubiertos con un paño y los ponía sobre el hule, delante de las manos de Schneider. Él estaba sentado, con el sobado flexible de paja sucia encima de las piernas.

—Esta semana, sin falta —decía Faustina—, el jueves a lo más tardar, paso a verla; se lo prometo. El primer día que me empareje bien.

Las pieles de dos o tres higos estaban aún sobre el hule.

—Frau Berta ya vieja, pobrecita —decía Schneider—; no conviene que sale mucho. Yo más fuerte.

—Usted está hecho un mocito todavía.

—Yo come la fruta mía y esto es sano para mi cuerpo —reía con su breve y mecánica carcajada—. Por esto que yo traigo a usted.

—Sí, lo que es yo, señor Esnáider, no es por quitarle el mérito a la fruta, pero ni con esto ni con nada me pongo buena ya. Llevo tres años que desconozco lo que es salud.

Se había detenido, bajando el paño al costado, para mover la cabeza en conmiseración. Después suspiraba y cogió otro cubierto de la pila.

—Usted, señora Fausta, ha de vivir hasta noventa años —decía Schneider, con todos los dedos de las dos manos extendidos—. Y si usted autoriza un poco, yo fumo ahora un cigarrito, ¿eh?

—No tiene ni que pedirlo. Faltaría más.

—Bien, muchas gracias.

Se buscó la petaca en el bolsillo interior de la chaqueta.

—Así que los domingos se queda en casa ella solita. Pues ya siento yo que me coincida justamente los domingos los días en que tengo más quehacer. De buena gana me acercaba a echar un ratito.

—Oh, ella cose, lee, piensa —liaba su cigarrillo con cuidado—. Ella es sentada tranquilamente en la silla, a coser. Todos remiendos —levantó el brazo del hule para enseñar la manga de su chaqueta, raída y recosida—. Ya nada comprar

nuevo, hasta la muerte. Sólo coser, coser, coser —daba punta-
das imaginarias en el aire—. Ropa vieja, como viejo Schneider, como la vieja esposa. Ropa durar hasta que viene la muerte. Ya no gasta dinero; sólo coser, coser, coser.

Faustina recogió de la mesa las pieles de los higos y las
tiró por una ventanita que estaba encima del fogón. Vino del
otro lado una escandalera de gallinas.

—Sí, los viejos, ya no nos hace falta presumir.

Destapó un pucherito en la lumbre, y coló el contenido en
un vaso, a través de la manga del café. Después se lo puso a
Schneider sobre el hule, con un plato y el azúcar y una cucharilla.

—Café de Portugal —le dijo—. A ver si le gusta.

—Danke schön —contestó rápidamente—. Café de la señora Faustina, siempre suculento.

Se echaba azúcar y se reía. Faustina se sentó enfrente, con
los brazos cruzados sobre el hule. Revolvió Schneider el azúcar y se llevó a la boca una cucharadita de café.

—¿Qué tal?

Schneider paladeaba. Movió la cucharilla tres veces en el
aire, como una batuta, diciendo:

—Bueno. Bueno. Bueno.

—Me alegro de que le guste. Usted de esto a mi marido
ni palabra; que lo compré a espaldas suyas, y si se entera, se
acabó en dos días.

Alzó los ojos. Entraban en la cocina Carmelo y don
Marcial:

—Buenas tardes.

Schneider se volvió en la silla, hacia la puerta:

—Oh, estos amigos míos. Yo me alegro mucho. ¿Están
bien? ¿Están bien?

Saludaba sonriendo a uno y a otro, con cortas inclinacio-
nes de cabeza.

—¿Qué tal, señor Esnáider? —le decía don Marcial—. Usted aquí, tomándose su cafetito, ¿eh? Lo tratan bien en esta
casa, me parece; ¡se quejará!

—Oh, no, no; absolutamente —y se reía.

Luego le puso a don Marcial el índice en el pecho y añadió a golpecitos:

—Yo adivino la causa de su venida aquí.

Y riéndose una vez más se volvía de nuevo hacia el vaso
humeante.

—¡Eh, qué bien lo sabe! Y qué contento se pone, mirarlo. Pero no tenga prisa; tómese despacito su café, que se va usted a abrasar.

Carmelo sonreía sin decir nada. Faustina dijo:

—Ya han tenido que venir ustedes a trastocármelo, con el juego dichoso, que ya no hay forma de que se tome tranquilo ni el café.

Schneider apuró el vaso y se levantaba diciendo:

—Y esta causa es para una contienda de dómino. Y yo dispuesto, cuando ustedes quieren.

Cogió el sombrero y se volvió a Faustina, con una reverencia:

—Señora Faustina, yo soy muy agradecido a su café.

Señaló hacia la puerta con la mano extendida, ofreciéndoles el paso a los otros, ceremoniosamente.

—Usted primero —le dijo don Marcial.

Y salieron los tres de la cocina. Coca-Coña gritaba, al verlos llegar:

—¡Esas fichas, a ver! ¡Ya están aquí los puntos! ¿Qué pasa, señor Esnáider? ¿Dispuesto a la pelea?

—Esto mismo —le contestaba.

A Coca-Coña el borde del mármol le tocaba en la parte más alta del pecho, y apenas le asomaban los hombros por encima de la mesa, con aquella cabeza sin cuello, incrustada en el tórax. Los dos brazos nadaban sobre el mármol, revolviendo las fichas.

—Las dos más altas juegan juntos —dijo.

Entraba un individuo con mono azul grasiento y la frente sudada. Saludó.

—¿Hoy también? —le preguntaba Lucio.

—Hoy también, señor Lucio. Ni domingos. Ahora mismo he dejado el camión.

A Schneider le tocó con don Marcial.

—Siéntate ahí, Carmelo —decía Coca-Coña—. Verás hoy éstos, adónde van a ir.

Manolo restregaba el zapato contra el cemento del piso. Luego le dijo al ventero:

—Pues yo, con su permiso, voy a pasar.

—Bueno, hombre; haz lo que quieras.

Cuando hubo salido Manolo, Mauricio decía:

—Qué elemento.

—Vaya, la tienes cogida con el chico. Es una cosa corrien-

te. Nadie aguanta a los yernos así como así. Aunque fuese
más bueno que San Antonio.

—¡Nada de San Antonio! Este tío es un piernas. Un cursi
de aquí a Lima. Yo no lo puedo ver delante, te lo juro, con
esa jeta de yeso que exhibe el gachó.

—Pues ya verá cómo se lo agradece —le dijo el chófer—,
el día en que le den un nietecillo y lo vea usted correr por aquí.

Mauricio le puso un vaso:

—¿Por aquí? Lo que es, como saliera a su padre, poquito
abuelo me parece que iba a tener esa criatura. Vaya una alhaja
que sería. Cosa de ver.

—Es que sacas hasta mal corazón. Aborrecer así de antemano a una pobre criatura que no está ni siquiera encargada.

El seis doble le había tocado a don Marcial.

—Ahí va eso —decía, poniéndolo en la mesa con un gesto
de asco, como quien deposita alguna cucaracha.

Coca-Coña examinaba su juego:

—Se te contesta rápido.

Schneider colocaba las fichas muy delicadamente, pero Coca-
Coña pegaba unos fichazos como disparos de escopeta.

—¡Ahí está el firme! —gritaba después.

—¿Pero qué firme? —le dijo don Marcial—. Hasta los
firmes de la casa te vas a cargar tú, con esos golpes. ¿No te es
lo mismo pegar más suavecito?

—¿Cómo iba a ser lo mismo? ¡Vale el doble, una ficha
bien pegada! Os tenemos comida la moral y por eso pro-
testáis.

Schneider reía y colocaba su ficha, discretamente.

—Y usted no se ría; que ahora mismo lo voy a hacer pasar. En esta vuelta que viene.

—Esto yo dudo —contestaba el otro, revisando su juego—.
No creo que yo va a pasar.

—Pues ya lo va usted a ver.

Carmelo se divertía con Coca-Coña y lo miraba, como muy
satisfecho de tenerlo por compañero en la partida.

Pero luego, al cerrarse la mano, Coca-Coña rompió a grandes voces:

—¡Cagüen La Mar! ¡Ya metiste la pata, alma mía! ¿En
qué estarás pensando? ¡Que no te enteras! Si ves que a pitos
están ellos, pues pon la séptima, coño, aunque sea, antes que
abrirlos el juego otra vez. ¿Para qué te hacía falta la séptima
de cuatro, a estas alturas? Como no la estuvieras conservando

para la vuelta que viene... Si es que pretendes ser demás de listo ya. ¡Te pasas! ¡Cencerro! ¡Alobao!...

—Eh, tú, que ya está bien —cortaba don Marcial—. Cuidado que tienes mal perder. ¿A qué le insultas a Carmelo? Eres igual que las mujeres, que siempre se aprovechan de que son débiles para faltarle a todo el mundo; de ahí sacan ellas la fuerza. Pues tú lo mismo. Te atreves a regañarle a Carmelo, porque sabes que no te puede cascar, porque eres una jodía rana entumecida que no tienes ni media bofetada.

—¡Una rana, una rana! ¡Menea ya las fichas y cállate, administrador! ¡Yo soy una rana en seco, pero tú eres un sapo enjugado, ya lo sabes!

—Chss; asunto profesión no te metas. Ya sabes que no me hacen gracia las bromas sobre este particular.

—Venga; yo salgo —cortaba Coca-Coña—. ¡A cincos!

Marcó un fichazo seco contra el mármol.

*

—¿Y qué hay de vuestra boda, Miguel? —preguntó Sebastián.

Miguel estaba tendido, con el antebrazo derecho sobre los párpados cerrados; dijo:

—Qué sé yo. No me hables de bodas ahora. Hoy es fiesta.

—Pues tú estás bien. No sé yo qué problema es el que tenéis. Ya quisiéramos estar como tu novia y tú.

—Ca, no lo pienses tan sencillo.

—Pues la posición que tú tienes...

—Eso no quiere decir nada, Sebas. Son otros muchos factores con los que tiene uno que contar. Uno no vive solo, y cuando en una casa están acostumbrados a que entre un sueldo más, se les hace muy cuesta arriba resignarse a perderlo de la noche a la mañana. Eso aparte otras complicaciones, que no sé yo, un lío.

—Pues yo no es que quiera meterme en la vida de nadie, pero, chico, te digo mi verdad: yo creo que uno en un momento dado tiene derecho a casarse como sea. O vamos, compréndeme, a no ser que tenga responsabilidades mayores, por caso, enfermos o cosa así. Pero si es sólo cuestión de que se vayan a ver un poquito más estrechos, ¿eh?, económicamente, yo creo que hay que dejarse de contemplaciones y cortar por lo sano. Que les quitas un sueldo con el que han estado contando hasta hoy; bueno, pues ¡qué se le va a hacer! Todos tienen derecho a la vida. Y también, si te vas, es una boca menos a la mesa. Por eso te digo; yo que tú, no sé las cosas, ¿verdad?, pero vamos, que respecto a la familia, me liaba la manta a la cabeza y podían cantar misa. Mi criterio por lo menos es ése, ¿eh?; mi criterio.

—Eso se dice pronto. Pero las cosas no son tan simples, Sebastián. Desde fuera nadie se puede dar una idea de los tejesmanejes y las luchas que existen dentro de una casa. Aun queriéndose. Las mil pequeñas cosas y los tiquismiquis que andan de un lado para otro todo el día, cuando se vive en una familia de más de cuatro y más de cinco personas. No creas que es cosa fácil.

—Si eso ya lo sabemos, pero con todo eso hay que arrostrar.

—Que no, hombre, que no; prefiere uno fastidiarse y esperar el momento oportuno.

Alicia bostezó, dándose con los dedos sobre la boca abierta. Miró hacia el río. Luego le dijo a Sebas, moviendo la cabeza hacia los lados:

—No le hagas caso, Sebastián. Déjate. Lo importante no son las razones, este o aquel motivo. El quid de la cuestión está en lo que más pueda para uno. Uno está siempre propenso a disculparse en aquello que más tira de él. Lo que se habla por la boca no obedece más que a eso. Y para todo se encuentra explicación.

Sebas le dió a Miguel en el brazo:

—Toma del frasco, Carrasco. Tiran con bala, niño. Menuda. Ésa es de las que pican. Para que luego digamos que las mujeres todo se lo creen.

Miguel sonrió torcido; miró a su novia encima de su cabeza y se puso serio:

—Estáis hablando de lo que no sabéis. Era mejor si no sacabas esta conversación a relucir. Ya te lo dije.

—Tú la has seguido, Miguel. A mí no me digas nada. Yo te advertí, lo primero, que no era con ánimo de entrometerme en la vida de nadie. Si te ha escocido lo que ha dicho tu novia, conmigo allá películas.

—Anda, mira, date una vuelta, ¿sabes? Déjame ya. Habéis metido la pata y se ha terminado.

—¡Jo, qué tío! —dijo—. Ahora se pone que yo he metido la pata. ¿No te fastidia? Ahora las paga conmigo. No se le puede ni tocar.

Miguel no contestaba. Intervino Paulina:

—Tiene razón. Tú no tenías porqué querer arreglarle la vida a nadie. Bastante tienes ya con la tuya, para meterte a redentor de la ajena. Te contestan por pura educación, pero tú has estado inoportuno, eso no quiere decir.

—¿Tú también? Pues vaya una forma de cogerlo entre medias a uno. No lo entiendo, te juro.

—Está bien claro —dijo Miguel—. Más claro no han podido decírtelo. Cuando tu novia te lo dice, por algo será, Sebastián.

Alicia dijo:

—Mira, Miguel, el que no te conozca que no te compre.

—No estoy hablando contigo, Alicia. Tú ya has hablado de más. Así que mutis por el foro.

—Pero bueno, Miguel —dijo Sebas—, yo lo que digo es una cosa: ¿somos amigos, sí o no? Porque es que si lo somos, como yo me lo tengo creído, no comprendo a qué viene todo esto, francamente. Que no podamos tener ni un cambio de impresiones sobre las cosas de cada cual.

—No lo comprendes, ¿eh? —Miguel hizo una pausa y resopló por la nariz, suspirando; levantó el torso sobre los codos y miró a todas partes, hacia el río y los puentes—. Pues yo tampoco, Sebas, si quieres que te diga la verdad. Es que está uno muy quemado. Eso es lo único que pasa. Y ya no quieres ni oír hablar de lo que te preocupa —se pasó por la frente una mano y buscó el sol con la vista, por cima de los árboles—. Complicaciones no las quiere nadie. Y tú tienes razón y ésta tiene razón, y yo, y aquel de más allá. Y al mismo tiempo no la tiene nadie, pasa eso. Por eso no gusta hablar. Así es que no te incomodes conmigo. Ya lo sabes de siempre que...

Sonrió con franqueza. Sebas habló:

—Chico, es que das unos cortes que lo dejas a uno patidifuso. Te pones la mar de serio y de incongruente. Pero por mi parte, figúrate. Mejor lo sabes tú. Por descontado, desde luego, y además...

Miguel lo interrumpía:

—Acaba ya, que apestas. No se hable más. Saca tabaco, anda.

—A saber dónde andarán esos otros —dijo Paulina.

Sebastián se acercó a asomarse al otro tronco para ofrecer tabaco a Santos. Estaban Carmen y él muy mimosos, haciéndose caricias.

—¡Eh! —dijo Sebas—; a ver si os vais a dar el lote ahora, aquí, en público. ¿Quieres fumar?

—¿Es a mí?

—No, será a aquel otro.

—Gracias, chato. De momento no fumo.

—Bueno, pues hasta luego, ¿eh? A disfrutar.

Sebastián volvió de nuevo hacia su corro. Alicia le preguntó:

—¿Qué es lo que hablabas con ellos?

—Nada, que están ahí a novio libre.

—Pues tú déjalos a los chicos, que ellos vivan su vida.

—A buena parte vas. Pierde cuidado, que ya se encargan ellos de vivirla.

—Pero a base de bien —dijo Miguel—. Chico, en mi vida he visto otra pareja más colados el uno por el otro.

—Pues di que está la vida hoy en día como para eso —comentaba Paulina.

—Mujer, si no se tiene un poquito de expansión, de vez en cuando —replicaba Miguel—, saltas del sábado al lunes que ni te enteras de que estás en el mundo.

—Pues lo que es él, me parece a mí que está para pocas. El mejor día le da un patatús.

—Ca. Si lo vieron por la pantalla este invierno, y está más sano que sano —dijo Sebas—. No le encontraron nada. Los pies sucios. No es más que la constitución esa que tiene, que se ve que no es de engordar.

—Lo que yo no acabo de ver claro —dijo Paulina— es la vida que se traen, ni lo que piensan para el porvenir. Llevan de novios un par de años lo menos y antes los matan que ocurrírseles apartar una peseta.

—Pues eso ya es peor —comentó Alicia.

—Como lo oyes —decía Sebastián—. No le escuece el bolsillo a éste. Lo mismo para irse con la novia a bailar a una sala de fiestas de las caras, o comprarla regalos, que para alternar con nosotros por los bares.

—Pues mira, si a él le parece que puede hacerlo, hace bien. Eso nadie lo puede achacar como un defecto —dijo Miguel.

—Déjate. Aquí el que más y el que menos sabemos lo que

es tener diez duros en la cartera. Y lo que escuecen. Pero eso no quita tampoco para que sepamos también pensar en el mañana —le replicaba Sebastián.

—¡En el mañana...! —decía Miguel echando atrás la cabeza—. Demasiado nos estamos ya siempre atormentando la sesera con el dichoso mañana. ¿Y hoy qué? ¿Que lo parta un rayo? Di tú que el día que quieras darte cuenta, te llega un camión y te deja planchado en mitad de la calle. Y resulta que has hecho el canelo toda tu vida. Has hecho un pan como unas hostias. También sería una triste gracia. Ya está bien; ¡qué demonios de cavilar y echar cuentas con el mañana puñetero! De aquí a cien años todos calvos. Esa es la vida y nada más. Pues claro está que sí.

Sebastián lo miraba pensativo y habló:

—Ya ves, lo que es en eso, Miguel, no estoy contigo. El chiste está precisamente en arriesgarse uno a hacer las cosas, sin tener ni idea de lo que te pueda sobrevenir. Ya lo sabemos que así tiene más exposición. Pero lo otro es lo que no tiene ciencia y está al alcance de cualquiera.

—Y que te crees tú eso. ¿Conque no tiene exposición vivir la vida según viene, sin andarse guardando las espaldas? ¿No tiene riesgo eso? Para eso hace falta valor, y no para lo otro.

Pasaban unos cantando. Sebastián no sabía qué contestar.

—Hombre —repuso—, si vas a ver, riesgo, tiene la vida por donde quiera que la mires.

—Pues váyase lo uno por lo otro y el resultado es que no la escampas por ninguna parte. Y por eso más vale uno no andarse rompiendo la cabeza ni tomarse las cosas a pecho.

—Sí, pero menos. También hay que tener...

Alicia canturreaba:

—Tomar la vida en serio... es una tontería...

Paulina y ella rompieron a reír.

—¡La insensatez de las mujeres! —decía Sebastián.

Luego extendía el brazo y atraía a Paulina hacia sí:

—Ven a mi vera, ven.

Paulina hizo un resorte brusco:

—¡Ay, hijo! No me plantes los calcos en la espalda, que duele. La tengo toda escocida del sol.

Se pasaba las manos por los hombros desnudos, como para aliviarse.

—No haber estado tanto rato. Así que ahora no la píes.

Se diría que os vayan a dar algo por poneros morenas. Pues esta noche ya verás.

—Acostumbro a dormir bocabajo, conque ya ves

—¿Bocabajo? Debes de estar encantadora durmiendo.

Miguel le cantó a Sebas junto al oído, con un tono burlón:

—... porverel —porverel —por ver el dormir que tienes... ¡Jajay! —seguía— la vida romanticisma es lo que a mí me gusta. No te enfades.

Le acariciaba el cogote.

—¡Venga ya de aquí!, ¡las manos de encima! Que estás más visto ya, estás más visto...

Alicia se miraba impaciente en derredor.

—Ésos no vienen —dijo.

Miguel miró la hora. Sebastián reclinaba de nuevo la cabeza sobre las piernas de Paulina; decía:

—¿Y qué prisa tenemos? ¡Un año, aquí tumbado!

Se acomodaba y relajaba el cuerpo. Pasaba un mercancías hacia Madrid. Paulina volvió los ojos hacia el puente; se adivinaban hocicos de terneros entre las tablas de algunos vagones.

—Animalitos... —comentó para sí.

*

Gotas de vino resbalaron del cuello de Lucita y caían en el polvo.

—Pues Lucita tampoco lo hace mal esta tarde.

—No, ¡qué va! No se nos queda atrás.

Luci movía el pelo:

—Para que no digáis.

—Di tú que sí, monada. Hay que estar preparados para la vida moderna. Arrímame la botella, haz el favor.

Tito dijo:

—Despacio, tú también. Nadie nos corre.

—A mí, sí.

—Ah, entonces no digo nada. Toma la botellita, toma. ¿Y quién te corre, si se puede saber?

Daniel sonrió mirando a Tito; se encogía de hombros:

—La vida y tal.

Embuchó un trago largo. Tito y Lucita lo miraban.

—Aquí cada uno se vive su película —dijo ella.

—Eso será. Pues lo que es yo, me comía ahora un bocadillo de lomo de los de aquí te espero. Me ponía como un tigre.

—¿Tienes hambre? Pues mira a ver si apañas algo en las tarteras.

—¡Qué va!; bien visto lo tengo. Por lo menos la mía está más limpia que en el escaparate.

—Yo me parece que debe de quedarme una empanada o dos —dijo Lucita—. Alárgame la merendera que lo veamos.

—Mucho, Lucita. ¿Cuál es la tuya?

—La otra de más allá. Ésa. Lo único, que deben de estar deshechas a estas horas.

—Como si no. Ya lo verás que pronto se rehacen.

Abrieron la tartera. Estaban las empanadas en el fondo, un poco desmigajadas.

Tito exclamó:

—¡Menudo! Verdaderas montañas de empanada. Con esto me pongo yo a cuerpo de rey.

—Ello por ello. Has tenido suerte.

—Te diré. Gracias, encanto.

—De nada, hijo mío.

—Aquí hay de todo, como en botica —comentaba Daniel.

—¿Queréis un poco?

—Quita. ¡Comer nada ahora!

—Tú, Daniel, te mantienes del aire —decía Lucita—. No sé cómo no estás más flaco de lo que estás.

—¿Y tú tampoco quieres, Lucita?

—No, Tito, muchas gracias.

—Las gracias a ti.

Metía los dedos y se llevaba a la boca trocitos de empanada.

—¡Está cañón! —decía con la boca llena, salpicando miguitas.

—Te gustan, ¿eh?

—No están podridas, no señor.

—No es menester que lo digas —añadía Daniel.

—Pásame el vino, haz el favor, que esto requiere líquido encima.

—Así estarán de secas, con tanto calor, que no eres capaz ni de pasarlas. Parece que estás comiendo polvorones. ¿Qué, Luci, lo hacemos de reír?

—Déjalo, pobre hombre. Comer tranquilo por lo menos.

Le daban la botella. Tito seguía picando un trocito tras otro de empanada: dijo:

—A mí no me hacía reír ahora ni Charlot.

Daniel se dió media vuelta en el suelo:

—Chico, no puedo verte comer. Se me aborrece hoy la comida. Es una cosa, que sólo de ver comer a otro delante mío me da la basca, palabra.

—Estarás malo —decía Luci, mirándole la cara.

—No sé.

—No lo estás —dijo Tito—; te lo digo yo. Porque el vino en cambio te entra que es un gusto.

—Ni el vino siquiera.

—¡Anda la osa! Pues si te llega a entrar...

—Ni nada, como lo oyes, textual.

—Entonces, hijo mío, no te comprendo. Si dices que tanto asco te da el vino, no sé a ti quién te manda beber. ¿Tú ves esto, Lucita? Este hombre no está bien de la cabeza.

Lucita se encogía de hombros.

—Mandármelo, nadie. Yo que tengo precisión de ello. ¿Qué hacemos aquí, si no?

—También son ganas —dijo Tito—. Yo a este tío es que no lo acabo de entender. Chico, entonces tú a lo que has venido ahora al río es a pasarlo mal. No te bañas, no comes, y ahora sales con esto. Para eso se queda uno en Madrid y acabas antes.

—Será que tiene alguna pena —comentaba Lucita sonriendo.

—Ah, mira. Pues bien pudiera ser por ahí. Anda, bonito, que te han calado. Confiésate aquí ahora mismo con nosotros.

Daniel, tendido bocarriba, miraba hacia los árboles. Giró los ojos hacia ellos.

—¿Qué? —sonreía—. No hay nada que confesar.

—Sí, zorrillo; no te escabullas ahora. Cuéntanos lo que tienes en ese corazoncito. Estás en confianza.

—Pues vaya un par. ¿Qué querrán que les cuente?

—Bebes para olvidar.

—Bebo porque se tercia, porque me habré levantado de una manera, esta mañana.

—¿De qué manera?

—De una especial.

—Calla, loco...

—Aquí no se sabe quién está más loco.

—Sí que se sabe, sí.

—¿Sí? Bueno, pues yo mismo, venga. Échame el vino para acá.

—Tómalo, hermano, a ver si te pones peor.

—O mejor. Eso no se sabe.

Tito asentía:

—Ah, pudiera. Después se verá. Los hay que sanan.

—Vamos allá. Arriba con el nene.

Empinó el vidrio, hasta que el culo de la botella quedó mirando el cielo, y glogueó largamente.

—Y menos mal que no tiene ganas —le decía Tito a Lucita, dándole con el codo.

Daniel bajó la botella y respiró. Luego dijo, mirándolos, con una risa en toda la cara:

—Que pase el siguiente.

—Lucita, te tocó. Vamos a ver cómo te portas.

Ella cogía el vino y decía antes de beber:

—De ésta sanamos los tres, o nos volvemos de remate.

Tito y Daniel la jaleaban mientras bebía:

—¡Hale, macha! ¡Ahí tú!

Lucita bajó la botella y les dijo:

—Bueno, luego vosotros os encargáis de llevarme a mi casa, ¿eh?

—A saber... A saber quién llevará a quién.

Estaban ahora los tres muy juntos; Lucita en el medio. Bebió Tito también. Daniel dijo:

—Ahora es cuando comienzo yo a disfrutar.

Juntaron las cabezas y se cogieron los tres, con los brazos cruzados por las espaldas. Se reían mirándose. Proseguía Daniel:

—¿Pues sabes que eres tú una chica estupenda, Luci? Mira, palabra que hasta hoy no te había conocido en todo lo que vales. Eres lo mejorcito de la pandilla, para que tú veas. Como lo digo lo siento. ¿No te parece, Tito? ¿A que sí? ¿A que estás conmigo en que Luci, con mucha diferencia, ¿eh?, con mucha diferencia...

Los tres se columpiaban agarrados, con las cabezas juntas.

—Y a simpática —continuaba Daniel—, y a guapa...

—¡Huy, guapa, hijo! ¿Guapa yo? ¡Éste ve doble ya! ¿No te lo digo? Tú ves visiones, chico, para decir que soy guapa.

—¡Tú a callar!, ¡no te han pedido la opinión! He dicho

guapa y se ha concluido. Y además, eso sí, se me ocurre una idea. Te vamos a nombrar... verás; te vamos a nombrar nuestraaa... Te vamos a nombrar... Bueno, es lo mismo. Algo.

*

Justina depositaba a Petrita en el suelo:

—Déjame ahora, bonita, que es mi turno.

La niña corrió hacia la mesa donde estaban sus padres. Claudio contaba los puntos, recogiendo los tejos. Se los pasó a Justina:

—Anda, campeona, a ver si ahora haces lo de antes.

Felipe Ocaña se miraba las uñas. Petrita quería sentarse en la misma silla de Amadeo.

—Tonta, ¿pero no ves que no cabemos los dos?

Petrita cogió las manos de Amadeo y jugaba con ellas:

—Tú deja la mano muerta —le decía.

Sergio callaba.

—La Sínger mía, que me dejó mi madre, en paz descanse —decía Nineta—, la tengo todavía en Barcelona, casa mi hermana. Se cree que va a quedarse con ella, ¿sabes? Pero en esto se equivoca, te lo digo.

—¿No se la has mandado a pedir?

—Se lo dije por carta dos veces y la vez que estuvimos y se hace la desentendida. Pero esto no, ¿eh?, mira, esto no. En setiembre, si vamos quince días, yo me la traigo, has de ver.

—Una máquina de coser, y más siendo una Sínger, es una alhaja en cualquier casa. Di que no andes con miramientos y tráetela como sea.

—Ah, tú verás que sí. Lo has de ver que en setiembre viene a Madrid esta maquinita. Por descontado.

—Y para la casa y para todo, ¿qué duda cabe? —seguía diciendo Petra—. Una máquina de coser no puede renunciarse a ella así como así. Capaz de venirle a la casa un revés cualquier día, y ya tienes ahí algo para sacarle unos duritos, cosiendo para la calle, y defenderte un poco mientras que quieren y no quieren arreglarse las cosas. Naturalmente. Con una máquina en casa ya no te coge tan desprevenida un bandazo cualquiera que pueda sobrevenir.

Se arregló las horquillas en el pelo revuelto. La cuñada asentía:

—Y en este sentido que tú dices, igual. Como si fuera una máquina de fabricar billetes. En casi dos años que me la tiene, unas pocas pesetas me quitó la hermana con sólo coser para ella.

—Pues por eso. Tú no seas tonta y arráncasela de las manos en cuanto que puedas. ¡Se va a aprovechar nadie de lo tuyo! Sólo lo que te hubieras ahorrado de modista, mujer. Y que tampoco son eternas, así que sean de la casa Sínger. Todo tiene un desgaste, y cuanto más tarde te la devuelva, en peores condiciones te la vas a encontrar. Eso también.

—Mamá, que me aburro —dijo Juanito revolcándose en la silla.

—Iros a ver la coneja, andar.

—Ya la hemos visto.

Petra no le hizo caso; atendía a su cuñada.

—Es egoísta, ¿sabes? Es por esto que nos hemos llevado siempre medio mal. Mira, es más pequeña que yo, para que veas, ¿eh?, y tuvo que casarse antes de mí. Esto un ejemplo. Y otras cosas, ¿me comprendes? Y todo que yo me puse en relaciones con Sergio antes de ella conocer al esposo.

—Ya. Los hermanos pequeños siempre son más egoístas que los mayores.

—Y mira, otra cosa —le puso a Petra la mano en la rodilla—; por cada quince días que el hermano Ramonet se pasa en casa suya en Barcelona, está por lo menos un mes en casa nuestra.

Petra miró un momento a sus hijos, que seguían revolviéndose en las sillas.

—Ya te entiendo, Nineta —suspiró—. Pues hija, la mía es una Sigma, que no tiene tanto renombre ni muchísimo menos, porque quien dice Sínger dice garantía, pero fallar no me ha fallado hasta ahora y no te quiero decir el avío que me da. Pocas prendas les verás a mis hijos que no se las haya confeccionado yo solita con estas manos.

—Ah, es que tú vales, Petra. ¿Qué es que no sabes hacer tú? Coses, cortas; para ti es igual. ¡Que eres buena mujer de la casa, mira!

—Oy, tampoco me pongas tan alta, Nineta, tampoco me subas ahora por las nubes —dijo Petra riendo en la garganta—. Ahora, eso sí, sin que me sirva de inmodestia, desde luego, pero como tuviese cualquier día que coser para fuera, no creas que yo sería de las que lo hacen peor. Mira...

Se volvió a Felisita y la levantó de su asiento, para mostrársela a su cuñada:

—¿Ves?, esto mismo. Vuélvete, hija. Esto, ¿te das cuenta? Es un vestidito que no está mal, digo yo. Una prenda que, sin ser ninguna cosa del otro jueves, la puede llevar la niña a cualquier parte; sin que le desmerezca. ¡Pero estate ya quieta, hija mía! ¿Eh, Nineta? ¿Qué te parece?

—¡Ay, mamá, no me des esos meneones!...

—¡Calla! ¿No ves aquí, Nineta? Sus fruncidos... Mira, de aquí le saqué un poquito para darle la forma ésta, así abombada, ¿no ves?, ¿te das cuenta cómo está hecho? Y el plieguecito este, por detrás, se lo...

—¡Pero, mamá no me levantes las faldas! —decía la niña sordamente, mirando mortificada hacia el jardín.

—¡Te estarás quieta de una vez! ¿No ves que le estoy enseñando el vestido a tu tía?

Manolo había saludado con un leve gesto de cabeza hacia la mesa de los Ocaña. Felisita estaba roja:

—¡Déjame ya, mamita, déjame...! —suplicaba gimiendo por lo bajo.

—Debe de ser el novio de la chica —dijo Sergio, volviéndose a las dos mujeres.

Ellas miraron a un tiempo hacia el jardín. Felisita se vió liberada. Manolo se había acercado a Justina.

—Seguro es él —dijo Nineta.

Todos, menos Felipe Ocaña, miraban a los novios.

El Chamarís recogía los tejos. Los dos carniceros sacaban tabaco.

El Chamarís les susurró:

—Me parece que ya la hemos armado —señaló con las cejas hacia la espalda de Manolo—. Viene hecho un torete...

El carnicero alto sonrió:

—Chsss, luego hablaremos de eso.

Manolo le decía a su novia:

—No me ha gustado nada lo que haces, Justina.

—¿Ah, noó?

—No, y además ya lo sabes de siempre.

—¿Sí? Pues bueno —se encogía de hombros—. ¿Qué más?

—Oye, mira, no te me pongas tonta, que no tengo ganas ahora de discutir, aquí delante todo el mundo.

—¿Yoo? Yo no me pongo tonta. Eso tú.

—Bueno, mira, Justina, mejor será que te vayas a arreglar, y luego.

Se había acercado el Chamarís:

—¿Me permite un momento? —le decía a Manolo con una soterrada sonrisa, fingiendo timidez—. Los tejos, Justina. Tú que sabes en donde los guardáis.

Se los puso en la mano.

—Dispensen y hasta ahora —añadía retirándose.

—De nada —dijo Manolo fugazmente, y proseguía en voz sorda, con acritud—. ¿Te crees que yo te pienso aguantar que te líes a jugar a la rana, con tres hombres, aquí, dando el espectáculo en todo el jardín, y aquellos señores delante? Dilo, ¿te crees que te lo voy a consentir?

—Haz lo que quieras, chico.

—No me contestes así, ¿eh? No me saques de quicio ahora...

Echó una rápida ojeada hacia atrás, para ver si los estaban observando. Los carniceros y el Chamarís encendían sus cigarrillos.

—Más vale que me contestes de otra manera, ¿lo entiendes?

—¿De veras? ¡Huy qué miedo me da! ¿Pero vas a enfadarte? ¡Qué miedo, chico!

Manolo apretó las mandíbulas. Gruñía por lo bajo:

—¡Mira, Justi, que damos el escándalo! Yo te lo aviso. ¡No me, no me...!

La cogió por el brazo y la apretaba, clavándole las yemas de los dedos:

—¿Me oyes?

Justina se revolvía:

—Suéltame, idiota, que me haces daño. Quita esa mano ahora mismo, majadero. A ver quién va a ser aquí la que se tiene que enfadar.

Se desprendía de Manolo; continuó:

—Andas hablando y tramando, por detrás, con mi madre, haciendo la pelotilla y diciéndola que no te gusta que yo le ayude a padre en el negocio y que eso no está bien en una chica y sandeces y cursilerías. ¿Quién te has creído aquí que eres? A disponer de mí como te da la gana.

Se ponía colorado:

—Baja la voz. Te están oyendo estos señores.

Justina le dijo:

—Te da vergüenza, ¿no? —se pasaba los tejos de una mano a la otra y los hacía sonar, con reticencia—. Ahora te da vergüenza, claro. Pues yo pienso hacer lo mismo que vengo haciendo de toda la vida. Ni se te pase por la imaginación que ahora me vaya a parecerme mal lo que siempre he tenido por bien hecho. Ni te lo sueñes eso, Manolito.

Manolo se impacientaba; miró de nuevo tras de sí:

—Bueno, déjalo ahora. Luego resolveremos este asunto. Ahora me haces el favor de arreglarte y ya lo hablaremos luego todo eso.

—¡Ni arreglarme ni nada! ¿Qué te has creído? Hoy no salgo. No puedo salir. Tengo que ayudarle a mi padre, para que te enteres. No esperes que me vaya a arreglar.

—¿Ah, no? Conque no sales hoy conmigo, ¿eh? ¿Tú lo has pensado bien?

—Claro que sí.

—¿Conque sí? Pues esto a mí no me lo haces dos veces. Y además te lo juro. No tendrás ocasión. ¿De modo que no te arreglas?

—Creo que ya te lo he dicho.

—Pues te arrepientes. Por éstas —se besaba los dedos—. Me las pagas. Por mi madre que en paz descanse, fíjate, por mi madre, que no me vuelves a echar la vista encima.

—Venga ya, no jures tanto que es pecado. No ofendas a tu madre que ella no tiene la culpa. Menos jurar ahora y haces lo que sea. Lo que te dé la gana...

—Bueno, pues luego no te arrepientas. Que lo pases muy bien.

—No tengas cuidado —sonreía Justina—. Si me arrepiento te pondré una postal.

Manolo fué a responder, pero dió media vuelta y se metía hacia el pasillo. Justina miró a sus espaldas y movió la cabeza. Después se llevó la mano a la boca y se mordisqueaba el dedo índice, mirando reflexivamente hacia la tierra del jardín. El Chamarís y los dos carniceros la observaban, fumando. Justina levantó la cabeza y se acercó a ellos:

—¿Han visto?, ¡el mameluco, paniaguado! —les decía—. ¡Si será idiota!...

—¿Qué? —preguntaba Claudio—. ¿Hemos tarifado?

—Calle, por Dios. Si es que no hay quien lo aguante.

—¿Perooo...? ¿Definitivo? —decía el Chamarís, haciendo con la mano un hachazo en el aire—. ¿Para siempre ya?

Justina asintió con la cabeza:

—Para toda la vida —dijo en tono zumbón.

Habló el carnicero bajo:

—Eso tampoco, niña. Eso tampoco se debe decir. El mundo da muchas vueltas y no se puede ser tajantes.

—Pues lo que es en esto, yo se lo puedo asegurar.

—Calla, calla; que estás ahora todavía en el calor de la disputa. Déjate que la cosa se enfríe y después hablaremos. Eso son cosas que no se saben hasta la noche.

—Ni nada. Aunque no hubiera más hombre en este mundo, se lo digo yo a usted..

—Eso te cuesta a ti muy poco el decirlo —decía el carnicero Claudio—. Demasiado lo sabes tú, que si no quieres, soltera no te quedas. Pero ya me vendrías a mí, otra que no tuviera ese físico y esa juventud. Así ya se puede, ya.

—Bueno —cortó Justina dando un respingo—; a todo esto estábamos empatados. ¡Vamos a por la buena!

Hizo saltar los tejos en la palma de la mano y se iba hacia la rana, muy de prisa, para seguir el juego. Pero Claudio, con una sonrisa, le decía:

—No, mira, hija, ahora no. No nos queremos aprovechar de las circunstancias. Te íbamos a ganar de todas todas, ¿no comprendes? Ahora no metías un tejo ni por esa ventana. Otro día, otro día...

—¿De qué? —protestaba Justi—. ¿Por causa de ese chalao? ¿A santo de qué?

—Bueno, pues tú no nos obligues a demostrártelo sobre el terreno, anda. Te prometo que mañana nos venimos y echamos todas las que tú quieras. Además, es ya tarde, nos vamos a ir a ver lo que se cuentan tu padre y el señor Lucio y la Compañía.

Pisoteó la colilla contra el polvo.

—Pues como quieran, entonces. Lo dejaremos para otro día.

Se encaminaron todos hacia la puerta del pasillo.

—Pero que yo no estoy nerviosa, ¿eh?; que conste.

—No, no lo estás. Sólo un poquito —decía Claudio echándose a reír—. ¡Ay, Justina, que tenemos ya muchos años! —movía la cabeza arriba y abajo—. ¡Justina, Justina...!

Sergio, en la mesa, comentaba:

—Se conoce que no ha debido de gustarle un pelo el encontrársela jugando. No le ha hecho ni pizca de gracia.

—Eso debe de ser. Los novios ya se sabe.

—¿Hacemos eso que se hace así? —le decía Petrita a su hermano, cogiéndole las muñecas.

—No quiero. Déjame... —le contestaba Amadeo.

Y se puso de codos en la mesa, con las mejillas en las manos. Miraba aburrido alguna cosa, por entre los dedos entreabiertos: hojas, sombras, tallos, puntos de luz en el alambre y en las flores de madreselva. Felipe Ocaña se daba con la mano sobre un largo bostezo. Juanito había echado el torso encima de la mesa y con el brazo extendido alcanzaba un tenedor y hacía subir y bajar el mango, haciendo palanca en los dientes con la yema del dedo.

—Poneros como es debido —les decía su madre—. No os quiero ver así.

Juanito obedecía lentamente, como cansado. Nineta dijo:

—Tienen sueño.

Sergio volvió a encender el puro. Petrita le decía:

—Luego me dejas la cerilla, tío. No soples, ¿eh?

Felipe miró a su hermano:

—¿Aún tienes el puro?

—Lo voy fumando a poquitos.

—Y cada vez que vuelvas a encenderlo —dijo Nineta—, huele más mal.

Sergio le daba la cerilla a su sobrina:

—A ver si sabes cogerla. Pero no te quemes, ¿eh?

Se apagó entre los dedos de ambos.

—Enciende otra y me la das.

—Nada de cerillas —cortaba Petra—. Luego te haces orines en la cama.

La niña puso unos morros de capricho. Refunfuñó:

—Me aburro...

Se paseaba por detrás de las sillas de los mayores, restregando el costado contra las hojas de la enramada. Felisita miraba hacia el jardín, con los ojos inmóviles.

—Mamá, ¿qué hago? —dijo Juanito.

—Estarte quieto. Cuanto que baje un poquito el sol, embarcamos los trastos y nos volvemos para casa.

Sergio miraba al suelo y alisaba la tierra con el pie.

—Mira —dijo Nineta—; tú no has de pensar en el regreso, ahora. Cuando empieza a pensarse, ya no se pasa bien.

—Pero, mujer, a alguna hora tendremos que marcharnos.

—Esto sí, pero tú ahora no lo pienses, hasta que venga el momento de ir.

—Para este plan de tarde... Deseandito es lo que estoy, date cuenta.

Felipe agarró de repente a Petrita, que pasaba por detrás de su asiento, y gritó:

—¡Tú, niña!¡Sal de ahí! ¡Venga, vosotros, todos! ¡Amadeo, Juanito! ¡Hala! ¡A la calle ahora mismo! ¡Largarse ya! ¡A jugar por ahí! ¡Divertíos! ¡Fuera, fuera, a correr! ¡A la calle! Tú, Petri, dale un besito a tu padre y arreando.

Juanito y Amadeo saltaron muy contentos de sus sillas y salieron corriendo con un largo chillido: «¡Bieeén!». Petrita les gritaba:

—¡Esperarme, esperarme!

Amadeo se detuvo en la puerta que entraba hacia la casa:

—¡Venga! —le dijo. Y la niña llegó junto a él y desaparecieron los dos, cogidos de la mano.

—Estaba harto ya de verlos aquí delante, las criaturas. Me estaban poniendo negro. Que corran y se expansionen. Para un día que salen al campo, en todo el año de Dios.

Petra miró a su marido de reojo; se volvió hacia Nineta y le decía:

—Esa es la educación que los da su padre. Ya ves lo único que se le ocurre. Darles suelta para que anden por ahí tirados, como golfillos, sin una mirada de nadie, expuestos a mil percances. Pero es que así no lo molestan a él, ¿no comprendes?

—No sé por qué tendrás que decir eso —replicó su marido—. Siempre pensando lo peor. Lo hago porque a los chicos no se los puede tener esclavizados todo el día, como te gusta a ti tenerlos. Bastante que se pasan todo el año encerrados en un cuarto piso. Para que encima, por un día en que pueden gozar de libertad, te empeñas en tenértelos cosidos a la falda, como presos.

—Pues, sí señor. Los chicos pequeños tienen siempre que estar bajo la tutela de los padres, que para eso los tienen. Así es como se hacen obedientes y puede una estar a la mira de que nada les vaya a ocurrir.

—¿Pero qué te crees tú que va a pasarles? Si cuanto más se acostumbren a andar sueltos, mejor aprenderán a bandeárselas por su cuenta y riesgo en este mundo y tener ellos mismos cuidado de sus personas. Lo único que conseguirás de la otra manera es el acoquinarlos y que estén siempre necesitando de una persona mayor siempre encima.

—Pues para eso precisamente es para lo que están los padres y las madres que sepan lo que se traen entre manos.

—Muy bien, y cuando tengan veinte años, será una cosa muy bonita el verlos que sean incapaces de dar un paso por cuenta propia.

—¿Pero es que vais a discutir otra vez? —terciaba Sergio.

—No, Sergio, es que es verdad, es que no tiene para con sus hijos... Dime tú...

—Mujer —dijo Sergio—, yo creo que porque tengan media horita no les va a pasar nada a tus hijos por eso. Aquí en el campo, además, que no hay coches ni riesgos de otra especie. Ya ves tú lo formalitos y obedientes que han estado ellos todo el día.

—Bueno, lo que digáis. Yo por mi parte ya lo he dicho lo que tenía que decir. Si su padre se empeña en malcriarlos, no serán mías las culpas. Allá él. Y menos mal que están en taparrabos, menos mal, que si no, ya verías qué facha de vestidos que me traían a la vuelta. Ahora, que a mí... —hizo un gesto de inhibición con la mano.

—Pues mira ésta —dijo Felipe poniendo la mano en la cabeza de Felisita—. Ésta hoy se ha lucido. ¡Pegadita a tus faldas, ahí la tienes! Se ha pasado un domingo que vaya. Pero a base de bien. Ahora que si a ella le gusta aburrirse, no la vas a obligar.

Felisita callaba, bajo la mano del padre, que continuó:

—Ésta también es que calza el cuarenta y cuatro en cuestión de sosera.

—Lo que faltaba ahora es que me mortifiques a la chica. Eso es lo que faltaba. Tú di que no le hagas caso, hija mía. Tú ven acá.

La arrimó junto a sí, pero ya Felisita sorbía con las narices y escondía silenciosos lagrimones contra el obeso brazo desnudo de la madre. Luego de pronto despegó la cara, con un resorte violento de culebra, y le gritó llorando a su padre, en un empellón de ira:

—¡Yo no te he hecho nada! ¿Sabes? ¡No te he hecho nada! ¡Y si soy sosa, mejor! ¡Si soy sosa, mejor! ¡Ya está! ¡Mejor...!

Y volvía a ampararse contra el brazo materno, gimiendo a sacudidas.

—¿Lo ves tú? —dijo Petra con encono—. ¡¡Lo ves cómo tenías que...?!

Felipe no dijo nada. Luego se levantó:

—Me voy un rato con Mauricio.

Pasó por la cocina. Se detuvo. Puso las manos en las jambas de la puerta. Estaban la hija y la mujer de Mauricio. Les dijo:

—Voy allí un rato a ver a su marido, qué me cuenta de nuevo.

—Me parece muy bien. Él, ahora, ocupado con la parroquia. Por su gusto se estaría toda la tarde ahí con ustedes en el jardín.

—Ya, si por eso voy. Si la montaña no viene a Mahoma, pues eso. Hasta ahora.

*

Manolo se había marchado sin detenerse en el local y saludando apenas, de pasada.

—Allí va... —dijo Lucio.

Mauricio se había encogido de hombros:

—Se conoce que ha habido tormenta —sonrió.

Luego entraban el Chamarís y los dos carniceros, y Mauricio les preguntaba:

—¿Qué?, ¿hubo festejo?

—¿Festejo? ¿Pero de qué?

—Pues con el novio de mi chica, hombre.

El carnicero alto ladeaba la cabeza:

—Ah, ¿ya te quieres enterar? Algo parece ser que ha habido. ¿Se marchó?

—Como gato por brasas, salía.

—Se que ha sido regular.

—¿Oísteis algo vosotros?

—Oír, nada. Fue una cosa discreta, todo por lo bajinis. Veíamos la cara de él, eso sí, que ya era suficiente.

—Bueno —dijo Mauricio—, pero en resumidas cuentas, ¿qué?

—Hombre, de todo te quieres enterar; no se puede contigo —protestaba riendo el carnicero alto—. Pues, sí, lo mandó a freír monas, según nos ha informado ella. ¿Satisfecho?

Mauricio secaba los vasos:

—Por cursi. ¿Qué tomáis?

Claudio le daba con el codo al otro carnicero y decía, señalando a Mauricio:

—Y se la está gozando, ¡mirarlo así! En vez de disgustarse que su hija haya reñido con el novio que tiene.

—Siempre fue poco partidario —decía el Chamarís—. No era ningún santo de su devoción. A saber cuál será su candidato.

—Candidato ninguno —denegaba Mauricio—. Cualquiera que no sea este industrial, que se me planta en la boca del estómago cada vez que me comparece ante la fachada. Pues mira que también la profesión que practica...

—¿Y cuál es ella? —preguntaba el chófer.

—¿Que cuál es? Pues casi no lo digo de la vergüenza que me da: ¡Viajante de botones! Representante de una casa de botones de pasta. ¡A cualquiera que se le diga!

Se reían todos.

—Sí, tomárselo a risa. ¡Como para reírse!

—Pon vino, anda. Lo indignado que se pone —dijo Claudio—. Te está amargando la vida o poco menos el fulano.

—¡Vamos, que no te creas...! —continuaba Mauricio, llenando los vasos—. ¡Viajante de botones! Aquí se me presentó, una tarde, el sujeto, con el muestrario debajo del brazo, que era digno de verse eso también; pues un cacho cartón, una cosa así como ese almanaque que está ahí colgado, y con todos los botoncillos allí muy bien puestos, de todas las formas y tamaños, que había para escoger, había, lo creo. ¡La cosa más ridícula del mundo! De caérsele a uno la cara, si mi hija se me casa con individuo semejante. ¡Vamos, que un hombre ande con eso por la calle...! Señor, con tantas profesiones como hay, bonitas y feas, y me tenía que tocar esto a mí. ¡Vivir para ver!...

Se reían a grandes carcajadas.

—Parece que hay buen humor —interrumpía Felipe Ocaña, entrando.

—Hola, Ocaña, ¿qué pasa?

Le abrían un poco el corro, para dejarle sitio junto al mostrador.

—Están muy bien como están. No se molesten.

—Acérquese a tomar algo —dijo Lucio.

—Gracias.

Callaron un momento; luego Lucio le abría la conversación:

—¿Fuma usted? —le ofreció la petaca.

—¿Qué? —preguntaba Mauricio—. ¿Te has aburrido ya de la familia?

—Bastante. Algo de eso hay.

—Pues mira, aquí te presento a estos señores. O sea lo más escogido de la parroquia, ¿sabes?, lo mejorcito que alterna por aquí.

Ocaña sonreía azorado.

—Pues mucho gusto; me alegro conocerlos.

—¿Cómo está usted?

—Muy bien; muchas gracias.

No sabían si darse las manos. Y dijo el chófer de camión:

—Conque a pasarse el domingo en el campo, ¿no es eso? Huyeron de los calores de Madrid.

—Ahí está.

—A ver —continuaba el chófer—. Usted con el cochecito, ya puede desplazarse a donde sea, sin que le salga la broma por un riñón.

—Claro.

—Pues qué bien deben de tirar los coches esos, con todo lo viejos que son; digo el modelo este de usted.

—No tengo queja del coche, desde luego. No se le puede pedir más, en doce años que lleva siendo mío.

—¿Ve usted? ¡Diferencia con el Chevrolet de por esa misma época! ¿Adónde va a parar?

—Toma; como que ese material está ya casi todo retirado. Y del modelo posterior, la mitad por lo menos. Este mío, ya ve usted, todavía circulamos unos pocos. Y eso que ahora ya vienen apretando con los nuevos...

Se habían apartado de los otros. Mauricio interrumpía:

—¿Qué quieres, tú?

—¿Eh...? Pues coñac. Oye; y aquí también.

—No, gracias. Yo estoy con vino.

—¿No quiere una copita? De verdad.

—Agradecido, pero no. Además, no se crea que me caen muy bien los licores. Pues, dice usted, estos nuevos; ahora lo que pasa es que se fabrica mucho, pero en peor. En bastante peor, ¿eh? Muy bonitos, una línea, el detallito de una guarnición, de una virguería; bien presentado o sea. Pero nada más. De duración... de duración, que es lo que importa al fin y al cabo, de eso nada. Ni pun. Hay que desengañarse. A la postre, no es más que bazofia lo que hoy se fabrica.

—Claro. Pero eso ¿qué le va usted a hacer? Eso no es más que el criterio de la industria de ahora. Que a las casas les interesa que lo que sale tenga la menos posible duración;

que los modelos que sacan a la calle se agoten en equis tiempo, ¿no me comprende? Y así seguir vendiendo cada vez más. Eso se explica fácil.

El Chamarís y los dos carniceros se habían retirado junto a Lucio, dejando a Ocaña con el otro chófer.

—¿Y el perro? —preguntaba el Chamarís.

—Se salió antes afuera, con la gente menuda. Los chavalines de este señor.

—Si hay niños se pone loco. No atiende a razones.

—Se aburrirá contigo. Mientras que no salga la veda y lo saques de caza otra vez...

Se oían sonar las fichas sobre el mármol. El otro chófer asentía a las palabras de Ocaña; comentaba:

—Hasta que llegue un día en que se compre uno el coche, ¿eh...? Pues nuevecito. Y nada: ponerlo en marcha y a Puerta de Hierro, pongo por caso. Un paseíto corto. Ir y volver y ¡fuera!, a la basura el coche. A la tarde, a la tienda a por otro. Pues bueno, otro caso: nada, que hay que certificar esta carta. Coges tu coche, y a Correos. A la vuelta, lo mismo. Fuera con él. ¡Al cubo! Y así; nada más un servicio y tirarlo. ¿No me comprende? Como una servilleta de papel. Pues lo mismo Así pasará algún día con los coches, al paso que vamos...

—Sí, sí, no me extrañaría. Desde luego. Pues en cambio este mío, sonando todo él como una tartana, que ya no hay forma de tenerlo callado, de holgura que tiene, ahí está, sin embargo. Y que no es un kilómetro ni dos, los que se lleva corridos.

Ahora el alguacil puso una ficha y miraba sonriendo a los otros, que fueron pasando sucesivamente. La mano volvió a él.

—¡Míralo qué gracioso! —protestó don Marcial—. Cachondeíto... Si la tienes la pones y no nos hagas dudar y perder el tiempo.

Coca-Coña se divertía:

—Nada, Carmelo, ¡Así! ¡Que rabien!

—Poco noble —decía Schneider—. No burla del adversario. Cosa fea. Muy feo este broma en el juego. No vuelve a hacerlo más.

—No quería molestar, señor Esnáider...

—No molestado. Sólo quiere que juega seriamente.

—¡Tú, nada! No hagas caso. ¡Dales!

—Bien, usted Herr Coca enfadaría. No gustaría este broma contra usted.

—¿Le sentó mal? Pues si es una broma inocente. Ya ve usted la malicia que va a tener Carmelo. Si es más infeliz que un cubo.

Don Marcial meneaba las fichas.

—Yo sé, yo sé —paliaba Schneider—. Carmelo bueno como este cubo. Esto yo ya sé; pero no es debido la burla al contrario de juego.

—Bueno. Usted sale —cortaba don Marcial, sonriendo.

Llegaban dos hombres. Uno de ellos decía desde el umbral:

—Mirar a ver unos chavales ahí afuera, que le han echado mano al carricoche de aquí —señalaba a Coca-Coña—; y se van a despeñar por esos desmontes. Como no se lo quiten pronto, lo destrozan. Impepinable.

Todos miraron al que hablaba. Era tuerto.

—Pues esos son los tuyos, Ocaña —dijo Mauricio—. Mira a ver.

Ocaña se acordó de repente:

—¡Tienes razón! Van a ser ellos, seguro. ¿Por dónde andaban, diga usted?

El tuerto le indicó desde la puerta:

—Ahí, en el rastrojo, aquí delante, mire, por ahí traspusieron ahora mismo, empujándolo a toda mecha, con una niña montada.

—¡Ay Dios mío! —dijo Ocaña—. ¡Me la estrellan...! —y salía corriendo en busca de sus hijos.

—¡Por allí, por allí!, ¡detrás de esa lomita! —le seguía señalando el tuerto desde el umbral.

Habían salido a la puerta los dos carniceros y Mauricio y el Chamarís. El chófer dijo:

—¿Entonces esos chaveas que pasaron hace un rato son hijos del taxista?

Mauricio decía que sí con la cabeza, sin dejar de mirar hacia el rastrojo. Ocaña había desaparecido por detrás de un pequeño declive, entre las tierras de labor.

—Por lo menos —decía Coca-Coña en el local—, por lo menos hay alguien que disfruta con el dichoso artefacto.

La sillita de ruedas se les había atascado en el hondón de unos desmontes, junto a la puerta de un antiguo refugio, donde hoy había una vivienda.

—¡Amadeo!

Los tres niños se volvían de sobresalto hacia la voz del padre.

—¡Locos estáis vosotros! ¡Locos! —les decía jadeando.

Petrita se apeaba. Sus hermanos aguardaban, inmóviles. El padre los alcanzó.

—¿Conque esto es todo lo que se os ha ido a ocurrir? ¡Maleantes, piratas!

Miró a un lado, donde algo se movía. De la arpillera que tapaba la entrada del refugio, había salido una mujer vestida de negro; los miraba en silencio, con los brazos cruzados.

—Buenas tardes —le dijo Ocaña.

No contestó.

—¡Qué vergüenza! —continuaba Felipe hacia sus hijos—. ¿No lo sabéis que esto son las piernas de un pobre desgraciado que no puede ni andar? ¡Hay que aprender a respetar las cosas! Tú ya eres mayorcito, Amadeo, para tener edad de discernir. ¡Y a pique de estrellar a vuestra hermana! ¡Mira que la ocurrencia! Venga, ayudarme a sacar esto de aquí.

Se movieron rápidamente. Ocaña empujaba la silla por el respaldo y los dos niños facilitaban el paso de las ruedas. Pasaron por delante del refugio; la mujer no se había movido y los miraba fijamente.

—Los críos... —le dijo Ocaña—. No puede uno descuidarse ni un minuto.

La otra apenas movió la cabeza. Treparon el pequeño desnivel y dieron vista de nuevo a la casa de Mauricio.

—Vaya un papel que me hacéis hacer ahora con ese hombre. ¿Y qué le digo yo ahora? ¿Veis la que habéis armado? Hala, os vais al jardín con vuestra madre y de allí no os movéis hasta la hora de marchar. ¿Entendido?

—Sí, papá —contestaba Amadeo.

Ocaña reflexionaba unos instantes:

—O si no, mira, quedaros por aquí, si queréis. Pero cuidado con hacer tonterías, ¿estamos?

—Sí, papá. Ya no vamos a hacer nada.

—¡Cuidado los chavales lo revoltosos que son! —dijo Mauricio—. Las cosas que discurren.

—Es que no tienen dos dedos de frente estas criaturas —le contestaba Ocaña, colocando la silla de ruedas contra la pared.

—Esto lo hace la edad —repuso el carnicero alto—. Ahí no hay malicia ninguna.

—Pues la edad del mayor era ya como para no hacer estas cosas.

Ocaña se secaba el sudor con un pañuelo. En cuanto hubo

entrado, los niños pegaron un bote y salieron corriendo hacia la parte trasera de la casa. Ocaña se aproximó a la mesa del tullido.

—Dispense usted esto, por favor. De veras que lo siento. Pero es que los chicos ya sabe cómo se las gastan. Discúlpelos usted.

Coca-Coña levantó la cabeza.

—¿Yo? ¡Cómo se ve que no me conoce! Por mí como si quieren estarse paseando todo el día. Bien demás está. Precisamente lo estaba diciendo ahora, que menos mal que hay alguien que el trasto ese le sirve de jolgorio y deja de ser siquiera por un rato una cosa tan fea y tan sin gracia, como yendo montado un servidor. Conque no se preocupe ni me venga con disculpas, porque aquí no es el caso.

—Usted es tan buena persona que se lo quiere tomar de esa manera y yo se lo agradezco...

—¡No diga cosas! Agradecido tengo yo que estárselo a los hijos de usted, aunque le extrañe, por el haberse aprovechado del triciclo de la puñeta y haber hecho fiesta con él. ¿Cuándo se habrá visto en otra?... Bueno: ¡a cuatros!

Detonaba la ficha en el mármol. Ocaña prosiguió:

—Pues va usted a permitir que lo convide a una copa. Y a sus compañeros también.

—Hombre, eso sí —exclamó Coca-Coña, volviendo a levantar la cabeza del juego—. Eso, a todas las que quiera usted.

Ocaña sonreía.

—Aquí el que no se consuela es porque no quiere —dijo el tuerto.

Coca-Coña se volvió para gritarle:

—¿Qué dices tú, alcarreño, ladrón de gallinas? ¡Con ese ojo que tienes en la cara que parece un huevo cocido!

—Ya está. Ya está metiéndose con la gente otra vez —decía don Marcial—. Atiende al juego, hombre, atiende a la partida, que luego perdéis, y te envenenas contra el pobre Carmelo.

En esto habían entrado cinco madrileños; tres chicos y dos chicas. Hablaron algo con Mauricio y pasaban al jardín.

—He dicho y lo repito que el que no se consuela es porque no quiere, y al decirlo lo digo con mi cuenta y razón —replicaba el tuerto.

—Pues lo que es tú, como no sea porque te ahorras tener que guiñarlo, cuando te vas de caza —contestó Coca-Coña—, no sé qué otro consuelo es el que tienes, con ese ojo hervido, que tan siguiera si pudieras sacártelo te valdría cuando menos para jugar al guá.

El alcarreño se reía:

—Y a ti la mala labia no te falta, no creas. Por eso que no quede. Todo lo que las patas no te corren, te lo corre la lengua. ¡Y más! Ya te lo digo; cuando falta de un lado, se compensa de otro. Eso es lo que nos pasa a los inválidos como tú y como yo. Que nos desarrollamos por donde menos se diría. ¿Quieres saber lo que me crece a mí?

—No es necesario que lo digas —contestó Coca-Coña—. Tú siempre la nota fácil y grosera. ¡De la Alcarria tenías que descender!

Coca-Coña se volvía de nuevo a la partida.

—Pues sí señor, de la Alcarria —dijo el otro bajito, que había entrado con el tuerto y que traía un zurrón de pastor—; de la Alcarria, de allí nos viene todo lo malo. De allí bajan los zorros y los lobos, que nos matan las reses.

—¿Tú también? —le decía el alcarreño—. Anda, más te valdrá que te afeites los domingos, para venir a terciar con las personas.

Se dirigió al Chamarís y a los dos carniceros; continuaba:

—Pues sí, es cierto que el que no se consuela es porque no quiere. ¿No saben lo que a mí me dijeron cuando perdí el ojo este, a los dieciocho años?

—Pues cualquier tontería —dijo Claudio—. A saber.

El alcarreño se secaba la boca con el dorso de la mano; dijo:

—Va uno allí del pueblo y se me pone, a los dos o tres días de ocurrido el suceso... porque fue con una caja de pistones, ¿no saben?, de esos de ley, que tienen una bellotita en el culo; bueno, ahora ya no se encuentran. Pues, a lo que íbamos, me viene el tío, con toda su cara, y me dice: «No tengas pena, que con eso te libras de la mili.» Me cagué en su padre. No digo más, lo mal que me sentó. Pues luego, déjate, que se pasó el tiempo y por fin viene el día en que me llaman a mi quinta y ahí me tienen ustedes a mí, que me puse la mar de contento de ver que yo me quedaba en casita, mientras los otros se marchaban a servir. ¿Qué les parece?

—Ya. Todo tiene sus ventajas y sus inconvenientes.

—Yo de ahí lo que yo digo de que el que no se consuela es porque no quiere. Hasta de las desgracias se saca algún partido. De físico, ya de antes no tenía yo nada que perder; lo mismo da ser feo y tuerto, que feo a secas. Así que cuestión de vista únicamente. Pero en eso mire usted, si me apura, le diré que con un ojo llega uno a ver casi más todavía que con dos. No le parezca un disparate. Lo que pasa es que cuando se tiene sólo un ojo, como sabes que tienes ese sólo, te cuidas de tenerlo bien abierto, de la noche a la mañana y de la mañana a la noche y te acaba sabiendo latín, el ojo ese —se ponía el índice bajo la pupila de su ojo sano—. Así que con uno sólo termina uno viendo muchas cosas que no se ven con los dos.

Ocaña hablaba de nuevo con el chófer:

—De estos que han traído ahora, los que salen mejores son los Peugeot. Pese a la falta esa que tienen de que son muy bajitos para montar.

*

Bajaba el sol. Si tenía el tamaño de una bandeja de café, apenas unos seis o siete metros lo separaban ya del horizonte. Los altos de Paracuellos enrojecían, de cara hacia el poniente. Tierras altas, cortadas sobre el Jarama en bruscos terraplenes, que formaban quebradas, terrazas, hendiduras, desmoronamientos, cúmulos y montones blanquecinos, en una accidentada dispersión, sin concierto geológico, como escombreras de tierras en derribo, o como obras y excavaciones hechas por palas y azadas de gigantes. Bajo el sol extendido de la tarde, que los recrudecía, no parecían debidos a las leyes inertes de la tierra, sino a remotos caprichos de jayanes.

—Por allá es Paracuellos, ¿no, Fernando?

—Sí, Paracuellos del Jarama. La torre que se ve. Vamos, no te detengas.

—¿Tú has estado?

—¿En Paracuellos? No, hija. ¿Qué se me puede haber perdido en Paracuellos?

—Podías, yo qué sé. A mí, ya ves, ahora mismo me gustaría encontrarme sentada en el borde de aquel precipicio. Tiene que estar bonito desde allí.

Caminaban de nuevo.

—Ah, tú ya lo sabemos, Mely. Tú siempre has sido una fantasiosa.

De nuevo llegó la música y el alboroto de los merenderos. Las sombras de Fernando y de Mely se corrían ahora, larguísimas, perpendiculares al río. En sombra estaban ya del todo las terrazas abarrotadas de los aguaduchos y se agitaba la gente en la frescura de las plantas y del agua cercana. Sonaba la compuerta. Mely y Fernando volvieron a pasar por delante de las mesas, pisando en el mismo borde de cemento del malecón. Ella miró los remolinos, la opresión de la corriente, allí donde todo el caudal se veía forzado a converger en la compuerta, la creciente violencia de las aguas en la estrechura del embudo.

—¿Si me cayera ahí...?

—No lo contabas.

—¡Qué miedo, chico!

Hizo un escalofrío con los hombros.

Luego cruzaron de nuevo el puentecillo de tablas y remontaron la arboleda hasta el lugar donde habían acampado.

—¿En qué estabais pensando? —les dijo Alicia, cuando ya llegaban—. ¿Sabéis la hora que es?

—No será tarde.

—Las siete dadas. Tú verás.

Miguel se incorporó.

—La propia hora de coger el tole y la media manta y subirnos para arriba.

—¿Pues no sabéis que hemos tenido hasta una peripecia?

—¿Qué os ha pasado?

—Los civiles, que nos pararon ahí detrás —contaba Mely—; que por lo visto no puede una circular como le da la gana. Que me pusiera algo por los hombros, el par de mamarrachos.

—¿Ah, sí? ¡Tiene gracia! ¿Y entonces aquí no es lo mismo?

—Se ve que no.

—Ganas de andar con pijaditas, con tal de no dejar vivir.

—Eso será —dijo Alicia—. Bueno, venga, a vestirnos. Tú, Paulina, levanta.

—Si vieras que tengo más pocas ganas de moverme de aquí. Casi que nos quedábamos hasta luego más tarde.

—¿Ahora sales con esas? Anda, mujer, que tenemos que reunirnos con los otros. Verás lo bien que lo pasamos.

—No sé yo qué te diga.

—Pues lo que sea decidirlo rápido.

—Nos quedamos —concluyó Sebastián.

Alicia dijo:

—¡Qué lástima, hombre; cada uno por su lado!

—Yo a lo que hubiera ido de buena gana es a bailar a Torrejón.

—¿Otra vez? —dijo Mely—. ¡Qué tío! Se te mete una idea
en la cabeza y no te la saca ni el Tato.

—¿Y ésos, qué hacen?

Miguel se aproximó al grupo de Tito. Estaban cantando.

—¡Eh, que os vengáis para arriba!

—¿Cómo dices? No te hemos oído —contestaba Daniel.
Lucita se reía.

—Venga, menos pitorreo. Que se hace tarde. Decidir.

—¿Y qué tendríamos que decidir?

—Bueno, a ver si va a haber aquí más que palabras. Dejaros en paz ya de choteos y decirlo si no venís.

—Pues hombre, según adónde sea...

—Vaya, está visto que con vosotros no se puede contar. No
tengo ganas de perder más tiempo. Allá vosotros lo que hagáis.

Miguel se dio media vuelta y regresó hacia los demás.

Carmen y Santos se habían levantado. Ella estiraba los brazos, desperezándose, con la cara hacia el cielo. Bajó los ojos.

—¿Qué me miras?

Santos estaba delante de ella, apoyado en el árbol. Se arrimó
contra él y le pasó la mejilla por la cara.

—Cielo —le dijo.

—¿Te vienes a vestirnos, Carmela?

—Sí, guapa; ahora voy. Cojo la ropa.

Se agachó a recogerla. Santos seguía apoyado contra el
tronco.

—Oye, Carmen.

—Dime, mi vida —lo miró.

—¿Te apetece a ti mucho subir?

—¿Eh? Pues no sé, en realidad. ¿Lo decías?

—No, por si estabas cansada. Pensé que estarías cansada.

Alicia pasó de nuevo.

—Vamos, si vienes.

Ya tenía su ropa en la mano; unas sandalias verdes.

—Listo.

—Tú, vístete también —dijo Alicia—. ¿Qué haces ahí parado? ¿Qué esperas?

—Ya voy, ya voy...

Miguel ya se estaba vistiendo. Santos se movió. Mely se
iba con Alicia y con Carmen. Pasaron junto al grupo de Daniel.

—Vaya tres patas para un banco —dijo Alicia.

Mely no los miró. Carmen decía:

—¡Qué día más bueno, chicas! Vaya una tarde de domingo más rica que se ha puesto.

—¿Sí? —dijo Mely—. Tú sabrás.

Sebastián tenía la cabeza apoyada en las piernas de Paulina. Ella miraba a los ladrillos del puente, retintos de sol; la sombra de las bóvedas sobre las aguas terrosas del río.

—Mañana, lunes otra vez —dijo Sebas—. Tenemos una de enredos estos días...

—¿En el garaje?

—¿Dónde va a ser?

Había pasado Fernando por delante de ellos y ahora enjuagaba alguna cosa en la ribera.

—¡Cada día más trabajo, qué asco! El dueño tan contento, pero nosotros a partirnos en dos.

—Tú no pienses en nada.

—¿Cómo que no?

—Que no te acuerdes ahora de eso.

—Es imposible no pensar en nada, no siendo que te duermas. Nadie puede dejar de pensar en algo constantemente.

—Pues duérmete, entonces.

Le ponía la mano encima de los ojos.

—Quita. Para dormirse, no sale uno de excursión.

—¿Entonces, tú qué quieres?

Ya volvía Fernando retorciendo el bañador, para escurrirle el agua.

—No tener tanto trabajo. No renegarme los domingos, acordándome de toda la semana.

—¿Qué hay? —dijo Fernando—. Vaya galbana que tenemos. Cómo dominas la horizontal. Pues felices vosotros que no tenéis más que montaros y pisarle al acelerador, para plantaros en Madrid en un periquete.

—Señoritos, ya ves.

Carmen se estaba vistiendo contra las zarzas del ribazo, mientras Mely y Alicia le sostenían el albornoz.

—Me he puesto como un cangrejo —se miraba los hombros.

Iba escamoteando el cuerpo entre la ropa. Por debajo de la blusa, se bajaba los tirantes del traje de baño.

—Acabo ahora mismo, moninas. No miréis —se reía.

—Valiente tonta —dijo Mely—. Te creerás que eres Cerezade.

Carmen había enfilado las mangas de la blusa y se ciñó la falda. Luego dejó caer el traje de baño y sacaba los pies. Vino la voz de Fernando, que se diesen prisa.

—Espabila. Esos ya están listos.

Sonó algo en las zarzas, mientras Alicia se vestía. Se asustó. Tiraban tierra desde lo alto del ribazo.

—¡Qué poquita vergüenza! —dijo Mely, mirando hacia arriba.

Había visto dos cabezas ocultarse para atrás. Carmen dijo:

—Chaveas.

—No tienen gracia.

Volvió a sonar redoblada la lluvia de tierra en las hojas de los zarzales. Alicia miró también.

—No te creas que no tiene cara el tipejo. ¡Qué pesaditos se ponen!

—Es que hay mucho gracioso por el mundo —dijo Mely— ¿Terminas?

—Cuando queráis.

Los otros habían vuelto a llamarlas a voces.

—No vamos a apagar ningún fuego, digo yo.

Se reunían con ellos.

—¿Lo habéis cogido todo? —preguntaba Miguel.

—No te preocupes, vamos.

Miguel se volvía hacia Paulina y Sebastián.

—Bueno, antes de la diez, que procuréis estar arriba. Y si no, ya sabéis que allí os quedamos todos los bártulos y las tarteras, para llevároslo en la moto. ¿De acuerdo?

—Sí, hombre; si antes de que os vayáis, subiremos; no tengas cuidado.

—Pues hasta luego.

—Que lo paséis muy bien.

Daniel, Tito y Lucita estaban hechos un montón. Se les oía reír.

—¡Qué tres!

—Ahí os quedáis —les decía Miguel—. Yo no es que quiera decir nada, pero nosotros a las diez nos largamos. Así que vosotros veréis.

Tito había levantado la cabeza y les hacía un signo expulsivo con la mano.

—Iros, iros, nos tiene sin cuidado. Nosotros somos independientes.

—¡La Independencia de Cuba! —se le oía detrás a Daniel.

Lucita dijo:

—Hasta luego.

Los otros se alejaban.

—Se la van a coger de campeonato —iba diciendo Miguel—. Por Lucita lo siento.

Santos y Carmen se habían adelantado. Ya comenzaban a subir la escalerita de tierra, cogidos por la cintura, mirándose los pies, como si fueran contando los peldaños.

—El par de tórtolos —dijo Mely.

Fernando hablaba con Miguel.

—Chico, las siete y media que son ya. Ésos deben de estar más que hartos de esperar por nosotros.

Poco a poco se iban elevando sobre la escalerilla, y la gente del río quedaba abajo y atrás. Todavía muchos grupos esparcidos por la arboleda y en la otra orilla, entre los matorrales, al borde del erial amarillento; algunos cuerpos desnudos sobre el cemento de la presa, casi cromados ahora contra el sol. Eran delgadas y larguísimas las sombras de los chopos de junto al canalillo.

—Se echa el bofe.

Fernando jadeaba. Habían llegado a lo alto. Mely se detenía a la mitad.

—Esperar —les decía desde abajo—. Esto es preciso tomárselo con calma.

La música de las radios ascendía, destemplada y agresiva, con el estrépito del público y del agua rugiente, desde los aguaduchos ocultos bajo los árboles, rebosando sus copas, como la polvareda caliente de las juergas.

—¡Qué floja eres, Mely!

Venía subiendo muy despacio y se apoyaba con las manos en los muslos. Levantaba la vista hacia los otros, para ver lo que le faltaba.

—No puedo con mi alma... —suspiró.

Luego volvieron la espalda y dejaron de ver la arboleda, los eriales, el puente. La arista del ribazo ocultaba tras ellos el río, las aguas de color fuego sucio, la turbia vena que corría casi indistinta, a lo lejos, en la tierra, bajo el rasante sol anaranjado. Pasaban otra vez entre las viñas. Alicia se colgó con ambas manos del brazo de Miguel. Le apoyaba la sien contra el hombro. Miguel canturreaba.

—¿Se los habrá ocurrido traerse la gramola?

—Para matarlos, si no la traen.

—¿Pues tanta gana tienes tú de baileteo?

—¡A ver qué vida! —dijo Mely—. Estoy tratando por todos los medios divertirme un poquito en el día de hoy. Sin resultado. Y no quisiera presentarme en casa con este aburrimiento, porque me iba a decir mi tía que si vengo enferma, nada más verme entrar con esta cara.

—Vaya por Dios, ahora resulta que te has aburrido.

—¡Qué va! —dijo Fernando—. Lo que la pasa a ésta lo sé yo.

—Tú eres muy listo.

Estaban haciendo una fábrica, allí a la izquierda del camino, que ahora iba encajonado entre la valla de las obras y la alambrada de la viña buena. Largas naves, con techos de cemento; los andamios vacíos. Volaron dos palomas.

—Yo no comprendo —decía Miguel—; siempre salís con eso de que si os aburrís, mi hermana igual; nunca lo he comprendido. Yo, la verdad, yo no sé distinguir cuando me aburro de cuando me divierto, te lo juro. Será que no me aburro nunca o que no... —se encogía de hombros.

—Dichoso tú.

Luego al ir a cruzar la carretera, Santos y Carmen se habían detenido y hablaban a grandes voces con alguien que venía. Se volvió Santos a los del camino: «¡Eh, aquí están éstos!», les gritó. Eran el Zacarías y los otros. Zacarías y Miguel se daban la mano los primeros, como dos jefes de tribu, en mitad la carretera.

—¿Qué hay, facinerosos?

—¡Pues ya era hora que se os viese el pelo!

—Ahí hemos estado.

—Supongo que habéis traído la gramola, ¿o es mucho suponer?

Una rubia que venía con ellos miraba los pantalones de Mely.

—¿En los árboles?

—Sí, ahí abajo, donde está la presa.

—¿Y...?

—Pues nada, bien.

—Esto se pone atestado.

—¿Y vosotros?

Se habían detenido en la carretera.

—¿Pues no venía Daniel?

—¡Venía!

Fernando se abrazaba con otro, al que llamaban a voces «Samuelillo madera», y le pegaba puños en los brazos. A Zacarías se le veían las rayas de las costillas, por la camisa abierta.

—También venían Tito, y Sebastián con la novia, y Lucita y creo que nadie más...

—¡Ya nos vamos haciendo modernas!

—¿Quién, yo?

—Se han quedado en el río. No sé...

—Bueno, nos coge la noche y sin movernos de aquí.

—¿Qué no sabes?

—En qué pararán.

—¡Viene un coche, apartarse!

—¿Y las placas?

—Ése las trae.

—¡Qué polvo!

—Vámonos ya...

Se habían sentado tres en la cuneta.

—¿No conocéis a Mariyayo? Es una nueva adquisición. Tenía una cara de china, el pelo negro y liso. Alicia la conocía ya de antes. Se saludaron y Fernando la miraba el busto y las caderas; luego le dió la mano también.

—Sí, señor, y una buena adquisición, además —comentaba riendo.

Mariyayo le sostenía la mirada, con una sonrisa zumbona.

—Encantada...

—Pues placas venían seis, pero una se la cargó esta mañana el atontado de Ricardo.

—Aquí no estamos haciendo nada —dijo Mely—. Moverse de una vez.

—¿Dónde os habéis metido todo el día? No hubo manera de guiparos.

—Nosotros vamos a los sitios buenos —dijo la rubia—; ¿qué te creías?

—Somos gente cara.

El que venía con la gramola la había depositado en la cuneta y se estaba contemplando un arañazo en el empeine del pie.

—¡Tú, Profidén! —le dijo uno que traía un macuto de costado—. ¿Son sitios de dejar la gramola?

El otro levantaba la cabeza.

—Me llamo Ricardo

Tenía unos dientes muy blancos y perfectos. El del macuto se reía. Dijo Miguel:

—Pues nos juntamos unos pocos. ¿Vosotros sois...?

—Ocho y el perro.

—¿Qué perro?

—Ninguno. ¡Siempre picáis!

—Tan bromista. Bueno, estamos aquí parados, vámonos ya.

Santos y Carmen ya se habían adelantado, camino de la venta. Los otros echaron a andar despacio, en tropel, esperándose unos a otros. Fernando tomaba posiciones a la derecha de Mariyayo.

—¿Y tú de qué barrio eres? —le decía—, si no es indiscreción.

Mariyayo contestaba riendo:

—De la Colonia del Curioso, ¿la conoces?

Miguel y Zacarías iban juntos, y Mely se había cogido del brazo de Alicia; iba diciendo:

—Es mona. Tiene cara de chinita.

—La llamaban la Coreana, en la Academia de Corte donde nos conocimos.

Zacarías se volvió a gritarles a los de la gramola, que estaban todavía retrasados junto a la carretera:

—¡Ricardo, venga ya, que es para hoy!

Samuel venía con la rubia; la traía cogida con el brazo derecho por los hombros. El sol estaba enfrente, ahora, al fondo del camino, sobre las lomas del Coslada. Las otras dos chicas que venían esperaban a Ricardo y al del macuto.

—¿A qué hora es vuestro tren? —le preguntaba Miguel a Zacarías.

—A las veintidós treinta.

—Estás tú muy ferroviario.

—Así lo pone allí.

—Pues de sobra. Hasta y veinte, podemos divertirnos un buen cacho.

—No sé, a lo mejor alguna de las chicas quiere marcharse anteriormente, y nos fastidia.

Santos y Carmen estaban parados ante la casa de Mauricio:

—Miguel —dijo Santos—. Ven un momento que te diga.

Carmen se había apoyado en la pared.

—¿Qué hay?

—Mira, oye, que Carmela se siente un poco floja. Está

cansada, ¿sabes?, y demás. Así que hemos pensado que nos
vamos a ir para Madrid. Porque total aquí ya no hacemos nada,
¿no me comprendes?, y más vale que llegue a su casa y se acues-
te tempranito.

—Bueno, bueno, vosotros veréis. Si se encuentra cansada,
marcharos. Eso como tú quieras. Ya lo siento, hombre, que
os vayáis tan temprano, pero si está cansada será lo mejor:

—Así que voy a sacar la máquina y nos largamos ahora
mismo.

Miró de reojo a Zacarías y añadió:

—Y perdonar que no os esperemos, ¿eh?

—¡Qué cosas dices!

—Tiene poca costumbre de bañarse en el río, ¿sabes?, y
se conoce que ha sido eso lo que la ha fatigado.

—Que sí, hombre, que sí. Si no tenéis que dar explicaciones. Cogéis la bici y en paz.

Habían llegado ya todos a la venta.

—¿Entramos o qué pasa?

El carnicero alto los estaba mirando desde el umbral. Santos dijo:

—Pues entonces esta noche, si vais por Machina, hacemos
cuentas de lo que aporta cada cual. Y si no, mañana.

—De acuerdo —dijo Miguel.

Iban entrando todos. Los de dentro miraban a las chicas,
conforme pasaban.

—Ya estamos aquí otra vez.

—Muy bien —dijo Mauricio—. Van a pasar al jardín, ¿no
es eso?

—Sí señor.

—Pues adelante, adelante. Ya saben el camino.

Se metieron hacia el jardín. Mely pasó la última.

—¡Ole lo moderno! —murmuró el alcarreño tras de mirar los pantalones de la chica.

El pastor le decía:

—Por allí por la Alcarria no veis estas cosas, ¿a que no?

—Ca. Allí una vez se apearon de un automóvil unos cuantos con una dama en pantalones y que venían hablando forastero, y no los quisieron dar de comer en la fonda, porque decían
que si eran protestantes.

—En la Alcarria tenía que pasar esto —dijo el pastor—.
Ya ves tú lo que tendrá que ver la religión con la ropa que uno
lleve puesta.

—Pues nada, claro está. Pero es que la que tenía allí la fonda por entonces es una muy beata y se negó por miedo de que el cura la fuese a regañar.

El alcarreño se reía; prosiguió:

—Pues sí, conque a ver el monasterio, decían. ¿Y qué monasterio?, les preguntaban los muchachos. Hasta que un hombre les enseñó cuatro piedras mal puestas que hay así en una loma, según se sale, que es todo lo que queda en pie del tal monasterio. Pero es tan poca cosa, que a nadie ya se le ocurre llamarlo monasterio a eso. Tenían un capricho pero grande con el dichoso monasterio. Y es que la gente, cuanto más moderna, más se le antoja de ver cosas antiguas. Y eso también se comprende. Pues luego la viuda de la fonda se quedó con un palmo de narices y se la llevaban todos los demonios, al ver que el mismo cura en persona les andaba explicando a los otros el cacho ruina. Y a raíz de aquello, ya no alternaba tanto por la iglesia y se la terminó la religión.

Los carniceros se divertían. Dijo el pastor, riendo:

—Mira, eso sí que tuvo un golpe.

—Las cosas de los pueblos aquellos —dijo el otro—. Allí no es como en estos de cerca de Madrid, que está la gente ya muy maliciada y todo lo tienen visto.

—Demás, demás de malicia —asentía el pastor, moviendo la cabeza.

Don Marcial chupaba la puntita de su pequeño lápiz copiativo y apuntaba en el mármol. El chófer del mono grasiento decía:

—No hay más que ver la forma en que van colocadas las bujías en el modelo ese y cómo van colocadas en cambio en el Peugeot del cuarenta y seis. Menuda diferencia —se volvió hacia Mauricio—: Ponnos otro vasito, anda, a mí y a este señor. Mire usted, y es que hay casas que se preocupan de superarse técnicamente en cada nuevo modelo que sacan a la calle.

—Ya. Otras, por el contrario, no modifican más que la carrocería. Lo externo, vaya, lo que da el pego. La fachada, como si dijéramos. Ésa sí, la Peugeot, ésa sí que es una casa seria.

—Naturalmente. Tenga —le ponía en la mano el vaso que Mauricio les había servido—. En esto de los coches, como en todo, es lo de dentro a fin de cuentas lo que importa. Como en todas las cosas. ¿Por qué en los coches había de ser distinto?

Pasaban Carmen y Santos, con la bici cogida del manillar.

—¿Ya de marcha? —preguntaba Mauricio.

—Ya. Es que tenemos un poquito prisa, ¿sabe usted? Esos otros se quedan hasta más tarde.

—Pues nada. Que a ver si el domingo que viene los vuelvo a ver por aquí.

Se secaba la mano derecha en el paño y luego se la ofrecía.

—Ese alto ha quedado ya encargado de abonarle todo lo de hoy —dijo Santos, estrechándole la mano a través del mostrador—. Para no andar echando cuentas ahora, ¿sabe?

—Muy bien. Pues hasta pronto, entonces, jóvenes.

—Adiós. Ustedes sigan bien —dijo Santos y levantó la rueda delantera de la bici, para subir el escaloncillo de la puerta.

*

—¿Habéis pedido ya?

El gramófono estaba en una silla. Los Ocaña miraban en silencio, desde el rincón opuesto del jardín.

—Ahora nos traen un poco vino.

—Yo bebo ajenjo —dijo riendo Zacarías.

Hundía la nuca en la enramada, al recostar su silla para atrás. La placa del gramófono se agitaba bruscamente, mientras el dueño movía la manivela.

—¿Y eso qué es? —preguntaba Mely.

—Una bebida oriental.

Zacarías se reía; tenía cara de galgo, con sus facciones afiladas.

—¡Como tú!

—Yo he nacido en Bagdad, ¿no lo sabías?

—Se te nota.

—¿Cómo? No te quiero sacar la partida nacimiento, porque está en árabe y no te ibas a enterar.

—Me basta con tu palabra, chico.

Se habían sentado todos en una mesa grande, a la izquierda de la puerta que salía del pasillo, bajo el muro maestro de la casa. El de los dientes bonitos estaba de pie, junto al que daba cuerda a la gramola.

—¡Esa música!

—Un poco de paciencia.

Alicia preguntó:

—¿Qué placas son las que tenéis?

—Unas del año la pera.

—Para bailar ya valen —dijo Samuel—. Hasta una samba tenemos.

—Me gusta.

—Y un tango de Gardel: «El lobo de mar».

—¡Pues ése sí que es nuevo! —se reía Fernando.

La rubia de Samuel se recostaba para atrás, apoyando los codos en el alféizar de una ventana que había a sus espaldas; se le marcaba el pecho hacia adelante. Tenía una blusa encarnada.

—Ponte de otra manera —le decía Manuel.

—¿Por qué?

—Baja la silla, la vas a partir.

—¿Quién tiene las agujas?

—¡Tú!

Se tocó los bolsillos por fuera y las oyó sonar.

—Tenías razón. ¿Cuál ponemos?

—¿Funciona ya? Pues venga la rumba.

—El primero que salga —dijo Ricardo, y metía la mano en el macuto—. Este mismo.

—¿A ver cuál es?

—No. Sorpresa.

Los otro cinco madrileños que habían entrado a media tarde ocupaban una mesa enfrente, junto al gallinero. Petra miraba su reloj.

—Pero estos críos, estos críos... Va siendo hora.

Sergio había vuelto su silla hacia el centro del jardín, para mirar el baile.

—Ya volverán.

—¡Y el otro!; ahí estará tan fresco apestándose de vino...

—Hay que encender la lumbre y hacer la cena —decía Felisita, apoyando a su madre, con tono de juiciosa.

—¡Como si no! ¡No se acuerdan de nada! —dijo Petra.

Los cuatro miraban hacia la gramola y el grupo de Miguel y Zacarías.

—Deja vivir a tu familia, mujer.

Una raya de sol que había lucido en los ladrillos de un trozo de tapia sin enredadera, entre la mesa de los Ocaña y la de la pandilla de los cinco, se había ido adelgazando hasta perderse, y ahora quedaba en sombra todo el jardín. Apareció la cabeza de Juanito por encima del muro. Sonó la música.

—¡Queo, mamá! ¡Mírame, mamaíta!

Sonaba en la gramola el pasodoble de las Islas Canarias.

—¡Pero, Juanito...! ¡Bájate de ahí inmediatamente! ¡Y ya estáis volviendo ahora mismo los tres para acá! ¡Pero volando!

La cara de Juanito se ocultó.

—¡Señor, qué barbaridad, qué chicos estos!

Salía una de luto a bailar con Ricardo. Fernando se reía con Mariyayo, en el rincón; ella mostraba los múltiples recursos de sus ojos chinescos.

—¡Qué chavala! —decía Fernando—. Tienes unos ojos, hija mía, que son una película cada uno. Un programa doble, y además de sesión continua. ¿Bailamos?

Mariyayo asentía riendo.

—Déjanos paso, tú.

Zacarías apartó la silla, y los otros salieron por detrás, restregando sus espaldas contra el follaje de la madreselva. Apareció Mauricio con el vino.

—Ponga usted aquí, haga el favor.

—Vaya —dijo Mauricio—, esta vez sí que han venido bien preparados.

Cogía de la bandeja los vasos, cuatro a cuatro, con los dedos, y los dejaba encima de la mesa.

—¿Lo dice usted?

—El aparato —levantó la barbilla, señalando hacia la gramola.

—Ah, ya —contestó Samuel—. Diga, ¿lleva usted algo por bailar aquí?

Mauricio lo miró, con la bandeja colgando de la mano, ya casi vuelto hacia la entrada de la casa.

—¿Llevar...? —les decía—. ¡Vamos! ¿Qué quieren que les lleve? ¿El polvo que me desgastan arrastrando los pies? ¡No sería mal negocio, mira tú!

Se metió hacia la casa.

—Pues no era una pregunta tan absurda —dijo Samuel, mirando hacia los otros—. Si vas a ver...

—Desde luego.

Se le oía reír a Mariyayo en el centro del jardín. Miguel se había llenado un vaso y lo apuró de un sorbo y salía con su novia a bailar. El amo de la gramola continuaba de pie junto a la silla.

—Deja ya eso, Lucas —le dijo una de las chicas—. Ya marcha solito.

Él levantó la cabeza y se acercó. Zacarías llenaba los vasos.

—¿Qué? ¿No te fías del armatoste? —dijo.

—Hay veces que se para. Juani, ¿quieres bailar?

—No debe quedar mucho. Pero bueno, saldré.

Samuel y la rubia habían cruzado los brazos, el uno por la espalda del otro, y se mecían en sus sillas. La chica murmuraba el pasodoble, acompañando a la gramola. Mariyayo volvía a reír. Zacarías le dio a Mely con el codo.

—Ahí tienes —señalaba hacia el baile con su afilada barbilla—, ya me quitaron la pareja que traía yo hoy.

—¿La Mariyayo?

Asintió.

—Te la has dejado quitar —dijo Mely—. ¿Te importa?

Zacarías apuraba su vaso.

—Prefiero la suplente.

—¿Qué suplente?

Zacarías se recostaba de nuevo con la silla y hundía la nuca entre las madreselvas.

—Vas a tirar la silla y te vas a caer, Zacarías. Di, ¿qué suplente?

—Pues tú, ¿cuál va a ser?

—¿Yo? —se volvía hacia él—. ¡Vaya, hijo! Pues ahora me entero. ¿Y si vuelve?

El otro sonreía, poniéndose las manos por detrás de la nuca.

—Perdió la colocación.

Atravesaron los niños de Ocaña por entremedias de los que bailaban. Juanito tropezó con Mariyayo.

—¡Pero, niño!...

—Podías dar un rodeo, en vez de molestar a las personas —los reñía su madre—. Venir, venir acá. ¡Qué caras!

Cogió a Petrita y le sonó los mocos. Luego mojaba el pañuelo con saliva y le frotaba la cara con él. La niña se quejaba, porque lo hacía muy fuerte. Al fin la madre le enseñó la parte ennegrecida en el pañuelo blanco:

—¡Mira!, ¿lo ves?

Cuando pasaban junto a la gramola, Fernando y Mariyayo habían dejado un momento de bailar, y él alargó la mano y retrasó la aguja, casi otra vez al comienzo del disco. Lucas miró en seguida, al oír el sobresalto de la música.

—¡Deja eso, tú! ¡No le andes!

—¿Pues y qué pasa? ¿Es que hace falta un técnico?

Lucas había acudido junto a la gramola.

—Es delicado. Se chafa por menos de un pitillo.

Observó unos instantes la marcha del gramófono y volvieron a bailar. Fernando le decía a Mariyayo:

—Así nos cunde más, ¿no te parece? Y bailamos el doble con la misma pieza.

—¿Y te crees que por eso no corre el tiempo igual?

Petra decía:

—¿Qué hace vuestro padre?

—Está con unos allí.

—Porque si dice que no tiene los faros de cruce en condiciones, sería conveniente llegar a Madrid con luz de día, no siendo nos arreen una multa los del casco de material, que ya sería lo que faltaba.

Vio a Mauricio junto a la mesa de los cinco; les había venido a traer otra botella.

—¡Oiga, Mauricio! Mi marido está ahí con ustedes, ¿no es eso?

—¿Felipe? Ahí adentro en el mostrador. No se ha movido.

—Sí, porque va usted a decirle de mi parte, si me hace usted el favor, que a ver qué es lo que hace, si se va dando cuenta de la hora que es.

—¿Ya quieren escaparse?

Fernando recogía un vaso de vino al pasar por la mesa, sin dejar de bailar.

—¡Viejos! —gritó a los que estaban sentados.

—¡Deja que salga la rumba!, ¡verás tú! —replicaba Samuel—. Éste no me conoce a mí bailando, ¿eh, Zacar? ¿Te acuerdas en las Palmeras, hace dos inviernos?

—¿Ibais a las Palmeras? —dijo Mely.

—Con este pájaro. Cuatro o cinco veces iríamos.

—Más, más —dijo Samuel—. Más veces.

—¿Y le dejabas tú? —le preguntó Mely a la rubia.

—No andaba conmigo todavía. Que lo supiera yo ahora —amagó con la mano—. Se iba a enterar.

—Te atan corto, ¿eh, Samuel? —sonrió Zacarías—. No lo niegues.

—¿Ésta? ¡Bo!

—Haz el experimento y lo verás —dijo la rubia.

Cogió la mano de Samuel y añadía, dirigiéndose a Mely:

—Pero es buen chico, ¿sabes?

—Fíate tú —dijo Mely.

Pasaba Fernando nuevamente y dejaba en la mesa su vaso vacío. Zacarías volvía a llenar de ellos.

—Pues allí en las Palmeras, el amo —comentó—. Estaba hecho un bracito de mar. ¡Lo que éste no ha bajado desde aquel entonces!

—¿Y tú lo sabes? —dijo la rubia—. ¿Qué sabrás tú? —se pegaba a Samuel, con expresión apasionada.

—¡Nada, mujer; ni sombra del de entonces! ¡Ni color!

—Te estás desorientando, Zacarías —replicaba la rubia—. ¿No me pretenderás que te lo aclare?

—Dejarle ya —dijo Samuel.

Zacarías se reía.

—Tienes malas ideas —le dijo Mely—. Ya querías malmeterlo con la novia.

—¿A mí? Por aquí me entra y por aquí me sale. Lo pasao pasao. Sí que me van a entrar celos de Samuel, a estas alturas, por lo que diga ése, o deje de decir.

Zacarías bebió de su vaso; luego dijo:

—Tú, Marialuisa, lo que me has quitado es el mejor amiguete que tenía, te lo llevaste para siempre. Ésa es la cosa. Y eso no creas que yo te lo perdono así como así.

—Ah, pues mira, eso también tiene arreglo, y bien fácil. Si tanto echas de menos a Samuel, te buscas una novia, y formamos compañía los cuatro juntos, ¿te hace?

—No es tan fácil —contestó Zacarías.

—¿Tú crees? —dijo la rubia—. Yo opino que sí.

Mely dijo:

—Voy a sacar mis Bisontes. ¿Os apetece fumar?

Tenía la bolsa colgada en el respaldo de la silla.

Miguel y Alicia bailaban en silencio.

—Échale un poco más de brío —le decía la de negro a Ricardo—. ¿No ves el tren a que me llevas?

—Hay que tener las piernas de Molowny para bailar contigo, hija mía.

—Exageras un poco.

—¿Qué?, ¿lo estiramos otra vez? —les decía Fernando al cruzarse.

—Te estás buscando la ruina tú con ése. ¡Te mata, si vuelves a tocarle la gramola!

Fernando se reía.

—Lo dejaremos consumirse...

Y se apartó con Mariyayo, volviendo a bailar más aprisa.

Ellos daban más vueltas que ninguno, y se reían, y perdían todas las figuras alrededor. Había dicho Mariyayo:

—¿Conque ésa es la célebre Mely?

Le contestó:

—¿Habías oído hablar?

—¿Y quién no? —dijo ella—. ¡No es poco famosa!

—No sabía yo que tanto.

—'Pues a mí muchas veces, Alicia sobre todo, me hablaba, y se ve que la quiere por la vida. Así que yo, con tanto bombo y tanta cosa, me figuraba mucho más. ¡Uh, la Mely!

—¿Pero mucho más qué?

—Pues, chico, una mujer fascinadora, alguna cosa ya excepcional.

—¿Conque te ha defraudado la Mely?

—Hombre, es guapa, desde luego. Pero vamos. No es...

—¿Qué?

—No es aquello.

Y la habían estado mirando los dos, en pasadas veloces, mientras hablaban de ella, bailando. Después no hablaron más, pero aún Mariyayo seguía mirando a Mely: ahora había encendido un cigarrillo.

La música cesó. Quedó la aguja del gramófono rayando en la espiral. Lucas se apresuraba a levantarla.

—¿Qué tal?

—Superiormente.

Volvían hacia la mesa. Alicia se sentaba a la izquierda de Mely; le dijo:

—¿Tanta gana que traías de bailar...?

Mely hizo un gesto elusivo y se encogió de hombros.

—¿No quieres un cigarrillo? —preguntó.

—Gracias, Amelia; después —dijo Alicia mirándose los brazos.

Mely abría la boca y se dejaba salir el humo lentamente, sin soplarlo siquiera.

Dijo Petra a sus hijos:

—Vestiros, hijos míos. Vais a cogeros lo que no tenéis. Ya nos ponemos en marcha en seguida, en cuanto venga papá. ¿Encima de eso, Amadeo? ¡Qué cosas se te ocurren!

Se estaba poniendo los pantalones encima del traje de baño; le dijo:

—Si ya está seco, mamita. Tócalo, mira, toca...

—Ay, que pundonoroso eres tú también. Anda, desnúdate aquí tras de la silla, si es por eso. Y cuidado, escóndete bien, que no te lo vean, no vayan a asustarse y salir corriendo todo el mundo, ¡figúrate! ¡Si te creerás que tienes algo, para andar con esa vergüenza que andas...!

Juanito se había venido junto a Petra y se hacía dar los tirantes por encima de los hombros. Se le oía cantar a media voz a una chica, en la mesa de los cinco.

—¿No acabas?

Amadeo no respondió. No se movía de la penumbra, detrás de las sillas; estaba llorando.

*

Ahora en la carretera había un mendigo, junto al paso a nivel. Al aire los muñones de los muslos, sobre las grandes hojas de un periódico extendido. El cielo estaba amarillo verdoso por detrás de la fábrica en ruinas de San Fernando de Henares.

Faustina limpiaba lentejas sobre el hule, bajo la luz de la ventana. Le llegaban las voces del jardín.

Los ladrillos del puente se habían ensombrecido poco a poco y la raya del sol ya se alejaba por la otra ribera. Los ojos de Paulina la seguían más allá de los eriales, hacia las mesas de Alcalá, donde las últimas cotas blanquecinas se teñían de cobre, asándose en un fuego polvoriento y opaco.

—¿Qué miras?

—Nada.

Sebastián levantaba la mano hasta tocar la cara de Paulina. Ella dijo:

—¿Estás bien?

Le metía los dedos entre el pelo.

—¡Mucho he corrido encima de esa marca...! ¡Mire usted: Santander, Valladolid, Medinalcampo, Palencia —contaba con los dedos—, Burgos, Astorga, Toro, La Coruña, toda la parte de Galicia, Ponferrada, el puerto Pajares, Oviedo, todo eso me lo tengo yo corrido en Peugeot, y Zamora y Peñaranda y Salamanca...! ¡El mapa!, ¡voy a andar diciendo! No me asustaba a mí la carretera, ni de día ni de noche, con mis veinte y veinticinco años que tenía por las fechas aquellas. Son edades que ya sabe usted, pretende uno abarcar mucho más de lo que puede, te crees que el mundo es chico para ti. Con que a la hora que fuese ya podían venirme con un viaje; no andaba preguntando, me tiraba de la cama, una manita de agua fría ¡y al camión! Lo mismo si era a por ajos a Zamora que a Vascongadas a por hierro. ¡Qué más me daba a mí! Ponerme el cuero y arreando. Llene, Mauricio, haga el favor. Tenía un perro lobo, mire usted, ¡una lámina! ¡Una lámina aquel perro! ¡Una preciosidad! No se me olvida a mí el animalito. ¡Y qué dientes tenía! Así que ya le digo, lo que es el Peugeot, de eso que no me venga nadie a mí con que si tal.

Junto al paso a nivel el mendigo se sobaba los muñones, salmodiando a las gentes que subían del río hacia el coche de línea y la estación.

Crecían las sombras entre las hojas de las madreselvas y la vid americana.

—Señor, ¿en qué estará pensando? ¡Las horas que son ya...!

Felisita miraba hacia la mesa de Miguel y Zacarías; los observaba a todos, estaba pendiente de cada palabra y cada movimiento.

—¡Pues venga el que sea! ¡Si todos son lo mismo! ¡Bailamos igual!...

Las chicas mostraban los brazos, movían los brazos una y otra vez, se miraban los brazos, se pasaban la mano por la piel de los brazos. Alguien había cerrado los postigos, hacía un momento, en aquella ventana, detrás de la cabeza de la rubia. Ya casi no podía conocerles la expresión a los que estaban en penumbra, debajo de la enramada. Andaba el gato a los acechos por los rincones del jardín.

«¡Y siempre molestándolos a ustedes! ¡Siempre agobiando el pobre inválido al alma generosa! ¡Que no les falten nunca los remos en la vida! ¡Una moneda para el hombre que no puede valerse! ¡¡Cristianos!! ¡Una chapita de aluminio para el pan del inválido que no se lo puede ganar!»

Estaban bajando las barras del paso a nivel. Caían las monedas encima del periódico, junto a los muslos amputados.

—Por cierto —decía el pastor—, Tengo yo aquí un cachito queso que me sobró este mediodía de la merienda.

Revolvía en el zurrón, entre papeles. Del pequeño envoltorio salía un triángulo de queso sonrosado.

—¡Vaya, ovejuno! Eso está bien. Menos mal que te acuerdas de apartarles alguna golosina a los amigos, a la hora la comida.

Proseguía la partida, encerrada en su encono, entre largos silencios, con palabras breves y los flechazos implacables del tullido. Al fin de cada juego rompían las voces y los comentarios.

—Tiene uno poca gana en el campo a mediodía, en toda la fuerza del sol.

Había puesto el queso sobre las tablas del mostrador y lo hacía pedacitos con una cabritera:

—Ahí tienen —dijo cerrando la navaja—. Piquen. Es poco..., pero es todo.

—Pues ya quisieran ponerlo de tapa un quesito como éste en muchos bares y locales postineros de Madrid.

—No cabe duda —asentía el alcarreño—. ¿Y usted no coge?

—Voy a pasar, muchas gracias.

El pastor se volvió:

—¿No quiere queso? Hombre, siquiera esta presilla, aunque nada más sea decir que lo ha probado —mecía la cabeza—. Ay, ay, señor Lucio, que se me hace a mí que está hecho usted un intelectual. ¡Si no, a ver!

Azufre había olido el queso y meneaba la cola, esperando las cortezas.

—Eso debe de ser —dijo Mauricio—. Hoy no almorzó en todavía...

—Pues eso no puede ser bueno.

—¡Lagarto! —gritaba Coca-Coña—. ¡Qué bien contadas las tenías! ¡Buen cerrojazo, sí señor! ¡La tira les hemos cogido en las manos esta vez! ¡Eh, Marcial! ¿Qué te parece? Cuenta, cuenta...

—Cuéntalas tú, que son tuyas —replicó don Marcial.

Azufre cogía en el aire las cortecillas de queso que le tiraba el Chamarís.

—¿Se acordará de que hay que hacer la cena? ¿Se acordará de que sus hijos tienen que acostarse?

Doblaba y desdoblaba la servilleta una y otra vez.

—Y por lo visto sin faros, que dice que está. La luz que hay...

Miraba hacia el cielo.

—Comíamos un bocado en Alba de Tormes, y pitando. A las seis en Zamora. ¡Una bala, los puertos arriba! ¿Qué más le daba bajar que subir? Todo era llano para él. Apure, que viene más.

Ocaña obedecía automáticamente.

Paulina miraba hacia el llano, a la vía en lo alto del talud. Ya venía corriendo por la recta el correo de Guadalajara. Sebastián levantaba la muñeca y miraba el reloj. Se cambió de postura, con un suspiro perezoso. Al fondo, en las mesetas de Levante, la luz del sol había abandonado las últimas alturas.

«¡Vivan los buenos corazones! ¡Y que Dios se lo premie a la joven pareja! ¡Que alcancen la dicha que el pobrecito inválido no pudo alcanzar! ¡Siempre agobiando al alma generosa! ¡Siempre molestándoles a ustedes! ¡¡Cristianos!! ¡Una moneda de cinco céntimos para el hijo de la desventura!...»

Habían cerrado el paso a nivel. Corrían unas mujeres.

—¿Y si nos vamos por Vicálvaro?

Carmen no le escuchaba; atendía hacia el ruido del tren que venía creciendo por el puente. Tenía los antebrazos apoyados en la barra pintada de blanco y de rojo del paso a nivel. «¡Da tiempo, da tiempo, no corráis...!», se gritaban las mujeres sin dejar de correr. El suelo retumbaba. Santos sostenía la bicicleta con la mano en el sillín.

—Oye, te guardo el sitio, Mely. Supongo que volverás, ¿eh, tú?

Ella salía a bailar con Fernando; volvió la cabeza:

—Sí, Zacarías, guárdamelo —se miraban—. Te lo agradezco.

Sonaba el tango en la gramola.

Pasó el tren, el bufido del vapor, como millares de efes enfurecidas, seguido por el largo fragor repercutido de los hierros rodantes. Ya gemían frenando en la estación. La cola se detuvo a no más de veinte metros del paso a nivel. Se aglomeraba mucho público hacia las puertas de los coches.

·—¿Qué esperamos?

Las barras se levantaban otra vez y la gente cruzaba las vías.

—Es que decía yo si tirar por Vicálvaro. Luego cogíamos la carretera Valencia, para entrar por Vallecas a Madrid.

—¿No se rodea?

—Muy poco. Nos evitábamos todo el tráfico de coches que regresan de pasar el día fuera. Es un camino que no hay nadie. Todo campo.

—Vamos, si sabes ir. ¿Se hará tarde?

Sacó la bici de la carretera; se detuvo y echó la pierna al otro lado del sillín, afianzándose bien con los pies en el suelo:

—Sube.

Carmen montó en la barra y se agarró al manillar.

—¡Dejarme ya en paz! ¡No quiero nada con vosotros!

Estaba todo ya muy gris en la penumbra de los árboles.

—¿Pero qué te hemos hecho? ¡Ven acá, Daniel...!

—Nada. No me habéis hecho nada. ¡Me estorbáis!

Anduvo unos pasos, alejándose de Tito y de Lucita, y se dejó caer bocabajo sobre el polvo. Ya casi no distinguían de la tierra las aguas del Jarama.

«En una choza —junto a los mares —donde las olas — bravas rugían —con sus hijuelos —feliz vivía —la compañera del pescador...»

Los cromos se oscurecían en la pared del fondo; enturbiaban sus dibujos.

—Papá, que nos vayamos.

—Ahora, hijo mío, dile a tu madre que ahora voy. A todos, Mauricio; la espuela. Dila que ahora mismo voy...

Habían salido a bailar dos parejas de la mesa de los cinco. Fernando comentaba:

—¿Y a ésos quién los manda bailar con nuestra música?

—Déjalos —dijo Mely—. ¿A ti qué más te da?

—Pues es una frescura.

—¿Tenían que pedirte permiso, según tú? —le replicaba ella.

Desde su sitio, Zacarías la estaba mirando. En la gramola gangueaba la voz antigua de Gardel.

Nineta quería que Sergio la sacase.

—Mujer; se nos pasaron a nosotros las edades de bailar. Y además Petra tiene prisa.

—Ah, si es por eso —dijo Petra—, al paso que vamos, tenéis tiempo hasta para echar un rigodón. ¿Qué, hijo mío? ¿qué te ha dicho?

—Que ya viene.

Habían dejado atrás la carretera y la voz del mendigo. Santos pedaleaba, encorvado, con su mejilla pegada a la de Carmen.

—A ver si nos perdemos —dijo ella.

—¿Te importa a ti que nos perdamos?

—Pues no mucho —sonreía, frotándose la cara en la barba de Santos—. Estando contigo, me da igual. De perdidos, al río.

Ahora el camino cruzaba entre unos huertos, a las afueras de Coslada. Los arbolitos se ennegrecían contra el crepúsculo rojo. Coslada quedó atrás.

—Mala cosa, nos falló el hombre éste —dijo Tito.

—Allá vea. Tú no te preocupes.

—Me preocupo. Lo siento que se haya separado.

Sentía el brazo de Lucita contra el suyo. Ella dijo:

—No va a pasar nada por eso, se pasa bien igual. ¿Tampoco es imprescindible?, ¿o sí?

—Mujer, estábamos los tres juntos.

—Pues ahora estamos dos. Contra menos bultos, más claridad, ¿no crees?

—¿Más claridad? Hija mía, yo lo veo todo turbio. Con el vino que tengo, no te creas que veo ya nada claro.

—Ah, ni yo —dijo ella riendo.

Le acercaba la cara y añadía:

—Estoy un poco alegre, ¿sabes? —le brillaban los ojos—. Tú déjalo al Dani, si tiene ganas de echarse un sueñecillo, allá él. Ha dicho que le estorbamos. Oye, Tito.

—¿Qué hay?

Se veía la torre de Vicálvaro, desde la luz indecisa de la vaguada, la chimenea de Cementos Valderribas. Todo estaba manchado de humo. La bici no hacía ruido por el polvo; sólo el empalme de la cadena repetía un pequeño crujido a intervalos iguales. Carmen sentía el aliento de Santos, a un lado de su cara. Tuvieron que apearse, para cruzar las vías de la línea de Arganda. Alguien llamaba a alguien por el campo.

—Echa una mano, Carmela.

Arrastraron la bici por el talud arriba. Se detuvieron en lo alto, junto a la vía del tren.

—Dame un beso.

Se veía la sombra de Almodóvar, una meseta solitaria que se erguía allí enfrente, cercana y oscura, a contraluz de la baja claridad verdinosa del cielo occidental.

—¡La música es de todos! ¡Podrá ser la gramola de quien sea, pero la música de nadie! ¡La música es de todo el que la escucha!

Ya no brillaban las botellas en las estanterías. Mauricio bostezó. Decía el alcarreño:

—Habría probado el queso, si no hubiera estado usted ahí tan enzarzado con el amigo, pero un quesito de oveja cosa especial. De aquí —señaló hacia el pastor—, que eso sí sabe hacerlo, aunque no valga para más.

Y el pastor asentía:

—Sí que me hubiera gustado lo catase. Para que usted vea las cositas de por aquí, que no todas son malas. Lo que es que no me atreví a distraerlo de la conversación.

El chófer intervino:

—Despacio, ché, si este señor tiene que volver forzosamente. ¿Cómo no había de volver otro día? Pero él solo, sin familias ni enredos. Avisando con tiempo, se le mata un cabrito, ¿eh, señor Claudio?, y se lo preparamos pero bien. Con el coche no existe problema de venir. Ya verá, ya verá... No solamente en Madrid se pasan buenos ratos, ¿qué se cree? Que también en los pueblos se organizan unos zafarranchos bastante regulares.

Posó una mano cordial, sólo un momento, sobre el hombro de Ocaña.

Faustina se dio cuenta de pronto de que ya apenas distinguía las lentejas encima del hule. Alzó los ojos hacia la ventana: en la luz del jardín ya se habían consumido los colores; se iban apagando y enfriando uno a uno y se fundían en el gris de sus cenizas. Faustina se quitaba sus lentes y los dejaba sobre el hule.

«... en las aguas —turbulentas— pereció el lobo de mar.»

Los lentes tenían una montura de celuloide negro. Se levantó de la silla, para ir a encender la luz eléctrica.

—Pues ya lo sabe, eso el día que quiera usted. No tiene más que mandar recado con un par de días, y de golpe se le arma todo el tinglado. Ya verá usted lo que es bueno.

—Sí, pero va a ser difícil por ahora. Ya lo sabe Mauricio, ¿no es verdad? No vaya usted a creer que por falta de ganas, que pudiendo ya lo creo que me animaría encantado. Pero se le agradece a ustedes igualmente la voluntad de agradar.

—¿Qué es eso de agradecimiento? Nada de agradecer. De eso nada. Lo único, venirse. De lo contrario, no...

—¡Aquí no se ve ni torta, tú! —prorrumpía Coca-Coña—. ¡Yo ya no veo tres curas en un montón de yeso! ¡A ver qué va a pasar aquí! ¡Un poco más de asistencia al parroquiano y menos querer ser tan económico con la Eléctrica, Mauricio! ¡Que me lo tienes aquí al pobre señor Esnáider teniendo que levantar las fichas a la luz, para poder saber lo que juega! ¡La doble de pitos creo ya que la confunde con los ojines de Carmelo!

—¡Pero cállate ya, fenómeno de feria! —lo reprendía don Marcial—. ¡Con esa trompeta que tienes que parece que le hincas a uno una caña en los oídos cada vez que levantas la voz!

—¿Quién será más fenómeno de feria?, ¡pies planos! ¡Que se te marcha un pie para Francia y el otro a Portugal!

—¡Miren ahora este estrujo de bayeta mal escurrida! ¡Tendrá valor todavía para sacarle faltas a su prójimo! ¡Pero cuidado lo que tendrían que estudiar tus progenitores para sacar al mundo un producto tan difícil! ¡Sabes que nos mandaron un regalito!...

Mauricio le había dado a la llave de la luz.

Había salido al jardín la luz de la cocina, desde el cuadro de la ventana iluminada. Aún se deshacía en la difusa claridad crepuscular.

—Fíjate —dijo Petra—; si se va a hacer de noche en seguida. Ya es.

Apareció Felipe Ocaña en la puerta del jardín y venía hacia la mesa de los suyos.

—Nosotros, pues por aprovecharnos del cachillo música. Como eso no le hace gasto a nadie, además. Así no hay desperdicio y trabaja la gramola con más rendimiento.

—Sí, hombre, si no era más que por meter un poco de barullo. ¿Quién os lo iba a estorbar?

—Nada, nosotros le damos a la manivela, esta pieza que viene, y así se reparten las fatigas, y quedamos cumplidos como nos pertenece, ¿no es un arreglo?

Samuel había sacado una pipa de kif y ahora se la pasaba encendida a Zacarías.

—¡El par de moránganos! —dijo Loli—. ¿Qué gusto le sacáis a la cañita?

—Mirar Fernando, ya hizo las migas con aquella gente.

—En donde no meta ése las narices...

—¿Y tú le consientes de que fume esos venenos?

Maríaluisa se encogía de hombros:

—¿Pues por qué no?

—Y a lo mejor te hace hasta ilusión. Te creerás que vas con un hombre de más aventura, ya nada más que porque fuma esos polvitos.

—Nada de eso. Pero si él tiene ese gusto, ¿yo por qué se lo voy a quitar?

—Ningún bien puede hacerle a la salud.

—Bueno, ¿qué?, ¿no ponéis otra placa?

—Aguarda, descansa un poquito por lo menos. Cinco que hay, ¿no las vas a poner una tras otra?

—Cinco, que son diez.

—No todas tienen vuelta; me parece que hay dos por lo menos que no la tienen.

—Aunque sean ocho. Ni tiempo vamos a tener de ponerlas todas. Ni tiempo.

—Bueno, Mariyayo, ya lo sabemos, hija mía. No nos lo recalques encima, para que se nos haga más corto de lo que es, no me fastidies.

—¿Y para qué se va uno a engañar?

—¡Barrena más todavía!, ¡di que sí!

—¿Y qué se siente cuando se fuma eso? —le preguntaba Mely a Zacarías.

—Pruébalo, que te cebe una pipa Samuel.

—No me atrevo, me da un poco reparo. ¿Qué se siente?

—Pues se vacila.

—¿Y eso qué es?

El camino corría paralelo a la sombra de Almodóvar. Sólo una raya silenciosa, al correr de la bici, se trazaba en el polvo ensombrecido. Todavía brillaba débilmente el manillar niquelado, junto a las manos de Carmen, las sucias pajas cromadas del rastrojo, la porcelana blanca de las tazas aislantes, en lo alto de los postes, que atalayaban a Occidente, por detrás de la mesa de Almodóvar, la última y cárdeno-azulina claridad. A sus espaldas, el humo alto de la chimenea de Cementos Valderribas, se tendía, falto de viento, en el cielo de pizarra, inmóvil sobre los negros edificios de la fábrica, sobre el término solitario de Vicálvaro, la torre y el borroso caserío. Carmen se estremeció, porque ahora oían encima el zumbido viajante de los cables, el eléctrico mosconeo del tendido, que atravesaba sobre sus cabezas.

Santos miró en la luz casi nocturna, a su derecha, a la parte de allá del rastrojo, hacia la yerma ladera de Almodóvar: clareaba en la sombra difusa la tierra blanquecina, margosa de la cuesta, moteada de negro por los puntos redondos de las matas. Detuvo la bici.

—Hacemos un alto.

Carmen se desperezaba en mitad del camino. Santos miró a todas partes, sin soltar la bicicleta; dijo:

—¿Subimos a ese monte?

—¿A cuál? ¿Allá arribota?

—No es nada, mujer; atravesar este campo y luego serán, como mucho, ochenta o noventa metros de subida.

—Y también algo más.

—¿No quieres ver Madrid?

—¿Se ve?

—Se ve perfectamente.

Había sacado la bici del camino; añadía:

—¿Vienes o no?

—¿Tú cómo sabes que se ve Madrid? ¿Pues con quién has subido?

Se salió ella también hacia el rastrojo y echaban a andar los dos juntos.

—Una tarde con mi tío Javier y con otro sargento, cuando estaba mi tío en Vicálvaro destinado; querían mirar a ver si había perdices. Cógete a mí, si pisas mal. Tú nada más por el surco, por el surco, un pie detrás del otro; ya verás como así no tropiezas.

—Me da aprensión de pisar por el surco. ¿No habrá bichos?

—Sí, cocodrilos y leopardos creo que hay.

Crujían los pajones del rastrojo a los pasos de ambos. Al pie de la meseta de Almodóvar, dejaron la bici, tirada sobre los terrones. Luego Santos cogió a su novia de la mano y la ayudaba a subir por la ladera. Detrás de ellos, lejos, por la carretera de Valencia, ya venían automóviles con los faros encendidos.

*

—Di, ¿qué se hace cuando se está un poco bebida?

—Esperar a que se te vaya enfriando.

—¿Y mientras?

—Pues nada, procura uno de no dejarse ir la cabeza por donde el vino anda queriendo llevársela.

Lucita clavó las manos en el suelo, con los brazos rígidos, detrás de sus espaldas, y echó la nuca y el cabello para atrás:

—¡Pero se está más bien...! —decía lentamente, cerrando los párpados.

Volvía a echar el cuerpo hacia adelante; añadía:

—Yo no deseo que se me pase, oye. ¡Me encuentro tan a gusto! ¿Tú?

—Pues también.

Lucita ladeaba la cabeza, acercando los ojos, como buscando el rostro de Tito en la penumbra:

—Chico, ya casi no te veo, de puro mareada.

—Pues no te muevas tanto, si estás mareada; cuanto menos revuelvas el vino, mejor.

—Bueno, me estaré quietecita —volvió los ojos hacia el río y la arboleda—. Ya es casi de noche del todo.

—Sí, casi.

Ahora ella miró para atrás:

—Daniel, ni se le ve. Ni señales de vida. Debe dormir que se las pela.

—Ése está ya embarcado, lo más probable.

—¿Verdad? De seguro que tiene para un rato largo. No hay cuidado que despierte, ¡qué va!

—Está cao. Casi ha soplado lo que tú y yo juntos. Como estaba en el medio, pues le pillaba de ida y de vuelta. Eso ha sido.

—Peor para él; tú y yo, con la mitad, nos hemos quedado en el mejor de los mundos. Es como ir en barco, ¿verdad, tú, que sí? Y el oleaje, ¿no sientes el oleaje? —se reía—. Tú hazte cuenta que vamos los dos en una barca. Oye, ¡qué divertido! Tú eras el que iba remando; la mar estaba muy revuelta, muy revuelta; ¡era una noche terrible y no veíamos la costa ni a la de tres!; yo tenía mucho miedo y tú entonces... Ya estoy diciendo bobadas, ¿a qué sí? Te estará dando risa. Digo muchas bobadas, ¿verdad, Tito?

—Que no, mujer, si era gracioso lo que estabas contando; tampoco eran bobadas.

—¿No te parezco una tontina? Dirás que soy como los críos, que les gusta jugar a hacer cuenta que van en un caballo, y se figuran un montón de peripecias, ¿a que piensas eso?, dime la verdad. ¿Te parezco muy desangelada, di?

—¡Déjate ya! ¿Qué más dará lo que hayas dicho, mujer? Con el vino, a todo el mundo le da por discurrir fantasías, ¿te vas a andar preocupando?

—Pero yo; aparte ahora lo del vino, yo misma, me refiero.

—¿Tú, qué?

—Que cómo soy. O vamos, que cómo te parece a ti que soy.

—¿A mí? No estaría aquí contigo, si no me resultaras agradable. La falta está en que lo preguntes. Te importa demasiado la opinión de los demás.

—No la de todos. Bueno, además es una tontería, ¿qué me importa?, cuestión de colores; cuando quiero reírme me río. Tengo un armario de luna en mi cuarto, ¿qué crees?; ni la tuya en el fondo; ser, ya sé yo cómo soy... Estoy medio borracha, Tito.

—Anda, pues échate un poco, reposa.

—Sí, Tito, gracias —se tendía en el suelo—. Oye, tú no harás caso a las cosas que digo, ¿verdad? Casi todo es mentira. Voy a hablar por derecho y se me tuerce la raya de lo que quiero decir. Vaya un debú que te estoy dando —sonreía—. Bueno, no importa, así nos divertimos. ¡Qué chalada!, ¿verdad? ¿Tú qué opinas?

—Nada, mujer, que te encuentro simpática esta noche.

—Vamos teniendo suerte, menos mal. Salvo que ahora en lugar de ir en barca, me parece que voy en un tiovivo.

Acomodaba la cabeza sobre un bulto de ropa; se puso de costado:

—Ya sí que cae la noche —añadió—. Se echó encima de veras.

Desde el suelo veía la otra orilla, los páramos del fondo y los barrancos ennegrecidos, donde la sombra crecía y avanzaba invadiendo las tierras, ascendiendo las lomas, matorral a matorral, hasta adensarse por completo; parda, esquiva y felina oscuridad, que las sumía en acecho de alimañas. Se recelaba un sigilo de zarpas, de garras y de dientes escondidos, una noche olfativa, voraz y sanguinaria, sobre el pavor de indefensos encames maternales; campo negro, donde el ojo de cíclope del tren brillaba como el ojo de una fiera.

—Bueno, cuéntame algo.

Aún había muchos grupos de gente en la arboleda; se oía en lo oscuro la musiquilla de una armónica. Era una marcha lo que estaban tocando, una marcha alemana, de cuando los nazis.

—Anda, cuéntame algo, Tito.

—Que te cuente, ¿el qué?

—Hombre, algo, lo que se te ocurra, mentiras, da igual. Algo que sea interesante.

—¿Interesante? Yo no sé contar nada, qué ocurrencia. ¿De qué tipo? ¿Qué es lo interesante para ti, vamos a ver?

—Tipo aventuras, por ejemplo, tipo amor.

—¡Huy, amor! —sonreía, sacudiendo los dedos—. ¡No has dicho nada! ¿Y de qué amor? Hay muchos amores distintos.

—De los que tú quieras. Con que sea emocionante.

—Pero si yo no sé relatar cosas románticas, mujer, ¿de dónde quieres que lo saque? Eso, mira, te compras una novela.

—¡Bueno! Hasta aquí estoy ya de novelas, hijo mío. Ya está bien de novelas, ¡bastante me tengo leídas! Además eso ahora, ¿qué tiene que ver?, que me contaras tú algún suceso llamativo, aquí, en este rato.

Tito estaba sentado, con la espalda contra el tronco; miró al suelo, hacia el bulto de Lucita, tumbada a su izquierda; apenas le entreveía lo blanco de los hombros, sobre la lana negra del bañador, y los brazos unidos por detrás de la nuca.

—¿Y quieres que yo sepa contarte lo que no viene en las novelas? —le dijo—. ¿Qué me vas a pedir?, ¿ahora voy a tener más fantasía que los que las redactan? ¡Entonces no estaba yo despachando en un comercio, vaya chiste!

—Por hacerte hablar, ¿qué más da?, no cuentes nada. Pues todas traen lo mismo, si vas a ver, tampoco se estrujan los sesos, unas veces te la ponen a Ella rubia y a Él moreno, y otras sale Ella de morena y Él de rubio; no tienen casi más variación...

Tito se reía:

—¿Y pelirrojos nada? ¿No sacan nunca a ningún pelirrojo?

—¡Qué tonto eres! Pues vaya una novela, una en que figurase que Él era pelirrojo, qué cosa más desagradable. Todavía si lo era Ella, tenía un pasar.

—Pues un pelaje bien bonito —se volvía a reír—. ¡Pelo zanahoria!

—Bueno, ya no te rías, para ya de reírte. Déjate de eso, anda, escucha, ¿me quieres escuchar?

—Mujer, ¿también te molesta que me ría?

Lucita se incorporaba; quedó sentada junto a Tito; le dijo:

—Que no, si no es eso, es que ya te has reído; ahora otra cosa. No quería cortarte, sólo que tenía ganas de cambiar. Vamos a hablar de otra cosa.

—¿De qué?

—No lo sé, de otra cosa. Tito, de otra cosa que se nos ocurra, de lo que quieras. Oyes, déjame un poco de árbol, que me apoye también. No, pero tú no te quites, si cabemos, cabemos los dos juntos. Sólo un huequecito quería yo.

Se respaldó contra el árbol, a la izquierda de Tito, hombro con hombro. Dijo él:

—¿Estás ya bien así?

—Sí, Tito, muy bien estoy. Es que creo yo que tumbada me mareaba más. Así mucho mejor —le dió unos golpecitos en el brazo—. Hola.

Tito se había vuelto:

—¿Qué hay?

—Te saludaba... Estoy aquí.

—Ya te veo.

—Oye, y no me has contado nada, Tito, parece mentira, cómo eres, hay que ver. No has sido capaz de contarme algún cuento y yo escuchártelo contar. Me encanta estar escuchando y que cuenten y cuenten. Los hombres siempre contáis unas cosas mucho más largas. Yo os envidio lo bien que contáis. Bueno, a ti no. O sí. Porque estoy segura de que tú sabes contar cosas estupendas cuando quieres. Se te nota en la voz.

—¿Pero qué dices?

—Tienes la voz de ello. Haces la voz del que cuenta cosas largas. Tienes una voz muy bonita. Aunque hablaras en chino y yo sin entenderte, me encantaría escucharte contar. De veras.

—Dices cosas muy raras, Lucita —la miró sonriendo.

—¿Raras? Pues bueno, si tú lo dices, lo serán. Yo también estoy rara esta noche, y lo veo todo raro a mi alrededor, así que no me choca si digo cosas raras, cada uno se apaña con lo que puede, ¿no crees? ¡Demasiado hago ya!, con un tiovivo metido en la cabeza...

—Pues lo llevas muy bien, di tú que sí, estás la mar de salada y ocurrente esta noche.

—¿Esta noche? Sí, claro, la media trompa, simpatía de prestado. Cuando se pase, se acabó. En cuanto que baje el vino, vuelta a lo de siempre, no nos hagamos ilusiones. ¡Ay, ahora qué mareo me entra, tú! Se conoce que es el tiovivo que se pone en marcha. Si antes lo mencionamos... ¡Qué horror, qué de vueltas, vaya un mareo ahora de pronto!...

—¿Mucho? —Tito se había canteado hacia ella y la abarcó por la espalda, echándole el brazo encima de los hombros—. Ven, anda, recuéstate contra mí.

—No, no, déjame, Tito, se pasa, pasa en seguida, no merece la pena, es como el oleaje, viene y se va, viene y se va...

—Tú, recuéstate, mujer, por mí no lo hagas, ven.

—¡Déjalo, estoy bien aquí, se me quita ello solo, ¿por qué me insistes?, estoy bien como estoy...!

Se sostenía los ojos y la frente con las manos. Tito dijo:

—Lo decía por tu bien, no es para impacientarse, Lucita. Vamos, ¿se pasa ese mareo? —le ponía una mano en la nuca y le acariciaba el pelo—. ¿Se va pasando ya? ¿No quieres que te moje un pañuelo en el río? Eso te alivia, ¿voy?

Lucita denegó con la cabeza.

—Bueno, como tú quieras. ¿Vas a mejor?

Ella no dijo nada; giró la cabeza y empujó la mejilla, frotándose como un gato, contra la mano que la acariciaba, y deslizó la cara por todo el brazo arriba hasta esconderla en el cuello de Tito. Se recogía contra su pecho y lo tenía abrazado por detrás de la nuca y se hizo besar.

—Soy una fresca, ¿verdad Tito?, dirás que soy una fresca, a que sí.

—A mí no me preguntes.

—¿Y tú, a qué enredas?, me dices, recuéstate en mí, me lo repites, ¿ves ahora?, ¿no sabías cómo estoy esta noche?, pues ya me tienes, ya estoy recostada, ¿no ves lo que ocurre?... ¿Qué me habrás dado tú a mí? Oye, otra vez.

Volvieron a besarse y luego Lucita, de pronto, lo rechazó violentamente, quitándose de él a manotazos, y se tiró a una parte contra el suelo. Se puso a llorar.

—Pero, Lucita, ¿qué te pasa ahora?, ¿qué te ha entrado de pronto?

Tenía el rostro escondido entre las manos. Tito se había agachado sobre ella y la cogía por un hombro, intentando descubrirle la cara.

—Déjame, déjame, vete.

—Dime lo que te ocurre, mujer, ¿qué es lo que tienes?, ¿qué te ha pasado así de pronto?

—Déjame ya, tú no tienes la culpa, tú no me has hecho nada, soy yo..., soy yo la que se ha metido en todo esto, la única que tiene la culpa, la que he hecho el ridículo, el ridículo...

Su voz sonaba rabiosa entre el llanto.

—Pero yo no te entiendo, mujer, ¿de qué ridículo me hablas?, ¿a qué viene ahora?

—¿Y más ridículo quieres? ¿Te crees que yo no sé lo que te importo?... —entrecortaba las palabras con el llanto—, ¡vaya si me lo sé!, ¡ay qué vergüenza tengo, qué vergüenza tan grande!..., olvídate de esto, Tito, por lo que más quieras... me escondería, me querría esconder...

Se calló y continuaba llorando bocabajo, con la cara oculta. Tito no dijo nada; tenía una mano en el hombro de ella.

*

—¿Vacilar?, pues una palabreja de allí de los Marruecos. Como si dijéramos quedarse uno..., no es borracho, no, es otra cosa diferente, ¿cómo te lo diría?, verás...

—¿Adormecido a lo mejor?

—Pues algo de eso hay, pero tampoco es eso. Espérate, más bien, reconcentrado, ¿sabes?, o vaya, como sumido, imbuido en lo que estás, eso es, ensimismado. Pues teníamos las grandes peroratas, que te diga Samuel, allí cuando estábamos de sorchis, con él y con otros compañeros de fatigas. Mira, nos reuníamos en un cafetín...

—En Marruecos...

—Sí, en Larache. Pues te digo, y venga de palique, la que liábamos, no ves tú. Es que es una cosa, ¿sabes?, que coges la palabra y te vas entusiasmando tú mismo con que si esto y lo de más allá, dale que te pego, y venga de rollo; así que cuando quieres darte cuenta, lo mismo te has mantenido media hora que una hora, que dos, hablando tú solito. Ahí tienes propiamente lo que se llama ponerse uno vacilón, vacilar con el kifi. Una cosa tranquila, ya me entiendes, vamos, como una juerga, pero en pacífico, en buen plan; es decir, lo contrario de lo que es la curda, la pura juerga a base de vino. Porque es que allí a los moros les tienen mandadas retirar toda clase de bebidas alcohólicas, por causa la religión de ellos, ¿no me comprendes?

—Sí, eso ya tenía yo noticia, lo había oído referir.

—Bueno, pues eso. De tal forma que la juerga de ellos es el vacilar, esa es la juerga que tienen. Se reúnen unos cuantos, se te sientan así en corro, en sus esteras, se ponen y venga; una pipa tras otra de kifi, y tomando té, tomando té y fumando nada más, y chau-chau y chau-chau, con esos hablares que se tienen, que es que no les coges ni media palabra de lo que dicen, la mujer en casita encerradita, la mujera, como ellos la nombran; conque con eso ya no se te acuerdan de nada más en este mundo. Ese es el tipo de juerga que rige para los moros, la costumbre de allí. Y así están luego los más de ellos que no funcionan, ¿sabes?, porque esto es como todo, que abusando, pues natural, que te ataque a la cabeza, tú verás, con ese humo tan fuerte; de manera que los hay que están neurasténicos perdidos y con unas manías y unas cosas más raras que el demonio. Ahora que allí, fíjate, el que está loco lo reputan todos ellos como si fuera santo, date cuenta las cosas de los moros. Al que está de la chaveta es un respeto el que le tienen, hija mía, pero que ya puede hacer lo que le salga de las narices, el disparate más gordo, que ninguno es el osado de llamarle la atención lo más mínimo ni meterse con él. Pues como santo, igual, qué más me da. Y eso, claro, son cosas que van con arreglo a la costumbre de cada sitio, y a las ideas que se tengan referente a la vida. O sea que en cada nación que tú vayas te encuentras con que discurren de una forma suya particular.

—Sí, pues tú ya te puedes andar con cuidado, también, no abusar de eso, como quiera que se llame, que aquí a los taratas no los nombran santos, como es ese otro sitio; aquí a la primera te echan el guante pero escapado y te encierran en el manicomio como un señorito, quieras que no, y venles tú después con reclamaciones. Verás tú el caso que te hacen.

—Pues mira, lo que es por eso, no te apures, que sería una bonita manera de mantenerse uno sin dar golpe. Y además divertido.

—Tú ándate con bromas y verás.

—Pues di, ¿es que a ti te va a dar pena si me encierran, Mely?

—¿A mí?, pues a ver, como de cualquier otra persona.

—¡Huy, qué poquito¡, no juego, así no vale; ¿sólo igual que de otro cualquiera?

—¿Qué quieres tú que diga?

—Pues lo que sea verdad.

—¿Y cuál quieres que sea?

—¿Te preocupa el saberlo?

—Contesta tú.

—Mujer, a uno siempre le gusta una pequeña preferencia.

—¿Y para qué? ¿Qué salías tú ganando?

—Es agradable, aunque nada más sea.

—Ya, comprendido.

—Mely, no hables así, haz el favor.

—Que no hable, ¿cómo?

—De esa manera tonta que te pones a veces.

—Ah, soy tonta, muy bien, te agradezco el detalle.

—¿Lo ves?, eso eso, ahora igual. ¿Qué te creerás que consigues con sacar ese tono repipi y antipático?, dime tú.

—Sigues estando muy amable, Zacarías.

—¿Quién empezó? Me saltas con ese tonillo incordiante, de buenas a primeras, ¿acaso es mentira?

—Chico, qué delicado eres tú. ¿Te crees que soy una radio, para poder yo ajustarme el tono de la voz a gusto del oyente?

—No, si tú todavía te la vas a ganar, estoy viendo. Tú sigue. Mira, eres un bichito malo y el día que te coja yo por banda, me las vas a pagar todas juntas.

—¿En serio? ¡Qué risa la que me da!

—Sí, te ríes; tú déjate que te entrille yo algún día.

—Entríllame hoy. ¿Qué me ibas a hacer?, me gustaría saberlo.

—Nada.

—Cuéntalo, anda, ¿qué me hacías?, ¿tanta rabia te inspiro?

—De morderte. Es que te sale bordado, si es eso lo que buscas, que te coja rabia. Vas apañada, el día que me caigas debajo de los dientes, no vayas tú a creer que escaparías así como así.

—¡Caperucita y el lobo feroz! ¡Qué emocionante!, sigue, sigue, ¿y qué más?, continúa con el cuento...

—Ahí se acaba. Y además no es un cuento.

—¿Qué es?

—La pura verdad.

—Estás fresco, ¿te crees que soy Caperucita?

—No, pero da lo mismo, para el caso es igual, ya tendría yo dónde hacer presa y dejarte la marca de los dientes.

—¿Por ejemplo?

—No sé, pues en la boca, a lo mejor.

—No debías haber dicho eso, Zacarías.

—¿Por qué? Tú preguntas, y el lobo te dice la verdad. Sí que dan ganas. ¿Te molesta?

—Pues no.

—Entonces, ¿por qué no quieres que lo diga?

—Sí que quiero. Me gusta oírtelo decir.

—Eres el diablo, ¿sabes?

—¿El diablo?

—No el diablo malo, otro. Otro diablo que no sé cómo es. Por lo pronto me gusta, me chala, es lo único que te puedo asegurar.

—Dilo más bajo, te van a oír...

—Pues que fueran todos los diablos como tú, y se arruinaba San Pedro.

—¿Por qué me dices diablo, entonces?, no le veo el motivo.

—Ah, por algo, hija mía. Estoy seguro que por algo será.

—Oye, me estoy poniendo un poco nerviosa, Zacarías. Pero me gusta estar contigo, ¿sabes? Digo yo si será por eso mismo, a lo mejor.

—Bebe un poco de vino, ¿dónde está tu vaso?

—No, no te muevas de como estás, no te muevas, no quiero que me vean la cara esos otros, quédate así.

—Hasta hacerle un boquete a la mesa con el codo. Yo quieto aquí, como un soldado.

—Dime más cosas, Zacarías.

*

Carmen miró hacia atrás y se asustó de repente; se retrepó contra Santos, en un impulso instantáneo. La luna roja, inmensa y cercana, recién nacida tras el horizonte, los había sorprendido en la ladera, a sus espaldas.

—¡Qué, hija mía...!

Carmen se echó a reír:

—¡Calla, por Dios! La luna. Me cogió tan de sopetón que me di el susto padre. ¡Chico, que no sabía lo que era, así a lo pronto!, ¡qué sé yo lo que me parecía!

—Pero, criatura, si me has asustado a mí también. De puro milagro no hemos salido rodando los dos la pendiente abajo.

Ella reía con la cara contra el pecho de Santos.

—Cariño. Mira tú que asustarme de la luna... ¡qué boba! Hijo, fue tan de pronto, una cosa tan enorme y encarnada...

La miraban los dos, desde la media ladera; se la veía irse

distanciando del horizonte, al otro lado de los campos negros, levantando pesadamente su gran cara roja. Carmen miraba de reojo, casi escondida en el pecho de Santos.

—¡Qué grande es!

—¿Sabes lo que parece? —dijo Santos.

—¿Lo qué?

—Un gong.

Ella despejó la mejilla de la camisa de Santos y miraba de frente hacia la luna.

—Sí, lo parece; es cierto.

—Un gong de esos de cobre. Vamos.

Llegaron a lo alto de Almodóvar. Era llano como una tabla, allí arriba, y se cortaba bruscamente, precipitando hacia el talud; la meseta tendría unos trescientos metros de largo y no más de ciento de anchura. Atravesaron a lo ancho, con la luna a sus espaldas, y se asomaron a la otra vertiente. Se veía Madrid. Un gran valle de luces, al fondo, como una galaxia extendida por la tierra; un lago de aceite negro, con el temblor de innumerables lamparillas encendidas, que flotaban humeando hacia la noche y formaban un halo altísimo y difuso. Colgaba inmóvil sobre el cielo de Madrid, como una losa morada o como un techo de humo luminoso. Se habían sentado muy juntos, al borde de la meseta, los pies hacia el talud. Diseminadas por la negrura de los campos, se veían las otras galaxias menores de los pueblos vecinos. Santos las señalaba con el dedo.

—A tu derecha es Vicálvaro —decía—, Vallecas es esto de aquí...

Vallecas estaba un poquito a la izquierda, allá abajo, casi a los pies del declive. Lo dominaban desde unos ochenta o cien metros de altura. Hablaban bajo, sin saber por qué.

*

Paulina le dió en el hombro a Sebastián.

—¡Mira qué luna, Sebas!

Él se incorporó.

—Ah, sí; debe ser luna llena.

—Lo es; se ve a simple vista. Parece, ¿no sabes esos planetas que sacan en las películas del futuro?, pues eso parece, ¿verdad?

—Si tú lo dices.

—Sí, hombre, ¿tú no te acuerdas aquella que vimos?

—«Cuando los mundos chocan».

—Ésa. Y que salía Nueva York toda inundada por las aguas, ¿te acuerdas?

—Sí; fantasías y camelos; que ya no saben lo que inventar esos del cine.

—Pues a mí esas películas me gustan y me agradan.

—Ya, ya lo sé que tú no concibes más que chaladuras en esta cabecita.

—Como quieras, pero tú ya me lo dirás, si vivimos para entonces.

—¿Para cuándo?

—Pues para entonces, el día en que haya esos inventos y todas esas cosas. Ya verás.

—Un jueves por la tarde —se reía—. Pero, chica, no te calientes la cabeza, que te va a dar fiebre. Pues anda que no le sacas poco jugo tú también a las ocho o diez pesetas que te cuesta la entrada.

Sebas miró hacia atrás; añadió:

—Mira, mejor será que veamos a ver lo que están haciendo esos tres calamidades.

Ahora un rechazo de luna revelaba de nuevo, en la sombra, las aguas del Jarama, en una ráfaga de escamas fosforescentes, como el lomo cobrizo de algún pez.

—¿Nos acercamos a hacerles una visita?

—Bueno, vamos.

Se levantaron. Paulina se pasaba las manos por las piernas y el traje de baño, para quitarse la tierra y las chinitas que se le habían adherido.

—¿Qué hacéis de bueno?

—Aquí estábamos.

Se oían llamadas de mujeres por el disperso caserío; nombres gritados largamente en los umbrales de casetas aisladas, hacia los descampados; voces lejanas, silbidos, respondían desde las rutas ocultas en la sombra. Paulina y Sebastián se sentaban con Tito y Lucita.

—Nos venimos aquí con vosotros. Oye, ¿pues y Daniel?

—Ése ya la entregó; por ahí atrás anda tumbado como un fardo, con una bastante regular.

—También son ganas de complicarse la existencia. Di tú que luego va a ser ella, cuando llegue la hora de largarnos.

—Ése ya no hay quien lo menee. Mañana por la mañana se encargarán los pajaritos de devolverlo a la vida.

—No, Tito; eso sí que no —dijo Paulina—. No podemos dejarlo toda la noche en el río. Menudo cargo de conciencia.

—Ahora en verano se duerme bien en cualquier parte.

—¡Quita de ahí!, expuesto a cogerse un relente o peor.

—Como no mandéis pedir una grúa...

—Haz chistes, ahora.

—No te preocupes, mujer —dijo Tito—; ya nos lo llevaremos como podamos; a hombros, si hace falta, como un pellejo vino.

—Y tan pellejo.

Lucita callaba. Aún quedaba gente en la arboleda; se oía el rezo tranquilo de las conversaciones, por los grupos en sombra; se veía el pulular de las lucecitas de los pitillos, como rojas luciérnagas de brasa.

Los pies de alguien tropezaban ahora con el bulto encogido de Daniel; una voz dijo: «Perdone», y el bulto le contestaba desde el suelo, con un rezongo incomprensible. Delgadísimas rayas paralelas, por cima de lo negro, muy arriba, en la angosta abertura; murciélagos fugaces contra la noche diáfana.

*

Se volcó una botella. La cogieron a tiempo de que no rodase hasta caer.

—¡El canto un duro! —dijo alguien.

El vino quedó brillando en la madera y Mariyayo le hacía canales con el dedo, hasta el borde de la mesa, para hacerlo escurrir; Fernando lo sintió gotear en sus sandalias.

—Ché, niña; que me mojas.

—¡Alegría! —dijo ella, y le tocaba los hombros y la frente, con las yemas mojadas en el vino.

—¡La que tú tienes! Que eres una mina de alegría...

Había oscurecido. El clan Ocaña estaba en movimiento; recogían sus cosas. Lolita gritaba:

—Bueno, chicos, ¿bailamos o qué?

—¿Por qué no le das tú a la manivela?

Felipe Ocaña estaba de pie junto a la mesa de los suyos; los miraba silbando y hacía girar y sonar el llavero en su dedo índice. Petra decía:

—Y que no eche yo nada en falta cuando lleguemos a casa, ¿entendido?

—El campo echarás de menos —le decía Felipe—; eso es lo que echarás.

—Sí, lo que es eso, a buena parte vienes; me he pasado yo un día como para echarlo de menos, ¿sabes?

Felipe dijo:

—Lo han pasado tus hijos, ¿qué más quieres?

—Ya, y mi marido. A costa de reventarme yo solita y estarme desazonando por unos y por otros.

Recalcaba sus palabras con los objetos, vasos de plástico, cuchillos, servilletas, que iba metiendo en el capacho; continuaba:

—¡Te digo que...! Todo viene siempre a dar a mí. Si el cántaro da en la piedra, mal para el cántaro; si la piedra da en el cántaro, mal para el cántaro. Eso es lo único que pasa.

Nineta la ayudaba a recoger.

—¡Vaya un diíta! —seguía Petra—. Como para acordarme yo en Madrid de más campos ni más narices... Dame, Nineta, eso es aquí. Y tú ahora no te estés ahí parado, ¿qué haces ahí?; ya le podías ir dando a la carraca, que ya ves tú la hora que tenemos.

—Carraca, pero que os da de comer.

—Sí, bueno; esa lección ya me la sé de memoria. Conque no la repitas. ¿No decías antes que si tenías los faros de cruce de mala manera?; pues mira la luz que hay. Ya sabes que los del Tráfico no se andan con contemplaciones, de modo que si nos ponen una multa... —ladeó la cara.

—¡Pues se tira de bolsillo y allá vea, puñeta!

—Descompuesta me pones...

Lucas protestaba:

—¿Por qué reglas de tres voy a tener que ser yo el encargado de la gramola?, ¿es que me habéis extendido un nombramiento?

—Si eres tú el que no dejas que nadie se le arrime.

Zacarías rechazaba, con un gesto de la mano, otra pipa encendida que le ofrecía Samuel. Éste le dio a su novia con el codo.

—Oído al parche, tú —le decía por lo bajo—; date cuenta esos dos, la que se tienen ahí en la esquinita —indicaba con la sien hacia Mely y Zacarías.

Maríaluisa asintió:

—No, si ya te lo dije, ¿no te acuerdas que te lo dije?

—Ya. Pues están que se comen.

—Yo no quiero mirar; mejor dejarlos.

Ricardo acercaba el oído.

—¿Qué habláis? —susurró—. A mí también.

—Curioso —le dijo Marialuisa—. Cosas nuestras.

—Secreto de Estado —añadía riendo Samuel.

—Total, ya me lo figuro, para que tú veas. Sé muy bien lo que estáis hablando.

—Pues si eres tan listo, no hagas preguntas, Profidén.

Ahora Loli y Fernando y Mariyayo y la otra chica que venía, armaban mucho alboroto y hacían rabiar a Lucas, golpeando con puños y vasos en la madera de la mesa; repetían:

—¡¡Mú-sí-cá!!, ¡¡mú-sí-cá!!, ¡¡mú-sí-cá!!, ¡¡mú-sí-cá!!...

El otro se tapaba los oídos.

—Vais listos —les decía—, si os figuráis que con esa monserga lo vais a conseguir. Ahora ya por cabezonería.

—¡¡Mú-sí-cá!!, ¡¡mú-sí-cá!!, ¡¡mú-sí-cá!!...

Se habían sumado a las voces los cinco de la otra mesa. Fernando se levantaba con una botella y se acercó a servirles un vaso de vino.

—Un poco convite de parte de la panda —señalaba con la botella hacia la mesa de los suyos.

Los cinco aplaudieron. Miguel dijo:

—Pues ya no queda vino; hay que encargarlo otra vez.

Samuel se volvía hacia el muro y soplaba por la caña, para vaciar la cazoleta del kif; saltó la pelotita de ceniza. Ya salían los Ocaña de la mesa, hacia el centro del jardín; Petra los careaba como a una grey.

—Hale, niños —les decía—, ir saliendo, ¿no nos dejamos nada?; Nineta, mona, míralo tú, si haces favor.

—No tengas cuidado.

Miró debajo de los bancos, en los rincones, al pie de la enramada; ya casi no se veía. Entraban los Ocaña hacia el pasillo; se quedaba la mesa vacía, en la penumbra del jardín. Nineta entró la última.

—¿Ya se marchan ustedes? —les decía la mujer de Mauricio desde el umbral de la cocina.

—Ya, Faustina; ya nos vamos —dijo Petra.

Faustina entró tras ellos al local. Los del mostrador les abrían el paso.

—Bueno, hombre, bueno —dijo Mauricio.

Salía del mostrador.

—Ya nos llegó la hora —les decía Felipe, agitando la cabeza.

—Así es que se pasó bien el día —continuaba el ventero, y bajó la mirada hacia Juanito—. ¿Eh?, ¡menudo pillo estás tú! —levantaba de nuevo la cabeza—. Un día de campo es lo que tiene.

—A ver —dijo Ocaña.

Petrita se había aproximado a los jugadores y miraba muy fijamente el cuerpo del tullido.

—Y muy agradecidos que les quedamos a ustedes —dijo Petra—, por todas las atenciones que han tenido —se volvía también a Faustina, incluyéndola—. Así que ya lo saben, no es preciso decirlo, el día que vayan a Madrid...

El alcarreño, el chófer, el pastor, Chamarís y los dos carniceros, callaban discretamente, al margen. Sólo Lucio, desde su silla, se hacía presente con sus miradas, como si se sumase a todas las ceremonias.

—¡Atenciones! —dijo Mauricio—; figúrese. Al contrario, si me parece que los he tenido abandonados casi toda la tarde, por atender aquí al negocio. Ahora que, desde luego, muy en contra de mi voluntad, que mi gusto hubiera sido hacerles un poco más de caso.

—No diga tonterías, Mauricio; ha hecho usted mucho más de lo que debía; ¿en qué cabeza humana cabe que iba a dejar usted sus cosas por atendernos a nosotros? Bastante que...

—Nada —cortó Mauricio—; lo que hace falta es que vuelvan ustedes —se dirigió a Felipe—. Que volváis, Ocaña, a ti te lo digo, que volváis, que no te dejes pasar este verano sin daros otra vuelta. Y lo mismo les digo a ustedes, que he tenido muchísimo gusto en conocerlos.

Nineta hizo una sonrisa de cumplido.

—La recíproca —dijo Sergio—; son ustedes una familia estupenda y les estamos muy agradecidos por todo.

—Pues nada, muchas gracias, ya saben que aquí estamos a su disposición, para lo que manden. Basta que sean familia de aquí. ¡Felipe! —le golpeaba el brazo—, lástima, hombre, que no vengáis, coño, un día que ande yo más desenredado, para que hubiéramos tenido una parrafada de las buenas.

Desde la partida miraban de vez en cuando, indiferentemente, a los que se despedían; Carmelo se interesaba, revolviendo las fichas sobre el mármol. «¡Aquí, aquí!, estáte a lo que celebras —le decía Coca-Coña—, y no me seas entrometido, que a ti de todo eso no te importa. Conque al juego.»

—Como allí —dijo Ocaña—, ¿te acuerdas? ¿Cuándo volveremos a vernos en otra?, salvando el hecho de los accidentes.

Mauricio reía.

—Y con ellos, y con ellos. Los que no somos ricos tenemos que esperar a accidentarnos alguna cosa, chascarnos un hueso, para poder disfrutar plenamente de la vida.

—¡Sí, eso!, echen ahora de menos el hospital —terciaba Petra—. Ay, los hombres, todos iguales. Ya ves tú ahora la ocurrencia. ¡Qué dos!

Faustina asentía:

—Tal para cual —dijo enarcando las cejas, cabeceando, como quien tiene largas razones de paciencia.

Los dos maridos se miraban riendo.

—Bueno, pues a estos señores les estamos interrumpiendo la tertulia —dijo Petra—; de modo que como es tarde, quitamos la molestia.

—Molestia ninguna, señora —dijo Claudio.

Petra no le oyó; se dirigió a Faustina.

—Lo dicho, pues. Que sigan ustedes como hasta hoy —le daba la mano—. Y a ver ustedes también cuándo se deciden a hacerse una escapadita por Madrid.

—¡Huy, eso...! —dijo Faustina, alzando los ojos—. Hemos tenido mucho gusto en recibirlos, Petra.

—Su hija, no estará. Siento no despedirme. Tan buena moza como es.

—Sí que está, sí. Debe de estar en la alcoba. Mucho que no los oyó pasar a ustedes. Ahora mismo la llamo.

—No, no la moleste, Faustina; déjela.

—Faltaría más —dijo la otra y gritó hacia el pasillo—. ¡Justina! ¡Justina!

Estaba a oscuras, tendida en la cama. Oía las voces del jardín; a veces tras el postigo cerrado la mano de Marialuisa o de Samuel, que pasaba rozando los cristales. Estaban todos allí mismo, alborotando, junto a la ventana; distinguía las voces. Veía en el techo, sobre la Virgen de escayola, el redondel de luz amarillenta que proyectaba, desde el tazón de aceite, la lamparilla que tenía su madre por la novena de la Virgen de Agosto. También hacía un punto de brillo en el cromo de la cama; tiritaba el reflejo. Fuera pedían música, música, porque ese

Lucas no quería moverse a ponerles en marcha la gramola. Luego decían que el vino se había terminado y a lo mejor era ella la que tendría que levantarse a poner más. Relajaba su cuerpo. Se puso el antebrazo sobre los párpados cerrados, para no ver el resplandor en el cañizo, ni el reflejo en el cromo. Después oía a los Ocaña en el pasillo; no quiso levantarse; cambiaba de postura y sonaron los metales de la cama. Pendía del techo una rama seca de laureles, casi encima de la cabeza de la Virgen. Clavó las uñas en la cal de la pared, a la izquierda de su cama, fuertemente; sintió grima, y se volvía sobre el costado derecho, cuando oyó que su madre la llamaba. Titubeó un instante; buscó la pera de la luz.

—¡Voy, madre!

Se arregló brevemente en el espejo. Aún guiñaba los ojos a la luz, cuando entró en el local.

—Mira, hija, no se han querido marchar sin saludarte.

—¿Qué tal lo han pasado? —les preguntaba desmayadamente.

—Superior —dijo Ocaña—; muchas gracias, joven.

—Pues me alegro. ¿Y tú que me das un beso, preciosa?

La niña apartó la vista del tullido y acudía a los brazos de Justina.

—¡Aúpa! —le dijo ella, izándola del suelo—. Vamos a ver, ¿y qué es lo que más te ha gustado?, cuéntamelo a mí.

—Esa coneja que hay allí adentro —dijo Petrita, señalando hacia el pasillo—. Es tuya, ¿verdad?

—Y tuya; desde hoy, más tuya que mía. Cuando tú quieras, te vienes, y la echamos de comer, ¿contenta?

—Sí —movía la cabeza.

—Pues ahora bájate ya, mi vida, que los papás tienen prisa y no hay que hacerlos esperar —la volvía a dejar sobre el piso—. Anda, ya volverás otro día; dame un beso.

Le ponía la mejilla a su altura para que la besase; pero Petrita se abrazó a su cuello y apretaba.

—Yo te quiero, ¿sabes? —le dijo.

Felipe Ocaña se despedía de los otros.

—Ya sabe —le decía el chófer, con voz confidencial, estrechándole la mano—; usted solito, sin familia ni nadie —le guiñaba el ojo—. A ver si es verdad que se anima algún día.

Ocaña asentía sonriendo.

—Se tendrá en cuenta —se dirigió a los de la partida—. ¡Con Dios, señores!

—Que tengan buen viaje; hasta la vista.

—Ustedes lo pasen bien. ¡Ah, oiga, y otro día cualquiera que tengan capricho la gente menuda de montarse en la limusina, no tiene usted más que traérselos, ¿eh?, que es lo que le está haciendo falta, ventilarse, a ver si coge otro aire, el carricoche del diablo!

—Muy bien, de acuerdo —asentía Felipe, sonriéndole a Coca-Coña, con la boca torcida, y se volvió hacia Petra de reojo.

—Pues nada, a seguir bien, de nuevo.

—Gracias; eso es lo que hace falta; igualmente. Y que vengan, que vengan.

Schneider, despegándose apenas de su asiento, hacía una mecánica inclinación de cabeza. Ya salían; Nineta se admiró:

—¡Oh, la luna, Sergio! ¡Qué es bonita! ¡Qué es grande!...

Daba un reflejo cobrizo sobre la comba del guardabarros y en el duco empolvado de la portezuela.

—Irme dando las cosas —dijo Ocaña, y separaba el respaldo del asiento de atrás.

Mauricio y Justina habían salido con ellos. El chófer de camión los miraba desde el umbral iluminado. Felipe hundía los cachivaches en el hueco del respaldo. Luego montaba la familia; decía Petra:

—Sin atropellar, niños, sin atropellar, que hay sitio para todos.

Justina estaba delante del coche, con los brazos cruzados.

—Bueno, te tengo que pagar las copas y los cafeses —le decía Felipe a Mauricio.

Sacaba la cartera.

—¡Quítate ya de ahí!

—¿Cómo iba a ser? —lo cogía por la manga—. Mauricio, ahora mismo me dices lo que se debe.

—Anda, anda; no gastes bromas.

—Oye, que... Mira que no volvemos, no me andes con coñas. Cóbrate.

—Vete a paseo.

Petra miraba sus sombras desde la ventanilla.

—Lo que faltaba para el duro —exclamó.

Mauricio empujaba a Felipe hacia el taxi.

—Móntate, anda, que tenéis prisa; pierdes el tiempo.

—Ni prisa ni narices. Eso no se hace, Mauricio.

Mauricio se reía; intervino Petra:

—Mire, Mauricio, eso no está ni medio bien; mi marido le quiere pagar las consumiciones y por consideración debía usted de cogérselo. Nos quita usted la libertad, para otra vez que queramos venir.

—Nada, nada; en Madrid ya tendrán tiempo y ocasión de convidarme. Allí serán ustedes los paganos. Aquí invito yo y se ha concluido. Móntate, Ocaña.

—Bueno, te juro que me las pagas. Palabra mía que te vas a acordar.

Se montó. Petra iba delante, con él. Justina había puesto los brazos sobre el reborde de la ventanilla.

—Que lleguen a Madrid sin novedad —dijo hacia adentro, hacia las sombras apretujadas en el interior; no veía las caras.

Renqueaba la magneto; a la cuarta intentona, prendieron los cilindros. Felipe Ocaña sacaba la cabeza.

—¡Adiós, mala persona! —sonreía—. ¡Y conste que me marcho muy disgustado contigo!

—Tira, anda, tira —dijo Mauricio—, que se os hace tarde.

Movía la mano junto a las ventanillas, saludando a bulto a los de dentro. Brotó la luz anaranjada de los faros; el coche empezó a moverse lentamente; «¡Adiós, adiós, adiós!...». Justina quitó los brazos de la ventanilla y el taxi daba la vuelta hacia el camino. Padre e hija quedaban inmóviles atrás, junto a la racha de luz que salía de la casa, hasta que el taxi, con una cola de polvo que ofuscaba la gran luna naciente tomó la carretera.

*

—¡Silencio todos! ¡Escucharme un momento! ¿Me queréis escuchar?

Agitaba Fernando la botella en el aire, en mitad del jardín, y la racha de luz que salía de la cocina le alumbraba la cara y el pecho y relucía en el vidrio. Gritaba hacia la sombra de las mesas, a los otros, que habían vuelto a pedir música, música.

—A ver qué es lo que quiere éste ahora. ¡Callarse! Dejarlo que hable, a ver.

—La gramola muertita de risa —decía Ricardo—; ¡carga con ella todo el día!

—Y la hora hache, al caer.

—¡Venga, que se pronuncie!

—Cuentos. A no dejarlo que hable, ¿vale? —proponía Ricardo en voz baja—; cuanto que haga intención de abrir la boca, un abucheo como un túnel.

Todos miraban a Fernando en la luz, desde las espesuras de la madreselva en el jardín anochecido.

Le había dicho Mely a Zacarías:

—Se queman los domingos que es que ni te enteras.

—Pero queda el regusto —había dicho él—. Mira el gato, mira el gato...

Lo sentían rebullir en la enramada, en rumor de hojas secas. Le vieron la sombra cazadora y fugaz, entre las patas de las sillas.

—Para él todo son domingos.

—O todos días de labor —le había replicado Zacarías—. No sabemos.

Ahora los dos atendían hacia Fernando. Fernando se impacientaba.

—Bueno, ¿queréis escucharme, sí o no?

Le gritó Zacarías:

—¡Explícate ya, Mussolini!

—¡Qué! Que le den dos reales y que se calle de una vez.

Hizo ademán de retirarse, y dio paso a la luz, que brilló unos momentos en el níquel del gramófono, al fondo del jardín.

—¡No seáis! Dejarlo al chico que diga lo que sea, venga ya.

—A ver si quieren.

—Oye, ¿es que vas a bautizar algún transatlántico con esa botella en la mano? Dime, ¿y cómo le piensas poner?

—¿Eh? Pues mira, a lo mejor le pongo Profidén, o La Joven Ricarda, ¿cuál te gusta más?

—Ah, cualquiera, lo vas a gafar y se te va a ir a pique con cualquiera de los dos que le pongas. Bueno, anda, habla ya, vamos a ver esas revelaciones tan sensacionales.

—Con tu permiso. Pues nada, muchachos —se dirigía hacia todos, incluyendo a los cinco que ocupaban la otra mesa— yo nada más lo que quería decir es que hacía falta de organizar un poquito este cotarro. Así, conforme vamos arrastrando la tarde hasta ahora, no se hace más que crear confusión, que cada uno procura por una cosa diferente, y ninguno sacamos nada en limpio...

—¡Cuéntanos tu vida! ¡Acaba ya! ¡Chacho; qué tío, vaya un espich!

—¡Pero calla, voceras, que estás incomodando!... Bueno, pues lo que iba a proponer es que juntemos las dos mesas con esta gente, que están aquí como despistados y que además sé yo que son de los buenos, y así se formaba una mesa todos juntos. Porque de esa manera, ya no había aquí más que una sola cosa, para poder llevarlo con orden y concierto. Y al mismo tiempo, pues se engrosaba la reunión con nuevos elementos de refresco y salíamos todos ganando en bureo y animación, unos y otros. ¿Qué os parece?

—Pues venga, de acuerdo por esta parte —dijo Miguel—. Si ellos están conformes, que se cojan su asiento cada uno y se arrimen para acá, que tenemos más sitio.

—¡Hale, hale! —dijo una voz al otro lado.

—No hay más que hablar.

Se levantaron los cinco y traían sus sillas hacia la mesa de los de Zacarías y Miguel. Fernando ya se había retirado de la luz y se volvió a su sitio, junto a Mariyayo. Quedó el rectángulo neto sobre el suelo. Los cinco lo atravesaban, trasladando sus macutos y sus cosas. Ricardo murmuraba:

—Lo que se le ha ido a ocurrir, mira tú ahora, en evitación de barullos.

Samuel se volvía hacia él y le decía:

—¿Qué criticas tú ahora, Profidén?

—Yo no critico; yo sólo digo que no teníamos precisión de revolvernos con nadie, para pasarlo bien nosotros y nosotros. Así es como se forma el follón, nada más. Y luego surgen los líos.

—Venga, no seas tú tampoco exclusivista.

—Nada de exclusivismos. No los conocemos de nada, pues déjalos quietos. ¿Quién te manda de hacer amistades con nadie? A río revuelto, ya sabes, además.

Eran dos chicas y tres chicos; se habían sentado.

—Pues mira —cortó en voz baja Samuel—, ahora ya está hecho; así es que ya calla la boca y no metas la pata, no vayas a ser tú el que suscite el conflicto.

—Claro; ahora a ponerles buena cara. Encima eso.

Miguel les había preguntado:

—¿De qué barrio sois vosotros?

—Del Matadero. Legazpi. Digo, menos éste; éste no, que éste vive por ahí, por Atocha. Los demás todos Legazpi.

—Un barrio que le tengo simpatía. Y conozco yo un Eduardo, allí del mismo Legazpi, Martín Gil de apellidos, ¿le habéis oído nombrar?

—Eduardo... Sí, Eduardo tengo ya uno, pero ése no va a ser; no, éste es otro apellido; se llama Eduardo también, pero es otro apellido. ¿Cómo era ése?, has dicho, ¿Martín qué?

—Eduardo Martín Gil.

—No pues no es ése, seguro que no es. Creo yo que éste tuyo no lo tengo yo catalogado, o no me lo parece. A ver éste —se dirigió a su compañero—. Tú, ¿no te suena a ti alguno más?, echa un poco memoria.

—Eduardo, pues verás... —reflexionaba—. Sí, hombre, hay ese otro que le llaman Dúa, ¿no es Eduardo de nombre ése también?

—Ah, sí, es verdad, ya salió otro, mira. Vamos, que de pila también se llama Eduardo, ¿no me entiendes?, no es más que le dicen de esta otra manera, o sea como un apodo, ya sabes tú la gente, o incluso los mismos familiares; de Eduardo, pues Dúa, se saca fácil.

—Pues como no sea éste, no sé yo cuál más. ¿Cómo hace aquél de apellido, tú te acuerdas?

—¿Apellidos del Dúa?, espera a ver; sí, hombre, ¿cómo era?; vaya, si lo diré... Bueno, en este momento a punto fijo no te sé yo decir, pero es igual. Tampoco son los que éste dice, de eso estoy seguro, son otros que no tienen nada que ver; si me acordara...

—Bueno, no preocuparos —dijo Miguel—; si es lo mismo. No le deis más vueltas, ¿qué más da?

—Ya, si estamos. No, porque es que todavía si supiéramos algún otro Eduardo, sin nosotros conocerlo los apellidos, muy bien podría ser ése el que tú dices, casi seguro que iba a ser él. Pero ya te digo, el caso es que de Eduardos no nos constan a nosotros más que estos que te cuento; así como de Pepes, ya ves, en cambio de esos hay un carro, así de Pepes todo Legazpi, la invasión. Pues ese amigo tuyo, es raro, porque aunque nada más fuese de oídas, difícil que se nos haya podido escapar. Me extraña un rato que nos falte a nosotros esa filiación, más todavía al tratarse de un chico joven. Di, tú, ¿y es seguro que es de allí de por Legazpi?

—Sí, sí, seguro. Quiero decir, no siendo que se haya mudado en fecha reciente, porque yo desde luego debe de hacer ya más de un año que no lo he vuelto a ver.

—Bueno, hijo, venga, dejaros de Eduardos y a ver lo que hacemos. ¿Se baila o no se baila?

—Que sí, mujer, que ya hemos terminado. ¿Y seguimos sin vino?

—Esa botella que han traído éstos tendrá todavía, mira a ver.

Miguel levantó la botella de los de Legazpi y la miraba al trasluz, hacia el cuadro de la ventana iluminada; dijo:

—Total nada, una birria de vino es lo que hay.

—Se pide más —dijo Fernando—. Dar palmadas, a ver si viene alguien.

—Dalas tú, ¿es que no tienes manos?

—Anda, Luquitas, sé buen chico, ponnos en marcha la gramola, anda ya.

Lucas se levantaba de la silla, afectando un suspiro y un gesto de paciencia, y se iba hacia el gramófono. Juanita comentó:

—¡Qué trabajo más terrible! Qué barbaridad, ni que le fueras a dar cuerda a un tranvía, los aspavientos que le echas —se volvía hacia Loli—. Chica, hay que ver las fatigas que le entran a este hombre, no sé ni cómo vive.

Sonaban las palmadas de Fernando. Mariyayo dijo:

—Vaya manos que tienes, hijo mío. Casi que estoy tentada de alquilarte para llamar a mi sereno, que está pero fatal, el pobre, de sordera.

—¡Mira, y me pones la rumba, Lucas, si me haces el favor! —le gritó Marialuisa.

—¿A ti sola? Será para todos.

—¡Qué rumba ni qué rumbo! —decía el otro desde allí—. ¡Si aquí no veo ni lo que cojo!

—¡Hombre, vente a la luz y lo miramos; sí que es un problema!

Lucas no respondió; se veía su sombra arrodillada junto a la gramola, y el oscilar de los brillos metálicos, al mover la manivela.

—Tú no lo apures, que es capaz que lo deja inmediato, ya sabes cómo es él.

—¡Yo quiero bailar!, si no ¿qué? ¡Quiero bailar!

—Aguanta, pies de fuego, aguanta, tu no te aceleres, tiempo hay.

—No es que sobre, tampoco, Samuel.

—¿Ya empezamos? —protestó Zacarías.

—¿A qué?

—A hablar de cosas feas.

—¿Cosas feas?

—¡El tiempo, mujer!

Se volvía de nuevo hacia Mely, sonriendo:

—Continúa.

—Bueno, conque con eso ya se hicieron en seguida las diez y media de la noche, que serían, y se presenta mi padre, riiín, el timbrazo; yo un miedo, hijo mío, no te quiero decir, aterrada. Salgo a abrirle, ni mu; una cara más seria que un picaporte, yo ya te puedes figurar. Conque ya nos sentamos todos a la mesa; aquí mi padre, la abuela ahí enfrente, mi tía al otro extremo, tal como ahí, y mi hermano así a este lado, a mi izquierda, no veas tú cada rodillazo que yo le pegaba por debajo del hule; chico, los nervios, que es que ya no podía contenerme los nervios, te doy mi palabra. Bueno, y sigue la cosa; nos ponemos a cenar, y mi padre que persevera en lo mismo, pasa la sopa, ni despegar los labios, pero es que ni mirarnos siquiera de refilón; pasa lo otro, lo que fuera, lo que venía después, y lo mismo, mirando a la comida. Figúrate tú, él, que tampoco es que vayas a decir que sea ningún hombre demasiado hablador, pero vamos, que en la mesa, eso de siempre, le gusta rajar lo suyo, y preguntar y contar cosas, pues una persona que tiene buen humor, que está animada, ¿no? Pues date una idea de lo que sería aquella noche, así que allí ni la abuela, como te lo digo, se atrevía a decir una palabra. Y eso que ella no estaba al tanto del asunto, ¿sabes?, pero se ve que no está tan chocha como nosotros nos creemos, no está tan chocha, ¡qué va a estar!, ella en seguida debió de olfatearse, viejecita y todo, lo que allí se barajaba. Bueno, abreviando, una cena espantosa de verdad, pero una situación de estas que sientes que es que vas a estallar de un momento a otro, ¡qué rato, no quieras tú saber! Mucho peor, muchísimo peor que la bronca más bronca que te puedas figurar. Fíjate tú, mi tía, con toda la inquina y el coraje que tenía contra nosotros, y estaba negra, se la veía que lo estaba, que tampoco podía aguantar aquello; tanto es así, que a los postres, se pone, ya se conoce que incapaz de resistirse, se pone, le dice a mi padre: «¿No tienes nada que decirles a tus hijos?», ya como deseando que nos regañara de una vez, ¿no me comprendes? Y mi padre no hace más que mirarla, así muy serio, y se levanta y se marcha a acostar. Total que aquella noche nos fuímos a la cama sin saber

todavía a qué atenernos, con toda la tormenta en el cuerpo.
Claro, eso era lo que él quería, no tuvo un pelo de tonto, qué
va. Le salió que mejor no le podía haber salido. Al día siguiente nos dijo cuatro cosas, pero ya no una riña muy fuerte ni
nada, cuatro cosas en serio, pero sin voces ni barbaridades,
así muy sereno; todavía a mi hermano le apretó un poco más,
pero a mí... Demasiado sabía él que el rato ya lo teníamos pasado, vaya si lo sabía. Y eso fue todo...

Zacarías sonrió.

—Bueno, ¿y tú, tanto gasto haces tú de sereno? —le había preguntado Fernando a Mariyayo.

—Pues a ver qué remedio me queda.

—¿Por qué? ¿Qué haces de noche tú por esas calles?

—Trabajo en el ramo cafetería, conque tú verás.

—Ah, vaya, ya me entero. Los turnos de noche. ¿Y no
te comen los vampiros?

—No, rico; no tengas cuidado, que no me comen.

Se había oído la risa de Fernando. Y Lucas se había acercado a la ventana, con el macuto de los discos; por dentro se
veía la cocina y la mujer de Mauricio atizaba la lumbre con
una tapa de cartón de alguna caja de zapatos; crepitaban los
carbones en pequeños estallidos y subían dispersiones de pave-
sas. Marialuisa había ido junto al otro y Faustina se había
vuelto al oírles, mientras ellos buscaban el disco de la rumba,
y les dijo:

—Ahora mismo sale mi hija, si precisan de algo.

—Es una buena idea de traerse un picú —había dicho una
chica de Legazpi.

—Pero otro que estuviese en mejores condiciones.

—A falta de otra cosa...

Había dicho Juanita:

—Lo más malo que tiene es el dueño, ¿sabes tú?, que por
lo visto se cree que tiene algo.

—Aquí no viene nadie.

Fernando había vuelto a dar palmas; añadía:

—Pues mira, chica, eso del sereno no está mal discurrido.
Sólo porque no vayas tú solita, mujer, soy yo muy capaz de
quitarme tres horas de dormir todas las noches. Es una buena
idea, merecerá siempre la pena acompañarte. Me quedo con
la plaza.

Ya sonaba la música. Había salido Samuel a bailar con la
rubia, y dos parejas de los de Legazpi. Luego también Miguel

se levantaba, y al pasar con Alicia hacia el baile, le tocaba en el hombro a Zacarías.

—¿Qué pasa? Ya no queréis cuentas con nadie, por lo visto. Vaya un palique que tenéis, mano a mano, ahí los dos. A saber tú las trolas que la estarás haciendo que se trague. Di que todo es embuste, hija mía, que éste no es más que un rollista fantástico. Tú, ni caso.

Mely le sonreía.

—Me está contando las cosas de la mili.

—Bueno, bueno, pues seguir.

Después Alicia, bailando, lo reprendía:

—¿Tú a qué te metes con ellos?, ¿no ves que están en plan?, ¿no te das cuenta?

—Pues por eso, para hacerlos un poco de rabiar.

El otro de los cinco se había quedado en la mesa; miraba a Loli en la penumbra. Venían las risas de la rubia y de Samuel, que bailaban con grandes aspavientos. Ricardo estaba callado.

—Qué diversión, ¿verdad, Juani? —decía Lolita en un tono reticente.

La iba a contestar, pero ya volvía Lucas de junto a la gramola y la sacó hacia el baile. Las parejas entraban y salían de la sombra al escueto rectángulo de luz, que las cortaba por las piernas y la cintura. El de Legazpi le dijo a Lolita:

—Si tú no bailas con nadie...

—¿Qué?

—Pues que te saco yo, si tú quieres.

Apareció Justina en el jardín.

—Sí, sí; encantada.

—¿Qué querían?

Ricardo miraba al de Legazpi, que se agarraba con Lolita y empezaba a bailar; dijo:

—Tú, Fernando, que a ver qué queréis.

—Ah, sí, pues vino, un par de botellas que sean.

Después añadía:

—Oiga, ¿hay langosta?

Justina lo miró.

—¡Sí! ¡A la marinera! —contestaba saliendo.

—¡Toma!, te han respondido a tono —se reía Mariyayo—. Para que aprendas.

Se oyó un grito festivo en el baile y luego de improviso se iluminó todo el jardín. Sorprendió el rostro agrio de Ricardo, la boca de Mariyayo que reía, Zacarías y Mely muy juntos, hundidos contra la enramada. La luz se venía de una bombilla en el centro, con su tulipa blanca, colgada de unos cables embreados. Se habían separado bruscamente los labios de Marialuisa y de Samuel. Se veía el polvo que subía de entre los pies de las parejas, y la blusa amarilla de una de las chicas de Legazpi, las mesas vacías, papeles en el suelo, las bicicletas allí al fondo, tiradas junto a la pared, los labios machacados de la rana de bronce. Fernando decía riendo:

—Que mal gusto encender la luz ahora.

Se volvió Zacarías; le dijo:

—¿Qué hay?

Mely, a su lado, se miraba en el espejito.

—Eso, vosotros —contestó Fernando.

—Échanos vino, haz el favor.

—Aguarda; ya lo traen.

Trompeteaba gangosamente la rumba en la gramola.

*

—Padre, me ponga dos botellas.

—¿Dos? Ahora va. ¿Diste la luz a la juventud?

—Acabo de darla.

—Sí, porque, bailes a oscuras, la juventud ya sabes luego lo que pasa. A tu madre después no le gusta y con razón. Así hay más comedimiento.

—Pues qué poquita gracia les habrá hecho a ellos —dijo Lucio.

—Ah, pues a jorobarse. Sólo faltaba ahora que convirtiese yo mi casa en un sitio tirao.

Lucio insistía:

—La juventud tiene sus apetencias, ya se sabe. A eso no se le puede tampoco llamar tirao. Lo golfo golfo es otra cosa, y bien distinta.

Mauricio llenaba las dos botellas.

—Pues aquí no. Hay mucho campo ahí fuera. Toma, hija.

Entraba el hombre de los zapatos blancos.

—Buenas tardes.

—Que ya son noches. Hola, qué hay.

Salió Justina hacia el pasillo. El señor Schneider levantó la cabeza del juego.

—¿Está usted bien, mi amigo? —sonreía el hombre de los z. b.

—Bien, muchas gracias, Esnáider, ¿cómo va eso?

—Oh, éste marcha regularmente, una vez pierde, otra gana. Esto, pues, como la vida.

—Sí, como la vida. Salvo que menos arriesgado, ¿no cree?

—También. Eso también, gran verdad —atendía de nuevo hacia el juego.

El hombre de los z. b. tocó la espalda del pastor.

—¿Qué, Amalio? ¿Y esas ovejas?

—¡Yé!, regulares. No están muy buenas, no —hizo una pausa y recogía con más fuerza—. Si además no pueden estarlo. ¿Cómo van a estar buenas?

—¿Por?

—Mi amo. Mi amo no le tiene cogido el tino todavía al negocio ganado. Ni se lo coge. Chicas peleas que tengo yo a diario con él, haciendo por convencerlo de por dónde tiene que ir. Sin resultados. Es como esto —pegaba con los nudillos en el mostrador—. Una cabeza más dura...

Bebió el vaso; nadie hablaba; prosiguió:

—Mire usted, estos señores, que andan con ganado —señalaba a los dos carniceros—, y están al corriente del asunto, estos señores pueden decirle lo que pasa. ¿Miento?

Volvió a callar; lo miraban a él; dictaminó:

—Es tontería; un ganado que se le descuida el renuevo, ese ganado se acaba, más tarde o más temprano. Irremediablemente. No es más que eso, esta cosa que todos la vemos tan sencilla, pues no le acaba de entrar en la cabeza. «Amalio, que las ovejas están malas», no hay quien lo saque de ahí —tragó saliva—. Pero, señor mío, ¿van a vivir cien años las ovejas? Inyecciones de vitamina las podía poner, o lo que fuera; ingresarlas en un sanatorio, caso que los hubiese para el lanar; que la oveja que esté acabada y la fallen los dientes, esa oveja se muere sin remisión. Y ahí no sirve querer. No hay más cáscaras, ¿qué dice?

El hombre de los z. b. asentía distraído:

—Ya me doy cuenta, ya.

—¡Pues natural! —concluía el pastor.

—Eso es como mi padre, en paz descanse —decía el alcarreño—, un caso igual. Que en los últimos tiempos no hacía más que decir: yo no estoy bueno, no estoy bueno. Y qué no iba a estar bueno ni qué ocho cuartos. Lo que tenía simplemente es que le iba llegando el turno, por las edades que alcanzaba. Pasaba lo que tenía que pasar. Lo raro hubiera sido lo otro, eso es lo que hubiera dado qué pensar. Oiga, como que a mí me entraban a veces ganas de decirle, no siendo el respeto, claro, y esos reparos que uno tiene, de decirle: «¡Viejo, padre, viejo es lo que usted está, no le ande dando más vueltas, más pasado que Matusalén, a ver cuándo se va a querer dar por aludido, ni enfermo ni nada, que se termina, que ya no da más!» El pobre hombrito. No lo quería comprender que las cosas se terminan por su propio peso, sin que haya que buscarle más motivo ni más cinco pies al gato. La persona humana va sufriendo un desgaste, como todas las cosas, y le llega un momento en que ya no, que ya no; vamos, que no, que ya no puede ser. Y qué ¿qué misterio tiene? Está claro, cuando a un reloj se le para la cuerda, no es el mismo caso, pero sirve; vaya, cuando a un reloj se le acaba la cuerda, y se te para, a nadie se le ocurre decir que ese reloj está estropeado, ¿no es así? Pues lo mismo mi padre y lo mismo este señor, con el cuento las ovejas, que nos ha referido aquí el Amalio. ¡Igual! Equivocan lo viejo con lo malo.

—Esa es la cosa —asentía el pastor—; el desgaste, el desgaste que tienen las cosas todas en general y las ovejas en particular. Si a una oveja se le desgastan los dientes, ¿a ver con qué va a comer? ¿La vas a poner a sopitas?

—Nada, lo de ese amo que usted tiene —dijo Claudio—, ya lo sabemos todos lo que es: que le duele esta parte —se tocaba el pecho—. Pura tacañería y nada más. Ve ahí porque no lleva las cosas como es debido.

—Eh, alto ahí —lo reprendía riendo el alcarreño—; ¿a usted quién le manda decir esas cosas, presente Amalio? No se debe faltarle a los amos delante la dependencia.

—¡Dependencia ni peras! —dijo el pastor—. La verdad tiene que admitirla todo el mundo. Aquí el señor Claudio lleva más razón que un santo en lo que dice, más razón que un santo. Yo soy el primero que corrobora esas palabras.

—Ah, bueno, bueno; pues ya se lo voy a contar yo a don Emilio, verás tú, que lo andas llamando tacaño a sus espaldas, en lugar de salir a defenderlo. Se lo pienso contar.

—No iba a dejar de serlo, por eso.

—Pues no hay razón para ser tacaño ese señor, con el dinero que maneja —intervenía el Chamarís.

Dijo el pastor:

—Eso de lo agarrado, no es cuestión del dinero que se tenga o se deje de tener, sino de cómo uno sea de por suyo.

El hombre de los z. b. atendía en silencio.

—Pues ya quisiéramos juntar nosotros, entre todos —comentó el alcarreño—, la fortuna que tiene él solito. Y sin saber disfrutarla.

El Chamarís:

—El dinero no da la felicidad.

—Puede. Pero al tacaño, menos todavía.

—Sí que la da, sí, la felicidad —dijo Lucio—. Pues ya lo creo que el dinero puede darla. Lo que pasa es que la conciencia la quita.

—¿Qué conciencia? —preguntaba el chófer—. ¿Es que hay alguno que se preocupe de tenerla, con sus buenos fajos de billetes en el Banco?

—Pues natural que la tiene —dijo Lucio—. Muy escondida, pero la tiene, aunque sea a su pesar. Como un gusanillo oculto en el interior de una manzana.

El hombre de los z. b. asentía con la cabeza; dijo:

—Usted lo ha dicho. En efecto. Es un bichejo, la conciencia, que se nos cuela por todas partes. Un mal bicho.

Apuró el vaso. Mauricio estaba escuchando, con los brazos cruzados sobre el pecho, la espalda contra los estantes. El carnicero bajo se acercó distraído a la mesa del dominó y miraba la grupa encorvada de Carmelo, el cual estaba todo reconcentrado en la partida. De un manotazo hizo caer al suelo la gorra de visera que Carmelo tenía colgada en el pirulo del respaldo de su silla, y después se volvió rápidamente hacia los otros. Pero Carmelo lo notó; le decía:

—No escondas la mano, ¿sabes?, que te estoy viendo. Así que no gastes bromas —recogía su gorra de visera—. Y no es por mí, ni por lo que valga —limpiaba con mimo la tela mugrienta, frotando con la manga, para quitarle el polvo—. No es tanto por lo que a mí me molestes, ni por lo que la gorra valga en sí, como por lo que ella representa. El Ayuntamiento se debe respetar. No hay que hacer burla del Ayuntamiento.

Puso su gorra como antes y se absorbía de nuevo en la partida.

*

Había unos postes altísimos, de hierro, en lo alto del cielo de Vicálvaro; Luces blancas y rojas en las puntas. Flotaban como bengalas en la noche vacía. Detrás el cielo era negro y opaco. Sólo los astros más fuertes sobrevivían al claro de la luna. El olor denso del verano, el zumbido uniforme de los grillos, cuajaban en la negrura de los surcos calientes. Ahí cerca se recortaba una piedra rectangular, que señalaba el vértice geodésico de Almodóvar.

*

Tito encendió el cigarrillo de Sebas y después el suyo; miraba a Lucita un momento en la luz de la llama. Sopló la cerilla y volvía a sentarse junto a Luci. Paulina dijo:
—¿Qué te pasa, Luci?
—Nada, ¿por qué?
—No hablas.
—Tengo una pizca de mareo.
—Os ponéis a beber. ¿Por qué no te echas?, échate, anda.
—Deja a la chica —dijo Sebas.
Valles abajo del Jarama, se veían las tierras difusas, como nieblas yacentes, a la luz imprecisa de la luna; más lejos, los perfiles de lomas sucesivas, jorobas o espinazos nevados de blanco mortecino, contra el fondo de la noche, como un alejarse de grupas errabundas, gigantescos carneros de un rebaño fabuloso. Tito le puso a Lucita una mano en la nuca.
—¿Vas mejor? —le preguntaba por lo bajo.
Ella sacó una voz cansada:
—Me defiendo.
Cambió de postura. Miraba allá abajo, por entremedias de los troncos, en el agua embalsada de la presa, el reflejo de la luz que venía de las bombillas de los merenderos, la sombra enorme de alguien que se había asomado al malecón. El mismo malecón no se veía, oculto a la derecha tras el morro del ribazo, ni las terrazas cuajadas de gente, ni las bombillas bailando en los cables debajo del gran árbol; sólo las sombras y las luces que proyectaban hacia el agua. Llegaba el alboroto, las voces de juerga, la música incesante de las radios, el fragor

de la esclusa, de allá abajo, al final de los árboles, enfrente del puntal.

Luego el ojo blanquísimo del tren asomó de repente al fondo de los llanos; se acercaba, rodante y fragoroso dando alaridos por la recta elevada que cruzaba el erial. Entraba al puente del Jarama, sorprendía instantáneas figuras de novios aplastadas de miedo contra los pretiles, en la luz violentísima, que se cegó acto seguido tras las casas de la margen derecha, hacia el paso a nivel y la estación de Coslada y San Fernando de Henares. Lucita se estremecía y se pasaba las manos por los brazos y los hombros; luego dijo:

—Chico, estoy más molesta... Tengo grima, con tanto polvo encima de la piel. Tanta tierra pegada por todo el cuerpo. Te pones perdida de tierra, no se puede soportar.

—Lleva razón —dijo Sebas—, se llena uno hasta los pelos, a fuerza de estarse revolcando todo el día. Para darse otro baño. Yo me lo daba. ¿Eh?, ¿qué os parece?, ¿qué tal darnos ahora un chapuzón?

—¿Pero a estas horas? —dijo Paulina—. Tú no estás bien de la cabeza. Yo creo que...

—Más emocionante, ya verás.

—Por mí desde luego —dijo Lucita—. Yo me apunto. Has tenido una idea.

—Bien por Lucita, así me gusta. Anda, Tito, y tú también, vamos todos, hale.

—Yo no, chico, no tengo gana, la verdad. Ir vosotros; Yo me quedo al cuidado de la ropa.

—Tú te lo pierdes.

—A mí me sigue pareciendo una chaladura —dijo Paulina—. ¿A quién se le ocurre bañarse a estas horas?

—A nosotros, ¿no basta? Venga, paloma, a remojarse, no te hagas de rogar.

—Anímate, mujer —dijo Luci—. Ya verás luego lo a gusto que te quedas. Si tú no vienes, yo tampoco; así es que mira.

—Pero cortito, ¿eh?, enjuagarse y salir.

—Que sí, mujer.

—¿Qué esperamos, entonces?; venga ya, para luego es tarde.

Lucita y Sebastián se habían incorporado.

—Aúpame, Sebas.

—Voy.

Cogió las manos de su novia y tiró para arriba hasta ponerla en pie. Tito dijo:

—Aligerar, que ya pronto hay que subirse.

—Descuida. Guárdame esto, toma, haz el favor.

Lucita dió un respingo.

—¡Al río, al río! —gritaba de pronto—. ¡Al río, muchachos! ¡Abajo la modorra!

Los otros la miraron sorprendidos.

—Chica, ¿qué mosca te ha picado ahora? —le decía Paulina riendo—. ¡Te desconozco!...

—Pues ya lo ves, hija mía. Yo soy así. La cabra loca. Tan pronto... Según me da, ¿no sabes?, tan pronto coles, como de golpe lechugas. Más vale, ¿no crees tú? ¡Venga, vamos al agua!

Se movieron.

—¡Huy, cómo estás esta noche!...

Reían las dos. Tito se puso en la muñeca el reloj que le había dejado Sebastián y veía las tres sombras por entre los troncos, alejándose hacia el río. La luna ya no era roja, allá enfrente; se había puesto amarilla, sobre el cerro del Viso, sobre la solitaria tierra alcalaína.

Alcanzaron el río.

—Da un poco miedo, ¿verdad tú? —dijo Paulina al detenerse junto al agua.

—Impone —dijo Sebas—. Impone un poquito. Pero no hay que tenerle aprensión. Vamos, mujer, no te pares ahora, tú cógete a mí.

Sebas entró en el río; avanzaba lentamente, empujando las piernas por el agua. Sentía en los hombros las manos de Paulina que lo agarraba por detrás.

—Oye, parece tinta en vez de agua —dijo ella—. No te metas mucho.

Lucita entró después. Se detuvo un momento y volvió la cabeza hacia la masa oscura de los árboles. Lucían bombillas dispersas en la noche, puertas iluminadas hacia el río y el campo.

*

—Entonces se levanta la sesión —decía don Marcial.

El viejo Schneider había consultado su reloj de bolsillo. Coca lo quiso ver.

—¿Me permite?

En la tapa de acero tenía grabadas las águilas imperiales de Alemania.

—Ésta es águila bicéfala —explicaba Schneider—; con dos cabecitas. Una antigua cosa. Ahora ya muerto ese bicho, ¡pum, pum...!, cazadores, matado el pobre águila. Getöt.

Hizo un gesto definitivo con la mano; luego dijo:

—Bien; ahora que yo me voy; no hace esperar la vieja esposa.

Don Marcial y Carmelo también se levantaron y se arrimaban a los del mostrador. Se quedó solo Coca-Coña en la mesa del juego; sus manos hacían castillos con las fichas.

—¿Cómo quedó la cosa?

—Como siempre.

Le dijo Schneider a Mauricio:

—Yo pasa ahora un momento a saludar la señora.

Mauricio asentía.

—El juego tiene poca novedad —dijo el chófer.

Schneider entró por el pasillo y llegó a la cocina:

—¿Es permiso? Señora Faustina; yo marcha, pues, para la casa.

—Muy bien, señor Esnáider, pues ya lo sabe usted, la dice que sin falta esta semana paso a verla y a tenerle un ratito compañía.

—Yo soy de acuerdo, sin duda. Esto ha de ser muy grato para ella.

—Y muy agradecida por la fruta, ¿eh? Tenga, llévese el cesto. Y que no se le vuelva a ocurrir de traernos más higos ni más nada, ¿entendido? Que quede eso bien claro.

El viejo sonreía, recogiendo la cesta de manos de Faustina. Los higos habían pasado a una fuente de loza, encima de un vasar festoneado con papeles de colores. Entraba el alboroto del jardín.

—Muy numerosa gente —dijo Schneider, señalando a la ventana.

—Sí, pejigueras. Es mucho más lo que incomodan que lo que dan a ganar.

Apareció Justina.

—Madre, ¿me deja un paño? Hola, señor Esnáider, buenas noches. Se derramó un poco de vino en la mesa de ahí fuera, ¿en dónde tiene un paño?

—¡Oh, la Diosa de San Fernando, que viene a coger un

pañito! ¡Menos mal que yo veo finalmente mi Prinzesa, más guapa de Espania! Yo sueño las cosas buenas esta noche; yo soy seguro ya no vienen los demonios esta noche cuando duermo.

Justina se reía.

—¡Vaya, qué cosas más galantes sabe usted! Cualquiera se le resiste. ¿Se estila así en Berlín? Dará gusto andar una por la calle.

—Aj, no; Berlín triste, feo, mucho nieve en la calle. Sin sol no posible que ver las chicas guapas; sólo este nieve que se pisa y se convierte todo suzio como fango.

—Vamos, que no le gusta. Pues también tendrá que tener cosas bonitas, hombre, estoy segura; monumentos artísticos, palacios... Eso no es más que usted, que como se los conoce de siempre, pues que ya no le llaman la atención. Me apuesto la cabeza a que a mí me encantaría, diga usted lo que quiera. Bueno, me voy a eso, buenas noches.

Había cogido el paño de junto al fregadero y salió hacia el jardín.

—No se moleste —le dijeron—, no merece la pena. Si lo van a volver a derramar dentro de nada.

—¿Y qué hora es? —decía Ricardo.

—La de no preguntar la hora que es —contestó Zacarías.

Fernando llenaba los vasos. Se marchó Justina.

—Es verdad, hombre. Dejar a la gente vivir.

—¡Qué bien plantada es la moza del establecimiento! —comentó Mariyayo—; un parecido a la Gina Lollobrígida, ¿verdad?

Se había terminado la rumba.

—¿A que la saco después a bailar? —dijo Fernando.

—¿A qué no?

—Pues déjate que vuelva, ya verás.

Regresaban los otros a la mesa. El más delgado de los de Legazpi se sentó junto a Lolita, que había bailado con él. Traía una camisa del ejército.

—Mi vida es una película —le decía—; una película de risa y una película de miedo al mismo tiempo.

—No me digas.

—Pues sí.

Lolita se reía. El otro de Legazpi se había puesto a dar grandes palmadas.

—Ahora traen otras dos por nuestra cuenta.

—Si hay aquí todavía.

—No importa; nunca está de más.

—Miguel, ¿por qué no cantas?

—Bueno, ¿y tu nombre, a todo esto?

—Pues Loli.

—O sea, Dolores.

Ricardo los miraba.

—Loli, hombre, Loli, por Dios. Ni hablar de Dolores; Dolores lo odio; suena mal. Los dolores ya vienen ellos solos, sin que haga falta que los llamen.

El de Atocha se levantó hacia el gallinero.

—Hay cada nombrecito que se las trae: Dolores, Angustias, Martirio...

Estaban cantando. Pegaba la luz débilmente sobre el muro cremoso de la casa, en los cristales de Justina, en los roídos ladrillos de la tapia que cercaba el merendero. La otra parte del jardín aparecía abandonada, casi silvestre, sumida en oscuros rincones, adonde la espesura de las madreselvas impedía que llegase la luz de la bombilla. Todos miraron de repente.

—¿Qué hace ese loco?

El de Atocha corría dando voces por todo el jardín.

—¡A mí! —gritaba—. ¡A mí los galgos!

—¡Un conejo, un conejo...!

Acudían los dos de Legazpi. Blanqueaba la coneja en velocísimos zigzags entre las patas de las sillas y las mesas, escapando sin tino de una parte a otra, despavorida por los gritos y carreras de sus perseguidores.

—¡Ahí te va, Federico, ahí te va...!

Gritaban y reían corriendo como locos; le dieron un trastazo a la silla en donde estaba la gramola. Lucas les dió una voz:

—¡Cuidado, abisinios!

No le oyeron.

—Ya vais a ver cómo tenemos un disgusto —decía Ricardo.

La coneja corría desconcertada, acorralada, regateando entre las piernas de los tres perseguidores; se daba de narices, una y otra vez, contra la tela metálica del gallinero cerrado, en el afán de volver a su guarida.

—¡No te desmarques, que se cuela, que se cuela...!

Se detuvo de pronto; había ido a ampararse debajo de las bicis derribadas, al fondo del jardín.

—¡Quietos! ¡Ya no se escapa! —exclamó Federico.

—Tú por ahí, yo por aquí; cuidado, Pedro. Ahí está.

La entreveían blanquear, tiritando y encogida, sobresaltada en el ovillo de su pelo mimoso y aterrado, debajo de los radios de una rueda y la malla de colores de la bici de Lucita.

—Ya lo veo. No os mováis, por favor, no os mováis, que ya es mío... —susurraba el de Atocha.

Se agachó cauteloso, para meter la mano debajo de la rueda y apretar la coneja por la espalda. Los otros no se movían. La mano tiró el viaje y sus dedos se clavaron en la bola viviente, de blanquísimo pelo.

—¡Cabrón! —saltó—; ¡ha querido morderme, el cabrón de él! —ya la sacaba arrastrando, por las patas traseras—. ¡Te meto un testarazo...!

La levantó en el aire ante todos los otros y el animal se debatía bocabajo, en violentos empellones. Le pesaba en la mano.

—¡Vamos a hacer ilusionismo! —se reía—: ¡Un sombrero de copa! ¿Quién tiene un sombrero de copa?

—¡¡Sinvergüenza!!

Había aparecido Faustina en el jardín.

—¡¡Pedazo de sinvergüenza!! —llegó a él—. ¡Traiga ese bicho!

Le arrebató la coneja de las manos.

—Tampoco se ponga usted así...

—¡Ya somos un poco mayorcitos, digo yo! ¿Os estorbaba el animalito donde estaba? ¡Cuidado la poquísima vergüenza!

Schneider se había asomado detrás de Faustina y estaba parado en el umbral. Ella apretaba el animal contra su pecho; le sentía todo el caliente sobresalto de los músculos menudos, el bullir de la sangre acelerada de pavor. Entró en el gallinero y puso la coneja en libertad; la blanca sombra escapó de sus manos y se eclipsó en la madriguera. Ya volviendo hacia Schneider, le decía:

—¿Se da usted cuenta las cosas que tiene una que aguantar? ¿Qué le parece los niños estos malcriados? ¡Pero qué cara más dura! ¡Qué poquita vergüenza!

Schneider mecía la cabeza y se volvió al de Atocha, que estaba ya junto a la mesa de los otros.

—Esto no bien. Conejita igualmente de Dios: ¿por qué hace sufrirla? Esta cosa se llama el corazón muy duro —aleccionaba con el índice y señaló a su propio pecho, en el lugar del corazón.

—Déjelos, déjelos; buena gana gastar saliva en balde. A éstos no los va usted a cambiar. Tiempo perdido.

El alemán se encogía de hombros y entraba a la casa detrás de Faustina. Rieron en la mesa, a sus espaldas.

—¡Su madre, el extranjero, lo cursi que se pone! ¡Huy, que tío!

—Calla, que a poco si suelto el trapo delante de sus barbas.

Dijo Miguel:

—Hombre, tampoco está muy bien lo que habéis hecho.

—A eso le llamo yo meter la pata —reforzaba Ricardo.

—Bueno, ¿y qué nos importa cómo tú lo llames? —se encaró Federico—. Te lo guardas, y todos marchamos mejor.

—No me lo guardo; no señor; lo digo: meter la pata y una chulería. ¿Lo que habéis hecho con el conejo? Una chulería.

Intervino el de Atocha:

—Oye, mira, chico, tú, como te llames; no se han metido contigo, así es que tú tampoco te entrometas a censurar a los demás, ya lo sabes.

—Una chu-le-ría-a.

Los demás observaban en silencio; Fernando se reía.

—Están los ánimos algo acalorados... —comentó.

El de Atocha se había levantado de su silla y se acercó a Ricardo.

—Oyes, tú, ¿qué es lo que quieres?, ¿vas a continuar? Porque es que si pretendes que nos incomodemos, dilo ahora, y nos ahorramos el camino.

—No tengo especial interés de que nadie se incomode, pero sí de decir lo que pienso, eso sí; si cae bien como si cae mal: lo del conejo es una chulería.

—¡Te estás poniendo cabezota!

—¿Y qué?

—¡Que me fastidia! ¡Que ya se ha terminado.!..

Se interpuso Samuel:

—¡Chsss, más despacio, hombre!; si no hace falta hablar tan alto, para entenderse bien. Sin sofocarse.

Ricardo decía:

—¿Qué es lo que se ha terminado?

—¡De aguantarte a ti!

—¡Estás en un error!

Vino la voz jovial de Zacarías, desde el fondo de la mesa:

—¡Eh, mirar! ¡Un momento! ¿Me dejáis un momento hablar yo?

Miraron todos hacia él, y dijo:

—Ahora, por lo visto, después de una carrera de galgos en campo, pensáis ofrecernos una velada de boxeo, ¿no es eso? Por mi parte se os agradece la intención, pero antes de que la cosa se caldee, os participo que el respetable está ya más que satisfecho con lo que ha visto, y no es preciso de que os sigáis molestando por el precio. Conque se os pide que volváis a sentaros, y otro día será, que ya está bien de deporte para hoy. ¿Estamos o no estamos de acuerdo?

Reían y alborotaban.

—¡Mucho por Zacarías!

—¡Muy bien dicho!

El de Atocha volvía a sentarse al lado de Lolita; le decía en voz baja, indicando con la sien hacia Ricardo.

—Es un poquito jija ese amiguito vuestro...

La chica se revolvió:

—¡Y tú un mamarracho!

Mely le susurraba al oído a Zacarías:

—Eres magnífico...

Los otros pedían que cantase Miguel.

*

Había sacado don Marcial una petaca color crema y ofrecía tabaco a todos los presentes. El Chamarís le decía:

—Se lo vamos a gastar a usted todo. Con otro golpe como éste, adiós.

—Para eso está, para gastarlo —contestó don Marcial.

Se ponía de nuevo la chaqueta.

—Luego a la noche se encuentra usted sin. Y después de cenar, a ver qué hace.

—Mejor. Así no tengo tentaciones. Y cuanto menos fume, eso me sale ganando la garganta.

—Pues lo que es yo —terciaba el carnicero alto—, ya ve usted, sé abstenerme mucho mejor si sé que tengo la petaca llena, que si la tengo vacía.

—Eso también es cierto —asintió su colega—; basta uno

encontrarse sin tabaco, para que te entren unas ganas deses-
peradas de fumar —liaba un pitillo.

—Sí señor —dijo Claudio—; conmigo por lo menos, es
así. Que lo tengo: pues dejo la petaca encima la mesilla, y como
sabes que le puedes echar el guante en el momento que quieras, te duermes sin fumar, y tan tranquilo. Pero, amigo, lo
que son las cosas; en cambio el día que te ves sin tabaco, te
lías a dar vueltas y vueltas en la cama, sin poder pegar ojo, y
no paras hasta que no eches pie a tierra y te agencias por ahí
un cigarro como sea, aunque sea rebañando la fusca de todos
los bolsillos. Ya ven ustedes qué cosa más absurda.

—El espíritu de contradicción que tenemos imbuído todos
los mortales —comentó Chamarís.

—Pues entonces usted, como mi suegra, con eso del tabaco,
una cosa parecida —decía don Marcial—; que se guardó un
kilogramo de arroz toda la guerra, sin gastarse ni un grano,
sólo por no sentir que le faltaba y poderle decir a sus paren-
tescos y amistades que ella, desde luego, tenía arroz. Y después tuvo que tirarlo, cuando vino la liberación, de mohoso
que estaba. ¿Qué le parece?

—Ah, pues mire: así no lo echó de menos. Porque sabía
que si no se preparaba un domingo una buena paella, era tan
sólo porque no quería. O sea, que no comió arroz, pero tampoco lo tuvo que echar de menos —le replicaba el carnicero alto.

Carmelo perseguía con los ojos el alma negra de su cerilla,
que ascendía hacia el techo. Y ahora Lucio intervino:

—Ésa es la grande diferencia que va de tener uno que pri-
varse forzoso de una cosa a quitarse de ella voluntario, a sa-
biendas de que puede uno tenerla en el momento que se le en-
capriche. Por semejante procedimiento, la suegra de usted, con
solo un kilo de arroz, se hizo la cuenta de que se estuvo comiendo arroz toda la guerra. No la llenaba la barriga, pero
le producía casi la misma satisfacción que llenársela.

—Ni más ni menos —asintió el hombre de los z. b.—;
ahí está la distancia que media entre el no querer y el no
poder.

—¡Ascua! —reía el alcarreño—. Pues eso sí que tiene un
rato miga. Menudo invento ese del arroz para vivir del aire,
o por lo menos morirse uno de hambre tan contento, sin pasar
la gazuza.

—Eso de lo querido y lo podido —intervino el pastor—,

es un asunto que varía al tenor de cada persona. Los hay que en cuanto tienen cien pesetas, allá van, se las despachan de momento; como los hay que prefieren guardárselas y estar nada más pensando en lo que pueden comprarse, si quisieran.

El chófer dijo:

—Eso sí: hay quien le gusta el dinero guardado y hay quien le gusta disfrutado.

—Ahí está —continuaba el pastor—; los unos gozan porque han tenido una expansión, y los otros porque piensan que siempre están a tiempo de tenerla. Y esa señora o señorita o lo que sea, lo único que la pasa...

—¿Pero cómo iba a ser señorita, mamerto? —le interrumpió el alcarreño—. ¿No estás oyendo que es la suegra de aquí?

—Pues señora, para el caso es lo mismo; lo único que la pasa a esa señora es que prefiere tirarse los tres años pensando en que puede comerse una paella, a echar mano cualquier domingo del kilito de arroz y pegarse el festín y santas pascuas. Y esto último, ni más ni menos, dicho sea de paso y sin que nadie se moleste, es lo que en caso parecido haría un servidor.

Coca-Coña hojeaba un ABC todo doblado, que se había sacado del bolsillo. Se mojaba el pulgar con la lengua, al pasar cada hoja. Levantó la cabeza y exclamó:

—¿Y aquí no llega la ronda, Marcial? ¿O es que esto ya pilla fuera del Término?

—¡Nada! Tú ahí castigado. Eres muy chico tú para fumar.

Le tiró la petaca.

—Toma, anda.

Rebotó la petaca con ruido de pelota, sobre el mármol, y cayó al suelo, sin que las manos de Coca-Coña tuviesen tiempo de atraparla.

—¡Cógemela! —gritaba.

Don Marcial se acercó a recogerla.

—Das más guerra que un hijo tonto.

—Pues el arroz, como está rico es con la liebre —decía Carmelo, lleno de fruición—. Con una buena liebrona.

No le hizo caso nadie y se volvía hacia la liebre pintada de los cromos, al fondo del local, desvaídos y opacos, bajo la luz amarillenta.

—Con una buena liebre...

—Hay personas que son muy especiales —decía el Chamarís—. Y las mujeres son ya de suyo más amigas de guardar que de gastar. A menudo ellas mismas no lo saben por qué ni para cuándo te guardan una cosa, como esto del arroz. Lo hacen nada más por la manía esa que tienen, o porque les parece, qué sé yo, que les van a dar más provecho las cosas el día de mañana; vaya, que van a lucir más que consumiéndolas al pronto.

—Sí. A eso es a lo que le llaman ser previsoras —dijo Mauricio—; y yo no niego que eso no tenga sus ventajas en un momento dado, pero las más de las veces es puro emperramiento y pura obcecación.

—Qué duda cabe.

—¡Ajay!, las que tiene con la suya mi vecino por esa misma cosa! —reía el alcarreño—. Él, que es un poco rumboso demás y que le gusta de aquí —hizo signo con el pulgar hacia la boca—, y ella que hasta la sal yo creo que la tiene contada los granitos; pues no quieran ustedes saber cada trifulca que tienen. Me arman cada trifulca por las noches, que ni Corea. ¿Dónde se queda Corea? ¡Corea es una partida de parchís! ¡Y amistosa!

—¡Mira éste! ¿Y tú también eres radioescucha?

—¿Éste? —dijo el pastor—. De eso no sabe usted nada. Éste siempre el oído bien pegadito a la pared.

—¡Ya estás tú faltando! ¡Como si hiciera falta arrimar el oído! Si se los oye en el Casino de Guadalajara.

—¡Ya será una chispita de menos! —dijo Claudio.

Los otros se reían.

—¡Sss!, la pura verdad. Tampoco voy a decirles una cosa por otra...

—Vaya intrigante que estás tú —dijo el carnicero—. Anda, que no te gustan las habladurías.

—Y en este caso —reforzaba el pastor—, desde luego que dispara con su chispilla de malicia.

El alcarreño lo miraba con su único ojo.

—¿Por qué? ¿Por qué disparo con malicia? A ver.

—Está más claro que el agua. No es ningún misterio. Si no hubieras estado trabajando con él hasta hace poco...

—Anda con lo que sales ahora. Ya lo tengo yo aquello archiolvidado. Sí que soy yo para rencores. Di tú que lo he sacado a colación por ser un caso que ilustraba lo que veníamos hablando. Como te podía haber sacado otro cualquiera. No me gasto yo el tiempo en rencores. Así que en eso vas equivocado, Amalio. No me conoces a mí.

—Ah, pero ¿ya no está usted en la huerta de Eliseo? —preguntó don Marcial.

El alcarreño denegó con la cabeza.

—Ya cerca un par de meses.

—¿Y eso?

—Las cosas.

—¿Tuvieron algunas cuestiones por causa el dinero?

—No. Qué va. Por ahí no fué. Desde el punto de vista monetario, las cosas como son, en eso el hombre se portaba.

—¿Pues entonces?

—La posición que ocupaba yo allí. O sea, que no me daba a mí la gana de aguantarle más tiempo comodidades que tenía y demás. Vas a la parte con alguien, pues no lo tengas como si fuera un criado. Total, que yo me levantaba al ser de día, y hasta dormía en la huerta las más de las noches, por lo retirado que te coge aquello para ir por la mañana, y él se pasaba los días y casi las semanas sin personarse por allí. Obligación ya se comprende que no tenía ninguna, porque el trabajo corría todo de mi cuenta, según la aparcería que llevábamos, y él no ponía más que el terreno y los nitratos; pero, señor, luego no vengas poniéndole pegas y peros a todo lo que uno hace. ¿No le parece a usted?

—Sí, claro; en esas cosas conviene llevar a diario una consulta, un conciliábulo. Formar los planes de común acuerdo.

—Pues eso es lo que yo digo. Y si uno quiere desentenderse, como él hacía, muy bien, pero tienes que darle al otro carta blanca. Y no venirme luego con reclamaciones, criticándole a uno si lo haces así o asao, si derecho o torcido. Callarse y nada más, si quería estar cómodo y no ocuparse de nada, ¿no?

Don Marcial asentía:

—Natural.

—Pues luego con la comida, ésa es otra, cuando se fué mi mujer a pasarse mes y medio en el pueblo. Con la comida, tres cuartas de lo mismo. Daba hasta pena de ver las meriendas que me echaba en su casa la señora de él, que ni el último peón de por ahí creo yo que le ponen unas tarteras como aquéllas. No es que vaya uno tampoco a pedir gollerías, eso tampoco, pero siquiera, coño, una cosita regular.

Coca-Coña levantó la cabeza del periódico.

—Di tú que no le hagas caso, Marcial, que ése no es más que un escogido y un propagandista. Pues anda que no te lleva rato calentando la cabeza y llorándote las penas de la huerta de Eliseo. Algo querrá sacarte; tenlo por seguro.

—Tú te callas cuando hablen las personas mayores —le dijo don Marcial.

—¡El cuarto kilo este! —comentó el alcarreño y luego proseguía—: Así que ya le digo: no tenía maldita la gracia que me tuviese yo que jorobar para que él se pasase el día papando moscas por ahí y luego venirme a echar la regañina cuando mejor le emparejaba. Hasta que un día tuvimos el episodio y se las solté todas juntas en medio del altercado y le dije que de criado que nones, que de eso ni hablar. Y así marchó la cosa.

—Pues es lástima, porque económicamente le venía a usted muy bien esa aparcería, ¿no es así?

—Ya, si por eso, si por eso me estuve contuviendo todo el tiempo que pude. Diga usted que si no llega a ser por eso, a buenas horas duro yo tanto allí con él. Pero lo que no puede ser no puede ser y llega un día que las cosas acaban saliéndose a flote quieras que no. ¿Qué va usted a hacerle?

—Ya lo comprendo. ¿Y ahora qué tal le marcha?

—Pues defendiéndose uno malamente.

—¡Colócalo tú, Marcial! —interfería Coca-Coña—. Búscale una colocación a través de tu señorito. ¿No ves que es eso lo que anda buscando, con tanto contarte tu vida?

El alcarreño replicó:

—¿Estás al periódico o a qué estás, mala hierba? Menos mal que ya te tienen conocido y no te hacen ni caso, que quieres ser más dañino que las alimañas. ¿Te crees que los demás damos tantos rodeos como tú, cuando andamos detrás de alguna cosa? Demasiado lo sabe aquí don Marcial que si yo precisara recurrir...

—¡Ya se te vió el plumero! ¡Y se te vió! —gritaba Coca-Coña—. Con tanto disculparte no has hecho más que ponerte en evidencia. ¿Eh, qué tal?

—¡Ahí le duele! —reía el pastor y le pegaba al alcarreño con el codo.

El alcarreño se volvió hacia él.

—¿Y tú también te echas del lado de aquel bicho dañino? —le decía.

El Chamarís y los dos carniceros hablaban con Mauricio y con los otros.

—Eso, vosotros los casados —había dicho Lucio—, os

quejáis. Pero no hay más que ver el estado de conservación en que se halla la ropa de un casado, un traje pongo por caso, a los cinco o seis años de llevarlo uno puesto, mientras el de un soltero es un pingo y no hay por dónde cogerlo, por iguales fechas, que ni para bayeta sirve ya. ¿Y eso a quién se le debe?

—Y el calzado —dijo el hombre de los z. b., mirándose los empeines—; y el calzado, que hoy en día te cuesta un pulmón.

El chófer se reía.

—Cásense entonces —dijo—. Cásense ustedes, si es que tanto cariño le tienen a la ropa y los zapatos...

Ahora Carmelo atendía; sus orejas salientes, como las asas de una olla, a los lados de la cara, estaban vueltas hacia el corro, escuchando. El chófer continuaba hacia él:

—Y usted también, Carmelo; en tanto aprecio como tiene su gorrita de plato, búsquese una buena mujer que se la cuide y le pase el cepillo por las noches.

Reía el chófer y Carmelo también se reía, con sus ojos agridulces, bajo la sombra de la gorra, y dijo:

—Ésta ya es veterana; ésta ya quiere poco cuido. Ahora, eso sí, una hembra no está de más en casa ninguna.

Su mirada se fue a los almanaques.

—Pues sí señor, diga usted que sí. Que eso es lo bueno —dijo el chófer—. No como aquí, el señor Lucio, que nada más la precisa para el cuidado de la vestimenta.

Y Lucio dijo:

—A estas alturas... —sonreía en su silla—. A estas alturas ya ni para eso. Ni la ropa siquiera tiene ya nada que perder.

—¡Que no está usted tan viejo! —le dijo el Chamarís—. No se las eche ahora.

—Viejo, viejo, no soy; eso tampoco yo lo digo. Pero sí que ya estoy cayendo en desuso, o sea en decadencia. Sesenta y uno años, son unos pocos años.

—Pues todavía no se le caen los pantalones.

—No los da tiempo —dijo Mauricio—. No los da lugar a caerse, no hay cuidado. Se pasa el día sentado, de la mañana a la noche, ¿cómo se le van a caer?, ¿cuándo?

Los otros se rieron. Dijo Claudio:

—Eso también es verdad. No hay peligro. No enseña usted el culo ni a la de tres.

—Para lo que tiene uno que hacer por ahí... Más me vale sentado, que de dos de espadas.

—Eso usted lo sabrá —dijo el chófer.

Lucio hizo un gesto en el aire con la mano. El Chamarís le dijo, jovialmente:

—Pues a usted que le quiten lo bailado, ¿no, señor Lucio? —le guiñaba los ojos—. Ni más ni menos, claro está que sí. Ahí está el intríngulis. Que le quiten lo bailado, ¿verda usted?

Lucio miró al Chamarís, casi serio, meciendo la cabeza, y luego dijo lentamente:

—¡Sí! Que me quiten lo bailado... Eso es lo que dicen muchos a mi edad. Que me quiten lo bailado. ¡Una mierda! No estoy conforme yo con eso, ¡tontería semejante! ¿Cómo demonios voy a estar conforme? Yo lo que digo es justamente, lo contrario. Quitado es lo que está, ¡y bien quitado! ¿Acaso lo tengo yo ahora? Lo que hace falta es que me lo diesen. ¡Esa sería la gracia! Que me lo devolvieran —movía las manos con violencia—. ¡Pues ahí está el asunto! Lo que yo digo es que me lo den, ¡que me devuelvan lo bailado!

*

Se miraban en torno circunspectos, recelosos del agua ennegrecida. Llegaba el ruido de la gente cercana y la música.

—No está nada fría, ¿verdad?

—Está la mar de apetitosa.

Daba un poco de luna en lo alto de los árboles y llegaba de abajo el sosegado palabreo de las voces ocultas en lo negro del soto anochecido. Música limpia, de cristal, sonaba un poco más abajo, al ras del agua inmóvil del embalse. Sobre el espejo negro lucían ráfagas rasantes de luna y de bombillas. Aquí en lo oscuro, sentían correr el río por la piel de sus cuerpos, como un flúido y enorme y silencioso animal acariciante. Estaban sumergidos hasta el tórax en su lisa carrera. Paulina se había cogido a la cintura de su novio.

—¡Qué gusto de sentir el agua, como te pasa por el cuerpo!

—¿Lo ves? No querías bañarte.

—Me está sabiendo más rico que el de esta mañana.

Sebas se estremeció.

—Sí, pero ahora ya no es como antes, que te estabas todo el rato que querías. Ahora en seguida se queda uno frío y empieza a hacer tachuelas.

Miró Paulina detrás de Sebastián: río arriba, la sombra del puente, los grandes arcos en tinieblas; ya una raya de luna revelaba el pretil y los ladrillos. Sebas estaba vuelto en el otro sentido. Sonaba la compuerta, aguas abajo, junto a las luces de los merenderos. Paulina se volvió.

—Lucita. ¿Qué haces tú sola por ahí? Ven acá con nosotros. ¡Luci!

—Si está ahí, ¿no la ves ahí delante? ¡Lucita!

Calló en un sobresalto repentino.

—¡¡Lucita...!!

Se oía un débil debatirse en el agua, diez, quince metros más allá, y un hipo angosto, como un grito estrangulado, en medio de un jadeo sofocado en borbollas.

—¡Se ahoga...! ¡¡Lucita se ahoga!! ¡¡Sebastián!! ¡¡Grita, grita...!!

Sebas quiso avanzar, pero las uñas de Paulina se clavaban en sus carnes, sujetándolo.

—¡Tú, no!, ¡tú no, Sebastián! —le decía sordamente—; ¡tú, no; tú, no; tú, no...!

Resonaron los gritos de ambos, pidiendo socorro, una y otra vez, horadantes, acrecentados por el eco del agua. Se aglomeraban sombras en la orilla, con un revuelo de alarma y vocerío. Ahí cerca, el pequeño remolino de opacas convulsiones, de rotos sonidos laríngeos, se iba alejando lentamente hacia el embalse. Luego sonaron zambullidas; algunas voces preguntaban: «¿Por dónde, por dónde?» Ya se oían las brazadas de tres o cuatro nadadores, y palabras en el agua: «¡Vamos juntos, tú, Rafael, es peligroso acercarse uno solo!» Resonaban muy claras las voces en el río. «¡Por aquí! ¡más arriba!», les indicaba Sebastián. Llegó la voz de Tito desde la ribera:

—¡Sebastián! ¡Sebastián!

Había entrado en el agua y venía saltando hacia ellos. Sebas se había desasido de Paulina y ya nadaba al encuentro de los otros. Le gritaba Paulina: «¡Ten cuidado! ¡Ten cuidado, por Dios!»; se cogía la mandíbula con ambas manos. Todos estaban perplejos, en el agua, nadando de acá para allá, mirando a todas partes sobre la negra superficie, «¿Dónde está?, ¿no lo veis?, ¿lo veis vosotros?» Tito llegó hasta Paulina y ella se le abrazaba fuertemente.

—¡Se ahoga Luci! —le dijo.

Él sentía el temblor de Paulina contra todo su cuerpo; miró hacia los nadadores desconcertados que exploraban el río en todas direcciones; «No la encuentran...», se veían sus bultos desplazarse a flor de agua. La luna iluminaba el gentío alineado a lo largo de la orilla. «¿No dais con él?»; «Por aquí estaba la última vez que la vimos», era la voz de Sebastián. «¿Es una chica?»; «Sí». Estaban ya muy lejos, en la parte de la presa, y se distinguían las cabezas sobre el agua, cinco o seis, a la luz de la luna rasante y el reflejo de bombillas que venía del lado de la música. «¡Llévame a tierra, Tito; tengo un miedo terrible; llévame!», se erguía encaramándose hacia Tito, como queriendo despegarse del agua; tiritaba. Se vio el brazo y el hombro de uno de los nadadores blanquear un momento, allá abajo, en la mancha de luz. Tito y Paulina se encaminaron hacia la ribera, venciendo con trabajo la resistencia de las aguas. «¡Aquí! ¡Aquí!», gritó una voz junto a la presa, «¡Aquí está!» Había sentido el cuerpo, topándolo con el brazo, casi a flor de agua.

*

La voz opaca y solitaria de Miguel cantaba junto al muro de la casa, hacia el jardín vacío. Relucieron los ojos del gato en la enramada. Miguel extendía las manos abiertas hacia todas las caras y mecía levemente la cabeza, «... y como tú no volvías —el sendero se borró —como tú ya no bebías —la fuente se corrompió». Levantó hacia los otros la cara sonriente; aplaudían.

—¡Sentimiento...!

—Ahora un traguito. Te enjuagas las cuerdas vocales.

Se le oía reír a Mariyayo; Fernando le había dicho que tenía una voz de extranjera, «por ejemplo italiana o cosa así».

—¿Y qué sabes tú cuál es la voz de las italianas?

—Me la imagino. Escuchándote a ti me la imagino.

Los dos se reían.

—Qué amistades han hecho, mirarlos.

Los ojos de Ricardo estaban fijos en la luz que pendía en el centro del jardín. Fínfanos, mariposas, oscuros mariposones de verano, pululaban en torno a la bombilla. Discutían las dos chicas de Legazpi que si cuál de las dos estaba más morena.

—¿Qué más os da?

Zacarías se recostaba en la enramada, basculando su silla y dejándola en vilo sobre las patas traseras. Hundía la nuca entre las hojas.

—Si no es por lo moreno; es la cabeza tan dura que tiene, no querer reconocer lo que salta a la vista.

—Bueno, tú mira este brazo y el de ella, Federico, tú compara.

—A mi no me metáis en laberintos. Las dos estáis muy morenitas y muy bien.

—Claro, por no enemistarse contigo, por eso se calla.

—Dejarlo ya, ¿queréis?

—La cabezonería, lo otro es lo de menos; la rabia que me da de que exista en el mundo una persona tan cerrada de ideas.

—¡No la digáis en voz alta! —gritó Zacarías—. ¡No la quiero saber! Conmigo lo mismo que si fuera un enfermo del cáncer.

Habían preguntado la hora; Zacarías agarraba a Miguel por la muñeca, tapándole el reloj; le decía:

—¡Loco, estás loco tú ahora jugar con esos instrumentos! ¡Eso es la muerte niquelada!

—Está bien, ya sabemos la gracia, Zacarías. Suéltame, ahora.

—Me tratas duramente.

—Qué pena.

Zacarías se volvió sonriendo hacia Mely; le dijo:

—¡Es que es una cosa agobiante el hombre este! ¿Tú te crees que se puede vivir de esa manera? ¡Imposible! A la salud, y a todo, le tiene que hacer daño, ¿cómo no va a hacer daño?

Dijo ella:

—Oye, tú vuelves en el tren, ¿verdad?

—¿A Madrid? Claro, en tren, ¿pues de qué otra manera?

—Ya, no sé, una pregunta tonta, no me hagas caso. Bueno y ¿llegáis?

—Pues mira, si sale de aquí a las veintidós treinta, luego pon veinte minutos que tarde: pues a las once menos diez en... ¿De qué te ríes?

—Nada, que eres muy simpático, las cosas que dices —hizo una pausa, lo miraba sonriendo—, «a las veintidós treinta», se pone él...

—Bueno, ya te estás guaseando. No puede uno decir nada; en seguida os lanzáis como chacales, hija mía —meneó la cabeza—. ¡Mírala ella!, cómo se divierte. Con eso, ya, ¡feliz!

—Huy, pero por Dios, si no me guaseo, Zacarías, te doy mi palabra, estás equivocado por completo; si es que me ha hecho mucha gracia ese detalle, a ver si me entiendes, me había gustado como lo decías...

—¿Y cómo lo he dicho? A ver. —

—Ay, hijo, no sé, pues así, ¡qué pregunta! Nada, pues de la forma que lo has dicho, yo qué sé. Si además no es más que eso, no tiene nada que aclarar, una manera que me ha hecho gracia cómo lo decías, que me agradaba escucharlo, ¿qué quieres que te diga?... Bueno, y mira, en resumen: no hay nada que comprender, o sea que si no lo entiendes es que eres bobo; y no me hagas hablar ya más, que me encorajina armarme estos bollos cuando quiero explicar una cosa.

—Sí, desde luego, porque este explicoteo que me has dado, no te creas que me ha hecho mucha idea.

—Bueno, pues ya está, pues por eso mismo, si además es una tontería, si ni sé a qué ha venido todo esto ni qué era lo que quería yo decir ni nada...

—Vamos, ahora tampoco te impacientes, ¿con qué motivo?

—Me da rabia.

—¿Pero el qué?

—¿Eh? Pues nada, no lo sé, ¿cómo quieres que yo lo sepa?, ¡y además es igual!

—¿Y ahora a qué viene eso de hablarle a uno de esa forma?

Mely lo miró y luego dijo, bajando los ojos:

—No sé, Zacarías; que soy idiota, que se conoce que me gusta que me aguanten, ¿sabes?, eso mismo va a ser; que soy una niña gótica y me creo que...

—¡Huenó, huenóo, páraaa...!, ¡párate ahí ya, hija mía, no te me embales ahora, por favor! Tú también es que te tiras en picado, ¡qué bárbara!; te zambulles del cielo al infierno, sin pasar por el purgatorio. ¡Pues vaya unos virajes, la órdiga! ¡Pero es que te dejas medio neumático en el asfalto, con cada viraje que pegas!, no te creas que exagero.

—Pues sí, pues no lo dudes, no es más que lo que te he dicho... que me entra rabia de una cosa mía y la pago con el prójimo. Además, es cierto, lo sé. Bueno, si vieras, ahora... Oye, palabra que ahora me están entrando ganas de llorar... ¿Tú por qué no me das una guantada, Zacarías?

Mariyayo había hincado los codos en la mesa bañada de vino; había dicho:

—¡Si tiene razón! —se cogía la cabeza entre las manos—.

Fíjate, me quedaba yo ahora, ¡no sé el tiempo! Total, visto y no visto, justamente cuando empiezas a vivir; ¿hay derecho? Mañana ya, vuelta otra vez.

Había dicho Fernando, a sus espaldas:

—Así es la vida, cielo, no sirve darle vueltas. Los ratos buenos se nos pasan más pronto que los malos. Y tampoco por eso dejan de ser buenos.

Mariyayo lo había mirado:

—Buenos para quedarse con las ganas. ¡Para eso son buenos!

—Ya verás el domingo que viene —terció Marialuisa—; mira, el domingo que viene nos venimos otra vez y armamos aquí un gatuperio de esos que hacen época.

—Pues igual, hija mía, ¿qué más dará?; el domingo que viene pasará lo mismo, parejo a lo de hoy. ¿Por qué iba a ser más largo?

La luna aparecía; fue rebasando las tapias del jardín, como una gran cara muerta que se asoma; la veían completar lentamente sus facciones eternas.

—No, pues nosotros por lo menos, ya no nos podemos descuidar —había dicho una chica de Legazpi—; tenemos que estar al tanto de la hora. Porque a las diez y cinco, ya sabéis: el camino adelante y derecho a la estación.

—¡Pues sí!, vaya un apremio —había protestado Federico—. Sin acelerar. ¿Qué pintamos allí veinte minutos a pie quieto mirándonos las caras, hasta hacerse la hora del tren? No hay que correr tanto, que aquí todo el que se adelanta, luego le toca de esperar, no sirve tener prisa.

—Bueno, pues tú haces lo que quieras, pero una servidora a las diez y cinco como un clavo sale de aquí. No tengo yo gana de exponerme a perder el último tren y que además irá así de gente; atestadito, como si lo viera.

—Pues no pasaba nada si lo perdías; todavía te quedaba otro a las once y cuarto.

—¡Qué rico!, ¿eso es un chiste?

—¿Pues tanta urgencia tienes tú de llegar a una hora fija?

—¡Hombre!, se lo preguntas a mi padre, a ver qué te dice.

—De manera que el viejo riguroso, ¿eh? ¿Casca?

—Ah, eso no sé; no le he querido hurgar, por si las moscas.

—Será un tío antiguo, ¿a que gasta camiseta de invierno?

—¡Oye, que de mi padre tú no te guasees!, ¿te enteras?

—¿Qué he dicho yo de malo?

—¡Ríete más y te empotro la botella, imbécil!

Se colaba la luna hasta los rostros, al fondo de la mesa, adonde no llegaba la luz de la bombilla, por causa de la enramada. Mely se echó para atrás con la silla, hasta poner de nuevo sus ojos en la sombra; sólo le quedó luna sobre el cuello. Se había sostribado con la axila en el borde del respaldo, y el brazo le caía colgando detrás de las sillas. La mano de Zacarías tanteaba en la sombra, buscando la mano de ella entre las hojas.

—Debían de establecer unos domingos el doble largos que los días de la semana —había dicho Samuel—, ¿no es verdad, Mariyayo?, ¿a que sí? Mientras que no hagan eso no hay tu tía.

—O el triple. Todo lo largos que se hacen los días de labor. Con eso ya estábamos al cabo la calle.

—Sois la caraba, lo queréis todo.

—No es todo, es algo.

—¡Qué barbaridad, qué exigencias! —dijo Fernando—. Di, ¿tan mala vida te dan ahí donde trabajas? Pues yo que me creía que en los bares se pasaba divertido.

—¡Vas bueno! Divertido lo será para verlo desde fuera. Pero por dentro, el infierno número uno. De verdadero desastre, chico; no una cosa cualquiera, no te vayas a creer.

—¡Desesperada te veo!

—Más harta que harta, hijo mío. Tú no veas lo harta que estoy. Menos mal que tan sólo me doy cuenta los días como éste. Entre semana se me olvida; y gracias a eso tiramos.

—Será porque quieres, una muchacha como tú —sonreía Fernando—. Vas a ver qué fácil: te proporcionas por ahí un potentado, ¿verdad?, y luego con un poquito suerte y otro poquito de soltura, te saca de apuros para siempre. Y a vivir se ha dicho, pero a la gran dumón.

—Mira, mira, no me cuentes películas ahora. Eso ya es harina de otro costal. No tengo yo precisión de ponerme a la huella de ningún potentado.

—Era un consejo.

—Gracias, me encuentro muy bien donde estoy. Así es que no vayas por ahí, que por ahí perdemos las amistades.

—Era por enredar. Lo sé de sobra; imagínate tú, con ese espejo que tienes en la cara.

—Ni tanto ni tan calvo; ya me parece que te excedes.

—¿Qué os traéis ahora? —decía Marialuisa—. ¿Ya no sois amigos? ¡Pronto!

—Que sí, mujer —replicó Mariyayo—; ¿va a tener una en cuenta lo que diga este sujeto? —miró a Fernando con media sonrisa—. ¡Son pompas de jabón!

—Eres un ángel —dijo él.

Los otros apremiaban a Lolita que saliese a bailar.

—¡Es muy tarde!

—Hay tiempo, hay tiempo todavía.

—¿Es que sabe bailar la chica ésta?

—¿Esto? ¡Un torbellino, ya me lo dirás!

—Bueno, venga, Lolita, tu número. ¡Un fin de fiesta como está mandado! Que se vea.

—Que te conozcan en Legazpi, hija mía. ¡Al tinglado sin más dilación!

—¿Dónde baila?

—Ya estaban haciendo falta iniciativas.

Se habían puesto a dar palmas y Lolita apuraba su vino de un sorbo. «¡Pues venga!, veremos a ver lo que sale»; se subía a la mesa con una cara arrebatada. Desde arriba mandaba quitar vasos y botellas: «¡Quitarme todo esto de los pies!»

—¡Andando! ¡Esto es una chica!

Despejaron la mesa. Todos miraban hacia Loli; ella les corregía el compás de las palmas; tanteaba la mesa con el pie.

—¡Esto es una chica y lo demás son tonterías!

Las palmas se habían acompasado. Lolita recorrió con la mirada las caras de los otros; le tendía la mano a Ricardo. «¡Sube conmigo!»; no quería:

—Yo casi no sé...

—¡Si no es necesario saber! —insistió la muchacha—. ¡Sube, no seas primavera!

—Que te digo que no, que hoy estoy ya muy golpeado, vida mía.

—¡Cuidado que le tenéis miedo los hombres al ridículo, hay que ver!

Ya Federico se levantaba voluntario para sustituirle: «¿Valgo yo?»; los suyos le empujaban hacia lo alto de la mesa:

—¡Arriba con éste!

—¡Hay mucho Federico en este Federico, te digo yo que sí!

Lolita se puso de cara a Federico y volvía a dirigir por un momento el compás de las palmas. Cuando estuvieron acordes, arremetió a bailar. Se levantaba mucho polvo hacia las caras de los otros, al golpear las zapatillas de Lolita en la madera de la mesa; Federico le marcaba los movimientos y las actitudes; su cabeza rozaba en los festones de las madreselvas que pendían del alambre, y todo el pelo se le revolvía. Las dos sombras se agitaban dislocadas y enormes en el muro maestro de la casa y en los postigos de Justina, y las cabezas de las sombras tocaban el alero. Luego a Lolita las zapatillas le estorbaron y las lanzó desde los pies, una a una, sin parar de bailar, hacia la sombra del jardín. «¡Esta chica es genial!». Ya bailaba descalza. Las palmas repercutían en las tapias, hacia el fondo, a la rana de bronce y la gramola y las mesas vacías. Bailoteaban en el centro la bombilla encendida y su tulipa cubierta de polvo, porque los cables de la luz se meneaban de rechazo al agitarse la enramada, y con ellas también se mecían las sombras de todo el jardín. Los pies descalzos de Lolita pisaban sobre el vino derramado; sus faldas negras volaban girando hacia las caras de los otros, y de súbito se cerraban y recogían sobre las piernas blancas y el traje de baño encarnado. Luego los pies de Lolita resbalaron de pronto en la madera, sobre un barrillo sucio que se había formado con el polvo y con el vino, y la chica se vió proyectada hacia fuera de la mesa y caía riendo y jadeante en los brazos de Miguel y Zacarías. Daba gritos de risa y no acertaba a levantarse; decía que no podía tocar el suelo descalza porque las chinas de la tierra le hacían cosquillas en las plantas de los pies y era ponerse mala ya de risa; «¡el despiporren!», no paraba de decir. Trataban de calmarla. Había acudido Faustina; reparó en las señales que aparecían sobre la mesa:

—Miren, muy bien alborotar y divertirse como Dios manda, pero eso ya de subírseme con los pies donde comen las personas, ¡eso ya no!, ¿se enteran? ¡De manera que a ver si hay un poquito de formalidad, que ya llevan dos veces que se les llama la atención por hache o por be, y estoy viendo que todavía me van a poner ustedes en el trámite de avisar a mi marido! Conque vamos a ver si es verdad que tenemos un poco más de lo que hay que tener, de ahora en adelante. ¡Pues buena la que me ha caído a mí esta tarde de tener que andar a cada momento de niñera con ustedes, vamos!...

Volvió a entrar; comentaron en la mesa:

—Lo estaba yo viendo venir. No se pueden armar estos cacaos tan gordos. La gente...

—Esta tía es el Coco en persona; en mi vida no he visto una vieja más odiosa y atorrante, ¡su padre!

—Está en su propia casa. Hay que tener en cuenta eso también; yo creo, vamos.

—¡Esto es un establecimiento, un local que está abierto para el público!

Lolita gritaba:

—¡Yo quiero las zapatillas! ¡Que me den mis zapatillas!...

Se las andaban buscando por el centro del jardín.

—Eso según a lo que llames público. O sea que no a todo el mundo le cuadra esa calificación, a ver si me entiendes. Algunos hay que descartarlos... ¡Eh, ¿qué le pasa a Loli?!

Se había echado a llorar de repente. No eran capaces de encontrar la segunda zapatilla.

—¡Pues me quedo descalza, ya está!, ¡pues que se haya perdido, pues ya no busquéis, que se pierda, me quedo descalza, así ya no hay remedio ninguno...! ¡Ahora llego a mi casa, me abren la puerta y me ven..., me pregunta mi madre, a ver yo qué le cuento a mi madre, un camelo... sí, qué camelo, no hay camelo que valga, no hay escape..., una chica que no es una fresca no se queda descalza por ahí..., no se le puede perder la zapatilla...!

Marialuisa la cogía contra su pecho; se puso a acariciarla:

—Tranquila, Lolita, ahora mismo la encuentran; ¿pero no te das cuenta que estás tramando un episodio que es del género tonto? ¡El colmo ya de la bobada formar esa llantina y esos razonamientos que te traes! ¿No ves que desbarras, mujer? Ahora va a aparecer la zapatilla, verás como aparece...

—¡La niña, vaya una guerra que estás dando a última hora!

Lolita ya se dejaba caer sobre el regazo de la otra; murmuraba:

—Me da igual no me apuro voy descalza me importa un comino... le digo Madre pégame ya te cansarás... le digo pégame Mamita la zapatilla la he perdido bailando de juerga tú me pegas y yo vuelvo a bailar y enseño mis piernas cuando bailo... tú pégame y verás tú mañana y pasado y el otro tú pégame desuéllame Mamita yo bailo la zambra mañana y pasado y el otro y el otro y el otro yo salgo y me besan los chicos en el cine y me divierto sin cesar...

Apareció la zapatilla que faltaba. Lucas se arrodilló a los pies de Lolita:

—Yo te calzo, princesa —le dijo.

La chica lo miró:

—Luquitas, guapo, muchas gracias... Chico, yo estoy como un trapo... —se reía—, te lo juro...

Se dejaba calzar. Después le vinieron las ansias y Marialuisa y Juanita se la llevaban hacia el gallinero, para que vomitase.

—Ha bebido, después se ha liado a dar esas vueltas que dió; pues no me diga más; tú no veas el bochinche que tiene que tener por dentro formado, ¡de espanto!

Regresando a la mesa, quería venir ella sola y rechazó los brazos de las dos chicas que la acompañaban:

—¡Todavía sé andar!, ¿qué os creéis? —les decía—. Me agobia que estéis siempre venga a proteger..., a protegerla a una en seguida cuantito que tenéis la más pequeña ocasión... la gente pegajosa... —se dirigió a los de la mesa—. Bueno, sois todos una partida de besugos; cuando una persona acaba de echar las tripas por haberos estado divirtiendo, vosotros se os ocurre tomarla de espectáculo, mortificarla a una lo que podéis —llegaba hasta la mesa; se sentó; los miraba riendo—. ¡Mira tú que reunión de pajarracos! ¿No se os ocurre nada a ninguno, para darle el adiós a un día de fiesta?

*

Toda la gente inmóvil en la orilla, a la luna, con la vista en un punto del río. Se habían ido desplazando ribera abajo a la par de dos nadadores por el agua, y ahora se aglomeraban delante del embalse, ya casi en el puntal de la arboleda. No había nadie, donde Tito y Paulina tocaron la orilla. Élla recogió sus pantalones, hallados allí mismo, y ya echaban a correr con ellos en la mano. Ahora corrían junto a los troncos blanquecinos, junto a sombras de figuras humanas que guardaban campamentos, todas pendientes de aquello que pasaba en el puntal.

Un perrillo salía de lo oscuro a ladrar la carrera de Paulina, y ya Tito corría casi a diez pasos por delante de ella.

—Espérame, espérame, Tito... —la oía gritar sin aliento a sus espaldas.

Sentían chinas y palitroques que les herían las plantas de los pies. Más de un centenar de personas les impedían la vista de las aguas, formándoles delante una barrera de espaldas apretadas y negras. Se abrieron camino con los codos e introducían sus cuerpos mojados en la espesura de la gente. No hablaba casi nadie. Tito abría el paso por delante de Paulina.

—Sin atropellar —le dijo alguien—; que todos queremos verlo.

Tito no contestó. Cogió la mano de Paulina y alcanzaron los dos juntos la fila delantera. Allí se oía muy alta la música, lavada por el eco del embalse, y venía del agua una cierta claridad, que rechazaban las manchas luminosas proyectadas sobre la superficie por las bombillas de los merenderos. Enfrente, al otro lado de unos cincuenta pasos por el agua, se veía clarear el borde del dique de cemento que formaba el embalse, como una banda a lo ancho de la presa, que afloraba poco más de una cuarta por cima del nivel. Cerca de allí se divisaban ahora tres o cuatro cabezas de los nadadores. Gritó Paulina llamando a Sebastián. Resonaba el fragor de la compuerta. No había espacio delante de la gente, para andar a lo largo de la orilla, camino del puntal; para seguir, tuvieron que meterse con los pies por el agua. Desfilaron por delante de todas las caras inmóviles que miraban al río, iluminadas por la luna y el reverbero que venía de las aguas manchadas de luz. Había un corrillo, un poco más abajo; rodeaban a uno desnudo, acurrucado en la arena a sus pies; y era Sebastián. Paulina se tiró de rodillas junto a él:

—¡Sebastián!

No contestó. Se le sentía jadear desfallecido. Encogía todo el cuerpo, abrazándose las piernas por delante de las rodillas, y en ellas tenía apoyados los ojos y la frente, ocultando su rostro. Paulina lo agarró por el pelo chorreante y le levantó la cabeza para verle la cara:

—Sebas... —le dijo.

Apenas le entreveía las facciones en la sombra. Sentía todo el peso de la cabeza en el esfuerzo de su mano, que se la sostenía suspendida por el pelo. Se le notaba agotado de nadar. Luego ella le abrazó con ambas manos la cabeza, y la apretó hacia su pecho. Las rodillas de alguien oprimían contra la espalda de Paulina. Un bosque prieto de piernas rodeaba sus cuerpos como un empalizada, limitando un recinto muy angosto. Paulina sentía sus pantorrillas hundidas entre las piernas de la gente, en un húmedo rozarse de pies que se mezclaban en la arena. Alzó los ojos y miró con agobio hacia arriba, a las caras de los que estaban de pie, por encima de ellos, rodeándolos en un ceñido semicírculo, abierto tan sólo a la parte del río. Tito estaba de espaldas, ahí delante; se recortaba en los reflejos del agua iluminada. Paulina hundió la cara en la nuca de Sebas y se apretaba contra él. Ahora la música se había detenido y ya muchas personas acudían a la presa desde los merenderos; enfrente se veían sus siluetas recortarse a lo largo del dique. A la derecha, largas sombras cubrían los reflejos en el agua, desde el mismo malecón. Paulina sintió unos dedos que le tocaban en la espalda: levantó la cabeza: una mujer le preguntaba, señalando hacia el río:

—¿Alguien familia de ustedes?

No le veía la cara.

—Venía con nosotros.

La mujer levantó la barbilla, «Ah»; ya miraba de nuevo hacia el río. Ahora, al parecer, cerraban allá enfrente la compuerta, y el rugido del agua decrecía hasta callarse por completo. Todo quedaba en silencio y se oyó el cuchicheo de la gente. Alguno comentaba que había peligro en la presa si la compuerta no estaba cerrada, porque el desagüe era capaz de tirar de los nadadores y no dejarlos traer el cuerpo hacia la orilla. Sintió Paulina de repente un unánime impulso en torno suyo, y todo el bosque de piernas se ponía en movimiento, «¡Allí allí, ya lo sacan!». No los dejaban incorporarse; los arrollaron en aquel súbito y apresurado repente hacia el puntal y les pisaban piernas y manos o saltaban por encima de ellos, levantando rechazos de arena. La voz de Tito los llamaba entre la gente. Lograron por fin levantarse y acudían con todos. Ya venían con el cuerpo por la parte somera y lo traían entre cinco o seis hombres, acompañándole a flote por el agua, como se empuja una barca hacia la orilla. Crecía el hablar de la gente y de nuevo lucharon los tres por abrirse camino entre las apreturas. Se aglomeraba todo el mundo en el mismo puntal. Ahora se dejaron ver directamente, a la derecha del embalse, los merenderos iluminados, al otro lado del brazo muerto y del puentecillo de tablas que le saltaba por encima. También allí muchas siluetas se alineaban a lo largo de todo el malecón y algunos ya acudían por lo visto corriendo a la arboleda, por-

que detrás se oyó crujir bajo rápidos pasos la madera acha-
cosa del puente. Y de pronto callaron la mayoría de las voces
y hubo mucho silencio conforme el cuerpo iba llegando por
momentos a tierra. Todos oyeron limpiamente una voz fatigada
que decía:

—Levanta un poco de este brazo, Rafael.

Bajo la luz directa de los merenderos, volvía de nuevo a
verse el color arcilloso de las aguas, el mismo color naranja
que habían mostrado en el día. «¡Señor, qué pena!», suspiró
una mujer. Paulina se oprimía al costado de Sebas. Miró para
atrás unos instantes, como cogida de algún miedo. Detrás, los
árboles en sombra, los campamentos en silencio, y más atrás
el puente, con la luna pacífica pegando en los ladrillos; iba
un hombre a caballo, muy lejos, por el borde de la vía del
tren, en lo alto del talud que atravesaba los eriales. Se oyó un
discreto pedir paso y brillaron por encima de las cabezas los
dos tricornios de los guardias civiles que se abrían camino
entre la gente. Estaba ahí mismo el cadáver de Lucita en la
arena.

Lo estaban auscultando. Niños y niñas de distintas edades ocupaban los puestos delanteros en el nutrido semicírculo
de personas, y sus ojos se posaban inmóviles sobre las carnes
desnudas de la muerta. Brillaba un poco de luna sobre la piel
mojada del cadáver, tendido de costado. Su cara se ocultaba
en la sombra y bajo el pelo, la mejilla en la arena.

—¡No empujes, tú! —dijo uno de los niños.

—A mí también me empujan...

Se retrepaban de nuevo cuanto podían, con las espaldas
contra el corro, como temiendo que sus pies traspasaran sobre
el suelo alguna raya invisible que tal vez limitaba en la arena el
espacio de la muerte.

Penetraron los guardias en el cerco, con una rápida ojeada
hacia el cadáver.

—¿No le hacen nada? —dijo en seguida el más viejo de
ellos al nadador a quien antes habían llamado Rafael.

Se levantó en seguida otro, que estaba inclinado sobre el
cuerpo; se quitaba los pelos mojados de la frente:

—Soy estudiante de Medicina —decía jadeando—. No hay
nada que hacer.

—Ya —dijo el guardia.

Miraba nuevamente hacia el cadáver, quitándose el tricornio; meneaba la cabeza:

—Mal asunto —reflexionaba—. Una chica joven. Mal trago para los padres.

Tito estaba delante; los brazos le caían a los costados del cuerpo. A su lado estaba Paulina; miraba a Lucita con una mirada lateral, sin ponerse de frente hacia el cadáver; tenía una mano en el brazo de Sebas.

—¿La conocen alguno? —dijo el guardia en voz alta hacia la gente, poniéndose de nuevo su tricornio.

Tras unos instantes de silencio, oyó a su lado:

—Nosotros.

—¿Ustedes dos?

—Los tres; éste también.

El guardia miró a Tito, que señaló a su propio pecho con un gesto automático de la mano.

—Venía con ustedes, ¿no es esto?

—Sí, señor.

—¿Novia?, ¿hermana?

Denegaban con la cabeza.

—Amistad simplemente —concluyó el mismo guardia, tajando con la mano.

—Sí señor —dijo Sebas.

Paulina se puso a temblar y a llorar en voz alta contra el pecho de Sebas, en bruscas sacudidas. Todo el murmullo se detuvo entre la gente, para dejar el llanto en el silencio y escucharlo mejor, y las cabezas se empinaban las unas sobre las otras, para ver quién lloraba. Los nadadores miraban a la arena. El guardia viejo suspiró:

—Son cosas...

El otro guardia observaba en el suelo la mano izquierda de Luci, semiabierta hacia arriba, y rozaba los dedos con la puntera de su bota. El viejo cambió de tono:

—Estoo... Vamos a ver. Bueno, ustedes no se me muevan de aquí ninguno de los tres, por supuesto.

Se volvió hacia los nadadores:

—A ver, usted y el otro joven; ése, el que dice que va para médico, quédense también, tengan la bondad. Juntamente con... Algún otro que haya intervenido, a ver —recorría todo el corro con los ojos—. Pues eso, ustedes dos. O sea los cuatro, ya es suficiente. Les requiero a ustedes para que se sirvan prestar declaración ante la autoridad judicial.

Acto seguido se dirigió hacia toda la gente, levantando la voz:

—¡Los demás hagan el favor de retirarse! ¡Vamos, retírense todos con orden a sus puestos los que no hayan sido requeridos! ¡Despejen, tengan la bondad! ¡Cada cual a su puesto...!

Daba un par de palmadas. El guardia joven se puso en movimiento para secundarle.

—Circulen, circulen, andando...

Los encaminaba, tocando a algunos en el hombro.

—Bueno, si ya me voy. No es necesario que me toque.

—Pues hala, aligerar.

Era ya poca la gente; no pasarían de cuarenta los que ahora, por último, se retiraban hacia lo oscuro de los árboles. Nueve personas —o sea los dos guardias, el grupo de los cuatro nadadores, y Tito, Paulina y Sebastián— se quedaban en la orilla, junto al cuerpo de Luci, bajo la luz directa de los merenderos que llegaba hasta sus figuras, atravesando un corto trecho de agua iluminada. Los cuerpos semidesnudos, mojados todavía, se perfilaban de blanco por el costado donde la luz los alcanzaba, y eran negros por el otro costado. Se veían ya sólo seis o siete siluetas de pie en el malecón. El guardia viejo miró a los cuerpos de Tito y Sebastián; luego dijo:

—Bueno, escuchen: que se destaque uno de cada grupo, al objeto de recoger su ropa y la de sus compañeros, con el fin de que puedan vestirse todos ustedes.

Uno de los cuatro que habían sacado a Lucita del río se miraba los pantalones empapados de agua, que se le adherían a las piernas.

—Ah, y el que vaya de ustedes —añadía el guardia viejo hacia Sebas—, que se preocupe asimismo de traerse también todos los efectos de la víctima, ¿entendido?

Ahora Paulina se había dejado caer, como rendida, hasta quedarse sentada en la arena. Aún lloraba, ya más bajo, apoyando las manos y la frente contra la rodilla de Sebastián. Habían abierto de nuevo la compuerta y ya el agua volvía a rugir. Vino una voz muy aguda desde lo oscuro de los árboles, llamando a Tito y Lucita. Era Daniel; se vio la sombra salir de entre los troncos; ya venía corriendo. Se detuvo de golpe ante el cadáver.

—Es Luci... —murmuró.

Después levantó la cabeza; vió a Tito:

—¡Tito!

Éste se adelantó hacia Daniel y se abrazó a su cuello.

—¡Daniel, maldita sea, Daniel...!

Restregaba los ojos contra el hombro de Daniel y gemía con encono.

—¿Tenía que pasar esto?... allí los tres hace un rato, Daniel, y mira lo que tenía que pasar, maldita sea, ¡y ahora su madre!, ¿qué la decimos a su madre, Daniel?, ¿qué la decimos?, ¿qué la decimos?...

Daniel miraba el cuerpo de Luci, por encima del hombro de su amigo; no dijo nada. Otra vez se le oía llorar a Paulina. Se acercó el guardia viejo y despegaba a Tito del hombro de Daniel.

—Ande, compóngase, muchacho. Son desgracias. Hay que arrostrar con ellas. Sean hombres. Compóngase y vayan los dos a por la ropa, ande. Se van ustedes a quedar fríos y no hay tampoco necesidad de cogerse una bronconeumonia. En marcha. Y regresen al punto, no se demoren.

Tito volvió la cara hacia la sombra y se limpió con las manos; luego ambos se marchaban. Rafael se les unió por el camino y venía en silencio, al lado de Daniel. Ya no debía de haber nadie en la arboleda; no se oía una voz; estaba muy oscuro por los troncos, y sólo algunos claros de una blancura lívida y difusa manchaban de cuando en cuando el suelo ennegrecido, allí donde la luna se colaba por entremedias de los árboles. Luego una sombra humana se movió entre los troncos; «¡Eh!, ¿sois vosotros?», les decía una voz.

—¡Soy yo, Josemari! —respondía Rafael—. Aquí está ya mi compañero; si os hace falta ayuda, nos llamáis.

—Gracias —dijo Daniel—, nos arreglamos.

—Como os parezca.

Rafael se detuvo con el otro, mientras Tito y Daniel proseguían el camino.

—¿Qué pasa? —le preguntó Josemari.

—La sacamos muerta.

—De eso ya me he enterado. ¿Y ésos quiénes eran?

—Hay que cogerlo todo y llevarlo hasta allí.

—Contesta, ¿quiénes son esos?

—¿Esos dos?, pues que venían con la ahogada. Están hechos trizas.

—Ya, me figuro. ¿Y cómo ha ocurrido la cosa?

—Mira, después me lo preguntas, tú. Ahora hay que levantar el campo y trasladarlo allí todo.

—¿Todo?, ¿pero por qué?, ¿no pueden venir ellos?

—No pueden, claro que no pueden; ¿no comprendes que nos han requerido a los cuatro la guardia civil, para tomarnos declaración?

—Pues habla. Si no te explicas, ¿yo qué sé? Vaya lío, entonces; habrá para rato con toda esa serie de formalidades.

—Supongo.

Llegaban al hato.

—Oye, nos dejarán por lo menos telefonear a nuestras casas, ¿no?

—Sí, hombre; eso creo yo que sí. Venga, vamos cogiendo los trastos, Josemari.

Tito y Daniel no encontraron en seguida el lugar del campamento; andaban despistados entre la oscuridad. Luego los pies de Tito tropezaron en algo que había en el suelo, y sus ojos reconocieron el brillo confuso de una tartera.

—Aquí es, tú.

Se apoyó contra el tronco donde habían estado por la tarde los tres; se dejó resbalar hasta el suelo. Daniel se acercaba.

—¿Qué haces, hombre?

Tito estaba tendido bocabajo y enterraba la cara en un bulto de ropa.

—Pero hombre, ¿otra vez? Vamos, levántate ya.

—No puedo más, Daniel, te lo juro, te lo juro; es que estoy deshecho...

Daniel se había agachado y lo agarraba por el hombro.

—Vamos, hay que poder, no hay más remedio, ¿cómo te crees que estamos los demás?

—¡Los demás! Tú no lo sabes, tú no sabes nada. ¡Tú no sabes nada!, ¡no sabes nada!... ¡Pues yo no volveré a poner los pies en este sitio en mi vida, te lo juro! ¡En toda mi puta vida no me vuelvo a bañar en este río! ¡Lo tengo aborrecido para siempre! ¡Tú me lo estás escuchando, Daniel: cien años que viva!...

Amordazaba su voz contra la ropa.

El guardia viejo le había dicho al otro, cuando Tito y Daniel se alejaban:

—Tú, mira; antes que nada, voy a acercarme ahí junto, a llamar por el teléfono, para que vayan viniendo las autoridades, ¿me comprendes? Te quedas al cuidado mientras tanto, y cuando vengan con la ropa te haces cargo de los efectos de la víctima y le echas algo por cima, para que no esté así, al descubierto.

—Conformes.

Sebastián se había sentado al lado de Paulina, en la arena. Ahora dos de los otros se sentaron también frente al agua, abarcándose las piernas con las manos enlazadas en las aristas de las tibias. El de San Carlos estaba de pie junto al cadáver, como a unos seis o siete pasos de los otros. Se ponía un momento en cuclillas, para observar alguna cosa, pero el guardia civil lo reprendió:

—Deje eso. Retírese de ahí.

Y le hacía una seña expulsiva. Se paseaba por la orilla, con el dedo pulgar enganchado a la correa del fusil. Paulina tiritaba.

—Tengo frío, Sebastián; no sé qué frío me está entrando.

Se arrimaba a su novio, buscando el calor. Sebas le echó sobre las piernas los pantalones de Tito, que habían quedado tirados por allí.

Ya el guardia viejo había cruzado el puentecillo de madera, que distaba no más de quince pasos, aguas arriba del puntal. Ya iba de nuevo aguas abajo, por la otra orilla del brazo muerto, atravesando el breve trecho de maleza y la morera ensombrecida, hasta la misma explanada de los merenderos, que daban al malecón. Había ya tan sólo un par de familias en las mesas de la terraza, ya sin manteles. El guardia entró en el primero de los tres aguaduchos. Había mucho humo en el interior del local, como un velo uniforme que todo lo fundía, bajo la luz amarillenta y pegajosa: emborronaba las caras; amortiguaba el brillo de los vidrios, las bandejas niqueladas y la pequeña cafetera exprés; difuminaba las sucias figuras de los naipes, los dibujos de los anuncios y los calendarios de colores. Estaba lleno de gente, ya casi nadie de Madrid, patosas borracheras de domingo. Algo freían en la cocina; se sentía el acre olor del aceite quemado.

—Aurelia, voy a llamar por el teléfono, si no hay inconveniente.

—Llama, llama; telefonea adonde quieras.

—Gracias.

Dejó el tricornio sobre el mostrador y se acercó al aparato. Luego se oyó el runrún de la manivela y muchos se callaban para escuchar.

—Mira, aquí es Gumersindo, el guardia al aparato —se tapó con un dedo el oído libre—. Mira, Luisa: me vas a dar, pero urgente, Alcalá de Henares, llamada oficial, con el Señor

Secretario del Juzgado; escucha, si no contestan en su casa, la dices a la telefonista que te lo localice como sea por ahí, ¿entendido? —hizo una pausa—. ¿Qué? Ah, eso a ti no te interesa; ya lo sabrás —volvió los ojos hacia la gente de las mesas—. ¡Pues claro está que algo habrá pasado! ¡No va a ser para felicitarle las Pascuas! —se reían en las mesas, volvió a escuchar—. ¿Queeé? —escuchando de nuevo, esbozó poco a poco una sonrisa—. Mira, niña, podía ser yo tu padre un par de veces; de modo que no juegues con los cincuentones y espabílame rápido la conferencia, anda. Me la das aquí mismo, ¿eh?, donde la Aurelia, ya sabes. Cuelgo.

Colgó el auricular y se volvió al mostrador, a donde había dejado su tricornio.

—¿Qué te pongo? —le decía la mujer.

—Agua.

—Mira el botijo; detrás de ti lo tienes.

Le señaló con la barbilla el umbral de una ventana. Después añadía, comentando:

—También es gaita, no te creas tú que no, esta pamplina de tener así tanto tiempo a una persona, en esas condiciones, hasta que se los ocurre venir. ¿Qué más daba arrimarlo por ahí, adonde quiera, que tuviese un decoro, un miramiento?

—Así es como está dispuesto. Nosotros no podemos tocar nada, ni permitir que nadie se aproxime.

—Pues mal dispuesto. No son maneras de tener a una persona.

—¿Y qué más les dará a ellos, una vez muertos, que ya ni sienten ni padecen? —terciaba uno que estaba escuchando, apoyado al mostrador.

—Eso es lo que tú no sabes —le replicaba la mujer—; si les dará lo mismo o no les dará. Y aunque les diera; de todas formas está feo; un muerto es siempre una persona, igual que un vivo.

—Y más. Más que un vivo —dijo el guardia—. Más persona que un vivo, si se va a ver; porque es mayor el respeto que se los tributa.

—Natural —dijo Aurelia, volviéndose al tercero—. Mira: tú pon que a ti te insultan a tu padre, y ¿a qué te sienta mucho peor si está ya muerto, que no si todavía...? Corre, ahí tienes ya la comunicación, Gumersindo.

Sonaba el timbre del teléfono; el guardia se apresuró a descolgar.

—¡Diga!...

Ahora se hacía entre los parroquianos otro silencio aún mayor que el de antes; casi todos se volvían en sus sillas, para atender a Gumersindo.

—¡Diga! ¿Es ahí el Señor Secretario?...

Alguien chistaba en las mesas hacia un moscardoneo de borrachos, que no dejaba escuchar desde el rincón más lejano al teléfono.

—Mire usted, Señor Secretario, aquí le llaman desde San Fernando de Henares, el guardia civil de primera Gumersindo Calderón, para servirle...! ¿Cómo dice? —escuchó—. Sí señor —asentía con la cabeza—. ¡Sí, sí señor; la pareja de servicio en el Jar... ¿Diga?

Ya todos los clientes escuchaban; una partida de tute se había interrumpido y los naipes esperaban bocabajo en el mármol de la mesa.

—Pues mire usted —continuó Gumersindo—, o sea que en la tarde hoy se ha producido un ahogamiento, de cuyo ahogamiento ha resultado siniestrada una joven, según indicios vecina de Madrid, que se sospecha asistía a los baños, en compañía de... ¡Diga, Secretario! —escuchaba—. ¡En la presa, sí señor, en las inmediaciones de...! —se interrumpió de nuevo—. ¡Bien, Secretario! —otra pausa—. ¡De acuerdo, sí señor, conforme! ¿Mande...? —escuchaba y asentía—. Sí señor, sí, sí señor... Hasta dentro de un rato, señor Secretario, a sus órdenes.

Esperó unos instantes, luego colgó el auricular. Se reanudaron las conversaciones en todas las mesas. El guardia volvió al mostrador y recogió su tricornio; se lo puso.

—Gracias, Aurelia.

Salió a la explanada.

Ya volvían con la ropa; se les reunieron en la sombra Rafael y el compañero, los cuales se habían vestido. Al salir de los árboles, vieron las siluetas de los otros en el puntal; todos estaban sentados; únicamente la figura del guardia civil se paseaba arriba y abajo por la orilla. Josemari se acercaba un momento a mirar el cadáver. Dijo el guardia:

—Entréguenme los efectos de... —señaló con la sien hacia el cuerpo de Lucita—. Es conveniente taparlo.

Volcaron las cosas en la arena, y Daniel, en cuclillas, rebuscaba entre el lío lo de Luci.

—Aparta, Tito, que no me dejas ver...

Levantaba las ropas, para reconocerlas a la luz que venía de los merenderos; apareció el vestido de Lucita, hecho un rollo.

—Démelo —dijo el guardia.

Al pasar de unas manos a otras, el lío de ropa se les deshizo, y se dejaron caer lo que traía envuelto: un par de sandalias y ropa interior.

—Tenga más cuidado —le dijo el guardia a Daniel—. Recójalo. ¿No hay más?

Llegaba el otro guardia; se le oía en las tablas del puente.

—Sí; creo que tiene que haber todavía una bolsa y una tartera, por lo menos.

Revolvía otra vez. Sebastián y Paulina buscaban lo suyo.

—Aquí está. Me parece que es todo.

El guardia joven se lo cogía de las manos. El otro estaba ya junto al cadáver; tomó el vestido de Lucita y lo extendía a lo largo del cuerpo, cubriendo la cabeza. Era un vestido de cretona estampada; flores rojas en fondo amarillo. Las piernas le quedaban todavía al descubierto.

—Mira a ver en la bolsa a ver si hay algo más.

El guardia joven encontró una pequeña toalla, a rayas blancas y celestes, y se la dió a Gumersindo, el cual cubrió con ella las piernas de Lucita. Luego metieron en la bolsa las sandalias y la ropa interior y lo dejaron con la tartera, al lado del cadáver.

Dijo Daniel.

—Sería necesario que yo me subiera para arriba, para avisarlos a todos los otros. ¿Eh?, ¿qué decís?

—Pero antes pregúntaselo a éstos, a ver si te dejan.

—Sí, naturalmente.

Gumersindo se había acercado a los dos grupos; habló en voz alta, para todos.

—Bueno, escuchen ustedes: acabo de ponerme en contacto con la Autoridad; al señor Secretario del Juzgado le he dado el parte del sucedido, y me ha anunciado que el señor Juez y él se harán presentes en este lugar dentro de tres cuartos de hora a lo sumo. Se lo comunico a ustedes al objeto de que no estén impacientes y sepan lo que hay. Nada más. Pueden irse vistiendo.

También los otros cinco se repartían las prendas. Sonó un golpe en la arena mojada y se vió el brillo de una armónica, que se había escurrido de algún pantalón.

—¡Mira tú lo que sale ahora! —dijo uno de ellos.

Se agachó a recogerla y la sacudió contra la palma de la mano, para quitarle las arenillas que se le habían adherido. El de los pantalones mojados sacó de su bolsillo una cajetilla de Chester, casi entera.

—¡Lástima de tabaco! —comentaba, enseñando en su mano los pitillos mojados y deshechos.

—Peor les ha ido a otros.

—Ya.

Lanzó el tabaco hacia el embalse; luego escurría sus pantalones en la orilla, y veía el paquete deshacerse, flotando sobre el agua iluminada que se lo iba llevando a la compuerta.

Paulina decía:

—Me da miedo de ir sola, Sebastián. Acompáñame tú y te me quedas cerca, en lo que yo me visto detrás de algún árbol. Yo sola me da miedo.

Después se alejaban los dos hacia los árboles y ya Daniel hablaba con el guardia Gumersindo.

—Mire usted, es que venían otros chicos con nosotros, ¿sabe?, y están arriba esperándonos. Yo quería subir a avisarlos; ellos no saben nada de esto; querría avisarlos, si es posible.

—¿Dónde dice que están?

—Pues arriba, en el merendero ese que hay a la parte allá la carretera, ¿no sabe usted?

—Ya; el de Mauricio —reflexionaba unos instantes y sacaba su reloj—. Mire; va usted a subir, pero para volver rápidamente, ¿comprendido? —señalaba el reloj en su mano—. Quince minutos le doy, por junto, para ir y volver; en la inteligencia de que no me venga usted más tarde de ningún modo, no siendo que se presente el señor Juez y esté usted ausente todavía. ¿Estamos de acuerdo?

—Descuide.

—Ande, pues. Váyase ya.

Daniel volvió la espalda y se alejó hacia el puentecillo. Tito había terminado de vestirse y se tendía de costado, con el codo en la arena. Los otros cinco fumaban de pie, frente a la orilla, y miraban la luz en el agua.

El de la armónica decía:

—¿Y qué combinación es la que nos queda para volvernos a Madrid?

—Pues para cuando se acabe la función, me temo que ninguna.

Rafael se acercaba el reloj a la cara, volviendo la muñeca hacia la parte de la luz.

—Las diez y cuarto —dijo—; cincuenta minutos nos faltan para el último tren. Mucha prisa tendrían que darse para soltarnos a tiempo de cogerlo.

—Imposible —decía el de San Carlos.

—Pues ya sabéis; o dormir en el pueblo o marcharnos a golpe calcetín, una de dos.

—¡Andando vamos a ir! Estás tú bueno.

—¿Por carretera cuánto hay?

—Diecisiete kilómetros.

—No es tanto. Total tres horas de camino; escasas.

—Y con la luna que hace —decía el de Medicina, volviéndose a mirarle—, y el fresco de la noche, se pueden andar perfectamente.

—Supuesto que acabásemos a eso de las doce, a las tres en casita.

—El que no sé yo por qué no te marchas, eres tú, Josemari —le decía Rafael—. A ti no te han requerido. Pudiendo coger el tren, haces el tonto si no te vas.

—Me quedo con vosotros. Hemos venido juntos y hay que correr la misma suerte.

—Haz lo que quieras, allá tú. Aquí nadie nos ofendemos, si te largas.

Paulina y Sebastián habían vuelto de vestirse y se sentaron junto a Tito. Sebastián escondía la cara en las rodillas; Paulina apoyó la sien contra su hombro.

Decía Josemari:

—Lo que es ya hora de avisar. Poner una conferencia a casa de uno cualquiera de nosotros, y desde allí pasaban el aviso a las de los demás; ¿no os parece?

—Pues para eso, tú mismo, que estás libre. El guardia acaba de llamar; le preguntas a él, a ver desde dónde lo ha hecho.

—Se lo preguntaré. Desde ahí mismo tiene que haber sido; una de esas casetas.

—Pues eso. ¿Te acuerdas de todos los números?

—A mi pensión que no se anden molestando en avisar, déjalo —le decía el de los pantalones mojados—. No creo que nadie se inquiete por mi ausencia.

—Bueno. Oye, Luis, ¿y qué número era el tuyo?

—¿Eh? Veintitrés, cuarenta y dos, sesenta y cinco.

Se apartó Josemari, repitiéndose el número entre dientes, y después se le vió hablar con los guardias civiles. El más viejo, le daba indicaciones, con el brazo extendido.

Ya la luna formaba medio ángulo recto con los llanos; y al otro lado del dique, aguas abajo, se veía relucir toda la cinta sinuosa del Jarama, que se ocultaba a trechos en las curvas, y reaparecía más lejos, adelgazándose hacia el sur, hasta perderse al fondo, tras las últimas lomas, que cerraban el valle al horizonte.

Habían sonado las tablas del puentecillo de madera, bajo los pasos de Josemaría. Paulina suspiró.

—¿Cómo te sientes? —le preguntaba Sebastián, levantando la cara.

—¿Y cómo quieres que me sienta...? —decía casi llorosa—. Pues desastrosamente.

—Ya; lo comprendo.

Sebastián agachaba de nuevo la cabeza; ahora sentía agitarse en su brazo los hipos silenciosos de Paulina, que lloraba otra vez.

Los guardias civiles paseaban de acá para allá, en un trayecto muy breve, por la arena. Tito veía casi una sola silueta, yendo y viniendo, contra la luz del malecón. Pasaba y repasaba la sombra sobre el bulto tapado de Lucita. Después varias bombillas se apagaron de pronto a la otra parte, en la explanada de los merenderos.

—¡Adiós! —exclamó el de la armónica.

Los guardias se detuvieron un instante, mirando hacia la luz disminuída, y reemprendían de nuevo su paseo silencioso. Ya sólo se veían dos bombillas encendidas, colgando al aire libre, y el cuadro anaranjado de una puerta, sobre la banda negra del malecón. Uno que ahora entraba por aquella puerta, recortando en el cuadro su figura, debía de ser Josemaría que ya había llegado al merendero. Ya poca luz alcanzaba el puntal desde allí. Sólo el claro de luna, de un blanco aluminio, batía sobre la arena y revelaba los perfiles de bultos y figuras, con tachones y manchas y arañazos lechosos, como brochazos de cal o salpicones.

Estornudó Paulina por dos veces. Sebas sacó una toalla de la bolsa y se la echaba a su novia encima de los hombros. Ella tiró de los picos y los juntaba por delante, cerrando la toalla sobre el pecho. Estaba muy húmeda.

—¡Todo está húmedo...! —se lamentó.

Su voz sonaba débilmente, con el timbre nasal de haber llorado. Palpaba la toalla por todas partes, haciendo escalofríos; continuaba:

—Es que no hay nada que esté un poco seco... ¡Señor, qué agobio de humedad...!, ¡qué desazón...! —rompía a llorar nuevamente—. Y yo no aguanto esto más, Sebastián, ya no aguanto, no aguanto... —repetía llorando en la toalla.

*

—Nosotros ya —decía Lucio— no valemos ni media perra chica, pero ni es que ni media, tocante a dar de sí en alguna cosa. Ahora, experiencia, eso sí —sonreía—; experiencia podemos suministrarles una poca a los que son ustedes más nuevos.

—¡Tú, sí! —replicaba Mauricio—. Tú, desde luego, abrías una escuela, cualquiera que te oiga.

—Ah, pues que no lo dudes.

—¡Te diré! ¡La cantidad de conocimientos que tú desparramas al cabo el día! No eres tú nadie. Ya es lástima que se pierda, es lo que siento.

—No lo tomes a broma —reíase Lucio—. Y no es que uno pretenda de darse a valer más que otros; eso lo da la edad.

—¡La edad! Ya iba listo el que siguiese tus sanos consejos al pie de la letra. Tirarse al tren, y terminaba antes.

—Poco estimas los años, me parece. ¿Qué dejas entonces tú para los viejos?

—Pues callarse y dejar la vía libre. Nada más. Que pase la juventud. Anda que no han cambiado las facetas de la vida. Lo nuestro ya no rige; hace un montón de años que está llamado a desaparecer.

—No tanto, no tanto. Las equivocaciones del hombre vienen siendo casi las mismas, al fin y al cabo, o se le parecen.

—Sí; tú vete a sacarlas por el parecido y verás el barrigazo que te pegas.

—Pues mira, con sólo que alguien se atuviese a los escarmientos, uno que no hiciese nada de lo que uno hizo, no te creas tú que no se quitaba ya unos pocos de golpes, el que fuera.

Ahora Mauricio asentía sonriendo.

—Eso ya sí. O sea, tomarte a ti de modelo, pero a la inversa, el revés de la medalla. Ahí me parece que estás más razonable.

—¿Eh? —dijo Lucio a los otros—. ¿Qué les parece? En cuanto que uno se echa barro encima, ya está conforme. Pues mira, Mauricio, me estaba refiriendo a lo mal que lo he pasado, y nada más, no te confundas. Pero una cosa es decir que aquel camino es malo, porque allí te salieron los perros, y otra cosa es arrepentirse de haber tirado por él. Ahí la cosa cambia, la verdad.

—Maldito caso no le haga, señor Lucio —cortó el Chamarís—. Más bien, que nos ponga la espuela, como es su obligación, que hay que irse marchando —miró a los carniceros—. ¿Eh?

—Sí, sí —dijo Claudio—; nos vamos todos.

—¿Ya?

Mauricio llenaba los vasos

—A ver. Nos están esperando por causa la cena —contestó el Chamarís—. ¿Qué se cree usted? Usted como no tiene familia y además es cuerpo santo, capaz de pasarse el día entero sin meter nada sólido por esa boca, ya se figura que todos podemos practicar lo mismo. Pero no.

—La familia que cenen y que se acuesten —dijo Lucio—. Los domingos se hicieron para esparcirse un hombre. Un hombre vuelve a casa cuando acaba con los cuartos; antes, no.

—Menos éste —intervenía el carnicero bajo, señalando al Chamarís—. Éste no puede hacerlo. Déjelo usted que se retrase nada más diez minutos o un cuarto de hora, y ya verá qué pronto me le mandan emisarios, se presenta aquí la chiquita a por él, como este mediodía —se volvió al aludido—. ¿Es así o no es así, muñeco?

—¿Y con eso? Cuando lo hacen será porque lo echan de menos a uno; porque no se sepan privar de mi asistencia. Como debe de ser. Y mejor para mí; no como otros, que contra menos paren por casa, más desahogada y más tranquila se les ve la mujer, por no tener que estarlos aguantando a lo largo la jornada.

—Pues esa es la libertad del matrimonio, ¿si no, cuál? —le dijo el otro—. Ni más ni menos. Mira, tú llevas pocos años todavía, sois un par de guayabos, como el otro que dice, pero ya lo sabrás, ya llegarás a ello, no te apures; alcanzaréis esa época también.

—Igual le halaga —terciaba Claudio riendo—. A éste,

hoy por hoy, capaz hasta de halagarle, todo eso de que lo manden a llamar y papá que te vengas y esas cositas.

—Ya lo creo que le halaga, ¡se mea de gusto! —exclamó el otro carnicero—. No hay más que mirarlo a la cara. Pero ya; déjate que se pasen los años, tampoco hacen falta muchos, nada más que ella empiece a ponérsele pureta, verás, verás cómo evoluciona. Entonces, cariño, todo el que tú quieras, pero dejarlo a uno tranquilo, ¿sabes? En cumpliendo uno con la casa, ya tan amigos, en paz. Y si no, al tiempo.

—¡Vaya, por Dios! —dijo Lucio—; ya quieren ustedes desbaratarle aquí al amigo la felicidad conyugal.

—¿Nosotros? ¡Ca, buen cuidado! Eso ahora sí que no hay quien se lo desbarate, a éste. Donde hay una mujer joven, ¡buh!, no hay fuerza humana que sea capaz de quitarle la ilusión. Es que ni esto.

—A buena parte viene —reforzaba Claudio—. Sí que no anda él poco empicado con su Rosalía. Estás el primero, si te crees que lo vas a quitar de allí por nada.

Protestó el Chamarís:

—Ya vale, ¿no? Ya creo que llevo bastante rato sirviéndoles de tema a la conversación general. Por hoy, ya me habéis destripado suficiente; a ver si cambiáis. Además, hay que irse. Cóbreme, Mauricio, tenga usted la bondad.

—Sí, hombre, tiene razón; lo dejaremos que descanse hasta mañana.

—Nueve cincuenta me debes.

El Chamarís se buscaba los dineros entre las hojas de un bloc espiral, de tapas amarillas muy rozadas. Coca-Coña seguía hojeando el ABC dominical.

—Están cantando ahí adentro —le decía Carmelo a Mauricio, con una chispa en las pupilas, y orejas atentas hacia el pasillo y el jardín.

—Ya lo oigo.

Devolvió al Chamarís los dos reales que sobraban. El hombre de los z. b. miraba al suelo y tenía la mano izquierda en el pirulo de la silla donde Lucio estaba sentado.

—Tamañana —saludó el Chamarís.

Con él salían los dos carniceros.

—Adiós.

—Buenas noches, señores.

—Hasta mañana.

—Adiós.

Salieron hacia el camino anochecido.

El alcarreño había continuado su argumento:

—Así que ya le digo, don Marcial; aparte bromas ahora, que muchas veces me dan pensamientos de liar el petate de una vez y marchar para América con la familia.

El pastor le decía:

—¿Adónde no irás tú?

—¡De pico a todas partes! —gritó Coca-Coña—. Con los pies a ninguna.

—Calla, canijo, de una vez. ¿Es que no vais a ser capaces de sostener una conversación en serio?

—¡Jajay, en serio! Con lo que salta ahora —se reía el tullido—. Ahora pretende que le tomemos en serio sus proyectos de irse para América, ¿qué te parece? Menuda seriedad. Para mondarse de risa.

—¿Y tú qué sabes?

—Ah, no lo sé. No me lo cuentes. Pues casi nada. ¿Me lo vas a decir a mí?, que te vengo ya oyendo lo mismo no sé los años ya; desde que te conozco llevas con esa historia. ¿Quién quieres que te haga ya caso, alma mía? ¡Te has embarcado ya para América más veces que Cristóbal Colón!

—Eso tampoco no quiere decir nada —terciaba don Marcial—; las cosas las estamos rumiando durante mucho tiempo, hasta que se maduran. Y el día menos pensado, catapum, las ponemos en práctica.

—Ya, ya, el día que haga bueno. Antes salen andando mis patas, date cuenta, con todo lo pesaditas que están, que este tío menearse de aquí ni dar un paso. Fantasía, eso es lo único que tiene; pura imaginación que le anda bailando en la azotea.

—Eso es —asentía el pastor—; el cerebelo que tiene, nada más, que se conoce que no le para de rebullir y rebullir, como si fuera un avispero. Y el único que le concede algo de crédito es él; pero a los demás ya no nos engatusa con ese cuento de lo embarcado, que nos lo sabemos ya todos de memoria. Se va a ir éste ni cuenta que lo fundó.

—Pues, hombre, no se niega que muchas veces no son más que cosas que se piensan por un desahogo, para dar salida a las preocupaciones —contestaba el alcarreño—. Pero tampoco son meras chifladuras. ¿Y quién te dice que algún día, a fuerza de venga y de darle en el mismo agujero, no hagamos el buraco de verdad? A saber si no os lleváis el gran chasco, todavía. Por eso yo que vosotros no lo andaría jurando mucho, por si acaso.

—¡Como me llamo Amalio que te entierran aquí! ¿Verdad, usted?

—Ni media palabra —asintió Coca-Coña—. ¿Quién lo duda? De eso firmaba yo un documento ahora mismito.

Se reían:

—Sabéis mucho vosotros. Más que Lepe, queréis saber, por lo que veo. Pero a mí no me conocéis en todavía. Que no me conocéis; os lo digo yo.

—Nada —intervino don Marcial—; que andan con ganas de apretarlo esta tarde, para ver si lo cabrean a usted. Usted no preste oídos a garbanzos de pega.

—¿Quién?, ¿yo? ¡Cómo que no me sé yo por dónde van! Pero están apañados si se figuran que van a desencadenarme. Pinchan en hueso.

—Que nos gusta zaherir, no es otra cosa. ¿A lo mejor que esto de América no lo hemos pensado todo el mundo alguna vez, con más o menos dosis de convencimiento?

—¿Ve usted? Y tanto que no es ninguna idea descabellada. Todo es cuestión de resolverse.

—Lo único, eso. Es decir, los arrestos que se precisan para tomar una decisión de esa envergadura. Encontrar uno la firmeza necesaria para determinarse a realizarlo de una vez.

—Cierto. ¿Qué duda cabe de que cuesta desarraigarse uno del sitio que conoces de siempre y en el que uno se ha criado? Se dice pronto eso de dejar uno estos alrededores y esta gentecilla de por aquí, buena o mala que sea, pero con la que al fin y al cabo llevas rozándote toda tu vida; para empuntarte, así de martes a miércoles, a unos ambientes y unos territorios que ni los has visto nunca ni retratados, ni aciertas a formarte un anticipo de los cultivos y costumbres que circulan y están en vigor. Ya se sabe que eso por fuerza se le tiene que hacer cuesta arriba a todo aquel que no sea un descastado.

—Todo consiste en hacerse a la idea —contestó don Marcial—. Luego, al llegar allí, te podrás encontrar más o menos desorientado; nadie es capaz de centrarse de golpe y porrazo en lo que le es desconocido; pero en seguida creo yo que se hace uno su composición de lugar, y son las circunstancias las que lo obligan a ambientarse, quieras que no, y hacerse dueño del cotarro. Vamos, que ocurre el fenómeno de que los mismos

aprietos de la necesidad son los que te ponen al tanto y te afian-
zan, lo mismo que si fueras un oriundo de toda la vida.

—Toma, pues ya lo creo. Hasta los mismos hablares aquellos tan tirados, he oído yo a emigrantes que no había forma
de sacárselos de la lengua y que volviesen a hablar como está
mandado. No le digo en el pueblo, la risión.

—Sí, una cosa parecida a las películas de Cantinflas o de
Jorge Negrete, ¿no es eso?

—Igualito. Lo mismo que las cintas esas. Como que a lo
primero no podías escucharlo sin que de golpe no te entrase
de reír. Exacto como el cinema, ¿qué más da? Y eso a pesar de
que aquellos venían de Venezuela, mientras que estos Cantinflas y Negretes del celuloide son nacidos en Méjico, que está
de Venezuela, pues ya sabe usted, lejísimos; pero además no
de estos lejísimos que decimos aquí en España, sino lejísimos
en distancias de aquellas, que hay que agarrarse lo tremendas
que son. Bueno, pues casi no se distingue un habla de la otra.
Total, que yo lo que he sacado en consecuencia es que allí es
todo un mismo chapurreao.

—Y ¡cuidado que es pegadizo, hay que ver! No hay uno
que no acabe hablando como ellos.

—Ah, pues mire, que terminasen ahí todos los inconvenientes y me subía yo al barco mañana mismo. Ya podía yo
quedarme con el habla chafada y abollada para siempre y ser
la guasa del pueblo, a mi regreso...

—¡Sé! —contó Amalio—. ¡Pues vaya una revelación lo
que nos hizo! En eso está la pega justamente; en que el asunto
es bastante más peliagudo, bastante más. A eso iba. Complicaciones no las quiere nadie. Pues por eso sé yo que tú no
te vas.

Coca-Coña había vuelto a su periódico.

—Tú espérate que yo acabe de cansarme algún día y ya
me dirás si me marcho o no me marcho —contestó el alcarreño—. Nada más que me apriete la vida como lo viene haciendo hasta la fecha y sigamos sin verle el desarrollo por parte
ninguna, que verás tú qué pronto paso el charco y nos quitamos de enredos de una vez para siempre y de andar malviviendo
para acá y para allá.

—¿Y qué te crees que te ibas a encontrar allí tú, a la otra
parte del charco, como tú lo llamas?, di. A lo mejor te ima-
ginas que te ibas a topar con el oro y el moro, nada más apear-
te del vapor.

—Mejor que aquí me iría. Eso seguro.

—¡Pero cuidado las ilusiones de la gente! —replicaba el pastor—. Se creen que basta con irse uno muy lejos, para ya mejorar automático, de manera tajante. Cuanto más lejos se desmandan, mejor se piensan que les va a marchar. Pasar el charco, se pone, que por lo pronto ya no es tan charco, sino un pedazo de mar de bastantes respetos, como no se lo salta un gitano, y que se basta sin más, él solito, con estar de por medio, para tragarse ya unas pocas de las probabilidades de regreso, caso que toquen retirada. No sé la idea que tenéis de los Océanos; habláis de una manera, que es que, ¡vamos!, os los bebéis de un golpe, cada vez que los sacais a relucir.

—Nadie habla de esa forma. Yo nada más lo que te digo es que en América están las cosas muy distintas. En América...

—¡Alto!, no te dispares —interrumpió el pastor—. Eso a la vuelta me lo cuentas. A la vuelta de allí me lo cuentas, lo que pasa en América, ¿de acuerdo?; si es que llegas a irte algún día y tienes luego la suerte de volver y si es que me encuentras todavía que aún no esté yo muerto para entonces. En eso quedamos. De momento, poquitas fantasías; más nos vale a los dos. Para escaldarme las seseras, tengo ya suficiente con el sol, que me las viene cociendo todo el día, cuando voy que me mato, detrás de las ovejas, bregando por esos llanos de setecientos infiernos.

—¡Pues ahí te turres tú para toda tu vida, sabihondo! ¡Ojalá y que revientes igual que una castaña, por querer ser tú el único que tiene la razón!

—Yo no pretendo saber más de lo que sé. Lo que no ando es con fantasías a lo tontuno, como los dililós que se figuran que más lejos está lo mejor y contra más retirado de su tierra, mejor se creen que los va a ir. Pues hay que trabajar en todas partes igualmente, y para uno ganarse los cuartos, uno de nosotros, no hay más narices ni más procedimiento que doblar la bisagra, y aquí lo mismo que en América y en la luna, si se pudiera montar. De bóbilis no se saca nada de nada ni se puede vivir en ninguna parte, los pelagatos como tú y como yo. Eso es lo único que certifico. Y si de América vuelven algunos con más dinero que se fueron, ha sido a base de quebrantarse los riñones, ni más ni menos que lo hacemos en España y en Pekín, y no vienen más que a trabar a la gente inculcándoles ideas falsas en la cabeza. Para los que vivimos del trabajo, ni que tú te lo sueñes, no caen esas brevas de tanta envergadura. Esa es la pura fetén. Y así que se me turre y returre, como tú dices, el cogote, en esta tierra de la mala muerte, que sigue sin habérseme perdido en América cosa ninguna, y ya desde luego más turrado que lo tengo no se me puede turrar.

—¡Chacho, cómo arremete! —exclamó Coca-Coña, levantando una cara risueña del periódico—. ¡Anda con el Amalio, qué manera de perorar!

—Esto es un incordiante de marca mayor —contestó el alcarreño—. Menos mal que yo ya me lo conozco y no me da a mí la gana de tomárselo en cuenta. Como a ti; eso quisierais los dos: que yo me desencadenara, cuando me achucháis con vuestras pullas y maledicencias. Pero, amigo, hay correa para rato.

—Y pobrecillo de usted si no la tiene —le dijo don Marcial—. Eso que ve usted ahí sentado —señalaba a Coca-Coña, con el brazo y el índice extendidos—; eso; pues eso es el bicho más malo que existe en cien mil hectáreas alrededor de él. Con eso no valen lástimas, hay que sacar la baqueta y arrear, ¡duro!, sacudirle de firme. Se lo aseguro yo, que soy el mejor amigo que tiene esta especie de escarabajo pisado y vestido de hombre, que llaman Marcelo Coca, y por mal nombre Coca-Coña y Bichiciclo y Niñorroto y El Marciano y qué sé yo cuántos más que le han sacado a lo largo de su vida...

—¡Allá va! ¡Saca tú ahora trapos viejos...! —gritaba Coca-Coña—. Conque se me han olvidado a mí que soy el titular, y él los recuerda todavía. ¡Qué buen amigo, Marcial; el nova-más de los amigos eres tú, para guardar en tu memoria todos los nombres cariñosos que le han puesto a tu adorado y pequeño Coquita! ¡Ven, ven que te dé un beso, ven!...

—¡Y encima se ríe! ¡Mirar cómo la goza!, ¡de qué manera se la está gozando él solito, empotrado en esa silla!, ¡ahí lo tienen ustedes!...

Los cuatros se reían. Después se le oyó canturrear, muy quedo, al alcarreño, con una voz mohína de su tierra; una manera especial de falsete, llena de escueto tonillo pueblerino:

—Patitas culuradas —tiene la perdiz.
    patitas culuradas —te vuelvo a decir...

El pastor comentó:

—Ya cantó la coguta en el campo.

—Sí que lo encuentro esta noche inspiradillo —decía riendo don Marcial—; por lo bajinis, pero con entraña.

—Las cositas de allí —contestó el alcarreño, con un encogimiento de modestia.

Ahora entraba un individuo que traía las ropas muy manchadas de yeso; dió las buenas noches.

—Hola, Macario —respondía el ventero.

Coca-Coña gritaba:

—¡Sanroque, Sanroque! ¿De dónde vendrás a estas horas? ¿No sabes que está prohibido trabajar los domingos?

—No hay otro remedio. Aprovechar. Estar al quite a las chapucillas que le salen a uno. Sacar de donde sea; la necesidad es la que manda.

No decía las erres; le salían guturales, en el velo del paladar, muy parecidas a las ges. Coca-Coña se lo imitaba:

—Pues muy mal hecho de todas formas; hay que descansag, hombge, hay que descansag, los domingos siquiega. Que no se puede obligar al cuerpo hasta esos extremos, so pena que un día se soliviante y se niegue a trabajar. ¡Tú revientas!

—El día que se fastidie se fastidió —contestaba Macario—. Entonces sálvese quien pueda; quiere decir que les habrá llegado a ellos y a su madre el turno las apreturas, y a bandeárselas como sea y tirar para alante. Hasta entonces no hay más narices que dar uno de sí lo que estiren las gomas de los músculos.

—¿Cuántos son? —preguntó don Marcial.

—Cinco para la media docenita.

Se oyó un alarmado silbido.

—¿Pero otro ya de camino? —dijo el chófer.

—Pues sí; si no se malogra, sí, señor.

—No se malogra, no tengas cuidado —dijo Lucio con una sonrisa.

—Bien, que yo me lo sé. No hay peligro. Éste también sale adelante, si Dios quiere, igual que todos sus hermanos. No se malogra, no, si Dios quiere.

Lo decía con una voz risueña y moviendo los ojos como si giraran.

Se echaron a reír. Tan sólo el hombre de los z. b. le preguntaba seriamente:

—Así que hasta la fecha le salieron todos; ¿no hubo percances?

—Hombre, depende lo que llame usted percance. Como venir, vinieron todos, no falló ninguno.

Se volvían a reír de la cara de Macario.

—¡Buena semilla, sí, señor!

—No soy yo solamente, ¡qué va! Ella también pone de su parte lo que puede; es como la Gallina de Coimbra, que saca todos los que empolla, ni uno menos.

Don Marcial comentaba:

—Y más bien tres o cuatro de más, ¿no le parece?

—Hombre, según se mire... ¡A saber!

—Pues diga usted que sí —le decía con ahinco el pastor—. Hay que hacer el arraigo. Aguarde nada más unos añitos, y ya verá usted luego qué cosa más bonita de verse, y las pesetas que entrarán por las puertas adentro, cuantis que todos empiecen a buscárselas por ahí y a producir para la casa. La solución del pobre. Usted lo entiende, sí señor.

—Eso si no me pasa lo que aquí el Coca me acaba de profetizar: que primero me agote yo mismo, de tanto cundir y cundir. Como resulte cierto, que cabe muy posible, me parece que no llego yo a verla, con estos mis ojitos, la cosa esa tan bonita que me pinta usted.

Coca-Coña le replicó desde su silla:

—Nada, se te retira el vaticinio, no te apures. Que alcances los cien años y con pelo.

—Tampoco pido tantos. Con ochenta me vale. Querer más ya es pedir goloserías.

Don Marcial se volvió a Coca-Coña y le mostró su reloj.

—Tú, niño, mira la hora que tenemos. Yo por lo menos me tengo que marchar; conque si quieres que te lleve...

—Espera, hombre; en el mejor momento se te ocurre. No seas tan latoso.

—No puedo demorarme ni un minuto más, Coca, me espera don Carlos. Si quieres quedarte te quedas, pero luego vas solo.

—Nada, me voy contigo si me lo pones tan difícil. Me dejarás que apure esta copa, por lo menos, ¿no? Con tal de no tener que darle a la manivela, lo que sea. No veo la hora ya de motorizarme de una vez y no tener que moverme a puro brazo o depender de los demás.

—¿Qué es eso de motorizarse? —le preguntaba el hombre de los z. b.

—Sí, hombre, ahora con todo esto que ha salido de las

Vespas y otros artilugios semejantes, se me ha metido a mí en la cabeza de motorizarme yo también. En el sentido de que le aplico un motorcillo al trasto éste y me transformo en un bólido de la era atómica. Ya estoy yo apartando un piquito de la paga todos los meses, no crea. Falta estudiar la parte técnica, a ver qué motores me convienen, y demás. Si lo han de ver ustedes; pronto voy a correr yo más que nadie.

—Está bien pensado. Pudiendo, es tontería.

—Vaya, que no será poco espectáculo —decía el alcarreño—, verte a ti para acá y para allá, por todas las calles de San Fernando y alrededor, con tu mecedora, turru turru turru turru...

—A ver si te crees que no los he visto yo por ahí ya motorizados. Tú espérate al invierno y ya me vendrás a pedir que te deje dar una vuelta. Ya me llamaréis a voces, vosotros a mí, para que os espere, cuando salgamos de paseo a la General.

—Vámonos, Coca, por favor; no me enredes.

—¡Qué pesado! Pues venga, sácame ya de aquí.

El alcarreño agarró por el respaldo la silla del tullido y la apartaba de la mesa. Coca-Coña levantaba los brazos; don Marcial se inclinaba hacia él y lo cogía por las axilas:

—Ven, hijo mío... —le decía al levantarlo, fingiendo una voz femenina, de madre mimosa.

Lo elevó sin esfuerzo hasta tenerlo en sus brazos.

—¡Toma, mamá!

Encajó don Marcial una sonora bofetada de manos del tullido.

—¡Vayá! —exclamó el alcarreño.

Rieron los presentes. Don Marcial les decía, con la mejilla colorada:

—Y tienes que aguantarlo. ¿Quién tendría valor de meterse con esto?...

Enseñaba en sus brazos el cuerpecillo contrahecho; la cabezota sin cuello, empotrada en el tórax; los brazos casi normales de tamaño, desmedidos con el resto del cuerpo y con las atrofiadas piernecillas, que colgaban sin vida y se mecían como péndulos, al peso de unas botas deformes y negras.

—Buenas noches, señores —les decía desde el pecho de don Marcial.

Después alargó un brazo hacia Macario y lo agarró por la solapa:

—¡Ven acá tú, prolífico! —le gritaba riendo y tirando de él.

—¿Qué quieres? ¡Suéltame ya!

Macario no tenía ni camisa ni nada por debajo de la chaqueta; sólo el pecho desnudo y lampiño. Coca-Coña le estrujaba con fuerza la solapa salpicada de yeso:

—¡Anda, Sanroque! —le decía—, repite conmigo: «El perro de San Roque no tiene rabo». ¡A ver cómo lo dices!

—Deja las bromas ahora —protestó don Marcial—. Suéltalo, anda.

—¿No lo estás oyendo que me sueltes? ¡Venga!

Coca-Coña amagaba con la zurda:

—Te doy, ¿eh? ¡A ver si todavía vas a cobrar!

Los demás se reían. Macario quería desprenderse de su solapa la garra del tullido, pero éste apretaba con todas sus fuerzas y lo zarandeaba:

—¡Venga: «El perro de San Rroque no tiene rrabo»! ¡Ya lo estás diciendo!

También don Marcial se veía zarandeado por los violentos meneones del tullido y zozobraba en conexión con Macario, en un mismo vaivén.

—¡Suéltalo ya, condenado! —se impacientaba don Marcial—. ¡Se me cansan los brazos de tenerte! ¡Me vas a hacer llegar tarde! ¡Suéltalo! ¡Lo sueltas ahora mismo o te dejo caer!

—¡Pues que lo diga! ¡Dilo, venga! ¡Dilo!

—¡No seas pesado, Coca! ¡Que no lo digo, no te empeggues! ¿Me sueltas o no?

Coca-Coña soltó la solapa:

—Bueno, está bien, Sanroque; desprecia mis lecciones... ¡No aprenderás en tu vida a pronunciar la Erre! ¡No podrás prosperar ni te abrirás camino ni serás nunca nada! ¡No habrá quien te saque de ser un pardillo, como has sido hasta hoy! ¡En tu vida saldrás de pardillo!...

Macario se había quitado de su alcance y se reunía con los otros. Se reían. Ya estaba don Marcial junto a la puerta, con el tullido en sus brazos; se volvió en el umbral:

—¿Se dan cuenta qué bicho más perverso? ¡Y tener que llevarlo en mis brazos como si fuera un angelito! —mecía la cabeza—. Buenas noches a todos.

Se dispuso a salir y todavía Coca-Coña se aferraba con manos y uñas al quicio de la puerta y a la cortina, trabando la marcha, y se izaba a pulso, colgado de la tela, y le gritaba a Macario, asomando la cara por encima del hombro de don Marcial:

—¡¡El pego de San Goque no tiene gabo!! ¡¡El pego de San Goque no tiene gabo!!...

Don Marcial forcejeaba tirando de él, para arrancarlo de la puerta, y Coca-Coña gritaba y se debatía resistiendo en sus brazos; la cortina salía tras de los dos y se mantuvo tirante hacia la noche hasta que todo lo largo de la tela no acabó de pasar resbalando entre las uñas del tullido. Al fin caía inerte y se aquietó en su postura tras un corto balanceo. Venía la voz de don Marcial desde fuera de la puerta:

—¡Pero, Dios mío, qué cosa más maligna! ¡Pero qué habré hecho yo para un castigo semejante!...

Acomodaba a Coca-Coña en la silla de ruedas. Se oyó todavía:

—¡¡No tiene gabooo...!!

Ya don Marcial empujaba la silla el camino adelante.

—Pues vaya con el demonio del Coquita —comentaba el chófer—. Esta noche se lleva un par de copetines en exceso...

—¡Qué va a llevar! —dijo Mauricio—. Siempre es igual de revoltoso. Aun sin probarlo.

El hombre de los z. b. asentía:

—El pobre hombrito. No tiene en esta vida más aliciente que alternar. ¿Qué le queda? Para él es el único disfrute el estar con la gente y meterse con unos y con otros y la broma y armar un cachillo de escándalo.

Se habían aproximado Macario y el pastor. Lucio dijo, señalando a Macario:

—Aquí sí que me lo trae de cabeza con el asunto las erres y el estribillo ese dichoso del perro de San Roque.

Macario dijo:

—¿Ha visto el capricho y lo cargante que se pone? No me diga que no es pesadilla la que me ha ido a caer.

—Ya. Se cree que se va usted a pasar la vida recitándole esa bobada, nada más que por hacerlo a él de reír, como si fuera un crío.

—Y no dista mucho de serlo —aseveraba el hombre de los z. b.—. Con el impedimento ese que tiene, de ser así como es, no podía el hombre por menos de semejarse a una criatura, en los hechos y en todas sus apetencias.

—Por eso se le aguanta, por ser lo que es —dijo Macario—. Y porque desde luego tiene un carro de gracia y simpatía, eso tampoco se le va a quitar. Con todo y que esta noche me sacó hasta un botón —esparcía la mirada por el suelo—, con los tirones que le ha pegado a la levita. Y encima, que soy un pardillo —desistía de buscar el botón, levantando la cara—. ¿Y qué voy a ser, más que un pardillo?

Ya no le estaban atendiendo. Lucio decía:

—Pues para mí, lo del Coca es una de las desdichas mayores que me podrían sobrevenir. No sé de nada comparable. Todo lo mío lo multiplicaba yo por diez y volvía a pasarlo, antes que consentir de quedarme de pronto como él. Como lo digo: a mí, mi cuerpo que no me lo toquen. Padecimientos mortales, como dicen, ya me pueden echar los que se quieran, mientras sea persona. Pero a un simple dolor de muelas, vulgar y corriente, le tengo yo más pánico que a todas las desazones y congojas que andan viajando sueltas por el mundo, a la rebusca del que pillen.

—Ah, segurísimo —intervino Carmelo—. No hay cosa peor, no la hay. Las nochecitas más temibles de esta vida son las noches de muelas. Ahí no sirven tabletas, ni fomentos, ni el coñac; no te vale el cigarro, ni el periódico, ni la radio ni nada, para distraerte. No le queda a uno más que apretar contra la almohada y tragar quina, hasta que ya ves que clarea y viene amaneciendo, para salir arreando como un gato, en busca del sacamuelas. O mejor dicho, Odontólogo, que para eso lo tiene él allí muy puesto, en la placa del portal. Conque nada, los alicates y afuera; se acabaron las fatigas. Radical. Eso es lo único que pita, respective a negocios de la boca; lo único, ni calmantes, ni centellas, lo único resolutivo en un caso de muelas.

Miró a las caras de todos y calló. Después se miraba los dedos, que le enredaban en la manga; los observaba curioso, como animalillos emancipados de su voluntad, rebullendo y jugando con los botones dorados del Ayuntamiento. Venía mucho alboroto del jardín. Dijo Amalio:

—La que tienen ahí al fondo.

—La juventud —le replicaba el alcarreño—. El que más y el que menos hemos pasado por ella.

Macario dijo:

—Eso es. La edad de lo inconsciente; pues a lo loco y nada más.

Hubo un silencio. Luego el chófer:

—Eche la despedida, señor Mauricio. Va siendo ya la hora de poner en marcha.

Mauricio cogió la frasca y llenaba los vasos:

—Apure... —miró hacia la puerta.

Entraba Daniel; preguntó:

—¿Están ahí dentro?

Todos miraron hacia él.

—Dígame, ¿están ahí todavía?

—Sí, sí que están —contestaba Mauricio—. ¿Sucede algo?

—Una desgracia.

Cruzó muy aprisa entre los otros y enfilaba el pasillo.

—¡Mira tú quién se ve! —le dijo Lucas, al verlo aparecer en el jardín.

—¡Ya era hora! —gritaba Fernando—. ¿Venís ya todos?

—A punto de irnos.

—¡Miguel! —dijo el Dani—. Sal un momento, Miguel.

Se inquietaron.

—¿Qué pasa, tú?

—Quiero hablar con Miguel.

Ya salía de la mesa. Daniel lo cogía por un brazo y lo apartaba hacia el centro del jardín.

—¿Pues qué pasará? —dijo Alicia—. Tanto misterio.

—Ganas de intrigarnos.

—No. Yo sé que algo pasa. ¡Algo ha pasado! ¡Se le nota a Daniel!...

Callaron todos; estaban pendientes de los otros dos, que hablaban bajo la luz de la bombilla, en mitad del jardín. Daniel estaba de espaldas. En seguida veían violentarse la cara de Miguel, mientras sus manos agarraban al otro por los hombros; le hablaba a sacudidas. «Alicia, venir, venir todos», les gritó, «ha pasado una cosa terrible». Acudían sobresaltados y ya les formaban corro en derredor; Miguel miraba hacia el suelo; se hizo un silencio esperando sus palabras:

—Díselo tú...

Mely se puso a gritar y sacudía por los brazos a uno y a otro, que hablase, que lo dijese de una vez lo que fuera. Daniel bajaba la cara; «se ha ahogado Lucita en el río». Se estremecieron. Se encaraban con Daniel; «pero cómo; pero cómo, por Dios; cómo ha sido posible...»; le clavaban las uñas en la camiseta: «¡Daniel...!» Mely se había cogido la cabeza entre las manos: «¡Lo sabía, lo sabía que había sido Lucita! ¡Lo sabía que había sido Lucita!...»

—Hace un rato. En la presa. Se estaban bañando.

—Tenemos que bajar —dijo Miguel.

—¿Alguna chica que venía con vosotros? —andaba preguntando, detrás, el de Atocha.

—¡Déjame ya...! —dijo Fernando—. Vamos, Daniel vámonos ahora mismo adonde sea...

Se dirigían hacia la puerta; Mely quiso seguirlos.

—Tú no vayas —la detuvo Zacarías—. Mejor que no vayas. Te vas a impresionar.

—¡Pero qué...! —dijo ella, mirándolo a la cara—. ¡Cómo no voy a bajar! ¡Qué estás diciendo! ¡Cómo quieres que no la vea, Zacarías...! ¡Pero si no hace más que...! —rompía a llorar—. ¡Un rato, Dios mío, si no hace más que un rato que estaba con nosotros...! ¡Pues cómo no voy a ir, Zacarías... cómo no voy a ir... cómo no voy a ir...!

Los de Legazpi se habían apartado y recogían sus cosas.

—Nosotros no bajamos —dijo Lucas—; ¿para qué?...

—Mejor será que nos marchemos, sí. Al tren todavía llegamos a tiempo. Ve recogiendo la gramola, anda.

Mariyayo se había acercado a Zacarías:

—Vete con ella, Zacarías —le dijo—. Por mí no te preocupes; tú acompáñala a ella, marcharos. Yo me voy con Samuel y con éstos. De veras...

Él la miró:

—Te lo agradezco, Mariyayo.

—Es lo más natural... —dijo ella, y se volvía hacia los otros.

Zacarías y Mely se marcharon en pos de Miguel, Fernando y Alicia, que ya habían salido con Daniel, camino del río. Los demás se quedaban, junto con los de la pandilla de Legazpi, para irse hacia el tren; terminaban de recoger todas sus cosas y ya iban pasando despacio hacia el pasillo. Los primeros habían cruzado el local sin detenerse, y ahora Mauricio se informaba con los de la estación:

—¿Qué ha pasado, muchachos?

—Pues una chica, que se ha ahogado en el río —contestaba el de Atocha.

—¡Joroba, eso ya es peor! —exclamó el alcarreño, torciendo la cabeza.

—¿Y qué chiquita ha sido?

—Yo no le puedo decir, no la conocía. Venía con esos otros. Aquí éstos a lo mejor la conocen —indicaba a Samuel y Marialuisa.

—¿No será la que vino con la moto?

—¿Eh?, ¿con la moto? —dijo Samuel—. No, esa se llama Paulina; ésa era otra más menuda, de pelo castaño...

—¿De azul?

—Ay, yo no sé cómo vendría vestida; yo no la he visto hoy. La llamaban Luci...

—La de azul era Carmen —intervenía Marialuisa—. Tampoco es ella.

—Ésta era una, ya le digo, finita, con una cara, pues, así un poco..., vaya, no sé qué señas le daría...

—Oiga, ¿qué le debemos? —preguntaba Federico.

Se volvía Mauricio hacia él:

—¿Qué es lo que pagan?

El pastor meneaba la cabeza:

—¡Vaya por Dios! —decía—. ¡Que no se puede dar nunca una fiesta completa! Siempre tiene que producirse algún suceso que la oscurezca y la fastidie. Mira por dónde tenía que...

Zacarías y Mely habían alcanzado a Daniel y a los otros; ya pasaban las viñas. Caminaban aprisa y en silencio; corrían casi. Miguel hizo intención de dirigirse hacia la escalerilla de tierra, por la que habían subido a media tarde, pero Daniel lo contuvo:

—Por ahí no, Miguel. Por este otro lado.

Bajaron hacia los merenderos y el puentecillo de madera; sus pasos se hicieron ruidosos en las tablas; llegaban al puntal. Se recortaban las sombras de los otros; los primeros los guardias civiles; Mely reconoció sus rostros a la luna, en una rápida mirada. Les salía Paulina al encuentro.

—¡Alicia, Alicia!... —venía gritando, y lloraba otra vez al abrazarla.

Los otros alcanzaban el bulto de Lucita.

—No se acerquen ahí —dijo el guardia más viejo.

Pero ya Mely se había agachado junto al cuerpo y le descubría la cara. Sebas se vino al lado de Miguel y se cogía a su brazo fuertemente, sin decir nada; oprimía la frente contra el hombro del otro, que miraba el cadáver. Los guardias acudieron hacia Mely; la levantaron por un brazo:

—Retírese, señorita, ¿no me ha oído?, no se puede tocar.

Se revolvió con furia, desasiéndose:

—¡Suélteme! ¡No me toque! ¡Déjeme quieta!...

Estaban todos en torno del cadáver, mirándola la cara descubierta, casi tapada por el pelo. Tan sólo Tito no se había movido, de codos en la arena. Mely volvió a inclinarse hacia el rostro de Luci.

—¡Haga el favor de obedecerme, señorita, y quitarse de ahí! —de nuevo la agarraba por el brazo—. Contrariamente...

—¡Déjeme, bárbaro, animal...! —le gritaba llorando y se debatía, golpeando la mano que la tenía atenazada.

—¡Señorita no insulte! ¡Repórtese ahora mismo! ¡No nos obligue a tomar una medida!

Se aproximaron Zacarías y los otros.

—¡Gentuza, eso es...! —gritaba Mely, ya suelta—. ¡Gentuza!... ¿Ves cómo son, Zacarías, ves cómo son...?

Se replegaba llorando hacia el hombro de él. Pasaba el tren; el blanco faro, la banda de ventanillas encendidas, por lo alto del puente.

—Además, va usted a darme su nombre ahora mismo, señorita —decía el guardia Gumersindo, sacándose una libreta del bolsillo superior—. Así sabrá lo que es el faltarle a la Autoridad.

El otro guardia se inclinaba sobre el cadáver, para taparlo nuevamente. Los estudiantes se habían acercado:

—Oiga, dispénseme que le diga un momento —intervenía el de Medicina—; dirá usted que a mí quién me manda meterme... Pero es que la chica está sobresaltada, como es natural, por un choque tan fuerte...

—Sí, sí, de acuerdo; si ya se comprende que está exaltada y lo que sea. Pero eso no es excusado para insultarle a las personas. Y menos a nosotros, que representamos lo que representamos.

—Si ya lo sé, si le doy la razón enteramente —le replicaba el otro con voz conciliatoria—; si yo lo único que digo es que es una cosa también muy normal y disculpable el que se pierda el control en estos casos, y más una chica; se tienen los nervios deshechos...

—Pero es que nosotros, como usted comprenderá también muy bien, no estamos aquí más que cumplimentando unas órdenes, las instrucciones adecuadas a lo que está dispuesto con arreglo a este caso que ha surgido, y ya es bastante la responsabilidad que llevamos encima, sin que tengamos además necesidad de que nos vengan a faltarnos de la manera que lo ha efectuado esta señorita.

—Nada, si estamos conformes, ¿qué me va usted a decir?; no era más que pedirles un poquito de benevolencia, que se hagan ustedes cargo de la impresión que ha recibido, y que no se halla en condiciones de medir lo que dice. De eso se trata nada más, de que por una vez podían ustedes disculparla y no tomárselo en cuenta.

—Sí, si claro que nos hacemos el cargo, a ver; pero es que todo esto, mire usted, todo esto son cosas muy serias, como usted muy bien sabe, que la gente no se da cuenta la mayoría de las veces lo serias que son, y de que uno está aquí cumpliendo unas funciones; y cuando a uno lo han puesto, pues será por algo, ¿o no? Así es que luego vienen aquí creyéndose que esto es algún juego, ¿no es verdad?, y claro, no saben que lo que están cometiendo es un Delito; un Delito penado por el Código, ni más ni menos, eso es. Conque dígame usted si podemos nosotros andar con tonterías...

Ya volvía a guardarse la libreta:

—Que pase por esta vez. Y para otra ya lo sabe. Hay que medir un poco más las palabras que se profieren por la boca. Que el simple motivo del acaloramiento tampoco es disculpa para poder decir una persona lo que quiera. Así que ya están informados.

—Hale ya —intervenía el otro guardia—; ahora retírense de aquí todo el mundo y tengamos la fiesta en paz. Andando.

—Regresen a sus puestos cada uno —dijo el primero—, tengan la bondad. Y mantengan la debida compostura, de aquí en adelante, y el respeto que está mandado guardar a los restos mortales, asimismo como a las personas que representan a la Autoridad. Que el señor Juez ya no puede tardar mucho rato en personarse.

Se retiraron y formaban un corrillo cerca de Tito. Ya Mely se había calmado.

—Son los que se tiraron a por ella —explicaba en voz baja Sebastián—. Hicieron lo que podían, pero ya era tarde.

Daniel se había sentado junto a Tito, en la arena. De nuevo sonaron pasos en las tablas; volvía Josemari.

—Nos habíamos metido por la cosa de enjuagarnos —continuaba Sebas—, quitarnos la tierra que teníamos encima; nada, entrar y salir; fue ella misma en quejarse y que estaba a disgusto con tanta tierra encima —se cogía la frente con las manos crispadas—; ¡y tuve que ser yo la mala sombra de ocurrírseme la idea! Es que es para renegarse, Miguel, cada vez que lo pienso... Te digo que dan ganas de pegarse uno mismo con una piedra en la cabeza, te lo juro... —hizo una pausa y después concluía en un tono apagado—. En fin, a ver si viene ya ese Juez.

Todos callaban en el corro, mirando hacia el agua, hacia las luces lejanas y dispersas. Ya Josemari había llegado hasta los suyos, de vuelta del teléfono:

—Ya está arreglado —les dijo—. Sencillamente que volvemos tarde, yo no he querido decir nada, que se nos ha escapado el último tren. No he querido meterme en dibujos de andarles contando nada de esto, no siendo que se alarmen tontamente.

—Bien hecho. Ya sabes cómo son en las familias; basta con mencionarles la palabra «ahogado», que en seguida se ponen a pensar y a hacer conjeturas estúpidas, y ya no hay quien les quite los temores, hasta verte la cara. Mañana se les cuenta.

—¿Y todos esos?

—Acaban de venir; otros amigos de la chica, por lo visto.

—Ya.

Los guardias paseaban nuevamente.

—Cerca han andado de armarla otra vez, cuando estabas llamando.

—¿Pues?

—Nada, que se les insolentó una de las chicas a los beneméritos; porque no la dejaban destapar la muerta, para verle la cara. Se les ocurre agarrarla por un brazo, y, ¡chico!, que se les revolvió como una pantera; unos insultos, oye, que ya los guardias tiran de libreta, empeñados en tomarla el nombre, si éste no llega a intervenir y los convence a pura diplomacia.

—Demasiado a rajatabla quieren llevarlo. También hay que darse cuenta de que la gente no puede ser de piedra, como ellos pretenden.

—Hombre, pues no es ningún plato de gusto, tampoco, el que a ellos les cae —decía el de la armónica—. Ellos son los primeros que les toca fastidiarse por narices. Comprenderás que menuda papeleta tener que montarle la guardia a un cadáver, aquí aguantando mecha hasta el final, y con el sueldo que ganan. Vosotros diréis.

—Sí, eso también es cierto, claro. Oye, ¿os quedan pitillos?

Los otros se habían sentado casi todos. Sólo Miguel y Fernando quedaban en pie. Zacarías, al lado de Mely, miraba las sombras a la luz de la luna; sus manos enredaban con la arena.

—¡Me parece mentira! —decía Fernando—; es que son cosas que uno no acierta a persuadirse de que hayan sucedido. Y lo tengo ahí delante, lo veo, sé que sí, pero no me percato, no me parece lo que es; no me acaba de entrar en la cabeza.

Miguel no dijo nada. Zacarías levantaba la mano y dejaba escurrirse la arena entre sus dedos. Veía la luz de una cerilla en el grupo de los cinco estudiantes; se la iban pasando uno a otro, encendiendo los pitillos.

*

—Con lo animados que venían esta mañana...

—La vida —repuso Macario—, que es así de imprevista, y te sacude en el momento que menos te lo piensas. Cuando más descuidado, ¡zás!, ¡allá que te va!, te pegó el zurriagazo.

Mauricio asentía con la cabeza:

—Ya ves tú quién la iba a decir a esa muchacha, según entró por esa puerta esta misma mañana, que ya no iba a volver, que venía a quedarse para siempre.

—Para siempre jamás amén; eso mismo —decía el pastor—. ¿Y quién iba a decirle a su padre, cuando la despidiera al salir para la jira, que iba a ser ya la última vez que iba a verla, el último beso que la iba a poder dar?

—¡Usted lo ha dicho! ¡Eso! ¡Eso es lo que a mí más me impone el pensarlo! —exclamaba de súbito el hombre de los z. b., con una voz opaca—. La cosa esa de unos padres que ven desaparecérsele la hija, así, relámpago, fsss... Verla y dejarla de ver; lo mismo que un relámpago. Porque aún, cuando transcurre de por medio una enfermedad, más larga o más corta, ya se sabe que duele lo mismo, quién podría quitarnos de que duela; pero es otra cosa muy distinta. No es esto, qué va, de que acabas de verla, señor, esta misma mañana, vivita

y coleando; de que la tienes a lo mejor hasta puesto el cubierto
para la cena, como ahora mismo se lo tendrán seguramente
a esta chica que acaba de morir; que todavía estás contando
del todo con ella en el reino de los vivos; y en un segundo, en
menos que se dice, ¡cataplún!, un telegrama, un recado, un
golpe de teléfono... y ya no existe —movió la mano en signo
de desaparición—. Eso me aterra.

—Induda —dijo el chófer—. Una impresión temerosa.

Proseguía el hombre de los z. b.:

—Por eso cuando alguno se muere y empiezan «pobrecito»
y «pobrecillo», esas lástimas que sacan; me da por pensar: ¿y
los otros?, ¿y los que se quedan? ¡Esos son verdaderamente
los que se llevan el rejón, pero calado hasta los hígados! A
esos sí que merecerá compadecerlos. La muchacha, el mal rato
y malísimo que haya podido pasar la criaturita, conformes;
pero a estas horas ya no padece, se quitó el cuidado, ¡fin! Ahora
es a los padres, ahí sí que está la compasión; a ésos, a ésos,
es a quienes ahora va a dolerles, pero dolido verdad.

—¡Cómo dirá una cosa semejante! —protestó el alcarreño—. ¡Cómo puede tergiversar de esa manera! ¿Pero de cuándo ni de qué van a ser merecedores de lástima unos padres
ya metidos en años, que los queda ya muy poca o ninguna
sustancia que sacarle a la vida, que no en cambio una joven-
cita que se le rompe la vida en lo mejor, cuando estaba empezando a disfrutarlo? ¿Qué tiene con que haya dejado de
sufrir? También dejó este mundo en el momento más efer-
vescente y más propicio para sacarle su gusto a la vida. Ahí
es dónde hay lástima; desgracia bastante mayor que la pena
de los padres, cien veces. ¡Se va a comparar!

—No, amigo; en eso somos distintos pareceres, ya ve usted. Yo, respetando lo suyo, me llamo más a lo práctico de lo
que pasa. Lo uno, por muy lamentable que se vea, ya pagó.
Los otro es lo que dura: los padres, que les queda por su-
frirlo.

—Que no, señor mío, ¡quite usted ya ahí! Si no tiene usted que ver más que una cosa, y es la siguiente: esos padres,
por mucho dolor que usted les ponga hoy por hoy, al cabo de
ocho, de diez, de equis meses, años si quiere, les llega el día
en que se olvidan de la chica y se recobran, ¿dejarán de reco-
brarse? Y en cambio la chica, ésa es la que ya nunca podrá
recobrar lo que ha perdido, todo lo que la muerte le quitó,
tal día como hoy. Ya no hay quien se lo devuelva todo eso;

¿a ver si no es verdad? Lo demás se termina reponiendo, más tarde o más temprano.

—Nada, está visto que no sirve, ¡que no! —dijo Carmelo—. Que no hay por donde cogerla. Mala por cualquiera de los cuatro costados que les entres, como la finca de la Cooperativa. Mala sin remisión. La misma cosa tiene el embolado éste de la muerte asquerosa, que no hay por donde desollarla.

Continuaba el alcarreño, dirigiéndose al hombre de los z. b.:

—Pues si se hubiese tratado de alguna curruca, le daba yo a usted toda la razón, se lo juro. Pero en el caso de una moza joven, como es este que atravesamos ahora mismo, ahí el asunto varía de medio a medio. Es que no hay ni color.

—De lo que ya no andaría yo tan seguro —dijo Lucio— es de eso de que la vida les merezca más la pena a los jóvenes que no a los viejos. Vaya, el apego que se le tiene más bien me parecería que va en aumento con la edad. De viejos se abarca menos, ahí de acuerdo; pero a eso poquito que se abarca, ¿quién le dice que no se agarra uno a ello con bastante más avaricia, que a lo mucho que abarcábamos en tiempo juventud?

El hombre de los z. b. lo miraba asintiendo; hizo por contestar, pero ya el chófer se le había adelantado, cortando la cuestión:

—Bueno, y a todas estas cosas, uno ya se ha entretenido más de la cuenta. Hace ya un rato largo que me iba, y en todavía estamos aquí. Así que un servidor les da las buenas noches y se retira pero pitando. Estoy pago, ¿no, tú?

Mauricio asentía y el chófer apuraba su vaso:

—Con Dios.

—Hasta mañana.

—Mañana no vendré —dijo volviéndose, ya en el umbral—. Ni pasado, seguramente. Tengo un viaje a Teruel, conque fácil que hasta el miércoles o el jueves no caiga por aquí.

—Pues buen viaje, entonces.

—Hasta la vuelta.

—Gracias, adiós.

Y salió.

—¡Éste también —dijo Lucio— se trae una de jaleos!... ¡Vaya vida! Hoy a Teruel, mañana a Zaragoza, el otro a las Chimbambas. Que no para, el hombre.

—¡No me diga usted a mí! —replicaba Macario—. Mejor que quiere, anda el tío. Para mí la quisiera, la vida que se

da. Me gustaría a mí verlo, nada más por el ojo de una ce-
rradura, la vidorra que se tiene que pegar por ahí por esas
capitales —ceggaduga decía, y vidogga—. Menudo enreda;
tengo yo noticias. Los chóferes, igual que los marinos; ya sabe
usted.

—No lo creo. Bobadas, un par de cañitas que se tome.
¿Ya va usted a pensar mal?

—¡Cañitas! Yo nada más le digo eso: que quisiera yo verlo, a ver si son cañas o qué son. Si además hace bien, ¡qué demonios ahora!, teniendo estómago de hacerlo. Otros somos
demás de cortos o demasiado infelices, para tener el valor de
echarnos el alma a la espalda y ser capaces de escamotearle
a la familia ni cinco cochinos duros. Eso nos lleva él de delantera. Va en maneras de ser, como todo.

—Mira —atajó Mauricio—; es un cliente de mi casa, y
no me agrada que le saques rumores aquí dentro, Macario.
Conque hazme el favor de dejarte ya de habladurías, te lo
ruego.

—Jo, pues capaz ya el único sitio que no lo hemos co-
mentado.

—A la gente le gusta tramar, ya lo sé —dijo Mauricio—.
A mí allá vean; de esas puertas para adentro, aquí todo el mundo es intachable. Persona que yo tolere en el local, esa persona tiene, a partir del momento que viene admitida, la certeza absoluta de que su nombre va a ser respetado, lo mismo estando él presente que ausente. Tú también agradeces y
te agradan esas garantías, ¿a qué sí? Pues respetáselas a los
demás.

—A mí no me hace mella lo que hablen —dijo el otro riendo—. Lo que es un establecimiento, la mitad de la gracia la
pierde, si no tienen cabida el chismoggeo ni la intriga.

—Dígamelo a mí —terciaba el hombre de los z. b., con
voz escarmentada—; toda la gracia que esas cosas han tenido en mi Salón de Barbería. A mí gracia ninguna no me han
hecho, se lo puedo jurar. Y si todos los Establecimientos abiertos al Público, lo mismo los de aseo que los de expansión, guar-
dasen la norma esa de aquí de Mauricio, sería otra educación
muy distinta la que habría y otro respeto al Ciudadano. Y
la relación social entre el Público no crea que perdería nada
con eso, se lo digo yo a usted; sería otro trato más civilizado
el que tendríamos las personas.

Había aparecido Faustina en la puerta del pasillo:

—Tú, ¿pero adónde se han ido esta gente? Salgo ahora al jardín a recoger un poco todo aquello, pensando que se han marchado, y me veo que tienen ahí todavía las bicicletas, ya las horas que son.

—Calla, han tenido una desgracia, ¿no lo sabes? Se ahogó una de las chicas.

—¿Pero qué dices? ¿Pero quién se ahogó? ¡Pues si estaban ahí en el jardín!...

—Otra, mujer, otra. Se quedaron algunos en el río; no subieron todos.

—¡Ay Dios mío, Señor...! —movía la cabeza—. ¡Qué cosa!... No, si algo tenía que pasarles... Vienen sin tino, irresponsables por completo; ¿cómo no va a ocurrir cualquier desgracia? ¡Ya ves tú ahora qué disgusto tan terrible, tan espantoso! Si no me extraña, no me extraña... Bien sabe Dios lo que lo siento; pero extrañarme, ni que pase eso, ni que pasara mucho más...

Se metía otra vez hacia el pasillo murmurando. Dijo Lucio:

—Habrá que verlos ahora cuando suban, las caras que traigan.

—Pues usted verá.

Hubo un silencio.

Después habló Mauricio:

—El río este lo que es muy traicionero. Todos los años se lleva alguno por delante.

—Todos —dijo el pastor.

El alcarreño:

—Y siempre de Madrid. La cosa: tiene que ser de Madrid; los otros no le gustan. Parece como que la tuviera con los madrileños.

—Ya —comentaba Macario—. A los de aquí se ve que los conoce y no se mete con ellos.

—Más bien que lo conocerán ellos a él, y saben cómo se las gasta.

—Eso será más bien —dijo Amalio el pastor—, desde luego. Lo que es el río, bueno es él para conocer a nadie, ni tener consideraciones con ninguno. Sí que no es falso. Es en pleno verano, ¿eh?, tal como ahora, que ni agua parece que lleva; pues lo mismo le da: cuanto se tercia, me engancha a alguno por un pie ¡y adentro!, que se lo tragó. Pero una cosa rápido, igual que si fuera un hambriento, lo mismo. Y al que éste agarre bien agarrado, ya es que no se lo quita de las fauces ni el mismísimo Tarzán que se echase a sacarlo, con todo su golpe de melena y su cuchillo y sus bragas de pelo de tigre. ¡Nanay!

—Sí que sí; un elemento de cuidado —añadió el alcarreño—. Pues ya les sale bien caro a los madrileños el poquito respeto que le tienen. Lo que les pasa es que aprenden a nadar en las piscinas, y luego se vienen al Jarama a practicarlo; pues nada, lo ven tan somero, lo ven que no los cubre ni la mitad que una piscina, y se confían y se creen que todo-el monte es orégano. Pero, sí, sí; somero, desde luego que lo es, en el verano; amigo, lo que no saben es que las aguas de este río tienen manos y uñas, como los bichos, para enganchar a las personas y digerírselas en un santiamén; eso es lo que ellos no saben.

—¡Diferencia con una piscina! —dijo Amalio—. ¡Ojo, que hay curvas! ¡Adónde va a parar! Aguas estas, que tienen siete capas, con todos sus recovecos y sus dobleces y sus entretelas. Como una cosa viva; con más engaños que el jopo de una zorra y más perversidades que si fuesen manojos de culebras, en vez de ser agua, lo que vienen corriendo por el lecho. Que no es persona este río. No es persona ninguna de fiar. Con una cantidad de hipocresía, que le tiembla el misterio —se reía.

Y dijo el alcarreño:

—En invierno, en invierno, entonces tenían que venirlo a ver, cuando carga y se pone flamenco él; para que supieran con qué clase de individuo se gastan los cuartos.

—Bien dicho —asentía el pastor—; el día que me coge una de esas crecidas de marzo, que se le hincha el pescuezo lo mismo que un gallo que quiere pelea. Le zumba el mico, las riadas; que se te lleva una huerta por delante, con frutales y tapias y todo lo que entrilla, y después te la deja aterrada, convertida totalmente en una playa, que no le hacen falta ya más que los toldos y las garitas esas de colores, como se estilan en los puntos del veraneo, ¿a ver si es mentira?

Se reían los presentes; el alcarreño comentó:

—Luego que vengan diciendo que no tiene uñas y manos, y te descuaja hasta los árboles. A ver si el agua, según es ella por sí misma, va a poder hacer eso alguna vez.

—No se diría —dijo Amalio el pastor.

Los miró sonriendo en silencio; con ambas manos se apoyaba en la garrota, por delante de su vientre cóncavo, que se encogía tras las holguras de sus calzones de pana amarillenta. Así apoyado, los hombros se le subían, a causa de su chica estatura, y marcaban los huesos contra la tirantez de la camisa. Su cabeza aplastada se hundía entre los hombros y la sonrisa le ensanchaba las facciones, comprimidas entre la frente despejada y enorme y la angulosa mandíbula de rana.

—Vaya si es bravo cuando quiere —decía, columpiándose en la garrota—; da su guerra, para ser ese río que es, que no es que sea un arroyo, arroyo no, pero tampoco es de los grandes. Cuando en marzo te dice allá voy, que empieza a revolvérsele la sangre esa que tiene y comienza a crisparse y rebullir como la olla del cocido, y se lía a traer ramas y matorrales, que los lleva saltando, en volandas por encima la corriente, y vigas y árboles mediados y animales muertos, perros y gatos y liebres, con la barriga hinchada como un globo, y ovejas y hasta reses de vacuno, que luego te los deja maloliendo adonde quiera que le cae, donde se ve que se harta de llevarlos en el lomo y que te lleve Rita —hablaba con viveza—. Igual te quita una oveja en San Fernando y organiza una merendola de amigotes en Vaciamadrid; como arrastra en la Sierra un molino de centeno, para instalar una fábrica de harinas y tapiocas, maquinaria moderna, en el mismísimo Aranjuez. ¡Y vete tú a olerles la boca y los eructos, después que se la han comido, a ver si era tu oveja o si era otra, a los tragones de Vaciamadrid! ¡Pues buen provecho, qué coñe! —se reía—. Lo que te quita el río, buena gana; dejáselo ir a los que tengan la suerte de pillarle más abajo. Él quita y pone y forma el estropicio y se organiza su propia diversión.

—Vamos —le dijo Lucio—; ya me parece que quiere usted crecerlo más que nunca no fueron capaces de crecerlo las tormentas.

—Sí que me estaba resultando ya mucha llena a mí también la que teníamos esta noche —confirmaba Mauricio sonriendo—. Si esto es ahora en agosto, en febrero se lleva la Provincia. Yo creo que se ha pasado un poquitito.

El pastor se reía.

—Viene siendo por las trazas. Se le añadían un par de ceros; la cosa es relatar.

—Mucho veo que le gusta engordarlo —dijo Lucio—. Con toda la rabia que dice que le inspira, y cómo se entusiasma y se explaya, hablándonos de él. Después de todo, se ve que le tiene ley, ¿diga usted la verdad?

—Con los respetos debidos —contestaba el pastor—, y guardando las distancias. Refrescarme los pies y además sentadito en la orilla, ése es el grado mayor de confianza que yo le concedo. Ahora, eso sí, faenas de ésas, de ponerse hecho un toro colorado y salir arreando con todo lo que pilla por delante, de ésas le tengo vistas unas pocas. Me gusta el espectáculo, se lo digo en serio. Especial si alcanzo a tiempo de la primera embestida. ¡Eso es grande!

—Sin las ovejas, será.

—El ganadito encerrado, por supuesto. Ah, no; no comerán más ovejas en Vaciamadrid, en lo que sea yo pastor, se lo juro.

—¿Pues cómo pudo llevarse una oveja tan abajo, por muy grande que fuese la crecida?

—Muy fácilmente —decía riendo el pastor—; pues en primer lugar, por lo flacas que están todas, que un saltamontes un poquito gordo ya pesa más; y en segundo lugar porque se trata de un invento. Verá usted, eso no es más que un cuento mío, de una vez que mi amo me embarcó, con toda la tormenta aún encima, en busca la piel de una oveja que me había quitado el Jarama. Pues fueron su padre y su abuelo, cogidos de la mano. Conque le dije que muy bien, que ahora mismo, y me tiré la tarde al libro de las cuarenta hojas, a base de tute por todo lo alto, y me presento a la mañana, más serio que un ocho, para darle razón que la oveja se la habían aliñado unos gandules de Vaciamadrid y que la piel ya se la habían colocado al primero que les daba cuatro perras; y el amo va y se lo cree todo a pies juntillas, y que bueno, que ya qué se le iba a hacer, que lo dejase y no buscase más. Tan convencido quedó el hombre; de la pura poquísima idea que no tiene de nada de nada, y de lo serio que me puse yo para ensartarle el embuste. Y ése es el cuento.

El hombre de los z. b. levantó la cabeza.

—Usted nos hace pasar buenos ratos, Amalio —le dijo—, con todas esas cosas que nos pinta del río; pero hoy le está costando muchas lágrimas a algunas personas.

—Eso es así —dijo el pastor—, por suerte o por desgracia. No puede más que ser de esa manera; unos se ríen con lo que a otros les cuesta de llorar. Y esto del Jarama no es de hoy; siempre tuvo esas cosas; llevan viniendo a bañarse qué sé yo el tiempo, desde muchísimo antes de la guerra; una costumbre del año catapum; y todos, todos los veranos, tienen que ahogarse tres o cuatro madrileños. ¿Qué tiempo lleva en Coslada?

—Pues cuatro años van a hacer.

—Así que ya pasó lo menos tres veranos, con éste, y a ver si ha habido uno solo, sin que algún madrileño pereciese a manos del Jarama. Una desgracia que es ya vieja y notoria; casi una costumbre. Hoy la tocó de venir. Se conoce que estaba acechando este día.

—Al que le toca le tocó —dijo Lucio—. Lo mismo que un sorteo.

—Eso es; pero el río no se va sin lo suyo —contestaba el pastor—. Y si un día se negara la gente a meterse en el río, saldría él a buscar a la gente.

—Capaz sería, sí, señor —asentía el alcarreño.

El pastor se reía.

—¡Qué miedo!, ¿eh? El río saliéndose de sus cauces y liándose a correr por detrás de la gente, como un culebrón. ¿No le daría a usted miedo, señor Lucio?

—Yo estoy muy duro ya. Me escupiría al instante.

—Pues a saber si le gusta a lo mejor la carne de gallo viejo— decía el alcarreño y bostezaba.

Hubo un silencio, en que Carmelo cogía su vaso y bebía un sorbito de vino; Lucio había hecho una seña a Mauricio, para que éste llenase los vasos.

—Siempre va usted retrasado —le dijo Mauricio al hombre de los z. b.—. Apure, que le llene.

—Deje, Mauricio, no me ponga más vino —contestó—. Con estas cosas se le quitan a uno las ganas de beber.

—Como usted quiera —dijo Mauricio, retirando la frasca.

—¿Y con qué cosas? —preguntó Macario.

El hombre de los z. b. lo miraba a la cara.

—Pues con esto —indicó hacia la puerta—; estas cosas que pasan.

—Ah, ya.

—Será una tontería, pero a mí me afectan —explicaba el hombre de los z. b., como quien se disculpa—. En cuanto ocurren así, como cerca de uno, aunque uno no tenga la más pequeña relación. Ni he visto tan siquiera a la chica, dése cuenta; basta que hayan estado pasando sus compañeros por aquí delante, que ya me quedo yo de una manera, y fastidiado hasta mañana. Vaya, como con mal sabor de boca, o qué sé yo; no sé cómo explicárselo.

—Ya me doy cuenta —dijo Macario—. Eso no es más que lo impresionable de cada cual. Unos son más, otros son menos. Los hay que se te quedan tan frescos viendo, tal como ahí, a la gente despedazada en un accidente de autobús; como otros, por el contrario, pues arreglado al caso de usted, o parecido.

El hombre de los z. b. comentó:

—Y está uno leyendo todos los días cantidad de accidentes que traen los periódicos, con pelos y señales, sin inmutarse ni esto; y, en cambio, asiste uno a lo poquísimo que yo he presenciado aquí esta tarde, y casi de refilón, como quien dice, y ya se queda uno impresionado, con ese entresí metido por el cuerpo, que ya no hay quien te lo saque. Como con mal agüero, esto es, ésa es la palabra: con mal agüero.

—Ya, ya me lo figuro —dijo Macario, sin prestar ya atención a lo que el otro decía.

—Y por ejemplo, esta noche, ya no puedo yo cenar, mire por cuanto —concluía el hombre de los z. b.—. Se fastidió la cena.

*

Descubrió al Juez entre los que bailaban. Sobresalía su cabeza rubia por encima de las otras cabezas. Era una samba lo que estaban tocando. Ahora el Juez lo vió a él y se señalaba el pecho, como si preguntase: ¿Me busca? Asintió. Paró el Juez de bailar y ya se excusaba con su pareja:

—Dispénsame, Aurorita, está ahí el Secretario; voy a ver qué me quiere.

—Estás perdonado, Ángel, no te preocupes. La obligación lo primero— sonreía reticente.

—Gracias, Aurora.

Se salió de la pista, esquivando a las otras parejas, y se detuvo junto a un tiesto con grandes hojas, donde estaba el Secretario. Éste le dijo:

—No corría tanta prisa; podía usted haber terminado este baile.

—Es lo mismo. ¿Qué hay?

—Han telefoneado de San Fernando, que hay una ahogada en el río.

—Vaya, hombre —torcía el gesto—. ¿Y quién llamó?

—La pareja.

El Juez miró la hora.

—Bueno. ¿Ha pedido usted un coche?

—Sí, señor; a la puerta lo tengo. El de Vicente.

—Caray, es una tortuga.

—No había otro. Los domingos, ya sabe usted, no se encuentra un taxi; y menos hoy, que ha salido la veda de la codorniz.

—Bueno, pues voy a decirles a éstos que me marcho. En seguida soy con usted.

Atravesó la sala y se acercó a una mesa.

—Lo siento, amigos; he de marcharme.

Recogía del cristal de la mesa un mechero plateado y una cajetilla de Philips.

—¿Qué es lo que pasa? —le preguntaba la chica que había bailado con él.

—Un ahogado.

—¿En el río?

—Sí, pero no aquí en el Henares, sino en Jarama, en San Fernando.

—Y claro, tendrás que ir en seguida.

El Juez asintió con la cabeza. Tenía un traje oscuro, con un clavel en la solapa.

—Encuentro de muy mal gusto el ahogarse a estas horas y además en domingo —dijo uno de los que estaban en la mesa—. Te compadezco.

—Él escogió la profesión.

—Así que hasta mañana —dijo el Juez.

—Tienes aquí todavía, mira. Termínatelo —le advertía uno de gafas, ofreciéndole un vaso muy alto, en el que flotaba una rodajita de limón.

El Juez se lo cogió de las manos y apuraba el contenido. La orquesta había parado de tocar. Una chica de azul se acercaba a la mesa, con otro joven de chaqueta clara.

—Ángel se tiene que marchar —les dijeron.

—¿Sí? ¿Por qué razón?

—El deber lo reclama.

—Pues qué lata; cuánto lo siento.

—Yo también —dijo el Juez—. Que os divirtáis.

—Hasta la vista, Angelito.

—Adiós a todos.

Saludó con un gesto de la mano y se dió media vuelta. Atravesó la pista de baile, hacia el Secretario.

—Cuando usted quiera —le dijo sin detenerse.

El Secretario salió con él y recorrieron un ancho pasillo, con techo de artesonado, hasta el recibidor. El conserje, ya viejo, con traje de galones y botones dorados, dejó a un lado el cigarro, al verlos venir, y se levantó cansadamente de su silla de enea.

—Muy buenas noches, señor Juez, usted lo pase bien —dijo mientras le abría la gran puerta de cristales, con letras esmeriladas.

Volvió a oírse la música tras ellos. El Juez miró un instante hacia la sala.

—Hasta mañana, Ortega —le dijo al conserje, ya pasando el umbral hacia la calle.

Había un Balilla marrón. El chófer estaba en mangas de camisa, casi sentado en el guardabarros. Saludó y les abría la portezuela. El Juez se detuvo un momento delante del coche y levantó la vista hacia el cielo nocturno. Luego inclinó su largo cuerpo y se metió en el auto. El Secretario entró detrás, y el chófer les cerró la portezuela. Veían a la derecha la cara del conserje, que los miraba por detrás de las letras historiadas de los grandes cristales: CASINO DE ALCALÁ. Ya el chófer había dado la vuelta por detrás del automóvil y se sentaba al volante. No le arrancaba a lo pronto, renqueaba. Tiró de la palanquita que le cerraba el aire al motor, y éste se puso en marcha.

—Vicente —dijo el Juez—, al pasar por mi casa, pare un momento, por favor —se dirigió al Secretario—. Voy a dejarle dicho a mi madre que nos vamos, para que cenen ellas, sin esperarme.

Pasaban por la Plaza Mayor. No había nadie. Sólo la silueta de Miguel de Cervantes, en su peana, delgado, con la pluma y el espadín, en medio de los jardincillos, bajo la luna tranquila. De los bares salía luz y humo. Se veían hombres dentro, borrosos, aglomerados en los mostradores. Después el coche se paró.

—Vaya usted mismo, Vicente —le dijo el Juez—, tenga la bondad. Le dice a la doncella que nos vamos para San Fernando y que podré tardar un par de horas en estar de regreso.

—Bien, señor Juez.

Se apeó del coche y llamaba al timbre de una puerta. Luego la puerta se abrió y el mecánico hablaba con la criada, cuya figura se recortaba en el umbral, contra la luz que salía de la casa. Ya terminaba de dar el recado, pero la puerta no llegó a cerrarse, porque otra figura de mujer aparecía por detrás de la doncella, apartándola, y cruzaba la acera hasta el coche.

—¿Sin cenar nada, hijo mío? —dijo inclinada sobre la ventanilla—. Toma un bocado siquiera. Y usted también, Emilio. Anda, pasar los dos.

—Yo ya he cenado, señora, muchas gracias —contestó el Secretario.

—Pues tú, hijo. ¿Qué se tarda?

—No, mamá, te lo agradezco, pero no tengo hambre, con los aperitivos del Casino. A la vuelta. Me lo dejáis tapado en la cocina.

El chófer pasaba a su puesto. La señora hizo un gesto de contrariedad.

—No sé qué me da dejarte ir así. Luego vienes y te lo comes todo frío, que ni puede gustarte ni te luce ni nada. No llegarás a ponerte bueno. Anda, iros ya, iros, si es que no tienes gana. Qué le vamos a hacer.

Se retiró de la ventanilla.

—Pues hasta luego, mamá.

El motor arrancaba.

—Adiós, hijo —se inclinaba un momento para mirar al Secretario dentro del coche, que ya se movía—. Adiós, Emilio.

—¡Buenas noches, señora! —contestó.

Luego el chófer metió la segunda, por el centro de la calzada, y detrás de ellos se cerraba de nuevo la puerta de la casa del Juez. Embragó la tercera calle adelante, y atravesó el arco de piedra, hacia la carretera de Madrid. Negra y cercana, a la izquierda, la enorme artesa volcada del Cerro del Viso, se perfilaba de una orla de leche violácea, que le ponía la luz de la luna.

—¿Avisó usted al Forense?

—Sí, señor. Dijo que iría en su coche, más tarde, o en el momento que lo mandemos a llamar.

—Bien. Así que una chica joven, ¿no era?

—Eso entendí por teléfono.

—¿No le dió más detalles? ¿Le dijo si de Madrid?

—Sí, señor Juez, en efecto; de Madrid dijo que era.

—Ya. Los domingos se pone aquello infestado de madrileños. ¿A qué hora fué?

—Eso ya no le puedo decir. Sobre las diez y pico llamaría.

Ahora corrían en directa, hacia las luces de Torrejón. El Juez sacó Philips Morris.

—Vicente, ¿quiere fumar?

El chófer soltó una mano del volante y la tendió hacia atrás, por encima del hombro, sin volver la cabeza.

—Gracias, don Ángel; traiga usted.

El Juez le puso el pitillo entre los dedos.

—Usted, Emilio, sigue sin vicios menores, ¿no?

—Ni mayores; muchas gracias.

A la izquierda, veían los valles del Henares, batidos por la luna, a desaguar al Jarama. El Secretario miró de reojo a la solapa del Juez, con el clavel en el ojal. La llama del mechero iluminó la tapicería del automóvil. El chófer ladeaba la cabeza, para tomar lumbre de manos del Juez, sin apartar los ojos de la luz de los faros que avanzaban por los adoquines. A la izquierda, muy lejos, hacia atrás, un horizonte de mesetas perdidas, que apenas blanqueaban vagamente en la luna difusa, contra el cielo de azul ofuscado de polvo. Sucesivas mesetas de caliza y margas, blanco de hueso, se destacaban sobre los valles, como los omoplatos fósiles de la tierra. Luego el Balilla se vió traspasado de pronto por una luz muy fuerte que lo embestía por detrás. La trompeta sonora de un turismo venía pidiendo paso, y la luz los rebasaba en seguida por la izquierda, con un gemido de neumáticos nuevos, cantando en los adoquines. Acto seguido mostraba el Chrysler su grupa negra y escurrida, con los pilotos rojos, que se alejaron velozmente.

—Americanos —dijo el chófer.

—¿Y qué otra cosa van a ser? —le replicaba el Secretario.

—Ya. Si le vi la matrícula. Pues así ya se puede ir a donde quiera.

—Sí; así ya se puede.

—Para cuando lleguemos nosotros a San Fernando, aburridos de verse en Madrid. Es decir, si no se estrellan antes y no se quedan hechos una tortilla en cualquier poste del camino.

—Quien mucho corre pronto para —corroboró el Secretario.

—Ésta es la ventaja que tenemos nosotros; que con este cajoncito de pasas de Málaga no se corre peligro —dijo el chófer—. Algún privilegio teníamos que tener.

—Pues claro.

El Juez iba en silencio. Dejaron a la izquierda la carre-

tera de Loeches y entraban a Torrejón de Ardoz. Había aún
mucha luz en el trozo de carretera que atravesaba el pueblo, y
algunos grupos de hombres se apartaban al paso del Balilla.
Otros estaban sentados en filas o en corrillos a las puertas de
los locales. Al pasar se entreveían los interiores de las tabernas iluminadas y la estridencia fugaz de los colores de los almanaques, en las paredes pintadas de añil. Atrás quedó la figura
de la torre, con un brillo de luna en el azul de sus tejas. La alta
sombra angulosa de un frontón sobresalía por encima de los
techos. Luego la carretera descendía a los eriales del Jarama
y se vieron al fondo las bombillas dispersas de Coslada y San
Fernando, al otro lado de la veta brillante del río. La carretera corría por una recta flanqueada de árboles, hasta el Puente Viveros. A la salida del puente dejaron la General y torcieron a mano izquierda, para tomar la carretera de San Fernando de Henares. Saltaba el automóvil en los baches. Ahora
el Juez preguntó:

—¿Dónde le dijo el guardia exactamente que era el lugar
del suceso?

—En la presa.

—Ya sabrá usted cómo se baja a la presa, ¿no, Vicente?

—Sí señor.

Encontraron abierto el paso a nivel. El coche baqueteaba
fuertemente al cruzar los raíles. Enfrente, a mano izquierda,
los grandes árboles oscuros de la finca de Cocherito de Bilbao escondían la sombra de la villa, cuyo tejado brillaba entre las hojas.

—Con éste —dijo el Juez—, ya van a hacer el número de
nueve los cadáveres de ahogados que le levanto al Jarama.

El chófer meneó la cabeza, en signo de desaprobación.

—O, es decir, ahogados, ocho, ahora que me acuerdo —rectificaba el Juez—; porque uno fue aquella chica que la empujó su novio desde lo alto del puente del ferrocarril; ¿no lo
recuerda, Emilio?

—Sí, lo recuerdo. Hará dos años.

Torcieron de nuevo a la izquierda, al camino entre viñas,
y luego descendían a mano derecha, hasta los mismos merenderos. El coche se detenía bajo el gran árbol, y salieron algunos de las casetas, o se asomaban figuras en los quicios iluminados, para ver quién venía. Se retiraron respetuosos de la
puerta, cuando entraba el Juez. Entornaba los ojos en la luz
del local. Vicente quedó fuera.

—Buenas noches.

Callaron en las mesas y los miraban, escuchando. El Juez tenía el pelo rubio y ondulado sobre la frente y era bastante más alto que el Secretario y que los otros que estaban de pie junto al mostrador.

—¿Cómo está usted? —le dijo Aurelia.

—Bien, gracias. Dígame, ¿por dónde está la víctima del accidente?

—Pues aquí mismo, señor Juez —señaló con la mano, como a la izquierda, hacia afuera de la puerta—. Casi enfrentito. Se ha visto desde aquí. No tienen más que cruzar la pasarela. O si no... ¡Tú, niño! —gritó hacia la cocina.

Apareció instantáneamente un muchacho, en un revuelo de la tela que hacía de puerta.

—¡Mira, quítate eso, y ahora mismo acompañas al señor Juez! —le dijo la Aurelia—. ¡Zumbando!

—Gracias; no era preciso que lo molestase.

—¡Faltaría más!

El chico se había quitado el mandil.

—Otra cosa, señora: ahí abajo no hay luz, ¿verdad usted?

—No la hay; no señor.

—Pues entonces, mire, si fuera usted tan amable que nos pudiese dejar una linterna.

—¿Linterna? Eso no, señor; de eso sí que no tenemos. Con mil amores, si la hubiera —pensó un instante—. Faroles es lo que tengo; ya sabe usted, de estos de aceite. Eso sí, un farol sí que puedo dejarle, si se arreglan. Se le avía volandito.

—Bueno, pues un farol —dijo el Juez—. Con eso va que arde, ya es más que suficiente.

Aurelia se volvió hacia el chico:

—¡Ya lo has oído, tú! Baja, pero relámpago, a la bodega, y vuelves aquí en seguida con un farol. De los dos, el más nuevo, te traes. Pero corriendo, ¿eh?

El chaval ya se corría.

—¡Y le quitas el polvo! —le gritó a sus espaldas.

En seguida dirigió la voz hacia la puerta de la cocina.

—¡Luisa, Luisa... mira, tráete en seguida la cantarilla del aceite y las torcidas nuevas, que están en la repisa del quitahumos!

—¡Ahora, madre! —contestó una voz joven, al otro lado de la tela.

Aurelia se volvió hacia el Juez:

—En seguida está listo.

—Muchas gracias, señora. Y tengo yo una linterna en casa, pero... —se encogió de hombros.

—Aquí, en lo que podamos, ya lo sabe usted. Nunca es molestia —hizo una pausa y proseguía, cabeceando—. La lástima es que sea siempre en estos casos tan tristes. Ya quisiéramos tener el gusto de tratarlo y atenderlo en otros asuntos de mejor sombra, que no estos que lo traen.

—Sí, así mejor no conocerme.

—Así es, señor Juez, así es. Preferible sería, desde luego, pese a todo el aprecio que se le tenga.

El Juez asentía distraído:

—Claro.

—Ah, pero eso tampoco no quita para que no se anime usted a venir por aquí con sus amistades cualquier día de fiesta y lo podamos recibir como sería de nuestro agrado. No todo van a ser...

—Algún día; muchas gracias.

Entró la chica con las torcidas y el aceite.

—Pues a ver si es verdad, señor Juez. Trae, tú, déjalo aquí mismo. ¿Pero este pedazo de besugo en qué estará pensando? —se asomó a la bodega—. ¡¡Erneee!! ¡Ernesto! ¿Qué es lo que haces? ¿Qué estás haciendo, si se puede saber?

Escuchó lo que el otro contestaba; luego dijo:

—¡Pues tráetelo ya como sea! ¿No te das cuenta que está esperando el señor Juez?

Volvió de nuevo al centro del mostrador.

—Perdone usted, señor Juez, pero es que el chico este es más inútil que un adorno. Una lucha continua con él.

—No se preocupe.

Aparecía el chico.

—¡Te dije que le quitaras el polvo por encima, monigote; no que le fueras a sacar brillo como el Santo Cáliz! ¡Trae, anda, trae, calamidad!

Intervenía uno de los que estaban junto al mostrador:

—A ese chaval la que lo vuelves tarumba eres tú, Aurelia, con esos bocinazos que le pegas a cada momento.

—¡Tú cállate!

—Así no se espabila a un chico. Con ese sistema, lo que se lo acobarda es cada vez más.

—¿Te lo han preguntado? ¡Di!

—¡Me subleva, coño, me subleva!

Dió un manotazo en el mármol y salió del local.

—¡Vamos...! —dijo Aurelia, volviéndose hacia otros dos del mostrador—. ¿Pero habéis visto cosa igual? Ni por un respeto al señor Juez, que está delante...

La miraban inexpresivos; no dijeron nada. Aurelia se encogía de hombros. Abrió la puertecilla del farol y sacó la cajita de lata, que formaba el candil.

—¿Me deja que la ayude? —le dijo el Secretario.

—Se va usted a pringar.

—Déme, que vaya sacándole la mecha ya quemada. Me entretiene.

Aurelia abrió la cajita y le pasó al Secretario la mitad superior.

—Tenga. Está todo cochino. Seis u ocho meses que no se ha vuelto a usar. Desde el invierno.

Ella se puso a limpiar con un trapo la parte inferior, mientras el Secretario extraía con un palillo los residuos de torcida que obstruían el tubito de la tapadera. Después Aurelia retorcía los mechones de yesca entre sus dedos.

—¿Me permite?

El Secretario le entregó la tapa y ella hacía pasar la torcida por el tubito a propósito. Después llenó de aceite nuevo el pequeño recipiente y remontó con el dedo la gota que escurría por el cuello de la cantarilla. Juntó una parte con la otra, y la cajita del candil quedó cerrada y a punto. La metió en el farol y la dejó fijada entre unos rebordes ex profeso que había en el fondo. Uno de aquellos hombres encendía un fósforo y lo arrimaba a la torcida.

—¡Magnífico! —dijo el Juez, cuando lució la llama del aceite.

Aurelia cerró el farol, y la llama quedaba encerrada entre los cuatro cristalitos. Lo levantó por el asa y se lo dió al muchacho.

—Toma, llévalo tú. ¡Y ojito con dejártelo caer!

—Pero si no es preciso que venga —dijo el Juez—. Nosotros mismos lo llevamos.

—¡Quite!, ¡van a llevar! Con esas ropas que traen, de día de fiesta. El chico se lo lleva a ustedes, que no tiene nada que mancharse. Y que vaya por delante y así van viendo ustedes por donde pisan, que está eso muy malo, ahí afuera.

—Pues vamos. Hasta luego, señora, y muchas gracias.

Se dirigió a la concurrencia:

—Buenas noches.

Sonó un murmullo de saludo por las mesas. Aurelia salía con ellos al umbral.

—Ahí mismo, ¿sabe? Nada más que atraviesen la pasarela, un puentecillo que hay. Al otro lado, verá usted ya en seguida a la pareja de los guardias. El muchacho los guía.

—Entendido —dijo el Juez, alejándose.

El Secretario recogía del coche una carpeta y una manta. Pasaron por debajo del gran árbol, cuya copa ocultaba la luna y formaba una sombra muy densa. Saliendo del árbol, se adentraron por el angosto pasillo de maleza y zarzales, que estrechaban el camino y los obligaba a ir en fila india. El chaval caminaba el primero, con el delgado y largo brazo estirado hacia arriba, y el farolito en lo alto, meciéndose en la punta, colgado de sus dedos; después la pequeña sombra del Secretario, vestido de negro, con su calva rosada y sus lentes de montura metálica; y por último el Juez, rubio y de alta estatura, que se había retrasado y venía con las largas zancadas de sus jóvenes piernas. Después salieron a la orilla del brazo muerto, y el Secretario se detuvo a dos pasos del puentecillo.

—Aguarda, chico.

El chaval se paró. Ahora el Secretario se volvía hacia el Juez.

—Señor Juez.

—¿Qué pasa, Emilio?

—Antes no me he atrevido a decírselo, don Ángel; ¿se ha mirado usted la solapa?

—Yo no. ¿Qué hay?

Inclinó la cabeza hacia el pecho y se vió el clavel.

—Caray, tiene usted razón. No me había apercibido siquiera. Le agradezco que me lo haya advertido tan a tiempo.

Se aproximó aún más al Secretario, ofreciéndole la solapa.

—Quítemelo, haga el favor. Está prendido por detrás con un par de alfileres.

—Chico, acerca la luz.

Obedeció el chaval y empinaba cuanto podía el farolito hacia la alta cabeza del Juez instructor, cuyo pelo brilló muy dorado junto a la luz de la llama. Manipulaba el Secretario con torpeza, acercando sus lentes a la solapa del Juez. Logró por fin extraer los alfileres, y el Juez tiró del clavel y lo sacó.

—Gracias Emilio. Ya podemos seguir.

En fila india pasaron las tres figuras el puentecillo de madera. El niño siempre delante, con el farol que le oscilaba en la punta del brazo. El Juez pasaba el último y arrojó su clavel hacia la ciénaga, mientras las tablas crujían bajo su peso. A la salida del puente, ya venía al encuentro de ellos el guardia Gumersindo, y se le vió brillar el hule del tricornio, al entrar en el área de luz del farolito.

—A la orden de Su Señoría.

El taconazo se le había amortiguado en la arena.

—Buenas noches —le dijo el Juez—. Veamos eso.

Se aproximaron a la orilla. Todos se habían incorporado y rodeaban en silencio el cadáver. Sonaba la compuerta. El Juez cogió al muchacho por el cuello.

—Acércate, guapo; ponte aquí. Me sostienes esa luz encima. Sin miedo.

El chiquillo estiró el brazo desnudo y lo mantuvo horizontal, con el farol colgando sobre el bulto del cadáver.

—A ver. Descúbranlo —dijo el Juez.

Se adelantaba a hacerlo el guardia joven.

—Quieto, usted. El Secretario.

Éste ya se inclinaba hacia el cuerpo y retiró el vestido y la toalla que lo cubrían. La piel tenía una blancura azulada, junto a lo negro del traje de baño. Ahora el Juez se agachó, y su mirada recorría todo el cuerpo, examinándolo de cerca.

—Colóquenmelo decúbito supino.

El Secretario levantó de un lado, y el cuerpo se vencía, aplomándose inerte a su nueva postura. Tenía arenillas adheridas, en la parte que había estado en contacto con el suelo. El Juez le apartó el cabello de los ojos.

—Dame esa luz.

Tomó el farol de las manos del niño y lo acercó a la cara de Lucita. Las pupilas tenían un brillo turbio, como añicos de espejo manchados de polvo, o pequeños recortes de hojalata. La boca estaba abierta. Recordaba la boca de un pez, en el gesto de los labios. El Juez se levantó.

—¿Cuándo llegaron ustedes?

—¿Nosotros, Señoría?

—Sí, claro.

—Pues nosotros, Señoría, nos hicimos presentes en el crítico momento en que estos señores depositaban en tierra a la víctima.

—¿A qué hora fué?

—El hecho debió de ocurrir sobre las veintiuna cuarenta y cinco, aproximadamente, salvo error.

—Ya. Las diez menos cuarto, en resumen —dijo el Juez—. ¿A qué señores se refiere?

—A nosotros, señor —se adelantó a decir el de San Carlos—. Nosotros cuatro.

—Bien. ¿Había entrado a bañarse con ustedes?

—No, señor Juez. Nos tiramos al agua al oír que pedían socorro.

—¿Lo vieron bien desde la orilla?

—Estaba ya oscuro, señor. Sólo se distinguía el movimiento a flor de agua.

—¿Quién pedía socorro?

—Este señor y esta señorita, desde el río.

El Juez volvió la cabeza hacia Paulina y Sebastián. De nuevo preguntó al estudiante:

—¿Pudo apreciar la distancia que había en aquellos momentos entre ellos y la víctima?

—Calculo yo que serían como unos veinte metros.

—¿No menos?

—No creo, señor.

—¿Y no había en el agua nadie más, y que estuviese más cerca de la víctima?

—No, señor Juez, no se veía a nadie más en el río.

El Juez se volvió a Sebastián:

—¿Ustedes están conformes, en principio, con lo que dice este señor?

—Sí, señor Juez.

—¿Y usted, señorita?

—También —contestó Paulina, bajando la cabeza.

—No conteste «también», diga sí o no.

—Pues sí; sí señor.

Tenía una voz llorosa.

—Gracias, señorita —se dirigió a los estudiantes—. De ustedes, ¿quién fué el primero que alcanzó a la víctima en el río?

—Yo, señor —contestó Rafael—. Me tropecé con el cuerpo a flor de agua.

—Ya. ¿Y no pudo usted apreciarle, en aquellos instantes, si daba todavía algún indicio de vida?

—No, señor Juez; no se sentía vida alguna.

—Pues muchas gracias. Por ahora nada más. No se marchen ninguno de los que han hablado aquí ahora conmigo, ni nadie que haya sido requerido anteriormente por los guardias. Si alguien desea declarar motu proprio alguna cosa relacionada con el caso, que se quede también.

Se dirigió al Secretario:

—Secretario: proceda al levantamiento del cadáver y hágase cargo de las prendas y objetos pertenecientes a la víctima.

—Sí señor.

—Puede invitar a tres o cuatro de estos jóvenes a que se presten a ayudarle en el traslado. Lo subiremos, de momento, a la casa de Aurelia, hasta que venga el encargado del depósito. ¡A ver, un guardia!

—Mande Su Señoría.

—Usted se ocupa de avisar por teléfono al encargado. Vaya ahora mismo. Le dice que venga en seguida y que se me presente.

—Sí señor. A sus órdenes.

—Así lo dejamos allí cuanto antes, a disposición del forense.

Rafael y sus compañeros se habían acercado al Secretario. El de los pantalones mojados le decía en voz baja:

—Mire, nosotros mismos podemos ayudarle, si le parece. Esos otros la conocían, y puede ser penoso para ellos.

—De acuerdo, pues ustedes mismos. Vamos allá. Acércate, hijo; trae la luz.

El niño se acercó, farol en mano, y el Secretario desplegaba la manta que traía, y la extendió junto al cuerpo de Luci. Después Rafael y el de los pantalones mojados hicieron rodar el cuerpo hasta el centro de la manta. Le cerraron encima una y otra parte, y quedaba cubierto.

—Eso es.

Recogió el Secretario, de manos del guardia, la bolsa y la tartera de Lucita, y las juntó con la toalla y el vestido.

—¿Es todo cuanto tenía?

—Sí señor.

—Adelante, pues. Con cuidado. Tú, niño, pasas el primero con la luz. como has hecho viniendo con nosotros. Señor Juez.

El Juez miraba hacia el río; se volvió:

—¿Ya? Bueno. El guardia que se preocupe de que vengan los requeridos. Vamos.

Izaron la manta entre cuatro de los estudiantes, uno por

cada extremo. El de la armónica abarcaba el cuerpo por el centro de la manta; lo mantenía levantado, a fin de que no fuese rozando por la tierra. Todo el grupo echó a andar en silencio, en pos del niño de la luz. Detrás del cuerpo iban el Juez y el Secretario; y después los amigos de Lucita, seguidos por el guardia, que llevaba el pulgar enganchado a la correa del mosquetón. Pasaron con cautela el puentecillo, y luego casi no cabían por la angostura de zarzales, los que iban cargados con el cuerpo. El niño volvía el farol hacia ellos y avanzaba de espaldas, alumbrando la marcha dificultosa del cadáver. Las ropas se les prendían en las espinas, al rozar con sus flancos las paredes de maleza. Salieron al árbol grande y el Juez se adelantó. Les dijo:

—Deténganse aquí unos momentos. Yo vuelvo en seguida.

Depositaron el cuerpo en el suelo, entre las sillas y las mesas que cubrían la pequeña explanada. Vicente el chófer se acercaba a mirarlo, a la luz débil de las dos bombillas que quedaban encendidas. Llegaron los últimos, y ya todos estaban parados, esperando. A diez pasos de ellos, la luz alcanzaba a iluminar los engranajes de ambas compuertas: dos ruedas dentadas, con sendos vástagos de hierro, derechos y altos, al final del malecón. Ahí mismo rompía el tronar de las aguas. El Juez se había cruzado con el guardia viejo, que salía de la venta.

—¿Avisó usted?

—A sus órdenes. Sí señor. Y que viene al instante.

—Está bien —dijo el Juez ya cruzando el umbral del merendero—. Señora.

—Mande usted, señor Juez.

Acudía solícita, secándose las manos en el mismo mandil.

—Mire, querría dejar en algún sitio los restos de la víctima, hasta que venga el encargado del depósito a hacerse cargo de ellos.

Aurelia lo miraba vacilante.

—¿Aquí dentro? —decía en voz baja—. Señor Juez, dése cuenta la parroquia que tengo aquí en todavía...

—Ya lo comprendo. No puedo hacer otra cosa.

—Entiéndame, señor Juez, si por mí fuera... Una hora en que no hubiese nadie...

—Usted verá. Eso es facultativo. Está en su pleno derecho de negarle la hospitalidad al cuerpo de la víctima.

—¡Huy, no señor; cómo iba yo a hacer eso!, ¡qué horror!;

eso tampoco, señor Juez. Es los clientes, compréndame usted; por ellos lo decía.

—Señora —cortó el Juez—; los motivos no hacen al caso. No tiene porqué darme explicaciones. Lo único que deseo yo saber es si quiere o no quiere.

—¿Y qué quiere que haga, señor Juez? ¿Cómo iba a cerrarle las puertas? —levantaba los ojos—. La ponen a una entre la espada y la pared...

—Lo siento, señora; mi oficio es ése precisamente: poner a las personas entre la espada y la pared. No puedo hacer de otra manera. ¿Me quiere indicar el sitio?

—¿El sitio? Mire, pues aquí mismo en la bodega, ¿le parece? Aquí detrás.

Señalaba con el pulgar hacia una cortina de arpillera que había a sus espaldas.

—Perfectamente. Gracias. Voy a decirles que lo pasen.

Salió.

—¡Ya pueden ir pasando! La dueña les dirá dónde lo dejan. —Dirigía la voz hacia el fondo—: ¡A ver, un guardia! —gritó con el índice en alto—. Que se venga también. Esperen aquí afuera los demás.

—A la orden de Su Señoría.

Era el guardia más joven. El Juez contestó con un gesto. Luego entraba de espaldas, por la puerta de la casa, precediendo a los cinco que metían el cadáver.

—Levanten un poco. Cuidado, que hay escalón.

Se pusieron en pie todos los hombres que había en el local, se descubrieron. Se quedaban inmóviles, en un grande silencio, dando la cara hacia el cuerpo que pasaba. Se santiguó fugazmente alguno de ellos, dejando en el aire el pequeño chasquido del besito que se daba en el pulgar.

—Por aquí —dijo Aurelia—. Son media docena de peldaños.

Los hacía meterse por detrás del mostrador.

—Aguarden, que no ven.

Unió las dos puntas de un flexible que colgaba en el muro, y se vió la bodega iluminarse, a través de la arpillera que servía de cortina. Se apresuró a apartarla y la sostuvo a un lado, mientras los otros pasaban con el cuerpo de Lucita y bajaban los seis escalones, seguidos por el Juez y el Secretario y el guardia civil. Se vieron en una gruta artificial, vaciada en la piedra caliza, excavada hacia la entrada del alto ribazo que allí respaldaba la casa y le hacía de muro trasero. Penetraba de ocho a diez metros en la roca, con cinco de anchura, y de techo otros tantos, formando una bóveda tosca, tallada muy en bruto, al igual que las paredes. Pero habían blanqueado con insistencia sobre la abrupta superficie de la roca, en capas reiteradas a lo largo de los años, y ya el espesor de la cal redondeaba los bultos y romaba los vivos y las puntas. Depusieron el cuerpo de Lucita.

—Usted se quedará. Los demás que regresen afuera.

Los ojos de Rafael recorrieron la bóveda, mientras salían sus compañeros. Tan sólo veía turbada en algún punto la blancura del viejo encalado, por algunas manchas, rezumantes de humor verdinoso, con melenas de musgo que pendían en largas hilachas del techo y las paredes. Aún estaba la Aurelia en el umbral, en la cima de los seis escalones tallados en la roca, que descendían a la gruta.

—Otro ruego, señora: una mesa y tres sillas hacen falta si es usted tan amable.

—No tiene usted más que pedirlas, señor. Ahora se le bajan.

El Juez sacó los cigarrillos.

—Haremos que puedan marcharse lo antes posible. Son formalidades que hay que rellenar. ¿Fuma usted?

—Gracias; ahora no fumo.

A un lado se veían tres cubas muy grandes y algunos barriles y varias tinajas de barro alineadas; al fondo, vigas contra los rincones, tubos de chimenea negros de hollín, sogas de esparto y caballetes y tablas, sucios de yeso, de algún tinglado de albañilería; en el suelo, una barca volcada, con las tablas combadas y resecas, y una estufa de hierro, una porción de sillas rotas y una carretilla, una puerta, bidones, y muchos botes pequeños de pintura. Rafael acudía a ayudar a la hija de Aurelia y al niño de la luz, que habían aparecido en la escalera, con la mesa y las sillas plegables, pintadas de verde. Las colocaban en medio de la bodega, y la chica miraba a la bombilla, para hacer que la mesa coincidiese justamente debajo de la luz. Ya volvía la Aurelia, desdoblando un periódico.

—Lo siento, pero es que hoy no me queda ni un solo mantel, señor Juez. Los días de fiesta se ensucia todo lo que hay. Y más que una tuviera, pues más que me ensuciarían.

Extendía el periódico encima de la mesa. Salieron la hija y el muchacho.

—De modo que perdonen la falta, pero con esto se tendrán que arreglar.

—Gracias; no se preocupe —le dijo el Secretario—. Ya vale así.

—Cualquiera cosa más que necesiten, ya saben dónde estoy. Si eso, me dan una voz. Yo estoy ahí mismo —señaló a la escalera—, tras esa cortinilla.

—De acuerdo, gracias —dijo el Juez, con un tono impaciente—. Ahora nada más.

—Pues ya sabe.

Aurelia subió de nuevo los peldaños, apoyándose con las manos en las rodillas, y traspuso la arpillera. El Secretario miró al Juez.

—Igual que doña Laura.

Los dos sonrieron. El guardia joven miraba los cachivaches hacinados, al fondo de la cueva. El Juez aplastó su pitillo contra el vientre de una tinaja.

—Siéntese usted, por favor.

Rafael y el Secretario se sentaban, uno enfrente del otro Ahora el guardia apartaba alguna cosa en el suelo, con la culata del fusil, para desenterrarla de entre el polvo. Era la chapa de una matrícula de carro. El Secretario había sacado sus papeles. El Juez se quedaba de pie.

—¿Su nombre y apellidos?

—Rafael Soriano Fernández.

—¿Edad?

—Veinticuatro años.

—¿Estado?

El Secretario escribía: «Acto seguido compareció a la presencia judicial el que dijo ser y llamarse don Rafael Soriano Fernández, de veinticuatro años de edad, soltero, de profesión estudiante, vecino de Madrid, con domicilio en la calle de Peñascales, número uno, piso séptimo, centro, con instrucción y sin antecedentes; el que instruido, advertido y juramentado con arreglo a derecho, declara:

»A las generales de la Ley: que no le comprenden...»

—Vamos a ver, Rafael, dígame usted, ¿qué fué lo primero que percibió del accidente?

—Oímos unos gritos en el río.

—Bueno. Y diga, ¿localizó la procedencia de esos gritos?

—Sí, señor; acudimos a la orilla y seguían gritando, y yo vi que eran dos que estaban juntos en el agua.

—¿La víctima, no?

—No, señor Juez; si la víctima hubiese gritado también, habría distinguido unos gritos de otros. Ellos estaban ahí y ella allí, ¿no?, es decir, que había una distancia suficiente para no confundirse las voces, si hubiese gritado la otra chica; vamos, ésta —señaló para atrás, con un mínimo gesto de cabeza, hacia el cuerpo de Lucita, que yacía a sus espaldas.

—Ya. O sea que en seguida distinguió usted también a la víctima en el agua, ¿no es eso?

—No tanto como a los otros, se la veía un poco menos. Pero era una cosa inconfundible.

—Bien, Rafael, ¿y qué distancia calcula usted que habría en aquel instante, entre ella y sus amigos?

—Sí; pues serían de veinte a veinticinco metros, digo yo.

—Bueno, pongamos veinte. Ahora cuénteme, veamos lo ocurrido; siga usted.

—Pues, nada señor Juez, conque ya vimos a la chica... Vamos, la chica; es decir, nosotros no veíamos lo que era, no lo supimos hasta después; en aquellos momentos, pues no distinguíamos más que eso, sólo el bulto de una persona que se agitaba en el agua...

Ahora el guardia estaba quieto, junto al cuerpo tapado de Lucita, oyendo a Rafael. Escribía el Secretario: «...distinguiendo el bulto de una persona que se agitaba en el agua...». El Juez no se había sentado; escuchaba de pie, con el brazo apoyado en una de las cubas. El guardia bostezó y levantó la mirada hacia la bóveda. Había telarañas junto a la bombilla, y brillaban los hilos en la luz.

Luego el Juez preguntaba:

—Y dígame, ¿en lo que haya podido apreciar, cree usted que reúne datos suficientes para afirmar, sin temor a equivocarse, que se trata de un accidente fortuito, exento de responsabilidades para todos?; habida cuenta, claro, de que también la imprudencia es una clase de responsabilidad penal.

—Sí, señor Juez; en lo que yo he presenciado, tengo sobradas razones para asegurar que se trata de un accidente.

—Está bien. Pues muchas gracias. Nada más.

Luego escribía el secretario: «En ello, de leído que le fué, se afirma y ratifica y ofrece firmar». Se oía una voz detrás de la cortina.

—¿Da su permiso Su Señoría?

—Ya puede usted retirarse. ¡Pase quien sea! Ah, mándeme

a su compañero, haga el favor; el otro que habló conmigo antes, en el río.

—Sí, señor; ahora mismo se lo mando. Buenas noches.

—Vaya con Dios.

Un hombre había aparecido en la arpillera. Ya bajaba los escalones, con la gorra en las manos, y se cruzó con Rafael.

—Buenas noches. El encargado del depósito. Mande usted, señor Juez.

Se había detenido a tres pasos de la mesa.

—Ya le recuerdo. Buenas noches.

El hombre se acercó.

—Mire usted —siguió el Juez—; lo he mandado llamar para que abra usted el depósito y me lo tenga en condiciones que hay que depositar los restos de una persona ahogada esta tarde. Vamos a ir dentro de un rato; procure tenerlo listo, ¿entendido?

—Sí, señor Juez. Se hará como dice.

El Secretario miró hacia la puerta. Entraba el estudiante de San Carlos.

—Bueno; y después tendrá usted que esperarse levantado, hasta que llegue el médico forense, que acudirá esta misma noche. Conque ya sabe.

—Sí, señor Juez.

—Pues nada más. Ande ya. Cuanto antes vaya, mejor.

El estudiante aguardaba, sin mirarlos, al pie de la escalera.

—Hasta ahora, entonces, señor Juez.

—Hasta luego. Acérquese usted, por favor; tome asiento.

El estudiante de Medicina saludó, al acercarse, con una breve inclinación de cabeza. Traspuso el sepulturero la cortina.

—¿Su nombre y apellidos?

El Secretario escribió en las Actas: «Compareciendo seguidamente a la Presencia Judicial, el que dijo ser y llamarse don José Manuel Gallardo Espinosa, de veintiocho años de edad, soltero, profesión estudiante, vecino de Madrid, con domicilio en la calle de Cea Bermúdez, número 139, piso tercero, letra E, con instrucción y sin antecedentes penales; el que instruido, advertido y juramentado con arreglo a derecho, declara:

»A las generales de la Ley: que no le comprenden.

»A lo principal: que hallándose de excursión con varios amigos, en el día de autos, en las inmediaciones del lugar denominado «La Presa», a eso de las diez menos cuarto de la noche, percibió unos gritos de socorro provenientes de la parte del río, acudiendo prontamente en compañía de tres de sus compañeros y distinguiendo acto seguido desde la orilla el bulto de una persona que al parecer se ahogaba, a unos treinta y cinco metros del punto donde se hallaba el declarante y sus amigos, y a no menos de veinte de quienes desde el agua proferían las susodichas llamadas de socorro. Que ante lo azaroso de la situación, arrojáronse al agua sin más demora el dicho José Manuel, en compañía de los tres referidos acompañantes, al objeto de acudir en socorro de la persona que en tal riesgo se hallaba, como así lo hicieron, nadando todos hacia el punto donde anteriormente la habían divisado. Que en el interín de llegar a la persona accidentada, habiéndose ésta desplazado por el arrastre del río, perdieron la referencia de ella, quedando así extraviados en su intento de rescatarla de las aguas con toda prontitud; dando asimismo testimonio del celo desplegado tanto por parte del repetido José Manuel como por la de sus coadyuvantes para localizarla de nuevo, resultando infructuoso dicho empeño; a cuyos compañeros afirma igualmente haberse agregado, ya en el agua, otro joven, que conoció ser uno de los que momentos antes habíanles pedido socorro, y al que previno que desde luego se retirase de la empresa, habiendo podido comprobar que nadaba defectuosamente; resistiéndose a hacerlo el mencionado joven hasta que le faltaron las fuerzas. Que pocos minutos después fué finalmente hallada la víctima, siendo el primero en tocarla el anterior declarante Rafael, a cuyo aviso al punto acudía el que aquí comparece, juntamente con los otros que a la sazón se hallaban en el agua, pudiéndose comprobar acto seguido que la víctima se encontraba exánime, y conduciéndola seguidamente hacia la orilla, en la que fue depositada. En cuya orilla, y estimándose facultado para ello por ser estudiante de Medicina, el referido José Manuel, practicaba el idóneo reconocimiento, comprobando al instante que era cadáver. Preguntado por Su Señoría si a la vista de los hechos presenciados, le cupiese afirmar con razonable certeza tratarse de un accidente involuntario, sin responsabilidad para terceros, el declarante contestó estimarlo así.

»En ello, de leído que le fue, se afirma y ratifica y ofrece firmar.»

—Pues muchas gracias —dijo el Juez—. Ya no es preciso que declare ninguno más de sus compañeros. Así que quedan ustedes en libertad, para marcharse cuando quieran.

—Pues si no desea nada más...

—Nada. Con Dios.

—Buenas noches, señor Juez. Buenas noches.

El Secretario contestó con la cabeza. Ya subía el estudiante.

—Ah, perdone; me manda usted a la joven, si tiene la bondad. La del río, ya sabe.

—Entendido. Ahora mismo, señor Juez.

Se ocultó por detrás de la arpillera.

—A ver ahora la chica, si no nos hace perder mucho tiempo. No parece que tenga muchos ánimos, para prestar declaración.

Encendía otro pitillo.

—Las mujeres —comentó el Secretario, ladeando la cabeza.

El Juez echaba el humo y miraba hacia arriba, inspeccionando la bóveda; luego dijo:

—Buena bodega se prepararon aquí. Ya les habrá costado excavarla en la roca.

—Tiene que ser muy antigua —repuso el Secretario—. Vaya usted a saber los años que tendrá.

—Pues siglos, a lo mejor.

—Pudiera, pudiera.

Callaron un momento; luego el Juez añadía:

—Un sitio fresco, ¿eh?

—Ya lo creo. Como para venirse aquí a vivir en el verano. Si tuviera yo esto en mi casa...

—Qué duda cabe. Y yo. Pocos lugares habrá tan frescos, en estos meses que atravesamos.

—Ninguno... —miró hacia arriba.

Se abría la cortinilla.

—Ahí está la joven —anunció el Secretario.

El Juez pisó el cigarrillo contra el suelo. Paulina descendía la escalera. Traía en la mano un pañuelo empapado; sorbía con la nariz. La mirada del Juez reparó en sus pantalones de hombre, replegados en los tobillos, que le venían deformes y anchos.

—Usted dirá —dijo Paulina débilmente, llegando a la mesa.

Se restregaba el rebujo del pañuelo por las aletas de la nariz.

—Siéntese señorita —dijo el Juez—. ¿Qué le ha pasado? —añadía con blandura, indicando a los pantalones—; ¿ha perdido la falda en el río?

Paulina se miraba con desamparo.

—No, señor —contestó levantando la cara—; vine así.

No tenía color en los labios; sus ojos se habían enrojecido. Dijo al Juez:

—Dispense; creí que...

Apartaba la vista hacia el fondo de la cueva y apretaba los puños. Hubo un silencio. El Secretario miró a sus papeles. Paulina se sentó:

—Usted dirá, señor —repetía con timbre nasal.

El Juez la miró de nuevo.

—Bien, señorita —le decía suavizando la voz—. Veremos de molestarla lo menos posible. Usted esté tranquila y procure contestar directamente a mis preguntas, ¿eh? No esté inquieta, se trata de poco; ya me hago cargo de cómo está. Así que dígame, señorita, ¿cuál es su nombre, por favor?

—Paulina Lemos Gutiérrez.

—¿Qué edad?

—Veintiún años.

—¿Trabaja usted?

—La ayudo en casa a mi madre.

—¿Su domicilio?

—Bernardino Obregón, número cinco, junto a la Ronda Valencia —miró hacia la salida.

—Soltera, ¿no es eso?

Asentía.

—¿Sabe leer y escribir?

—Sí señor.

—Procesada, ninguna vez, ¿verdad?

—¿Qué?... No, yo no señor.

El Juez pensó un instante y luego dijo:

—¿Conocía usted a la víctima?

—Sí que la conocía, sí señor —bajaba los ojos hacia el suelo.

—Diga, ¿tenía algún parentesco con usted?

—Amistad, amistad nada más.

—¿Sabe decirme el nombre y los apellidos?

—¿De ella? Sí señor: Lucita Garrido, se llama.

—¿El segundo apellido, no recuerda?

—Pues... no, no creo haberlo oído. Me acordaría.

El Juez se volvió al Secretario:

—Después no se me olvide de completar estos apellidos. A ver si lo sabe alguno de los otros.

A la chica:

—Lucita, ¿qué nombre es exactamente?

—Pues Lucía. Lucía supongo que será. Sí. Siempre la hémos llamado de esa otra forma. O Luci a secas.

—Bien. ¿Sabe usted su domicilio?

—Aguarde... en el nueve de Caravaca.

—¿Trabajaba?

—Sí señor. Ahora en el verano sí que trabaja, en la casa Ilsa, despachando en un puesto de helados. Esos que son al corte, ¿no sabe cuál digo? Pues ésos; en Atocha tiene el puesto, frente por frente al Nacional...

—Ya —cortó el Juez—. Años que tenía, ¿no sabe?

—Pues como yo: veintiuno.

—De acuerdo, señorita. Veamos ahora lo ocurrido. Procure usted contármelo por orden, y sin faltar a los detalles. Usted con calma, que yo la ayudo, no se asuste. Vamos, comience.

Paulina se llevaba las manos a la boca.

—Si quiere piénselo antes. No se apure por eso. La esperamos. No se descomponga.

—Pues, señor Juez, es que verá usted, es que teníamos todos mucha tierra pegada por todo el cuerpo... ellos salieron con que si meternos en el agua, para limpiarnos la tierra... Yo no quería, y además se lo dije a ellos, a esas horas tan tarde... pero ellos venga que sí, y que qué tontería, qué nos iba a pasar... Conque ya tanto porfiaron que me convencen y nos metemos los tres... —hablaba casi llorando.

El Juez la interrumpió:

—Perdone, ¿el tercero quién era?

—Pues ese otro chico, el que le habló usted antes, Sebastián Navarro, que es mi prometido. Conque ellos dos y yo, conque le digo no nos vayamos muy adentro... —se cortaba, llorando—; no nos vayamos muy adentro, y él: no tengas miedo, Paulina... Así que estábamos juntos mi novio y una servidora y en esto: ¿pues dónde está Luci?, la eché de menos... ¿pues no la ves ahí?, estaba todo el agua muy oscuro y la llamo: ¡Lucita!, que se viniese con nosotros, que qué hacía ella sola... y no contesta y nosotras hablándola como si tal cosa, y ella ahogándose ya que estaría... La vuelvo a llamar, cuando, ¡Ay Dios mío que se ahoga Lucita! ¿No la ves que se ahoga?, le grito a él, y se veía una cosa espantosa, señor Juez, que se conoce que ya se la estaba metiendo el agua por la boca que ya no podía llamarnos ni nada y sólo moverse así y así... una cosa espantosa en mitad de las ansias como si fuera un remolino un poco los brazos así y así... nos ponemos los dos a dar voces a dar voces —se volvía a interrumpir atragantada por el llanto—. Conque sentimos ya que se tiran esos otros a sacarla, y yo menos mal Dios mío que la salven, a ver si llegan a tiempo todavía... y también Sebas mi novio y casi no sabe nadar y se va al encuentro... ya sí que no se veía nada de ella se ve que el agua corría más que ninguno y se la llevaba para abajo a lo hondo la presa... y yo ay Dios mío una angustia terrible en aquellos momentos... no daban con ella no daban con ella estaba todo oscuro y no se la veía... —ahora lloraba descompuesta, empujando la cara contra las manos y el rebujo del pañuelo.

El Juez se colocó detrás de ella y le puso la mano en la espalda:

—Tranquilícese, señorita, tranquilícese, vamos...

*

Habían mirado por última vez hacia el valle de luces: oscilaban al fondo, en un innumerable y menudo hormigueo, entre destellos azules, rojos, verdes, de los letreros comerciales; bloques de casas emergían en verticales macizos de sombra amoratada, como haces de prismas en la corteza de una roca; largas hileras de bombillas se prolongaban hacia el campo y se sumían en lo negro de la tierra; el halo violáceo flotaba por encima, como una inmensa y turbia cúpula de luz pulverizada. Traspusieron la última vertiente de Almodóvar. Sólo la luna, ya alta, alumbraba los campos; descubrían el brillo quedo de los metales de la bici, tirada entre los surcos. Santos la recogió y la llevaba del manillar hasta el camino. Ahora Carmen se ceñía contra él, hundía la cara en su cuello.

—¿Qué pasa? —dijo Santos.

—Nada. Expansiones de cariño —se reía.

—Vamos, vamos, que es tarde.

Montaron. Luego al tomar la carretera de Valencia, Santos se liaba de pronto a dar a los pedales, y en bruscos acelerones, puso en seguida la bici a gran velocidad. Con el viento en la cara, atravesaron el pueblo de Vallecas, donde ya poca gente se veía en la calle. Salían de nuevo a la carretera y Carmen vió el pueblo a sus espaldas: la luz de la luna lo delimitaba en un solo perfil, enmarcándolo en una moldura de escayola, que corría a lo largo de todos los techos. Se alejaba a todo correr y trepidaba la bicicleta por los adoquines.

—¡Así da gloria, Santos! ¡Písale a fondo, tú!

Él sentía el pelo de Carmen volando junto a su cara. Luego entraban al Puente de Vallecas, y la chica se sorprendía de verse tan de súbito entre letreros luminosos de cines y de bares y muchísima gente y luces y barullo de ciudad: preguntaba:

—¿Qué es esto?

Santos había frenado su carrera, para ponerse al paso de población.

—¿Esto? Vallecas City, ciudad fronteriza —contestaba riendo.

Regateaba con la bici a la gente de domingo que invadía las calles.

*

Los estudiantes ya se habían marchado. Los compañeros de Lucita permanecían sentados en las sillas de la terraza, bajo la luz de la bombilla, en silencio. Tenían las cabezas derribadas sobre las mesas, los rostros escondidos en los brazos. Zacarías miraba hacia el guardia viejo, que conversaba con Vicente el chófer. No oía lo que decían, con el fragor del agua. Ambos estaban de pie en el malecón, junto a las dos ruedas dentadas que levantaban las compuertas. Había sacado tabaco el chófer, pero el guardia no quiso fumar; por el servicio, decía. Miraban al agua turbulenta, donde todo el caudal precipitaba.

—¡Que se vaya a paseo! —dijo el chófer—. ¡Dichoso servicio! Bastante tienen ustedes que aguantar.

—No, que sale el señor Juez y me coge fumando y es una nota desfavorable para mí. Cuando se acabe todo esto.

—¡A saber para cuándo!

—Todo esto tiene que ir por sus pasos contados; no vale tener prisa.

—Prisa, ninguna. ¿Qué prisa quiere usted que tenga, en una profesión como la mía? Estoy impedido de tenerla. Esperar y esperar. Conque es marchando, y tampoco no hay más remedio que ajustarse al trote del Balilla. Más de sesenta ya sabes que no los da; no le vas a arrear con una vara. Así que la prisa la desconoce. Más descansado, ¿no le parece a usted?

—Eso sí. Los impacientes no engordan.

—Pues por eso. Me dicen en mi casa: ¿y cuándo vas a volver? Ya puedo yo saberlo fijo, que no falla que conteste: Ni idea. ¿Para qué quiere uno tenerlos intranquilos? Ocurre cualquier avería, un percance imprevisto que te pueda surgir, pues ya sabes que nadie te espera y no andas con el cuidado de que estén impacientes ni de ay qué le habrá pasado a este hombre.

—Haciendo uno la vida esa de usted, desde luego que así es como mejor —decía sin interés el guardia Gumersindo.

Tras un silencio, añadía:

—Pues ahora seguramente que tendrá usted que llevarse eso al depósito. ¿A ver quién sino usted?

—Ya, ya me lo vengo yo temiendo, no crea. Y eso ya me gusta bastante menos.

—¿Por qué, hombre? —repuso Gumersindo—. Valiente cosa. No son más que aprensiones que se tienen. ¿Pues y qué más dará vivos que muertos?

—Aprensión o lo que usted quiera, pero a mí desde luego no me da lo mismo. Ni a nadie que lo diga sinceramente.

Tiró el cigarro al agua negra y echaba el humo muy despacio; añadió:

—Que me hace a mí muy poca gracia eso de llevar fiambres en la tartera. No me agrada un pimiento, se lo digo yo a usted.

Ahora en el rectángulo de luz que la puerta de Aurelia proyectaba en la explanada, reconoció Gumersindo la silueta del tricornio de su pareja, que se había asomado para llamar a Sebastián. Éste salió de entre las mesas y entraba con el guardia al merendero. Reanudó Gumersindo la charla interrumpida:

—Más peligrosos son los vivos —dijo—. Ésos son los que dan los disgustos. Los muertos están los pobres para pocas.

—Sí, conforme; pero el caso es que a todo el mundo le dan mala espina, y eso por algo será. Nadie las tiene todas consigo, respecto a eso.

—Pues que me dieran a mí de rozarme con muertos, en lugar de tener que bregar a todas horas con maleantes y andar a vueltas con los superiores. A cierraojos me cambiaba, fíjese usted.

—Pues a mí no. Yo, mire, a lo mejor le da risa, pero a mí es una cosa rara lo que me pasa con esto. Ya lo sé de otras veces que lo he tenido que hacer. ¿Sabe usted la impresión que

a mí me queda, cuando he metido algún muerto en el coche?
—hizo una pausa y continuó—: Pues que me da la sensación
de que el asiento se ha quedado como sucio, fíjese usted qué
tontería. Oiga, pero que me da hasta reparo de tocarlo, igual
que andar con ratas o culebras, una aprensión semejante. Y
eso no se crea usted que me dura pocos días. Después ya me
olvido y se me pasa.

El guardia ladeaba la cabeza:

—Las imaginaciones —dijo—. Todos tenemos las nuestras
particulares.

—Por eso es por lo que a mí no me gusta. No por la cosa
de llevarlo a donde sea, que eso total es cuestión de un rato
nada más, sino por luego los días que me estoy acordando de
que lo tuve ahí sentadito y que me creo que ha dejado alguna
cosa como pegada al paño del asiento, o yo qué sé, y no se me
va de la cabeza.

—Eso tratándose de infecciosos tendría alguna justificación.
Pero así...

—Pues ahí está —dijo el chófer—; para mí, todos los cadáveres, como si fueran infecciosos, lo mismo.

—Nada; convencimientos que le entran a uno y buena gana
de andarse con razones para quererlos desechar.

—Eso es, si además yo lo reconozco; cuanto más tonta y
más sin fundamento es una idea, más imposible de sacársela
uno de los propios sesos. Eso es lo que son las aprensiones, ni
más ni menos, sí señor.

Ahí en las mesas, seguían todos inmóviles, en un grupo
desfallecido y silencioso. Había salido el chico de la luz a recoger las sillas y las mesas de tijera y las iba cerrando una a una
y las metía en una dependencia de la casa. La terraza se fué
despoblando de sillas y de mesas, y quedaron tan sólo, como un
reducto, las que aún ocupaban los compañeros de Lucita; todo
vacío alrededor. Luego salía la moza con la escoba y se ponía
a barrer el suelo en torno de ellos: papeles pisoteados, mon-
das de frutas y servilletas de papel, cajetillas vacías y colillas
de puro y chapas de botellines de cerveza, de orange y coca-
cola; bandejas de cartón y cajas aplastadas, con letreros de
tiendas de repostería, tapones, cascarillas de cacahuetes, periódicos, todo esparcido, revuelto con el polvo, tras de la fiesta
consumida. Lo iba empujando y arrastrando con la escoba y
formaba montones junto al malecón; después metía la escoba,
y los despojos desbordaban el zócalo de cemento y caían hacia

el agua. Aún allí blanqueaban huidizos, un instante, y desaparecían en seguida en la oscura vorágine de la compuerta, con la fuga del río.

Salió de nuevo el guardia joven, con Sebas y Paulina, y después de hablar un momento con su compañero, les comunicaban a todos en voz alta que ya podían marcharse, que el señor Juez había ordenado que se les dejase en libertad. Se levantaron sin prisa, cansadamente, mientras el chico volvía a salir y recogía las últimas sillas.

—Nosotros, que bajemos —le decía a Gumersindo el guardia joven.

Vicente quedaba solo en la explanada. Ya no había casi nadie en el local, cuando los guardias cruzaron hacia la curva.

—A la orden Su Señoría.

—¿Ya los han puesto en libertad?

—Sí señor.

—Bien, pues espérense aquí.

Luego el Juez recogía la bolsa y los objetos de Lucita, y se dirigió al Secretario:

—Vamos con esto.

El Secretario escribía: «Seguidamente se procede al recuento e inventario de las prendas, ropas y objetos personales pertenecientes a la víctima, que resultaron ser los siguientes:»

El Juez abrió la bolsa: dictaba:

—Una bolsa de tela; un vestido estampado; un pañuelo de cuello ídem —apartaba en la silla las cosas que iba nombrando—. Ponga: ropa interior, dos prendas. ¿Lo puso? Bien, un par de sandalias de... plástico; un pañuelo moquero; una toalla rayas azules; un cinturón rojo en material plástico —se detuvo—. Bueno, y el traje de baño, que lo tiene encima. ¿A ver qué hay más por aquí? —hundía la mano en la bolsa y sonaron objetos—. Un peine —proseguía—; una tartera de aluminio; un tenedor corriente; una servilleta; un espejo pequeño; una lata de crema solar —iba poniendo todas las cosas una tras otra, conforme las sacaba, alineándolas delante de los papeles del Secretario, encima de la mesa.

Se detuvo un momento, con un pequeño portamonedas en la mano, tratando de abrirlo.

—Bueno, un portamonedas de ante, color azul —volcó sobre la mesa el contenido—. Veamos lo de dentro —contaba las monedas—. Siga poniendo a continuación; siete pesetas con ochenta y cinco céntimos en metálico; un sello de

Correos —se detuvo otra vez para observar alguna cosa entre sus dedos; continuaba—; un alfiler bisutería, figurando cabeza de perro. Añada, entre paréntesis: «ese punto, uve punto», sin valor; una barra de labios; y cinco fotografías —las pasó fugazmente—. Creo que eso es todo. Repáselo usted a ver, con la lista en la mano, por si acaso.

El Juez sacó el tabaco y encendió un cigarrillo. Paseaba. Luego acabó el Secretario con sus papeles.

—No falta nada. Está bien.

—Vámonos ya, entonces. Recoja. Ustedes ya pueden subir los restos de la víctima.

Levantaron los guardias el cuerpo de Lucita y lo subieron hasta la explanada.

—Aquí le traigo el regalo —le susurró el guardia viejo a Vicente, cuando llegaron a él.

—¡Qué le vamos a hacer! —contestó suspirando, mientras abría la portezuela.

Acomodaron el cuerpo de Lucita en el asiento trasero. Salía Aurelia con el Juez.

—Usted pase ahí atrás con la víctima —le dijo éste al Secretario.

—Y ya lo sabe usted, señor Juez —se despedía la ventera—; cuando quieran venirse una tarde, a ver si tenemos el gusto de atenderlos... Y quee...

—Bien, gracias por todo, señora. Hasta la vista —contestaba montando en el coche.

—¿Manda Su Señoría alguna cosa? —decía el guardia viejo.

—Nada. Ya pueden reintegrarse al servicio ordinario. Queden con Dios.

Sonaron los golpetazos de las portezuelas, y Vicente ocupó su puesto.

—A sus órdenes.

—¡Hasta la vista, señor Juez! —se despedía la mujer—. ¡Ya sabe...!

—Adiós —cortó el Juez.

Habían salido también la hija y el chaval y un par de hombres a la explanada. Los guardias estaban casi en posición de firmes, mientras Vicente iniciaba la maniobra. Pegó la luz de los faros en las ruedas dentadas de las compuertas y giró sobre el agua vacía del embalse hasta el puntal y el puentecillo; reveló débilmente, más allá, la espesura de troncos y las copas de la arboleda, y se cerró de nuevo, aquí mismo, contra el morro del ribazo y el tronco enorme de la morera, hasta acabar el giro ante el camino. Vicente cambió la marcha y el coche arrancó por fin por la breve pendiente que subía hasta el camino de las viñas, dejando atrás en el polvo de las ruedas las figuras inmóviles de las guardias civiles que saludaban firmes con el brazo cruzado sobre el pecho. Luego, pasadas las viñas, el Balilla torció a mano izquierda, ya por la carretera de San Fernando. No había ni un kilómetro hasta el pueblo. Ya casi sólo las luces públicas permanecían encendidas, y alguna puerta de taberna. Callaban en el coche. Tomaron por una calle a la izquierda y salían a una plaza ancha y redonda, de casas bajas, con una estatua y una fuente en el medio, y un pino. Al otro lado de la plaza se salía del pueblo otra vez, junto a un convento y una casa muy grande, de labor, descendiendo hacia el río. El cementerio estaba abajo, en el erial, a mano izquierda del camino, a no más de cien metros del Jarama. Salió el encargado al ruido del coche y les abría la cancela. Vicente paró el Balilla en el camino. Se apearon.

—Buenas noches. ¿Está ya eso en condiciones?

—Sí, señor Juez; todo listo.

—Pues hala.

El sepulturero ayudó al Secretario a trasladar el cuerpo, y lo depositaron sobre la mesa de mármol. Después fué despojado del traje de baño. El Secretario dictó los datos de Lucita, y fué extendida y firmada la papeleta de ingreso. Por fin el Secretario recogía la manta y el traje de baño, y salían los tres hombres del depósito, dejando el cuerpo de Lucita tendido sobre el mármol de la mesa inclinada. El encargado apagó la luz y echó la llave.

—El médico forense ya no puede tardar —dijo el Juez instructor.

—Bien, señor Juez; que tengan ustedes buen viaje.

—Gracias. Con Dios.

El encargado cerró la portezuela, y el Balilla subía de nuevo hacia San Fernando, camino de Alcalá.

*

Subían hacia la venta. Menguaba el ruido de la compuerta a sus espaldas. Tito y Daniel iban los últimos; Zacarías con Mely, delante de ellos. Llegando a la carretera, Fernando se retrasó, para decirle:

—Zacarías, tú lo que podías hacer es venirte en la bicicleta de ella.

—Lo había pensado. Pero después ¿qué os parece que haga con esa bici?

—¿Eh?... Pues no lo sé. No sé qué haríamos. Pero...

—Calla, Fernando —cortó Mely—; dejarlo ahora, por Dios y por la Virgen, luego lo pensaremos.

Tito se adelantaba hasta ellos.

—No, Mely —le decía excitado, casi gritando—, es ahora cuando lo tenemos que pensar, ¡ahora!, ¿quién es el que va a decírselo esta noche a su madre?, ¡di!, ¿quién se presenta allí con la bicicleta de la mano?...

Se habían detenido en la carretera.

—No grites, Tito, por Dios —le suplicaba Mely con un tono lloroso—; dejarlo ahora, dejarlo; luego se pensará, ¡no me agobiéis todavía!...

—Hay que pensarlo ahora, Mely, ¿quién se lo dice?, ¿quién?

—Tito, sosiégate —intervenía Daniel—; así será peor; desazonarse más, inútilmente.

—Pero es que te desesperas, Daniel, tan sólo de pensar en irla allí a su madre...

—Habrá que hacerlo —cortaba Zacarías.

—Sí, Zacarías —dijo Tito—, habrá que decírselo, ya lo sé. La cosa es el cómo. ¿Cómo se le dice?

Echaban a andar nuevamente.

—No creo yo que haya ninguna manera mejor que otra —contestó Zacarías—, para decirle a una madre que su hija se ha muerto. Todas son la peor.

—¡Pánico es lo que me da! —gemía Tito—. ¡Pánico!

—Déjalo... —dijo Mely—. Todos juntos iremos, como sea. Ahora no lo penséis, por favor.

—Todos juntos tendrá que ser —decía Tito—. Todos juntos. Yo no tendría valor de otra manera.

—Ni nadie —dijo Daniel—. Si tuviera que ir solo, me escaparía, no sería capaz de subir la escalera, saldría escapando en el mismo portal.

Miguel, Alicia, Paulina y Sebastián los esperaban ya cerca de la venta.

—Sacar uno las cosas —dijo Sebas—, para irlas metiendo en la moto. Aquí esperamos. Yo no querría entrar, si os da lo mismo.

—No te preocupes —le dijo Zacarías—, lo haremos nosotros.

Paulina se quedó fuera con Sebastián. Entraron los otros; saludaba Miguel:

—Buenas.

—¿Qué?, ¿cómo vamos? —dijo Mauricio—. No saben cuánto lo hemos sentido, muchachos, esta desgracia a última hora, vaya por Dios.

Miguel lo miró, para decirle algo; no supo qué decir. Se había hecho un silencio.

—Son las cosas que pasan.

—Bueno, nos hace usted las cuentas, si tiene la bondad. Ya nos marchamos.

—Ahora mismo. Oigan, cualquier cosa que necesiten...

—Gracias —dijo Miguel—. Vamos a ir pasando a por las bicicletas.

—Aguarden que dé la luz.

El hombre de los z. b. miraba al suelo; el alcarreño al fondo de su vaso. Carmelo observó todos los rostros, uno a uno, conforme fueron desfilando a meterse en el pasillo, hacia el jardín. Las dos mujeres se asomaron en la cocina, cuando ellos ya volvían con las bicis, y Faustina decía:

—Vaya, por Dios, mala jira tuvieron ustedes... ¡Qué pena de una chica joven!, ¡qué lástima, Señor! ¡No saben cuánto lo sentimos!

Luego Fernando recogía las tarteras que ya Mauricio le había puesto sobre el mostrador. Miguel se quedaba el último con la bici de la mano, aguardando a las cuentas de Mauricio, entre el silencio de todos. Pagó por fin y salió, cuando ya Sebastián tenía el motor en marcha.

—¡Nos esperáis a la salida de la autopista, en la esquina de la calle Cartagena! —le gritaba Miguel a Sebastián, entre el estruendo de la moto—. ¿Entendido? ¡Allí hablaremos!

—¡De acuerdo!

Aceleró Sebastián y tomaba el camino. Habían salido Macario y Carmelo al umbral, para verlos marcharse. Alicia suspiró:

—¿Y quién tiene alientos, ahora, para ir pedaleando hasta Madrid?

—Hay que ir igualmente.

Ya la moto se había marchado por delante, y ahora se vió la ráfaga del faro que giraba, al tomar la carretera. Daniel montaba el último en la bici, y todo el grupo silencioso se alejó velozmente. Macario y Carmelo se volvían de nuevo hacia el interior del local.

—¡Los pobres!

—Y la querían —dijo Carmelo—. Bien se conoce que tenían que quererla todo el mundo a la muchachita que se ahogó. El que más y el que menos, venían llorados, en seguida lo vi. Habían llorado a base de bien, no sólo ellas, también alguno de los tíos. Cuando un hombre llora así, alguna cosa gorda lo castiga, una cosa muy ácida le reniega por dentro —ponía la mano en forma de araña y la oprimía contra el vientre.

—Estas desgracias repentinas le sobrecogen al más templado —dijo el pastor—; y mayormente cuando te caen en día de fiesta, que no se trae más que descuido y alegría y pensamiento de pasarlo chachi— bárbaro, como ellos dicen; así que te hace el efecto de caer de repente de lo blanco a lo negro.

El alcarreño dijo:

—Cosa frecuente es esa en los madrileños, de puro desquiciados para la fiesta. Tienen más accidentes en las diversiones, que no por causa del trabajo. Más muertos hacen las fiestas que los días de labor. Así es como se las gastan los madrileños.

—Me parece —asentía el pastor—. Quieren coger el cielo con las manos, de tanto y tanto como ansían de divertirse, y a menudo se caen y se estrellan. Da la impresión de que estuvieran locos, con esas ansias y ese desenfreno; gente desesperada de la vida es lo que parecen, que no la calma ya nada más que el desarreglo y que la baraúnda.

—Eso le hace pensar a uno —asintió el alcarreño.

—Que son un poco amigos de la jira y del bureo; tampoco hay que exagerar. Madrid se presta a todo.

—Madrid es lo mejor de toda España —cortaba Carmelo, con un gesto categórico.

—Lo mejor —dijo Lucio lentamente—, y también lo peor.

Macario apuraba el vino.

—Bueno —dijo después—; yo creo que ya está visto todo lo que teníamos que ver en el día de hoy. ¿Quién se viene?

—Todos —dijo el pastor—. Éste y yo por lo menos —sujetaba al alcarreño por la manga de la camisa.

—Aguarda un segundito —protestó el alcarreño—. ¿Nos corre alguien?

—Nada, a casita se ha dicho y nada más. ¡Mañana se madruga! Las ovejas ya no me comen más que con la fresca. Una chispa más tarde que las saque, y no prueban bocado, por causa el calor, tras que están ya pellejas de por suyo. Yo mañana a las cinco, ya lo sabes, el rinrín y el café y arreando, a pegarle patadas a las piedras. Ya conoces mi vida. Así que venga, Liodoro, no me enredes y tira ya para alante, que también hay derecho de dormir.

—¡Bueno, hombre, bueno! Que apure este culito tan siquiera. Eso es el egoísmo; porque tú madrugas, ya quieres acostarnos a todos los demás. Y suelta, que me rompes la camisa, ¡y a ver después con qué me tapo!

Se volvió al mostrador, mientras el otro lo soltaba.

—¿Qué tengo yo, Mauricio?

—Catorce vasitos —multiplicaba mentalmente—. Cuatro con veinte, nada más.

El alcarreño se sacaba un duro de un bolsillo que tenía en la cintura.

—Un servidor se va también —dijo Carmelo.

Fueron pagando los cuatro que salían.

—Buenas noches.

—Hasta mañana, amigos.

—Adiós; hasta mañana.

Quedaban Lucio y el hombre de los zapatos blancos.

—Y que cene usted, hombre, que cene usted —le decía Macario a este último.

—Ya veremos —sonreía secamente—. Adiós.

Salían los cuatro. Hubo un largo silencio. El hombre de los z. b. se miraba los empeines y subía y bajaba sobre las puntas de los pies. Mauricio hincaba los codos en la madera del mostrador, con la mandíbula entre las manos, que le sostenían la cabeza, como si fuera una bola maciza de nogal. Tenía la mirada en punto muerto. Lucio alzaba los ojos al amarillo cielo raso, que se vencía por el centro, como una gran barriga. Asomaba el cañizo en una grieta. Las contraventanas estaban pintadas de un gris plomo. Las patas de las mesas parecían delgadas para tanto mármol. La estantería se iba a caer sobre Mauricio, sobrecargada de botellas. Habían entrado mariposas oscuras y pequeñas; merodeaban en torno a la bombilla. Más allá de la puerta, en la luz de la luna, se recortaba la espadaña rota de la fábrica antigua de San Fernando, en ruinas. Los cromos no enseñaban sus dibujos, porque el cartón alabeado reflejaba la luz. En el estrecho vano de la puerta se descubría el espesor de los muros, pesando en el umbral.

—Y ese Ocaña, qué pasa, ¿qué es que te viene a ver cada verano?

—Pues sí —contestaba Mauricio—. ¿Por qué me lo preguntas eso ahora?

—Me acordé. ¿Conque te tiene estima?

—Se la tendrá —terciaba el hombre de los z. b.—, cuando se ve que no le duelen prendas, para venirlos a ver. Perderse él un domingo así como así, con todo ese familión a las espaldas.

—Es un tío bueno —dijo Mauricio—; pero bueno verdad.

—No hay más que oírle. Hablando se retrata la gente.

—Será bueno a pesar del apellido —decía Lucio, sonriendo—. El apellido no me gusta.

—¿Qué apellido?

—Pues Ocaña, ¿que apellido va a ser? A ustedes no les dice nada. A mí sí.

Sonreía Mauricio, levantando la barbilla.

—Ah, ya.

Callaron y luego Lucio habló de nuevo:

—Nos refirió tu hija la que teníais liada entre los dos, allí en el Provincial.

—Nos aliviábamos la carga mutuamente, para sobrellevar nuestras dolencias.

—Muy grandes no serían.

Volvían a callarse.

—¿Usted no cena, Mauricio?

—Dentro de un rato.

—No vaya a estarse aquí por causa nuestra. Yo ya me marcho en seguida.

—No; usted no se preocupe; por ustedes no es. Ya sé que hay confianza. Es que no me apetece todavía.

—Como se levanta a la hora que quiere, no tiene prisa nunca.

—A éste —terciaba Lucio—, ya lo sé yo lo que le pasa esta noche. Que ha olido las lentejas, igual que las he olido yo, y sabe que las hay para la cena, y no le llaman la atención lo más mínimo. ¿Eh?, Mauricio, ¿a que sí?

—Eso será. Que no son santo de mi devoción, ni nunca lo fueron.

—Pues lenteja se escribe con mayúscula en muchas casas. Eres un poco señorito.

—Ahora, en el verano, es un plato algo fuerte... —dijo el hombre de los z. b.

Le dió una arcada.

—¿Qué le ocurre? —se alarmaba Mauricio.

El hombre de los z. b. respiraba con fatiga; dijo:

—Sólo acordarme... de la comida. Se me representaron las lentejas... ¿Lo ven ustedes? ¡Qué pejiguera! Ya se lo decía,

Lucio y Mauricio lo miraban al rostro; estaba pálido.

—Dispénseme usted —dijo Lucio—; no pensé que con eso iba a meterla la aprensión.

El otro tenía las manos junto al cuello y respiraba hondo. Le subió de repente otra arcada más brusca y se tapó la boca. Salió de prisa hacia el camino. Mauricio lo siguió. Se oían toses degolladas. Luego entraba limpiándose la boca en un pañuelo planchado, sin desdoblar. Lucio le dijo:

—¿Devolvió?

El hombre de los z. b. dijo que sí con la cabeza.

—Entonces ya soltó todo lo malo.

—Tómese un vaso de agua —le decía Mauricio, volviendo a entrar al mostrador.

—Ya ven ustedes el espectáculo que he tenido que darles a última hora —decía el hombre de los z. b.—. ¡Qué bochorno! —sonrió con tristeza—. No se me puede sacar a ningún sitio.

Bebía un sorbo de agua del vaso que Mauricio le había puesto.

—Vaya una cosa. ¡Qué tontería! Usted qué culpa tiene, si le causan impresión los accidentes.

—¿Se siente ya mejor?

—Sí, Lucio, muchas gracias. Dispensen la tontería.

—¡Y dale! —dijo Mauricio—. Como si fuera uno dueño de controlarse en esas cosas. No se preocupe ya más, haga el favor.

—Es que es la monda. Es ridículo que se ponga uno así
—hizo un silencio dubitante—. Bueno, señores, así que en
vista del éxito alcanzado, me retiro para casa. No los moles-
to más.

Mauricio se impacientaba:

—¡Pero cuidado la perra que ha cogido! ¿Has visto ahora
por qué majadería se nos quiere marchar? ¡Quédese, ande, y
no me sea mohoso! ¡En la vida, no se le ocurra a usted marcharse por una cosa así!

—No, si es que es tarde además —repuso el hombre de
los z. b.—. Ya deben ser cerca las doce y media —tocó el reloj de pulsera, sin mirarlo—. Hay un cachito hasta Coslada
y la luna traspone ya muy pronto, ¿no ven que es luna llena?
A ver si todavía llego a tiempo de que me ponga en la puerta
de mi casa. De lo contrario, expuesto a escalabrarme por esos
vericuetos.

—Nada, como usted quiera, entonces —dijo Mauricio—.
Si tan difícil nos lo pone, qué le vamos a hacer. Lo primero
no romperse la cabeza, eso no.

—¿Cuánto es lo que le debo?

—Seis cuarenta en total.

El otro se sacó una carterita oscurecida, del bolsillo de
atrás del pantalón, y le entregó siete pesetas a Mauricio, mientras decía:

—Estoo... miren, y si no les importa, yo les pido que no
lo comenten con nadie el asuntillo éste, imbécil de lo vomitado.
Es que me da hasta reparo que se sepa, ¿eh?

—Oiga —le dijo Mauricio—; me ofende usted con semejantes advertencias. Parece hasta mentira que salga ahora con
eso. Es no conocer a los amigos. Eso en primer lugar. Y en
segundo lugar, no saber la costumbre de mi casa, que aquí
no se cuenta nada a las espaldas de nadie. ¡Vamos! Así que
ahí acaba usted de dar un patinazo —le daba la calderilla so-
brante—. Los sesenta.

—Perdone usted, Mauricio; dispénseme otra vez —decía
el hombre de los z. b., cogiendo las seis monedas—. Esta noche no doy una en el clavo. Se ve que no es mi noche. A ver
si duermo y mañana ya me levanto con otra sombra —se guardó la cartera—. Así que hasta mañana, descansar.

—Adiós, hombre —dijo Mauricio—. Está usted siempre
perdonado. Y que le dure la luna hasta su casa.

—Hasta mañana —lo despedía Lucio.

El hombre de los zapatos blancos se detuvo un momento en el umbral, para apreciar la altura de la luna.

Luego volvió la cara al interior, con una seria sonrisa, y asentía:

—Sí que me dura, sí. Lo dicho, pues.

Dió un manotazo de saludo y se marchó.

—¡Qué tío! —dijo Lucio, en cuanto el otro hubo salido—. Le tengo simpatía, te lo juro.

—Sí que es una bellísima persona —asentía Mauricio lentamente—. Pero hay que ver lo mortificado que lo traía el haber arrojado. Me hizo hasta gracia.

—Se resintió en el amor propio —dijo Lucio—. O vete tú a saber. O que le parecería una falta muy gorda contra el principio de la educación. Cualquier cosa.

—Yo he conocido a otras personas que les pasaba tres cuartos de lo mismo. Se te ponen enfermos en cuanto que ocurre un suceso. Aunque los pille al margen, eso no quita.

—Ya me lo sé yo. Gente que es de conformación más delicada y todo te lo acusan de golpe en algún órgano del cuerpo; o sea que lo mismo se les planta en el hígado, que se les pone sobre el estómago o en cualquier otro miembro interior.

Les sorprendió de improviso la entrada de Justina:

—Padre: ¿es que no piensa usted cenar en esta noche? Lo tiene todo frío. Y casi ya no quedan ni unas brasas para recalentarlo.

—Ya cenaré, no te preocupes.

—Pues madre y yo nos acostamos ahora mismo. Así que usted se arregle.

Se volvió bruscamente hacia Lucio, y continuó:

—¿Y usted qué hace aquí ya, que no se marcha? —fingía severidad.

—Esperando a que tú vinieras, para que fueras tú la que me eches a la calle, preciosa.

—¡Vamos! ¡Qué digo yo que ya está bien! —movió la mano en señal de demasía—. ¡Que ya lleva usted un ratito!

—Entonces, ¿qué?, ¿que me arrojas a la calle?

—¿Yo? Dios me libre. Eso mi padre. Si es que no sale de usted mismo, como debía de salir.

—Tú mandas aquí más que tu padre. Para mí por lo menos.

—Ya. Ya lo veo que a mi padre lo tiene avasallado. Que ya no me lo deja usted ni cenar, ni puede cerrar el establecimiento, ni marcharse a la cama ni nada. Aquí nada más contemplándolo a usted. ¿Se cree que los demás son como usted, que se mantienen del aire, igual que los fakires de la India?

—Eso son todo calumnias, Justinita —dijo Lucio riendo—. Un servidor come lo mismo que las demás personas; sólo que lo reparto a mi manera.

—¡Así está hecho menudo espantapájaros! Y a mí no me ande llamando Justinita, que peso el doble que usted —cambió de tono—. Bueno, ahí se quedan ustedes; pueden hacer lo que quieran. Yo me marcho a dormir. Hasta mañana, padre.

—Adiós, Justi, hija mía, que descanses.

—¿Y yo?

—¿A usted? —sonreía Justina desde arriba, mirando a Lucio sentado—. A usted ni las buenas noches. Ni eso siquiera se merece.

Se metió hacia el pasillo.

Ahora Lucio se desperezaba:

—Pues me parece, chico, que le voy a hacer caso a tu hija. Me marcho para casa. Mañana tengo que hacer.

—¿Tú?

—¿Tanto te extraña?

—Pues tú verás.

—Quería tenerlo reservado hasta el momento en que fuese una cosa segura, pero ya que ha salido, te diré de lo que se trata. Es una tontería, no te vayas a creer, una chapucilla eventual, que emparejó el otro día por chiripa.

—Suelta ya lo que sea.

—Pues consiste sencillamente en masar para las fiestas de tres o cuatro pueblinos de por aquí. Los bollitos y las tartas y esas cosas, ¿no sabes? El es un pastelero que acude de fiesta en fiesta, y a mí me llevaría de ayudante, ¿comprendes? Total, un mes y medio; de cinco días a una semana que podremos parar por cada pueblo. Mañana nada más a lo que voy es a hablar con el hombre, y si lo veo bien, me animo. ¿Qué te parece la cosa?

—Pues bien. Si el tío responde regular, pues te resulta un asuntillo decente.

—Es una cosita reducida, desde luego, en pequeña escala, y cuestión monetaria no será nada muy allá. Para los vicios, aunque nada más sea, ¿no te parece? El único temor mío es la edad, ¿sabes tú? Y es que el tío ni me ha visto siquiera, ni le han dicho nada de los años que tengo. Me apalabró con terceros. Ese es el miedo mío; que a lo mejor el hombre me rechace, por parecerle que uno joven le rinda más.

—No creo que pase eso. Ahí es el oficio lo que vale. ¿Tendrá que ver la edad? Cuanto más viejo, más garantía de que posees años de experiencia.

—A ver si es verdad. Me agradaría, hombre. No sé los años que no meto estas manos —las enseñaba— entre la harina y la levadura. Y dicho esto, me voy, pero pitando —apoyaba las manos para levantarse—. Tiene que ser ya muy tarde, y tú también tienes que cenar.

Se levantó.

—La una menos diez —dijo Mauricio.

Lucio estiraba el cuerpo; ahuecaba los arrugados pantalones, que se le habían adherido a la piel; alzaba varias veces una y otra rodilla, alternativamente, para desentumecerse las piernas.

—Bueno, tú, hasta mañana.

—Pues que haya suertecilla. Ya me contarás.

—Naturalmente. Veremos a ver si no se queda todo en agua de borrajas. Adiós.

Lucio salió al camino y orinó interminablemente, a la luz de la luna, que ya casi tocaba el horizonte sobre las lomas de Coslada. A sus espaldas oía cerrarse la puerta de Mauricio, y cuando echó a andar de nuevo, ya había desaparecido el rectángulo de luz que salía de la venta. La carretera le llevaba entre dos olivares hasta las mismas tapias de San Fernando, y el ruido del agua del río sonando allá abajo en la compuerta, se dejaba de oír súbitamente, al quedar interceptado por detrás de los primeros edificios. Eran casitas muy nuevas, de ladrillo a la vista, y aún la mayoría sin habitar.

*

«...Entra de nuevo en terreno terciario y recibe por la izquierda al Henares, en Mejorada del Campo. En Vaciamadrid recoge al Manzanares por la orilla derecha, por abajo del puente de Arganda; y en Titulcia al Tajuña, por la izquierda. Suministra a la grande acequia llamada Real del Jarama, y ya en las vegas de Aranjuez entrega sus aguas al Tajo, que se las lleva hacia Occidente, a Portugal y al Océano Atlántico.»

*Madrid, 10 octubre 1954
y Madrid, 20 marzo 1955.*

Colección Destinolibro